Burnout: Eine Wanderung auf schmalem Grat

Jakobsweg an der Küste

Christian Seebauer

Bibliografische Information der Deutschen Nationalbibliothek
Die Deutsche Nationalbibliothek verzeichnet diese Publikation in der Deutschen Nationalbibliografie; detaillierte bibliografische Daten sind im Internet über http://dnb.d-nb.de abrufbar.

Christian Seebauer
Jakobsweg an der Küste
Burnout: Eine Wanderung auf schmalem Grat

Berlin: Pro BUSINESS 2012

ISBN 978-3-86386-295-4

1. Auflage 2012

Produktion und Herstellung: Pro BUSINESS GmbH
Gedruckt auf alterungsbeständigem Papier
Printed in Germany
www.book-on-demand.de

Inhalt

DAS ERSTE MAL FREI IM LEBEN 5
AB ZUM JAKOBSWEG AN DER KÜSTE 6
DER KÜSTENWEG UND DER NORDWEG 15
DIE ERSTE NACHT IN IRUN 18

(Tag 1) IRUN - SAN SEBASTIÁN 21
(2) SAN SEBASTIÁN - ZUMAIA 44
MEINE „REGENWOLKE" 46
(3) ZUMAIA – DEBA 54
(4) DEBA - MARKINA-XEMEIN 64

JEDER HIER HAT SEINE GESCHICHTE 68
MEINE ERSTE NACHT IM KLOSTER 70
(5) MARKINA-XEMEIN - GERNIKA 74
(6) GERNIKA - BILBAO 85

BURNOUT: MEIN VERLORENES ICH 88

(7) BILBAO - POBEÑA 101
(8) POBEÑA – LIENDO 107
(9) LIENDO - GÜEMES 125
WENN MAN DEN BODEN NICHT MEHR SPÜRT 128
(10) GÜEMES - SANTANDER 139
DER BUßGANG BEGINNT 139
(11) SANTANDER – POLANCO 145

WARUM MENSCHEN PILGERN 152
(12) DAS WUNDER VON SANTILLANA 155
DAS EWIGE LEBEN 170
(13) AUF NACH ASTURIEN! 177
MEINE AUSRÜSTUNG 181
(14) EL PERAL - LLANES 184
(15) LLANES - RIBADESELLA 190

EIN BUDDHIST AM JAKOBSWEG 191

DER ZUGANG ZU MIR SELBST 193
RIBADASELLA 194
(16) RIBADASELLA - LA ISLA 197

DIE WELTRELIGIONEN AM TISCH 205

(17) LA ISLA - VILLAVICIOSA 210
(18) ZWEI BERGTOUREN NACH GIJÓN 217
(19) GIJÓN - AVILÉS 220
(20) AVILÉS - SAN ESTEBAN DE PRAVIA 223
(21) SENDA COSTERA: NACH SOTO DE LUIÑA.. 229
(22) SOTO DE LUIÑA - CADAVEDO 237
(23) CADAVEDO - PIÑERA 241
(24) PIÑERA - TAPIA 247
(25) NACH GALICIEN (RIBADEO) 257
(26) CAMINO DEL NORTE – AM NORDWEG 261
(27) ÜBER DIE BERGE NACH GONTÁN 267
(28) GONTÁN - BAAMONDE 274

LEER 279

(29) BAAMONDE - MIRAZ 281
(30) MIRAZ - SOBRADO DOS MONXES 285
(31) NACH SANTIAGO DE COMPOSTELA 292

WENN DIE SONNE NICHT MEHR SCHEINT 298
DIE SONNE SCHEINT WIEDER! 302

KILOMETERANGABEN UND HÖHENMETER 303
QUELLENANGABEN 305
DANKSAGUNG 306
ÜBER DEN AUTOR 306

Das erste Mal frei im Leben

Hier stehe ich also. Das erste Mal wirklich „frei“ in meinem Leben! Gut Hundertfünfzig Meter geht es an der schroffen, bis an den Rand bewachsenen Felskante weit hinter La Isla senkrecht nach unten. Es ist mein 17.ter Tag. In Schwindel erregender Höhe bietet mir der Ur-Jakobsweg an der einsamen Atlantikküste die spektakulärsten Kulissen, die man sich überhaupt vorstellen kann. Ganz ohne Seil und doppelten Boden.

Statt Terminen, Emails und festgefahrenen Arbeitsabläufen geben nun meine Gefühle den Tagesablauf vor. Mein Kopf ist frei!

Hier auf den atemberaubenden Klippen im Niemandsland, geografisch irgendwo zwischen La Isla, der „Insel“ und Villaviciosa, dem „bösartigen Dorf“ habe ich das Verlangen, meine Füße von den engen und durchnässten Wanderschuhen zu befreien um den Boden barfuß zu ertasten. Meine Gedanken haben sich völlig entleert. Ich habe eine tiefe innere Ruhe und Gelassenheit gefunden. Eine sensationelle Küstenlandschaft breitet sich tief unter mir aus. Rau, zerklüftet und ursprünglich. Der Wind des Atlantiks pfeift mir um die Ohren und treibt mir alle aufkeimenden Gedanken an meine bisherige Welt gleich wieder aus dem Kopf. Ich lasse los und genieße diese völlige Leere in mir.

Nur ein halber Fußabdruck trennt mich jetzt von der senkrecht abfallenden Felswand und den unglaublichen Naturgewalten. Ja, es gab Zeiten, an denen ich hier gesprungen wäre. Der Jakobsweg verschwindet etwa 20 Meter vor mir hinter einer Linkskurve im Wald und verrät mir noch nichts darüber, wie es gleich weiter gehen wird.

Allein für diesen einzigen Augenblick, hat sich der ganze Jakobsweg mit all seinen Strapazen gelohnt.

Doch alles der Reihe nach:

Bevor es überhaupt losging, war ich nur noch ein Schatten meiner selbst. Ständige Unruhe und endlos quälende Denkspiralen hatten mich fest im Griff. Zukunftsängste hatten mich beherrscht. Fortwährende Selbstzweifel und ständige Gereiztheit führten mich in die Isolation des ständig denken und arbeiten müssens. Dass ich vollkommen ausgebrannt war, bemerkte nur meine Frau. Ich selbst hatte mich an diesen jämmerlichen Zustand längst gewöhnt. Ich hatte das wertvollste in meinem Leben verloren: Den Zugang zu meinem eigenen „Ich".

Ab zum Jakobsweg an der Küste

Klar, auch ich habe vor einigen Jahren den Hape Kerkeling gelesen: „Ich bin dann mal weg".

Schön wär's. Schon seit langem begleitete mich permanent Dauerstress und die verschiedenartigsten handfesten Symptome hatten sich eingestellt. Abschalten müsste ich mal wieder. Aber wie? Schließlich habe ich gerade zwei kleine Kinder, Stella, 5 und Selina, 7. Ich muss mein Haus abbezahlen und bin ganz nebenbei auch noch (unzufrieden) selbstständig. Meinen eigenen Traum hatte ich nie gelebt.

Gerade kommt eine Email herein und ich erfahre, dass ein Freund heute Nacht für das verlängerte Wochenende nach Biarritz an die französische Atlantikküste zum Surfen fährt. Hört sich gut an! Ich könnte also vielleicht mitfahren und „für ein paar Tage" mal den Jakobsweg ausprobieren. Das wäre bestimmt das Richtige für meine ausgebrannte Seele.

Es ist Donnerstag Spätnachmittag. Computer aus. Sofort nach Hause! In meinem Kopf flackert nun die spontane Idee vom Jakobsweg. Besser: Vom Jakobsweg-Versuch. Oder doch nicht?
Ich schnappe mir jedenfalls meine Frau Conny. Raus auf die Terrasse. Das muss ich ihr wenigstens erzählen.

Doch meine Frau ist von der Sorte, die sofort weiß um was es geht, bevor „Mann" überhaupt richtig erzählt hat. Ja, Frauen denken weiter. Viel weiter!

„Wenn du das machen willst: Dann mach es richtig!"

Nein, so habe ich das nicht gemeint. Nicht gleich den ganzen Weg gehen! Das will ich doch „eigentlich" gar nicht. Schließlich habe ich vor zwei Jahren eine Wanderung am Inn schon am dritten Tag in der Früh abbrechen müssen, weil meine Knie das nicht mehr mitgemacht haben. Und abschalten konnte ich dort auch nicht. Innere Ruhe? Fehlanzeige. Selbst beim Wandern haben mich meine verschiedensten Probleme ständig begleitet.

Mist. Hätte ich ihr bloß nichts erzählt! Conny meint:

„Sage deinem Bekannten jetzt Bescheid. Jetzt. Ich helfe dir, deine Sachen zu packen."

Mein Bekannter wird heute um Mitternacht in München losfahren. Pures Adrenalin schießt mir durch die Adern und ich frage mich:

Wie komme ich aus dieser Nummer bloß wieder raus?

Erst einmal lasse ich meine Frau einfach – so wie immer, weiter reden. Ich werde ihr dann schon noch verklickern, dass ich nur zwei, drei Tage wandern möchte. Oder doch weiter? Was will ich eigentlich? Eigentlich, bei diesem Wort fällt mir dann auch „Uneigentlich" ein. Was träume ich also? Was traue ich mir zu? Und was träume ich, ohne es glauben zu können? Längst haben diejenigen Gehirnzellen wieder Oberhand gewonnen, die mich an den großen Zielen des Lebens zweifeln lassen. Wie immer. Denn Zweifel zerstören ständig meine Träume. Viel zu sehr bin ich gefangen in den endlos frustrierenden Abläufen des ganz normalen Alltags. Aber es geht ja nicht anders? Also bleibe ich als „Zweckpessimist" (ein tolles Wort, oder?) mal lieber beim „Ausprobieren".

Im Internet finde ich schnell ein recht brauchbares „Kochrezept" mit dem ich meine Pilgerausrüstung zusammen stellen kann. Und das ist erstaunlicherweise so wenig, dass ich fast alles zu Hause habe bzw.

mit einer einzigen Fahrt zur Dorfapotheke komplettieren kann. Ist der Jakobsweg so einfach? All das, was ich jetzt zusammen habe, würde auch für weit mehr als nur ein paar Tage reichen. Doch das wage ich nicht zu denken.

Ohne Schlafsack, Stöcke und richtige Wanderschuhe wird es schon gehen – ist ja nur für ein paar Tage, sagt eindringlich der pessimistische Chip meines Gehirns. Wohl in der Hoffnung, dass auch hier noch was dazwischenkommt und den verrückten Plan schon noch vereiteln wird.

Wie soll ich auch am fernen Jakobsweg zurechtkommen, wenn schon zu Hause alles festgefahren ist Seit langer Zeit scheint es für meine Gedankenspiralen keinen Notstop-Schalter mehr zu geben. Weder, wenn ich privat beim Abendessen bin, noch wenn ich einschlafen möchte. Ich schaffe es nicht einmal mehr, meinen Kindern richtig zuzuhören. Kann mich der Jakobsweg aus dieser geistigen Abwesenheit herausreißen und von meinem ständigen „irrationalen" Ängsten befreien? Kann er mich zurückholen?

Im Internet habe ich viel religiöses Zeug gelesen wie

„Gott finden". Will ich das wirklich?

Falls überhaupt, dann wäre es schon gut, mich selbst wieder zu finden. So wie ich einmal als Kind war. So – wie ich wieder ein wenig sein möchte. Innere Ruhe finden? Kann man das am Jakobsweg?

In Gedanken versunken hole ich meine beiden Rucksäcke aus dem Schuppen. Einer, den meine Frau im Internet vor einiger Zeit als „Ersatzkoffer" für den Urlaub ersteigert hat, ist so übermächtig groß, dass er mir bei der ersten Anprobe bis zu den Kniekehlen hängt. Ein Blick in den Spiegel bringt mich sogar richtig zum Lachen. Conny umarmt mich und muss ebenfalls lachen. Verrückt, aber einen solchen Moment hat es schon lange nicht mehr gegeben.

Es ist bestimmt unmöglich, so zu Gehen (obwohl ich mit exakt diesem unförmigen Modell am Jakobsweg kurz vor Miraz dann einen deutschen Pilger getroffen habe und ich mich einer gewissen Schadenfreude nicht erwehren konnte).

Recht genau halte ich mich jetzt an die vorgeschlagene Minimalausrüstung. Dennoch türmt sich schnell ein voluminöser Berg an Utensilien in unserem Schlafzimmer auf. Der große Rucksack scheint die einzige Lösung zu sein. Im Internet lese ich allerdings „nebenbei", dass das Gepäck höchstens ein Zehntel des eigenen Körpergewichtes betragen darf. Bei mir wären das völlig unrealistische 7,5 Kilogramm. Das ist mit dem Berg an scheinbaren Notwendigkeiten unmöglich in Einklang zu bringen.

Immer wieder packe ich unentschlossen zwischen kleinem und großem Rucksack hin und her. Typisch für mich. Denn seit Jahren fallen mir alle Entscheidungen schon schwer. Ein typisches Symptom für eine Erschöpfungsdepression, das man leider selbst am allerwenigsten bemerkt. Während meine Frau Entscheidungen zur Not auch aus dem Bauch heraus fällt, halte ich mich immerzu mit Tausend denkbaren und abwegigen Szenarien auf. Und während Conny am Abend seelenruhig schlafen kann, malt sich mein Gehirn auch noch im Bett fortwährend aus, was passieren könnte, wenn dies geschieht und zuvor jenes passiert. Natürlich ist von alledem, was ich so jahrelang „durchdacht" habe, nicht einmal 1% dessen eingetreten. Aber für dieses eine Prozent hatte ich immer schon alles bis ins Kleinste vorhergesehen. War nicht genau das mein Job? Wurde nicht genau das immer von mir erwartet?

Inzwischen habe ich alles in zwei blauen Mülltüten verstaut. Diese erweisen sich, wie ich am Jakobsweg bald schon feststellen werde, zu den wichtigsten Reiseutensilien.

Letztlich entscheide ich mich für eine

Radikalkur auf 15 Kilo zu Gunsten des kleinen Rucksacks. Also 20% meines Körpergewichts und damit 100% zu viel. Und genau hier fällt mir eine brutale Lebensweisheit meiner Frau ein:

„Wer sich nicht entscheiden kann, der leidet!"

Der Rucksack platzt jetzt aus allen Nähten. Ich werde wohl nichts aus ihm entnehmen können, ohne zuvor den gesamten Inhalt zu entleeren. Und dann? Immer irrsinniger erscheint mir mein Vorhaben. Ohne jegliche Vorahnung und ohne Vorbereitung. Auch wenn es nur ein paar Tage sind. Eigentlich, würde ich schon weiter wollen. „Eigentlich".

Andererseits scheint es diese zweite Gehirnhälfte zu geben, die nun – je konkreter alles wird – vehement gegen den ganzen Plan zu kämpfen scheint. Und sie scheint permanent so etwas wie „Antidopamine" auszuschütten, um meine Stimmung zu dämpfen und das Vorhaben auf jeden Fall noch zu vereiteln.

Am liebsten würde ich noch immer die ganze Nummer abblasen!

Doch genau jetzt, um 19:10 Uhr, klingelt es an unserer Haustüre. Überraaaschung! Unsere Freundin Manu steht mit drei ihrer fünf Kinder vor der Tür. Ausgerechnet jetzt. Es hat wohl nicht viel weibliche Intuition gebraucht, um sofort mitzukriegen, dass der „Ehemann" den Jakobsweg gehen will. Jetzt weiß es Manu also und mit ihr sicher auch gleich die ganze Facebook-Welt.

Um halb zehn Abends sagt mir dann mein „zuverlässiger" Freund kurz und knapp per SMS die Reise ab. Feigling! Aber ehrlich gesagt: Ich bin richtig erleichtert! Auch bei ihm scheint sich die „Vernunft" durchgesetzt zu haben.

Vernunft, was ist das überhaupt?

Ist das ein Teil des Gehirns, der jeden kühnen Plan verhindert? Ist alles, was sich außerhalb des täglichen Hamsterrads befindet, auch unvernünftig?

Der pessimistische Teil meines Gehirns triumphiert jedenfalls auf der Stelle und sagt mir rechthaberisch: Ich hab's ja gleich gewusst. Ist auch viel besser so. Vernünftiger! Wäre eh schief gegangen! Jetzt kannst du dich in Ruhe vorbereiten und irgendwann, ja irgendwann den Jakobsweg probieren.

Auch Manu will ihn irgendwann mal machen. Wenn Zeit dazu ist, wenn die Kinder groß sind, wenn es in der Arbeit geht, wenn genügend Geld da ist usw.

Ja genau, das scheint Vernunft zu sein! Es ist vernünftig, nie etwas Neues zu machen. Und es ist sehr vernünftig, nichts am Leben zu ändern, nicht zu träumen. Vernünftig, weil es vor Enttäuschungen schützen kann! Ist aber mein Alltagswahnsinn, aus dem es längst keinen Ausstieg mehr gibt, vernünftig?

Ist es vernünftig, sich so weit zu verheizen, bis man sich selbst aufgibt und an der eigenen Umgebung nicht mehr wirklich teilnehmen kann? Gut, wenigstens kann ich mich jetzt, nach dem mein „Freund“ abgesagt hat, wieder meinen Aufgaben in der Arbeit widmen!?

Erleichtert verziehe ich mich mit einem Gläschen Rotwein vor den Computer und google ein wenig nach dem Jakobsweg. Und da finde ich einen Jakobsweg an der Atlantikküste.

Hier soll es einen Jakobsweg geben?

Noch dazu soll es der Urweg sein, der älteste aller Jakobswege, der für mich im spanischen Grenzstädtchen Irun an der spanisch-französischen Grenze beginnt und dann knapp 900 Kilometer durch eine sensationelle Landschaft führt. Warum habe ich noch nie etwas von diesem Weg gehört?

Jetzt bin ich wie elektrisiert, mehr darüber zu erfahren. Der Artikel besteht nur aus einer halben Seite, aber einem märchenhaften Foto eines schmalen Trampelpfades entlang einer traumhaften Küstenlinie.

“Camino della Costa, Camino del Norte”, steht da.

Gibt es so etwas Jungfräuliches noch in der heutigen Zeit?

Conny steht plötzlich hinter mir, legt die Hände auf meine Schultern – das tut sie nur, wenn sie etwas von mir will! Auf meinen Wangen spüre ich Ihre langen blonden Haare und irgendwie friert es mich, weil sie mich ausgerechnet in diesem Moment am PC erwischt.

Sie sieht die beeindruckende Landschaftsaufnahme und meint: „Das ist genau das Richtige für Dich. Wenn dein Freund da nicht hinfährt, dann buche ich dir eben jetzt eine Fahrkarte! Ich habe die Kreditkarte dabei“.

Es schwant mir, dass sich die Schlinge nun endgültig zugezogen hat. Am Samstag in der Früh wird es also losgehen. Wird es das? Obwohl ich noch immer nur an ein paar Tage denke, meint Conny zu mir:

„Wenn du das jetzt nicht durchziehst, dann sind die Kinder echt enttäuscht von Dir!" Ein psychologischer Volltreffer, der mich die ganze Nacht in meinen Gedanken begleitet. Soll ich den Jakobsweg machen, weil andere es von mir erwarten? Nein sicher nicht. Ich weiß nun, ich erwarte es von mir selbst. Ganz insgeheim noch, doch ich erwarte es!

Der Freitag ist angebrochen und im Büro geht mir jetzt alles voll gegen den Strich. Ich werde keinem etwas sagen! Erstmals wird mir die Bedeutungslosigkeit vieler meiner Aufgaben, an denen ich mich so festgebissen habe, bewusst. Ich beginne, an mir zu zweifeln. Was tue ich hier im Büro noch?

Werde ich nach meiner Rückkehr noch den gleichen Job machen können?

Werde ich selbst noch der Gleiche sein?

Tief in meinem Innersten fange ich an, vom ganzen Jakobsweg zu träumen und meine Arbeit in Frage zu stellen. Ein gefährliches Unterfangen. Wie wird es am Jakobsweg sein? Was werden die Geschäftspartner sagen, wenn ich einfach weg bin und ich sie mit ihren täglichen Aufgaben (...und hoffentlich für immer) allein lasse? Was wird alles schiefgehen? Werden sie wütend sein? Oder neidisch? Oder werden sie Verständnis haben?

Conny jedenfalls meint, dass sich die meisten wohl überhaupt gar nichts denken werden! Das sitzt.

In den wenigen Telefonaten am Freitag im Büro wird mir klar, wie oberflächlich, schnelllebig und egozentrisch alles ist. Soziale Werte und Engagement? Null. Ökonomische und ökologische Vernunft? Ebenfalls Null. Doch für all das gibt es kein Ende.

Mir wird bewusst, dass ich „eigentlich" nie im Leben einfach wegfahren könnte. Das hätte ich wenn, schon viel früher machen müssen. Vor 20 Jahren hätte ich die Weichen schon anders stellen müssen. Hätte mich meine eigene Frau nicht „bedrängt", würde ich jetzt nicht fahren. Sicher nicht!

Schon komisch. Es ist mein Wunsch. Aber ihre Entscheidung. Ich gehe mit einer niedergeschlagenen und extrem unsicheren Stimmung ins Bett. Beim Einschlafen spüre ich plötzlich wieder, wie mein Herz aus dem Takt gerät und kalter Schweiß über den ganzen Körper läuft. Mein Gehirn spielt mir im Schnelldurchlauf alle ungelösten Probleme vor. Wie in einem wirren Film schaltet es unermüdlich zwischen Vergangenheit und Zukunft hin und her. Doch dann schlafe ich erschöpft ein.

Am Samstag bekomme ich um Fünf in der Früh noch auf die Schnelle einen Reiseführer am Münchner Hauptbahnhof. Dann schließen sich mit einem Zischen die schweren Türen des französischen „Tee Schee Wö".

Stundenlang sehe ich endlose Landschaften an mir vorbeiziehen. Mein Gehirn ist völlig erlöst.

Kein Grübeln, kein Sinnieren mehr.

Diesen Zustand scheint es nicht mehr zu kennen. Der Wolken verhangene Himmel, der bei meiner Abfahrt noch leichten Optimismus geweckt hat, hat sich mittlerweile zu einem gewaltigen Tief verdichtet, welches ganz Europa überzieht und mit Orkanstärke 12 vielen Orts für Chaos und Überschwemmungen sorgt. Der Regen prasselt mit gewaltigem Tempo über die dicken Scheiben des Zuges und ich fange an, vor mich hinzuträumen.

Mein hübsches Gegenüber gibt sich als in Deutschland lebende Französin zu erkennen. Sie möchte ihre Familie in der Bretagne besuchen. Gerne spiele ich in Paris den Kavalier für einen ihrer Koffer. Der Zufall will es, dass auch sie den Bahnhof mit der Metro quer durch Paris wechseln muss. Sie kennt sich bestens aus, ist hier zur Schule gegangen und hat hier studiert.
In Paris trennen sich dann die Wege. Sie lässt keinen Zweifel daran, dass ich Glück haben werde. Das erste Mal seit langem höre ich wieder etwas auf Französisch, nämlich „mon ami". Zwei Küsschen auf die Wange und sie verschwindet mit ihrer kleinen Tochter in der Menschenmenge.

Nun bin ich allein.

Wartend auf den Anschlusszug nach Bordeaux und Hendaye kommt mir mein Rucksack nebst zwei Plastiktüten mit Lesematerial und Proviant, welche mir meine Frau noch in die Hand gedrückt hat, störend vor. Ich wage mich nur wenige Straßenzüge weit heraus aus dem lärmenden Bahnhof, denn ich weiß, dass mir mein nicht vorhandener Orientierungssinn sonst den Rückweg vereiteln kann. Was tun, mit meiner freien Zeit?

Meine degenerierte up-to-date-sein-Denke jagt mir mächtig Angst ein. Und schon fällt mir ein Geschäftstermin ein, den ich in der kommenden Woche haben werde. Oder gehabt hätte. Wie wird das ohne mich klappen? Werden die anderen mich gut vertreten? Werden sie überhaupt die Problematik richtig verstehen?

Ich will mein Notfallhandy herausholen. Doch ein junger Franzose rempelt mich genau jetzt aus Versehen mit einem knappen aber doch sympathischen „Pardon" an. Ich habe mich gerade gedreht und mit Rucksack bin ich offenbar doppelt so breit, wie mein Körpergefühl es von mir erwartet hätte.
Hilflos nehme ich mein Gepäck vom Rücken. Ich lehne es an einen französischen Schildermast und stelle mich betreten daneben. Intensiv spüre ich die ersten abweisenden Blicke der Menschen, die mich als glücklosen Vagabunden wahrnehmen. Plötzlich gibt es nichts mehr, an dem ich mich festhalten kann. (Außer dem Schildermasten). Ich spüre ein sehr unbehagliches „Jetzt". Die Zeit vergeht quälend langsam. Und ich kann einfach nichts mit mir anfangen.

Um dem zu entgehen, gönne ich mir in einem Straßenkaffee einen Espresso und werde sofort gemustert. Alle Franzosen neben mir sind geschmackvoll angezogen, Geschäftsleute im vornehmen Maßanzug und Privatleute in ansprechenden Klamotten. Noch nicht einmal am Ziel angekommen, ist es mit meiner eigenen Hygiene schon vorbei. Ich schäme mich für den Rucksack, den ich auf einem exquisiten Korbstuhl neben mir als eine Art Begleiter aufrichte. Darf man das? Auf den nassen Boden will ich ihn aber keinesfalls achtlos hinstellen. Zwei Stunden verweile ich in dieser Beklemmung, mit einer einzigen Tasse Espresso, die längst ausgetrunken ist. Dennoch nippe ich mit Schamgefühlen immer wieder an der leeren Tasse und antworte der adretten Kellnerin auf die Frage nach einem weiteren Wunsch mehrmals mit „peut être plus tard“ - später, vielleicht.

Endlich sitze ich wieder im Zug, der mich nun aus Paris hinaus bringen wird. Im Vorbeifahren erhasche ich in der Ferne noch einen kurzen Blick auf den Eiffelturm, auf dem ich in meiner Bundeswehrzeit schon einmal stand. Ich habe mich damals für die Ferne beworben, für das Ausland oder wenigstens für Norddeutschland. Natürlich war ich dann einer der wenigen, die heimatnah stationiert wurden. Doch eine Strafaktion (weil der Spinnt des Hauptfeldwebels aus dem Fenster „gefallen ist“ und dessen Audi 80 getroffen hat) hat mich dann doch noch nach Frankreich gebracht: Zum Kriegsgräber putzen! Es ist also so gekommen, wie ich es mir immer gewünscht habe.

Zahllose Kilometer rauschen jetzt an mir vorbei und ich nehme wahr, dass wirklich niemand mehr im Großraumwagen deutsch spricht. Ein Gewirr aus französisch, spanisch und baskisch zieht mich in seinen Bann.

Was wird mich am Küstenweg erwarten? Während ich noch einige Stunden im Zug dahin fahre, lese ich ein wenig über das, was mich „dort“ erwarten wird:

Der Küstenweg und der Nordweg

Viele Pilger sprechen nur recht allgemein von <u>dem</u> Küstenweg, obwohl es sich um zwei aufeinander folgende Verbindungen handelt: Den Camino de la Costa (Küstenweg), den man in Hendaye (gerade noch Frankreich) bzw. im drei Kilometer entfernten Irun (gerade schon Spanien) beginnen kann und auf dem man die üppig grünen Regionen Baskenland, Kantabrien, Asturien und Galicien entlang der bildschönen Atlantikküste durchquert.

Und anschließend dem Camino del Norte (Nordweg), der ab Ribadeo, durch das ebenfalls dicht bewaldete Landesinnere nach Santiago de Compostela weiterführt.

Auf den letzten Kilometern mündet der Camino del Norte auf den Hape-Kerkeling-Weg, den Camino Francés. Erst ab hier trifft man auf die typischen Auswüchse wie Camino-Kaffees mit Pilger-Hip-Hop und Souvenirshops.

Der Küstenweg (hier meine ich immer auch die Weiterführung durch den Camino del Norte) gilt als:

Der älteste und der wahrhaftige Jakobsweg.

Seine Geschichte geht direkt auf die Entdeckung des Apostelgrabes des heiligen Jakobus um 810 n. Chr. zurück.

Die gebirgige Atlantikküste war immer schon beschwerlich, bot aber damals einen guten Schutz gegen die Mauren, die das Landesinnere besetzt und für Pilger unsicher gemacht haben.

Vielen Pilgern ist heute nur der Camino Francés, der Hauptweg ein Begriff. Hiervon handelt das Buch „Ich bin dann Mal weg" und zahlreiche TV-Romanzen. Allesamt haben diese den Hauptweg zu einer nicht mehr weg zu denkenden touristischen Einnahmequelle gemacht. Aber dieser Jakobshighway wurde erst sehr viel später, nämlich im 11. Jahrhundert n.Chr. von Pilgern begangen. Das Landesinnere ist flacher und wegsamer. Es hat ein ausgeglicheneres, wenn auch deutlich heißeres Klima.

Die Atlantikküste hingegen ist ursprünglich und rau. Die kürzeste Linie zwischen A und B ist hier fast immer ein romantisches Zickzack entlang der Küste. Das Wetter ändert sich von jetzt auf gleich. Selbst Schneeflocken im Sommer sind in den höher gelegenen Regionen Asturiens durchaus noch möglich.

Pilger-Nepp gibt es kaum. Eher ist es so, dass viele Einheimische mit Pilgern gar nichts anfangen können. Sie sind neugierig, authentisch und äußerst höflich.

Übernachtungsmöglichkeiten gibt es deutlich weniger als am Hauptweg. Dafür braucht niemand im Schein der Stirnlampe aufzubrechen, um schon am Vormittag um einen Schlafplatz zu kämpfen.

Neben landschaftlich grandiosen Etappen gibt es leider am Camino de la Costa auch viel Asphalt. Ein entscheidender Nachteil, den ich bei meinem Aufbruch Gott sei Dank nicht gekannt habe.

Allerdings bemühen sich die regionalen Jakobsvereine aktuell sehr darum, neue und reizvollere Streckenführungen auszuschildern, und längst verfallene Traumpfade wieder zu beleben. Ein Jakobsweg-Pfeil auf der Leitplanke einer Schnellstraße geht schließlich extrem auf das Pilgergemüt. Der harte Untergrund durchrüttelt nicht nur Knochen, sondern auch die Psyche. Es ist zu hören, dass viele alternative Routen dazu gekommen sind, die noch gar nicht im Pilgerführer verzeichnet sind. Alle führen sie wieder durch ursprünglichen Wald und durch Wiesen.

Ich selbst habe Asphaltpisten manchmal verflucht und des Öfteren Umwege über kleine Küstenpfade in Kauf genommen.

Alles in allem entspricht die aufregende Landschaftskulisse überhaupt nicht dem typischen Spanienklischee einer Costa del Sol oder Mallorcas. Eher schon einer Mischung aus Allgäu und dem Cornwall einer kitschigen Rosamunde Pilcher Romanze.

Was ich mich während der Zugfahrt frage, ist:

Werde ich so etwas wie Gott begegnen?

Wer ist er, dieser Gott? War er es, der mich auf diese Reise geschickt hat? Ist er dafür verantwortlich, dass ich jetzt im Zug sitze und träume? Und: Wird er mir helfen, meint er es gut mit mir?

Meine innere Zerrissenheit im Zug lässt mich nun über Dinge grübeln, über die ich eigentlich jetzt noch gar nicht nachdenken möchte. Es sind Gedankenfetzten, denen ich mich noch nicht stellen möchte. Und doch spüre ich mit dem Takt der überfahrenen Schwellen, dass sich meine Gedanken vom Alltag entfernen und nun andere – lange unterdrückte Hirnareale tätig werden dürfen. Ich träume und lasse „es“ einfach zu.

Die erste Nacht in Irun

10 km

Am frühen Abend komme ich im letzten Abendlicht in Hendaye an, einer kleinen Grenzstadt am Atlantik mit etwa 15.000 Einwohnern [1]. Vom Atlantik selbst kann ich aber weit und breit nichts sehen. Dafür erblicke ich beim Aussteigen schon die ersten Pilger, die alle gleich in eine kleinere Regionalbahn wechseln und weiter nach San Sebastián oder Bilbao fahren. Gut so. „Come with us", rufen sie mir zu, während es sehr ruhig wird am Bahnsteig. Ich lasse sie ziehen. Ich bleibe noch eine ganze Weile stehen, bevor ich den Reiseführer aufschlage und ein wenig hilflos meine ersten Schritte mache.

Come with us – Nein!

Ich werde dem Herdentrieb nicht folgen. Ich möchte allein sein und allein dieses verrückte Abendteuer beginnen.

Trotzdem wird mir schlagartig klar, dass ich soeben seit langer langer Zeit wieder für mich eine eigene Entscheidung getroffen habe. Ich habe „nein" gesagt und einfach losgelassen!

Die Pilgerherberge von Irun kann der Beschreibung nach nicht weit weg sein. Doch schon macht sich mein nicht vorhandener Orientierungssinn bemerkbar. Ich habe ihn von meiner Mutter geerbt, oder besser gesagt: Ich habe eben keinen solchen Sinn geerbt. Das Suchen meines in der Stadt abgestellten Autos oder das Verlaufen direkt vor meiner früheren Haustüre in der Stadt sind mein täglicher Normalfall gewesen.

Irun liegt auf der gegenüberliegenden Seite des Grenzflusses La Bidassoa. Er entspringt etwa 70 km südöstlich in den Pyrenäen bei Baztan, ganz in der Nähe von Saint-Jean-Pied-de-Port, wo für viele der Camino Francés im Landesinneren auf einer Meereshöhe von 180 Höhenmetern beginnt. Saint-Jean-Pied-de-Port liegt Luftlinie nur etwa 50 Kilometer von Irun entfernt. Dazwischen türmen sich die Pyrenäen auf. Die Quelle des Bidassoa befindet sich immerhin auf einer Meereshöhe von 710 Höhenmeter [2]. Mein eigener Weg beginnt an seiner Mündung im Atlantik im Golf von Biskaya. Im wahrsten Sinne bei Null!

Irun: Beschaulich und urtümlich.

Irun an der Mündung des Bidassoa ist eine beschauliche und verträumte Kleinstadt, in der nicht viel los ist. Ich sollte deshalb die Herberge recht einfach finden können. Doch all das, was im Reiseführer so exakt beschrieben ist, trifft nun nicht zu, weil ich offenbar den Bahnhof schon auf der falschen Seite verlassen habe. Nichts stimmt mehr mit der einfachen Beschreibung überein. Bin ich nun in Hendaye oder bin ich schon in Irun? Ich weiß es einfach nicht. Obwohl ich – ganz im Gegensatz zu meiner Frau – links von rechts durchaus unterscheiden kann, finde ich weder die richtige Straßengabelung, noch die erwähnte Bushaltestelle, an der ich hätte vorbei gehen sollen.

Hin und her suchend bringe ich so gleich auf Anhieb meine ersten Zehn Kilometer zusammen. Nun wird es schon ziemlich dunkel und meine ersten Selbstzweifel steigen wieder empor. Sie waren ja auch nie wirklich weg.

Ein frisch verliebtes baskisches Pärchen, so um die Zwanzig, spricht mich jetzt direkt an, obwohl ich doch extra verschämt weggesehen habe. Offenbar möchten sie mich von meinem Schicksal und meiner unsäglichen Hilflosigkeit befreien.

Zusammen führen sie mich gute zwei Kilometer zurück zur Herberge und erzählen mir dabei ihre ganze Lebensgeschichte in einer Sprache, die ich noch nie zuvor gehört habe: Euskal (baskisch). Beide haben Bedenken, dass ich jetzt, nach Zehn Uhr noch eine Pilgerunterkunft bekommen würde und ziehen schon in Betracht, dass ich bei ihnen unterkommen muss.

Doch zuvor wollen sie ihr Glück, oder besser gesagt mein Glück an der Herberge in der Calle Lucas de Berroa versuchen.

Sie gehen also in das alte Mehrparteienhaus mit hinein, die Treppen hoch in den ersten Stock und klopfen selbst an die Türe. Ich stehe gerade etwas schüchtern hinter den beiden, freue mich aber doch, dass mich jemand an die Hand nimmt.

Meine Intuition reicht aus, um zu verstehen, dass die ältere Dame drinnen die Türe wirklich nicht mehr öffnen will. Ein bisschen komme ich mir nun vor wie bei Maria und Josef auf der Herbergssuche.

Meine zwei „Engel" haben jedoch partout nicht vor, auf zu geben und führen ein längeres Gespräch durch die verschlossene Türe hindurch. Eine groteske und sehr verlegene Situation.

Bienvenido!

Schließlich gibt es dann doch noch ein ganz stilles und demütiges herein.

Freundlich wird mir im Schein einer Taschenlampe ein Stockbett in dem Raum zugewiesen, der eigentlich nur den Herbergsleuten zugedacht ist. Die Herbergsdame flüstert mir noch zu, wo sich die Toilette befindet und wünscht mir eine gute Nacht.

Auf ein Essen oder das Bad muss ich heute verzichten.

Alle anderen schlafen bereits in anderen Zimmern tief und fest. Hundemüde und überwältigt von den heutigen Eindrücken schlafe ich wie ein Stein. Ich bin glücklich.

In der Nacht träume ich davon, wie ich in Zeitlupe durch einen Wald gehe und sich urplötzlich eine unendlich weite und fremdartige Landschaft vor mir auftut, über die ich völlig schwerelos in Richtung Horizont schwebe und den Weg unter mir lasse.

Kein schlechter Traum für die erste Nacht!

Irun - San Sebastián

Tag 1: 28 km (+5 km Umweg), 1.000 Höhenmeter, über Pasaia

Die erwachenden Pilger sind nicht gerade leise beim Aufstehen und in der kleinen Küche bekomme ich sie dann auch zu sehen. Ein bunt zusammen gewürfelter Haufen müder Gesichter, die einander gegenseitig nicht zu kennen scheinen. Ich fühle mich der Gruppe nicht zugehörig.

Es sind acht Pilger, sowie die zwei Hospitalieras (die Herbergsmütter), die uns frischen Toast, Kaffee und selbstgemachte Pfirsichmarmelade servieren. Meine Weggefährten wirken kraftlos und abwesend, vielleicht bin ich es aber einfach auch nur selbst.

Mein erster Pilger-Stempel.

Nun bekomme ich während des Frühstücks meinen ersten Stempel der Reise in den Pilgerausweis, den „Credecial“ gedrückt. Der Beweis für die römisch katholische Kirche, dass ich heute auch tatsächlich hier bin! „Albergue de Peregrinos“ steht in einem Kreisbogen um eine Jakobsmuschel, auf der Irun gedruckt ist. Im unteren Kreisbogen steht auf Baskisch: „Donejakue Bideko Lagunak“. Gestempelt mit „Fetcha 12.06.2010“. Das genügt mir fürs erste.

Am wohlsten fühle ich mich ohne Frühstück. Deshalb packe ich schon nach wenigen Minuten mein Zeug zusammen und gehe allein hinab zur Straße.

Mit dem Zufallen der schweren Holztür beginnt es:

Das Abenteuer meines Lebens!

Auch wenn es Anfang Juni ist, atme ich jetzt eiskalte Luft ein, die beim Ausatmen zu sehen ist. Durch die Wolkenfetzen strahlt das erste wärmende Sonnenlicht hindurch und über meinen verzerrten, langen Schatten am Kopfsteinpflaster muss ich lachen. Welch komische Kreatur, die da ihr Glück versucht.

Nach wenigen hundert Metern werfe ich meine beiden Plastiktüten mit Zeitschriften, Chips und einem ekligen alten Sandwich in eine herrenlose Mülltonne. Immer wieder muss ich mit schlechtem Gewissen zurück blicken, ganz so, als wenn ich irgendetwas davon doch noch brauchen würde. Doch ich fühle mich auch befreit. Je weniger, desto besser.
Wau! Was für ein großartiges Gefühl! Ich setze einen Schritt vor den anderen. Noch kann ich mir die Wahnsinnsstrecke, die vor mir liegt nicht im Geringsten vorstellen. Und doch beginne ich sofort, vor mich hin zu träumen. Ich kann mein Glück noch gar nicht richtig fassen. Hier zu sein, scheint verrückt und surreal. Eine eigenartige Mischung aus Demut und erster vorsichtiger Fröhlichkeit begleitet mich ganz still. Wie von selbst kehrt Ruhe in mich ein. Eine Ruhe, die sich im normalen Urlaub leider immer erst dann einstellt, wenn er schon fast wieder vorbei ist. Was ist hier anders? Ich frage mich, bin aber von meiner Umgebung und dem kühnen Plan so eingenommen, dass Gedankenspiralen gar nicht erst aufkommen.

Endlich darf ich einmal das tun, was sich der Teil meines Urzeitgehirns so lang ersehnt hat. Vorwärts gehen, ohne zu denken. Wird mir das weiterhin gelingen?

Der erste gelbe Pfeil.

Gerade entdecke ich für meine bevorstehende „Schnitzeljagd“ nach Santiago de Compostela meinen ersten gelben Pfeil. Er markiert jetzt meinen Weg und bringt mich rasch aus dem noch verschlafenen Städtchen Irun heraus.

Gleich geht es durch eine abgeschiedene paradiesische Moorlandschaft. Alles ist satt grün. Der Himmel über mir ist noch nicht wirklich hell, sondern dunkelblau. Nur in der Ferne ist er schon hellblau und etwas dunstig. Der Wind treibt weiße Wolken vor sich her.

Eine kleine idyllische Holzbrücke gibt mir den Blick frei auf einen ruhigen Wasserlauf mit seinem tiefgrünen Schilfsaum. Die Temperaturen sind nun angenehm und ich folge dem gelben Kreuz, welches überdeutlich auf einen dunkelbraunen Holzzaun aufgemalt ist.

Doch dann kommt kein weiteres gelbes Kreuz mehr. Der Feldweg, auf dem ich mich befinde, will auch nicht in die Höhe verlaufen, so wie es im Pilgerführer steht, sondern schlängelt sich weit ausladend zurück in Richtung Irun, welches nun von der Sonne schon voll beschienen wird. Da kann doch was nicht stimmen!

Habe ich es tatsächlich geschafft, mich schon wieder zu verlaufen? Es sieht ganz danach aus und ich muss wohl wieder zurück marschieren.

Noch weiß ich nicht, dass ein gelbes Kreuz bedeutet: Hier nicht, hier bist du falsch!

Aber mir schwant schon, dass ein gelbes Kreuz eben kein gelber Pfeil ist.

Das erklären mir nun zwei spanische Pilger, die ausgiebig gefrühstückt haben und mir unüberhörbar im Schwemmland entgegen getrampelt sind. Jorge und Mark entdecken den richtigen Abzweig nicht zu Letzt deshalb, weil Jorge mit seinem IPhone navigiert.

Welcher Weg ist der Richtige?

Am liebsten würde ich mit Gewalt einen anderen Weg einschlagen, allein schon der Blamage wegen und um nicht wie zu Hause von einem albernen Navigationsgerät abhängig zu sein.

Dass ich nicht einmal in der Lage bin, die ersten paar Kilometer im Grünen zu finden, ärgert mich beileibe mehr, als ich mich über den wiedergefundenen Weg freuen kann. Schließlich bin ich ja an einem übermächtigen gelben Pfeil vorbei gekommen, den ich wirklich hätte sehen müssen.

Immerhin stimmt der Trail nun wieder mit den Beschreibungen des Outdoor-Reiseführers überein. Und meine erste Lektion habe ich, wenn auch unfreiwillig, gelernt: Folge dem gelben Pfeil.

Ein gelbes Kreuz warnt dich vor dem falschen Weg. (Ich werde später noch lernen, dass gelbe Kreuze durchaus reizvolle Alternativen markieren können, die man Pilgern einfach nur vorenthalten möchte). Für das erste werde ich mich von nun an haargenau an die instrucciónes, die Anweisungen, halten.

Dem gelben Pfeil folgend, bin ich nun mitten drin. Dichter Laubwald hat das Schwemmland abgelöst und es geht leicht bergauf. Jorge und Mark sind vor wenigen Minuten ihrem Navi gerade aus gefolgt, ich habe dem gelben Pfeil nach links vertraut.

Ein Weg – viele Möglichkeiten.

Nachdem ich mich bereits auf den ersten Kilometern ein wenig verlaufen habe, bringt mich jetzt der Pilgerführer völlig durcheinander. Ab hier gibt es nun gleich vier verwirrende Varianten, weiter zu gehen.

Irgendwie kommt mir diese Situation verdammt bekannt vor. Immer dann, wenn ich zusammen mit meiner Frau und dem Navi im Auto sitze, gibt es an kritischen Stellen gleich drei verschiedene Meinungen.

Sie sagt links. Das Navi sagt rechts und meint damit vermutlich das Gleiche wie meine Frau (denn sie verwechselt ständig links mit rechts). Ich fahre natürlich geradeaus. Nicht weil ich so stur bin, sondern weil mein männliches Gehirn doch eher einfach gestrickt ist und einen solchen Konflikt schlicht und einfach in so kurzer Zeit nicht auflösen kann.

Eine Vollbremsung im dichten Verkehr zur Klärung der Lage ist für mich keine Option. Wohl aber für meine Frau! „Du hättest doch wenigstens jetzt mal nachdenken können und nicht einfach weiterfahren."

Natürlich liege ich mit meiner Intuition fast immer daneben und habe dann nicht nur meine Frau gegen mich, sondern auch das nervige Navi. „Wenn möglich, bitte wenden", wenn es gar nicht geht.

Kann es denn am Jakobsweg nicht etwas einfacher beginnen? Eine einzige Wegangabe würde doch genügen! Ein Pfeil, der in meine Richtung zeigt.

Aber nein: Es steht da was vom „direkt markierten Jakobsweg“, einem „offiziellen Jakobsweg“, einem „gemeinsamen Weiterweg“, und etwas von einem „empfohlenen Umweg nach Hondarribia“ und von einer „weiteren Möglichkeit über einen Berggipfel“. Die Entfernungen beziehen sich mal auf die eine, mal auf die andere Variante.

Zur Ehre des Reiseführers gilt es zu erwähnen, dass ich mir mit exakter Lektüre durchaus sehr einfach einen Überblick hätte verschaffen können.

Ob der vielen Möglichkeiten versuche ich es am besten mal so wie bei „Wer wird Millionär“ mit dem Ausschlussverfahren.

Den Abzweig über den steilen Berggipfel Jaizkibel schließe ich gleich mal aus.

Und das mit „Umweg“ hört sich auch nicht viel besser an, obwohl er empfohlen wird. Also weg damit.

Im Spiel sind also noch die zwei Optionen „direkt markiert“ und „offiziell“.

Ist denn der offizielle Jakobsweg nicht markiert? Markiert hört sich jedenfalls für mich am besten an, ob offiziell oder nicht. Noch habe ich mich nicht entschieden.

Frisches Wasser!

Ich stehe gerade vor einem schönen Steinbrunnen im Schatten eines alten Kastanienbaums, aus dem ich das erste frische Wasser auf meinem Weg trinke.

Vor mir erhebt sich die Kirche von Guadalupe. Leider gibt auch sie mir keinen Hinweis zum weiteren Verlauf des Weges. Unter mir tut sich ein fantastischer Rundblick auf das über und über grüne

Mündungsgebiet auf, durch das sich der Bidassoa malerisch hindurch schlängelt.

Kühler Wind streicht mir um den verschwitzten Körper, erst angenehm, dann aber einfach zu kalt, um dort länger stehen zu bleiben.

Mit zwei aufgefüllten alten Graniniflaschen (etwas anderes habe ich zu Hause nicht gefunden) geht es mit einer Fifty-Fifty-Chance weiter auf dem direkt markierten Weg.

Der Wald lichtet sich und vor mir breitet sich eine kargere und steinige Gebirgslandschaft aus. Sie ähnelt ein wenig den bayrischen Alpen in Höhe der Baumgrenze.

Ich betrete einen bergigen Lehm- und Schotterweg, den Sturzbäche stellenweise deutlich ausgewaschen haben. Links unter mir liegt immer noch Irun. Umsäumt ist mein Weg von Meter hohen Königsfarnen, dessen archaische Farnwedel meine Gedanken dazu beflügeln, in die Kreidezeit zurück zu reisen, wo hier vielleicht die ersten Landwirbeltiere gegrast haben. Die jedenfalls nehmen in meiner Fantasie gerade reale Gestalt an. Und tatsächlich verfolgen mich neugierige Blicke aus den Farnen heraus. Doch es sind einsam weidende Pferde, Esel und Maultiere, die mich hier von ihrem grünen Paradies heraus in sicherem Abstand bestaunen. Sie wissen ja nicht, dass ich mich in Gedanken gerade 140 Millionen Jahre von ihnen entfernt befinde.

Nachdem heute Sonntag ist, kommen mir die ersten einheimischen Mountainbiker und Wanderer entgegen. Sie holen mich abrupt aus der Kreidezeit zurück. Wenigstens sind die urzeitlich anmutenden Farne noch immer da!

Die Frühsportler grüßen mich mit

„Bon Camino!“

– dem Spruch, der „guten Weg“, aber auch schon mal „Tschüs“ oder „lass mich in Ruhe“ bedeuten kann. Das habe ich in dieser

Bedeutung erst später erfahren. Im Moment sind alle sehr freundlich und ich kann voll guter Laune Strecke machen.

Am späten Vormittag stoßen dann Mark und Jorge wieder zu mir, sowie Ingrid, eine ältere, drahtige und sehr sympathische Dame. Sie gehen zu Dritt, nun sind wir zu Viert. Mark hat Walkingstöcke, trägt ein rotes Sportshirt und einen roten Rucksack auf den eine gelbe faltbare Isomatte draufgebunden ist. Der letzte Schrei? Oder bin ich einfach nicht mehr in?
An Jorge ist alles grau. Es gibt keinen einzigen Farbfleck an seiner Ausrüstung. Ingrid trägt eine hellbeige kurze Hose mit selbst aufgenähten Seitentaschen, ein schwarzes Goretex-T-Shirt und ein rotes Stofftuch, dass sie sich um den Hals gebunden hat. In der Hand hält sie einen geschnitzten Pilgerstock, der einiges wiegen dürfte. Ingrid sieht als einzige wie eine waschechte Pilgerin aus.

Ich selbst trage eine kurze olivgrüne Hose aus viel zu schwerem Stoff, ein altes hellblaues Baumwoll-T-Shirt vom Gardasee und meinen leuchtend gelb/orange farbenen Minirucksack. Keine Stöcke. Keine Sportkleidung. Keine richtigen Wanderschuhe.

Die beiden jungen Spanier hingegen sind mit der absoluten Hightech-Ausrüstung unterwegs. Ich würde wetten, dass jedes einzelne Teil das Teuerste und das Beste ist.

Jorge ist permanent dabei, im Gehen zu Simsen und alles live auf Facebook zu posten. Beide Spanier haben Kopfhörer in den Ohren.

Spöttisch merke ich Ingrid gegenüber an, dass vermutlich sogar die beiden Rucksäcke mit Bluetooth verbunden sind und sich die Wasserflaschen über einen Mikrotransponder unterhalten können! Ingrid muss spontan über mein Gespött lachen.

Schon die erste Etappe ist ein Traum!

Wären da nicht die beiden Spanier, die den Camino irgendwie als eine Art pubertären Spaß-Wettbewerb zu betreiben scheinen.

Erstmals sehe ich den tiefblauen Atlantik unter uns. Wau, was für eine grandiose Aussicht!

Wenig später geht es nicht ganz Knie schonend über eine steile Steintreppe hinab zur Küste. Sensationell. Das ist es! Genau so habe ich mir das vorgestellt, als ich das erste Foto über den Küstenweg gesehen habe.

Mit jedem Schritt bergab nähern wir uns der spektakulären Hafenkulisse des Fischerdörfchens Pasaia.

In den verwinkelten Ecken der Treppe wurden liebevoll klitzekleine Gemüseecken angebaut und orange blühende Kresse überwuchert die Mauervorsprünge, denen seit Jahren der Putz fehlt.

Diesen Vormittag hat mich der Jakobsweg schon 20 Kilometer von Irun in das idyllische Fischerdorf Pasaia geführt, welches so auch schon vor vielen Hundert Jahren ausgesehen haben mag. Pasaia liegt so wie Irun in der Provinz Gipuzkoa. Der kleine Seehafen umschließt die Flussmündung des Oiartzun.

Nun liegen also meine ersten Kilometer und etwa 600 Höhenmeter hinter mir und es geht mir immer noch erstaunlich gut.

Stolze Basken

In einer kleinen Bar, wo man auf die Holztür mit Kreide „on parle francais“ geschrieben hat, gönnen wir uns eine Tortilla de patatas. Dottergelb und fettig. Es ist um elf Uhr das einzige und somit auch günstigste Gericht. Kartoffeln, Ei, Zwiebeln und triefendes Öl in Form eines Omelettes. Eine Mischung für die ich mich zwar nicht wirklich begeistern kann, die aber in dieser typischen Atmosphäre doch ganz passabel schmeckt. Schließlich bin ich ja in Spanien, genauer gesagt – und auf das würde der stolze Gastwirt enormen Wert legen – im Baskenland.

Schon das Outfit des Gastwirtes ist sehenswert. Er trägt ein rosafarbenes T-Shirt mit comikartig verspieltem Aufdruck in orange, weiß und lila. Aufgenäht ist noch ein verblasster Aufnäher der Baskenlandflagge mit grünem Zickzack auf rotem Hintergrund. „Passend“ dazu um den Hals gewickelt ein blau-weiß karierter Baskenschal, der mich stark an unsere billigen Küchenhandtücher zu Hause erinnert.

Alles in allem ist er eine eitle aber fröhliche Erscheinung. Vor allem aber ist er Baske.

Zwar kenne ich aus meiner königlich Bayrischen Heimat, dass die „Thronerben“ von König Ludwig und Franz Josef Strauß schon mal mit Sepplhut gegen Berlin wettern. Doch das, was nun abgeht, kann ich selbst kaum glauben.

Ingrid und ich kommen im bunten Sprachkauderwelsch auf Anhieb prima mit den Wirtsleuten zurecht, während die Gastleute unseren spanischen Begleitern zu verstehen geben, dass sie sie nicht verstehen können und auch nicht verstehen wollen. Mark, der den Mund immer am weitesten offen hat, kann nämlich nicht verleugnen, dass er aus dem fernen Madrid kommt. Ein absurdes Spektakel spielt sich so an unserem Tisch ab. Mark versucht sogar, wie ein Ausländer mit Händen und Füßen zu reden und ist richtig sauer, dass man ihn nicht verstehen will.

Auf „Spanisch“ kommt man hier nicht weiter.

Er regt sich richtig auf, dass hier sogar frech französisch gesprochen wird, aber kein spanisch.

Gerade noch wollte Mark uns großspurig demonstrieren, wie man hier in Spanien standesgemäß bezahlt. Jetzt ist seine Stimme wütend verstummt. Dafür unterhalten sich die Gäste des Nachbartisches laut und lachend mit mir und Ingrid. Baskisch – pah, kein Problem!

Jorge kommt zwar selbst aus dem Baskenland, ist aber der ruhigere Part und mischt sich in das Match Basken gegen Spanier gar nicht erst ein. Er scheint zu ahnen, dass er nur verlieren kann.

Selbst spanische Geldautomaten sind hier sogar mehrsprachig, nicht aber so, wie man sich das als Europäer vorstellen würde. Zur Wahl stehen Baskisch, Kantabrisch, Galizisch und Spanisch.

Baskisch (Euskal) ist anscheinend mit keiner weiteren europäischen Sprache verwandt und deshalb für Spanier ebenso unverständlich wie für andere Nationen. Allerdings scheinen es Basken förmlich zu genießen, mit anderen Nationen ins Gespräch zu kommen, nur eben nicht mit Spaniern. Eine schallende Ohrfeige für unseren roten Hightech-Spanier Mark und eine erste süffisante Episode auf meinem Weg. Mark muss sich von Jorge erklären lassen, dass Baskisch in der Provinz Gipuzkoa sogar die offizielle Amtssprache ist. Krass. Soweit haben wir es in Bayern noch nicht gebracht.

Mit Ingrid plaudere ich ein wenig über den vor uns liegenden Weg in dieser Region.

Zwischen Frankreich und Spanien

Das Baskenland liegt an der Atlantikküste in der Grenzregion zwischen Spanien und Frankreich. Das fortwährende Dilemma besteht darin, dass die Autonome Gemeinschaft Baskenland in Spanien liegt, die Provinz Navarra – ebenfalls baskisch - jedoch in Frankreich.

Die gefühlte Grenze des Baskenlandes verläuft also zwischen zwei Staaten, grob gesagt in der Region der Pyrenäen. Hier war ein halbes Jahrhundert die baskisch-nationalistische Untergrundorganisation Euskadi Ta Askatasuna (ETA) aktiv, die das Ziel eines eigenen Basken-Staates verfolgt (hat).

Der Wirt sagt uns, dass wir vor der ETA keine Angst haben müssen. Und er fügt süffisant hinzu: „Eher schon vor den Spaniern, die sich hier verlaufen haben".

Das hat gesessen.

Zum Norden hin ist die Grenze des Baskenlandes eindeutig. Denn hier ist der Atlantik. Genauer gesagt: Das kantabrische Meer mit dem Golf von Biskaya. An der Ostgrenze liegt mein Startpunkt Irun. Und die westliche Grenze verläuft wenige Kilometer hinter der Provinzhauptstadt Bilbao.

Der höchste Berg des Baskenlandes ist die Tafel der drei Könige mit 2.450 Metern. Und so stellt sich auch der Küstenweg, den manche sich als flache Strandwanderei vorgestellt haben, hier ganz anders dar:

Täglich eine leichte Bergwanderung.

Die zum Ozean hin auslaufenden Pyrenäen machen die Landschaft dafür aber auch so sehenswert, das sich jede Mühe lohnt.

Habe ich da nicht gerade eine Trillerflöte und Trommeln gehört?

Wie auf Bestellung marschieren aus dem Nichts heraus ein gutes Dutzend Basken und Baskinnen in ihrer schönsten Heimattracht auf und präsentieren mit ohrenbetäubenden kleinen Trommeln („Ttun-ttun") und Dudelsäcken ein völlig unerwartetes Folklore-Spektakel, welches sich im kleinsten Kreis nur um uns herum abspielt. Kaum fünfzig Menschen sind außer uns noch am Marktplatz präsent und wir sind mitten im Zentrum.

Die Baskische Folklore, die sich um mich herum formiert, erinnert mich an irische Musik, keltische Riten und ein wenig an Wicki und die starken Männer. Es fehlen nur die Hörner.
Männer in knielangen weißen Röcken, die wie eine gehäkelte Spitzendecke aus Omas Zeiten aussehen. Die bunten Dudelsäcke wirken fremdartig und doch irgendwie stimmig zum farbenfrohen Durcheinander. Die winzigen Holzflöten mit nur drei Löchern sind noch markerschütternder, als die C-Flöte, die ich als Kind lernen musste.

Als Kopfbedeckung tragen die Männer einen Filzhut, den man sich, ohne dass ich respektlose Vergleiche ziehen möchte, wie eine große graue Schultüte aus Filz vorstellen kann. Wie bei einem Zaubermeister säumt die Spitze des Hutes eine kleinere rote „Tüte", die mich aber mehr an gebrannte Mandeln erinnert. Aus dieser Mandeltüte treten lange pechschwarze Federn und farbige Bänder hervor.

Basken durch und durch!

Natürlich würde ich einem echten Basken niemals von meinen Assoziation erzählen!

Im Rhythmus der Musik wedelt ein Umhang aus Lammfell störrisch auf und ab. So ein Lammfell hatten meine Eltern einmal in ihrem

Badezimmer. Alle haben sie sorgfältig gebundene rot-grüne Schals, die auf der Brust zwei akkurate Zipfel bilden.

Hinzu kommen Schuhe, die durchaus mit bayrischen Haferlschuhen vergleichbar sind. Allerdings sind sie mit Lederriemen bis zu den Knien hoch gebunden. Das müssen sie wohl auch, um der wilden Choreographie Stand zu halten. Mir selbst wird schon beim Zusehen fast schwindelig. Vielleicht auch wegen der hübschen Mädels, die ihre Tradition zum Besten geben. Ich komme nicht umhin, die netten Blicke zu genießen. Flirten erlaubt!

Nachdem die Trommeln verhallt sind, ist es an der Zeit, aufzubrechen.

Und nun scheiden sich die Geister. Die beiden Spanier haben eine Beschreibung des kürzesten Wegs von Pasaia nach San Sebastián durch das „Landesinnere", der nur etwa 6,5 km beträgt. Luftlinie sind es vielleicht nur 5 km. Folgt man jedoch der spektakulären Küstenlinie, sind es gute 12 Kilometer. Allein an diesem ersten Entfernungs-Beispiel meines Jakobsweges erfahre ich schon, dass auch die Kilometerangaben bis nach Santiago de Compostela keine absoluten 860 Kilometer betragen werden, sondern je nach gewählter Variante durchaus weiter sein können.

Das ist mir aber egal. Ich möchte auf jeden Fall am Atlantik entlang „außen rum" nach San Sebastián wandern! Der Weg selbst ist das Ziel, nicht die schnellste Route.

Ein Weg für alle Sinne!

Von Pasaia starten wir in der zweiten Tageshälfte nach San Sebastián, welches im äußersten Norden der iberischen Halbinsel an der Bucht La Concha liegt. La Concha bedeutet Muschel oder Jakobsmuschel und ist für mich deshalb ein wichtiges Wort als Pilger.

Ich habe bis auf die Entfernungsangaben noch nichts über San Sebastián oder den vor mir liegenden Küstenweg dorthin gelesen. Also lasse ich mich einfach überraschen und folge den Fußstapfen von Ingrid. Zwar hätte ich auch meinen ersten Tag hier in Pasaia beenden können, weil es hier eine Herberge gibt. Doch meine Vorfreude auf das Abenteuer der zweiten Tageshälfte ist viel größer.

Der Rio Oiartzun hat mit seinen letzten Windungen Pasaia einen extrem gut vom Ozean geschützten Hafen geschenkt. Hier müssen wir nun an das andere Ufer. Eine Brücke gibt es hier nicht.

Für weniger als einen Euro bringt uns ein altehrwürdiges Fährboot auf die nur wenige hundert Meter entfernte, gegenüber liegende Seite des Hafens Pasaia San Pedro. Hier folgen wir auf altem Kopfsteinpflaster der Bucht und dann geht es 60 beschwerliche Steinstufen direkt in der Falllinie die Klippe hinauf.

Mit jedem Schritt spüre ich mein Herz stärker pochen.

Die ersten großen Schweißtropfen fallen mir von der Stirn. Dafür wird die Aussicht in die Tiefe mit jedem Schritt auch spektakulärer. Wie von einem Wachturm nach unten blickend liegt das enge Hafenbecken von Pasaia gebieterisch hinter mir. Mein Puls kommt dafür ganz schön in die Gänge. Und ich spüre nun auch meinen Rucksack und die einschneidenden Tragegurte. Dafür macht ein angenehm kühler Wind den Aufstieg zu einem Erlebnis für alle Sinne.

Der schmale Pfad entlang der schroffen Felsküste folgt zumindest hier oben angenehm flach der Höhenlinie und führt zu einem kleinen Leuchtturm, der sich in vergangenen Zeiten den schönsten Platz zum Ozean reserviert hat. Dieses Privileg haben sonst nur die Kirchen. Die ockerfarbenen Felsen fallen hier teilweise fast senkrecht ab zum Atlantik. Die Gesteinsschichten sind nicht waagrecht, sondern senkrecht gefaltet. Die Urgewalten müssen sie in vergangenen Zeiten komplett um 90 Grad gedreht und zu Bergen getürmt haben.

Obwohl alles dicht mit Grünzeug bewachsen ist, ist an manchen Stellen nur blanker Stein.

Mein Puls beruhigt sich langsam. Eine aufregendere Kulisse kann man sich kaum vorstellen. Zu meiner Rechten liegt der Ozean.

180 Grad pures Meer.

Tiefblau, ungestüm, temperamentvoll. Zu meiner Linken steigt das Gelände steil nach oben an. Gut, dass ich da nicht rauf muss. Oder doch?

Im Reiseführer steht etwas von einem einsamen Küstenweg in faszinierender Landschaft hoch oben und etwas vom weniger reizvollen markierten Jakobsweg, auf dem ich mich gerade befinde. Weniger reizvoll? Ich frage mich, geht es denn noch schöner?

Ingrid, die leichtfüßig hinter mir dahintrabt, nimmt mir völlig ohne Worte die Entscheidung ab, indem sie einfach scharf links nach oben abbiegt. Ich bin schon zwanzig Meter voraus und bleibe nun nach dem Abzweig nachdenklich stehen. Die geht einfach weiter, denke ich. Das gibt's doch gar nicht.

Mürrisch, aber wie ferngesteuert gehe ich die zwanzig Meter zurück, lasse Mark und Jorge vorbei und folge Ingrid schnaufend bergauf. Warum eigentlich? Noch heute früh habe ich mich doch ganz klar gegen einen Berg entschieden.

Wenn die das macht, wird sie schon ihren Grund haben! Noch weiß ich nicht, wie alt Ingrid ist, aber sie könnte so Anfang 60 sein.

Wahnsinn, so ein Tempo.

Ingrid hat ihren Schritt, den sie auf flachen Partien macht, in keinster Weise verlangsamt. Tick, Tack – wie eine Uhr. Ich habe sogar den Eindruck, dass das Ticktack gerade eben noch schneller wird. Meinen Puls höre ich jetzt bedrohlich laut in den Ohren. Und vor meinen Augen sehe ich Sternchen. Kein besonderes Zeichen guter Fitness. Obwohl ich kräftig Gas gebe, wird der Abstand zu Ingrid größer. Ich fange an, durch den Mund zu schnaufen und Schweiß rinnt mir aus allen Poren.

Meine Tragegurte kleben am nassen Oberkörper und ich drücke sie immer wieder von meiner Brust weg nach vorne. Dann allerdings wird gleich der Wind unangenehm. Immer wieder öffne und schließe ich meinen Tragegurt um den Bauch, aber eine bequeme Stellung lässt sich nicht finden.

Nun scheint Ingrid ein wenig Rücksicht auf mich zu nehmen und etwas langsamer zu marschieren. Dafür redet sie fortwährend, während ich kein einziges Wort mehr herausbringe. Wenigstens der Weg meint es gut mit mir. Er belohnt mich mit allem, was er hier aufzuwarten hat.

Herrlich weicher Sand und feuchter Lehm

unter meinen Sohlen, links und rechts ein Meer aus weiß und gelb blühenden, stark duftenden Doldenblütlern. Die imposantesten Vertreter ihrer Gattung sind der kleine und der große Wiesenbärenklau. Beide Blätter erinnern tatsächlich an die Tatzen eines Bären. Zumindest den großen Bärenklau sollte man aber lieber nicht berühren. Er ist fototoxisch und setzt den natürlichen Sonnenschutz der Haut außer Kraft, was zu einem heftigen Sonnenbrand am Jakobsweg führen kann.

Einen besonderen Farbton spenden die lila farbenen Disteln der Umgebung. Sie leuchten vor dem dunkelblauen Hintergrund des Ozeans so intensiv, als ob sie von einer geheimen UV-Lampe bestrahlt würden. Trotz des zurückgenommenen Tempos muss ich immer noch rastlos schnaufen.

Sobald die Sonne heraus kommt, wird es gleich richtig warm. Mein Gott ist es hier schön. Der Umweg ist traumhaft!

Noch nie in meinem Leben habe ich eine so schöne Steilküste gesehen. Absolut unverbaut. Keine Häuser, keine Feriensiedlungen, keine Bausünden, kein Straßenlärm. Einfach nichts, was den Lauf meiner Gedanken stört. Außer dem erbarmungslosen Tick-Tack von Ingrids Schritten, die mir nicht die kleinste Pause gönnen will.

„Stehenbleiben ermüdet“ meint Ingrid. Sie hat auf mich gewartet und startet sofort wieder durch. Jetzt, wo der Weg auch hier oben flach wird, kann ich ihr wieder gut folgen und die Aussicht genießen.

Allerdings bin ich von Kopf bis Fuß durchgeschwitzt und Ingrid zeigt frustrierenderweise nicht die geringste Spur von Anstrengung.

Ich habe auf dem flacherem Terrain das wunderbare Gefühl, mit jedem Schritt aufzutanken und mich zu rüsten, für das, was vielleicht noch vor mir liegt. Noch kann ich nicht ahnen, dass genau dieses Stück Sonne mir über weite verregnete Strecken ohne jede Sicht moralisch noch sehr helfen wird.

Intuitiv blicke ich ständig nach unten auf den von hier aus stiller gewordenen Ozean und sauge das stete Kräftemessen des Meeres mit der Küste in mir auf. Es ist wohl an der Zeit, eine zweite Lektion in dieser einfachen Wanderumgebung zu lernen, bevor es schwieriger wird.

Blicke auf das, was vor dir liegt

Ein paar erste kleine Stolperer und ein weiterer gerade noch einmal gut gegangener Ausrutscher ermahnen mich dazu, konzentriert nach vorne zu sehen. Meine ersten Anzeichen von leichter Erschöpfung und beginnender Unkonzentriertheit zeigen sich in Form erster Fehltritte.

Es mag verrückt klingen, aber wenn man konzentriert geht, sieht man nicht mehr viel vom Jakobsweg. Man müsste schon stehen bleiben, aber das tut man einfach nicht. Zumindest nicht, wenn man hinter Ingrid her ist. Jedenfalls wird mir schlagartig klar, dass keiner, wirklich kein einziger meiner Millionen Schritte, die vor mir liegen, schief gehen darf. Sonst ist meine Reise besiegelt.

Mit offenen Augen schlafen, hinterher trampeln und geistesabwesend einen Fuß vor den anderen setzen kann ich mir nicht mehr erlauben! Ausgelaugt und abgekämpft fällt genau das aber extrem schwer. Und so kommen die nächsten kleinen Stolperer, obwohl ich besonders auf der Hut bin. Mein Blick ist stets nach unten gerichtet. Ich beobachte genau, welche Schritte Ingrid setzt und wo sie kürzer oder länger antritt. Ich befürchte, dass ich von jetzt ab den Boden des Weges nie mehr aus den Augen lassen darf.

Wie zum Trost, spricht die Natur aber auch jeden anderen meiner fünf Sinne an. Sind es wirklich nur fünf? Dazu später mehr.

Im Augenblick möchte ich nicht gleich in die Ecke eines esoterischen Spinner gerückt werden. Und so freue ich mich über ein paar handfeste neue Eindrücke.

Da sind die Ohren, die sich hier im Freien ganz anders, ja fast außergewöhnlich verhalten.

All das, was jahrelang nicht mehr zu mir durchgedrungen ist, überflutet mich jetzt förmlich. Allerdings nicht zu meinem Nachteil. Ich brauche hier keinen MP3-Player mehr, um mir wie beim Joggen mit harten Beats das Letzte heraus zu prügeln.

Die Ohren lauschen einfach vor sich hin. Wind, Wellen, Schritte. Alles ist, als wenn ich es doppelt so intensiv erlebe.

Auch das Riechen, ein weiterer bislang eher verkümmerter Sinn, läuft hier oben zur Höchstform auf. Durch das Schwitzen ist meine Nase endlich mal wieder vollkommen frei.

Ein super Gefühl!

Am liebsten würde ich auch die salzige Luft und die vielen neuen Düften der Wiesenkräuter bis ins kleinste Detail beschreiben, wenn es nur die entsprechenden Attribute hierfür gäbe.

Wie tief und unvergesslich der Geruchssinn in meinem Gehirn verankert ist, habe ich vor ein paar Jahren bei einer nächtlichen Überfahrt mit dem Fährschiff nach Sardinien bemerkt. Aus der Kindheit habe ich den kräftigen Geruch der Macchia mit ihren Kräutern, Rosmarin, Salbei und Wermutgewächsen noch immer „in der Nase". Und genau dieser ganz besondere Geruch hat mich dann Jahre später an Deck der Fähre mitten in der Nacht aufgeweckt. Obwohl alles stockfinster gewesen ist und wir noch mehr als 50 Kilometer entfernt gewesen sein mussten, konnte ich schon riechen, dass die Insel da. Ist.

Ähnlich geht es mir auch, wenn ich in Ingolstadt an den Raffinerien vorbei fahre. Der Geruch des Schweröls erinnert mich jedes Mal an meinen ersten Cuba Urlaub. Der Geruchssinn scheint sich an alles zu erinnern. Werde ich mich in meinem späteren Leben auch an den Geruch des Jakobsweges erinnern können?

Schritt für Schritt geht es weiter an der Küstenlinie entlang. Ohne zu denken. Ohne Sorgen, gelassen und:

Nach Gottes Fügung.

Denn einen eigenen Plan habe ich nicht. Und selbst wenn es nicht Gott ist, der mich hier persönlich führt, dann ist es eben Ingrid. Die allerdings ist umso erbarmungsloser, was das Thema Pause anbelangt. Ein unbarmherziger Gott?

Getrunken wird im Gehen. Gut für Sie, schlecht für mich. Denn meine beiden Wasserflaschen sind in den Außentaschen des Rucksacks verstaut, den ich nun im Gehen herunternehmen muss. Und während ich dieses umständliche Prozedere im Lauf mache, verliere ich schon wieder wertvollen Boden.

Auch das werde ich noch lernen müssen: Trinken im Gehen. Ich bringe kaum die Hälfte der Flüssigkeit in den Mund. Die andere Hälfte tropft ungenutzt über meine Mundwinkel und mein Kinn nach unten und geht einfach verloren. Naja, die Pflanzen freuen sich vielleicht. Und an der kleinen Menge, die tatsächlich noch vom Flaschenhals in den Mund geflossen ist, verschlucke ich mich zu allem Überfluss brutal. Ingrid hingegen ist schon wieder hinter der nächsten Kurve im Dickicht verschwunden. Sie hat einen Trinkbeutel im Rucksack und einen Trinkschlauch, der ihr das Trinken im Gehen erlaubt.

Endlich. Auf das habe ich gewartet: Ingrid möchte sich ein wenig ausziehen. Das klingt nach kurzer Pause.

Dass man sich aber einfach die Ärmel vom T-Shirt ohne Zwischenstopp abtrennen kann, habe ich noch nie gesehen. Das geht mir natürlich viel zu schnell! Ich werde wohl noch vieles dazu lernen müssen. Zwar gibt es keine Pause, aber wir stoßen gerade wieder auf Mark und Jorge.

Und wir gehen tatsächlich ein wenig langsamer.

Wie auf einem Kräuterlehrpfad

Jetzt bin ich ganz in meinem Element. Unter dem Marschieren pflücke ich nebenher essbare Blätter und Samen des kleinen Bärenklaus, den ich im Mund langsam kaue und zergehen lasse. Eine ganze Flut von einzigartigen und unbeschreiblichen Aromen strömt durch meinen Gaumen und auch meine Begleiter fangen neugierig damit an, es mir gleich zu tun. Auch wenn sie zunächst mein Kräuterpflücken für etwas sonderbar halten: Es macht riesigen Spaß!

Das Faszinierende ist doch, das wir als Erwachsene noch ein ganz neues, bisher noch nie dagewesenes Aroma entdecken können. Das kann uns mit Farben und Tönen leider nie mehr passieren. Kein neuer Ton und keine neue Farbe werden je hinzukommen. Wir kennen sie ja alle schon.
Unter dem Gehen duftende Blätter in den Fingern zerreiben und an die Nase halten. Beeren und Blüten lutschen. Das ist für die anderen eine völlig neue Welt. Ich warne aber auch davor, es allein nicht zu versuchen.

Kann man das echt essen?

Es tóxico?

Ist das wirklich nicht giftig? Kann man daran sterben?

Das waren alles sehr spannende Begleitfragen. Natürlich gibt es gerade unter den Doldenblütlern nicht nur essbare Vertreter wie den Koriander, den Kümmel, den Fenchel und die wilden Möhren. Auch einige der giftigsten Pflanzenarten wie der gefleckte Schierling tummeln sich in dieser Gattung. Warum nicht auch hier im Baskenland? Letzterer hat es zu traurigem Ruhm gebracht, weil Sokrates mit dem giftigen Pflanzensaft (daher Schierlingsbecher) hingerichtet worden sein soll. Das Alkaloid Coniin soll eine langsame Lähmung bis hin zur finalen Atemlähmung auslösen. Dann tritt der Tod bei vollem Bewusstsein ein. Diese „Feinheiten“ fand Ingrid als frühere Krankenschwester höchst faszinierend.

Wie Kinder auf einem Kräuterlehrpfad stellen mir die Pilger eine Frage nach der anderen.

Meine eigenen Fragen, wie heißt diese und jene Pflanze auf Spanisch bleiben – bis auf die Brennnessel (Ortiga) leider unbeantwortet.

Apropos Brennnessel: Auch meine Haut ist plötzlich wieder das, was man einen echten Sinn nennen kann. Mit den Beinen fühle ich das ganze streifende Grünzeug. Raue Gräser, Haarige Blattstängel, weiches samtiges Blattwerk, natürlich auch Brennnesseln.

Aus zuletzt dichtem Baumbestand herauskommend, liegt dann auf einen Schlag San Sebastián (Heiliger Sebastian) mit seinen zwei langgestreckten und breit auslaufenden Sandbuchten unter mir. Wild, wolkenverhangen und beeindruckend. San Sebastián ist die Hauptstadt der Provinz Gipuzkoa. Die Stadt ist erst kürzlich zur Kulturhauptstadt Europas für das Jahr 2016 gewählt worden [3] und hat etwa 180.000 Einwohner.

Menschenleere Strände

Schon von hier oben kann ich großzügige und fast menschenleere Strandabschnitte erkennen. Nur wenige Badende und ein paar Surfer teilen sich eine schier grenzenlose Weite, eingefasst in zwei natürliche Sandbecken. Diese werden durch die Felsmassive des Monte Urgull und des Monte Igueldo umschlossen.

Das erste Mal spüre ich bei der kurzen Rast nun meine recht schweren Füße, meine Knie und die Last des Rucksacks, die auf meinen Schultern liegt. Die Strecke von Irun nach San Sebastián ist im Pilgerführer mit 27 Kilometern angegeben, zusammen mit meinem unfreiwilligen Umweg sind es gute 30 Kilometer. Ich beginne nun, über Distanzen und Größenmaßstäbe nachzudenken. Bereits zwanzig Kilometer mit Gepäck erschienen mir noch vor der Abreise undenkbar. Dreißig Kilometer waren für mich wirklichkeitsfremd. Und hier kommt die Dreißiger Marke!

Nur leider nicht am Anfang der Stadt. Sondern ganz am Ende, fast schon wieder außerhalb der Stadt. Dort, wo der Horizont ist, muss sie sein, die Herberge. Meine Füße sind wie gelähmt. Sie wollen einfach nicht mehr.

Ein gefundenes Fressen für Ingrid. Bestimmt seien das jetzt die ersten Vergiftungserscheinungen durch den gefleckten Schierling

Sie frotzelt damit, dass es in den Füßen beginnen würde. Und dann ginge es, ganz langsam hoch zum Becken, dann zu den Schultern, die mir nun ebenfalls schlagartig weh tun. Nach den Schultern kämen dann Lähmungserscheinungen in den Armen, danach am ganzen Körper.

Und schließlich würde die Atmung aussetzen. Autsch! Obwohl es ein Spaß war, beginne ich nun tatsächlich, auf meine Atmung zu achten. Und irgendwie fühlt sich alles schwer an. Ist das schon der Beginn einer Atemlähmung? Schaffe ich es noch nach San Sebastián? Im Ernst: 0,5 Gramm Schierling sind schon tödlich.

Natürlich setzt Ingrid noch ein wenig nach und meint todernst: „Hast du dir die Hände gewaschen?“ und „kannst du deinen Hals noch bewegen?“ Und auch Mark kontert nun recht spät mit „aaah - es tóxico!“

Alle meine Sinne scheinen sich nun gegen mich verschworen zu haben. Ein deprimiertes und ausgelaugtes Gefühl macht sich breit. Es lähmt mich wirklich.

Das pulsierende Leben

Bis dort hinten muss ich noch gehen? So bleiben nur der Abstieg und das müde Eintauchen in das pulsierende Leben.

Wie wenig die baskische Sprache „Euskal“ mit dem Spanischen zu tun hat, sehe ich wieder etwas belustigt auf dem Ortsschild, auf dem die Badestadt in Baskisch mit „Donostia“ angekündigt wird. Für unseren lieben Mark steht auch die offizielle Übersetzung „San Sebastián“ unten drunter. Viel kleiner natürlich! Eine weitere Ohrfeige für Mark, denn ich bin sicher, dass er eben ohne weiteres meine aufrichtige Schadenfreude auf Deutsch verstanden hat.

Die Silbe „Don“ oder „Dono“ bedeutet auf Baskisch „San“ und ist mir gar nicht so fremd. Sie erinnert mich an „Don Camillo“. Und das „stiá“ könnte mit viel Fantasie dem „Seba<u>stián</u>“ entspringen. Aber ich weiß es nicht wirklich!

Es ist gerade Fußballweltmeisterschaft und so bietet sich mir ein heiterer Wirrwarr von geschminkten Basken. Hier nennen sie sich entsprechend ihrer Hauptstadt „Donostiarrak". Überall sind sie im blau weiß längs gestreiften Trikot anzutreffen. Auf der Promenade singen und tanzen sie.

Hola Peregrino!

Mit einem lauten Hola Peregrino (Hallo Pilger) werde ich von einer Gruppe Fußballfans begrüßt. Ein kurzes Verweilen tut jetzt auch gut. Als Alemán habe ich sofort den vollen Respekt und die sportliche Sympathie aller Beteiligten.

Schwerer tut sich da schon der Spanier aus Madrid. Mark ist in meinem Schlepptau. Ich spüre richtig, wie die stolzen San Sebastiáner am liebsten mit ihrer Provinzmannschaft Mannschaft Real Sociedad gegen die Deutschen und dann gegen die Spanier kämpfen würden. Und das bekommt Mark nun voll ab. San Sebastián gegen Spanien! Hier sind sie in der Überzahl. Fast schon tut er mir ein wenig Leid, im eigenen Land so verschmäht zu werden.
Die letzen zwei Kilometer zum anderen Ende des San Sebastiánischen Reichs sind von Qualen geprägt und geben mir eine leise Vorahnung auf das, was noch kommen könnte. Nur noch 50 Höhenmeter, natürlich aufwärts. Auf Meereshöhe angekommen denke ich mir:

Abwärts kann es ja nicht mehr gehen. Nur mit meiner Stimmung. Denn die Jugendherberge sieht von außen alles andere als einladend aus.

Bunte Plastikplanen bedecken provisorisch das Dach. Der Eingang ist mit einer schmutzigen Malerfolie bedeckt. Die hängt in Fetzen vom Gerüst und flattert unwirtlich im Wind. Sie würde das perfekte Hintergrundgeräusch bei der Vertonung des Westernfilms „Vier Basken für ein Halleluja" abgegeben.

Mark entscheidet sich spontan, noch eine Etappe dran zu hängen, obwohl es schon Halbsechs ist und er über starke Fußschmerzen klagt. Mark hat über sein IPhone Freunde ausfindig gemacht, die eine Etappe vor ihm in Orio sind. Außerdem will er sich keine 15

Euro für die Jugendherberge leisten. Einfache Pilgerherbergen kosten viel weniger. Vielleicht will Mark aber auch einfach auf schnellstem Weg raus aus dem schönen Baskenland?

Zu meinem blanken Entsetzen wirft sich Mark zwischen Eingang und Plastikplane gleich zwei dicke Ibuprofen-Schmerztabletten ein. Dazu trinkt er breit grinsend ein Dosenbier. Mit einem selbstherrlichen „Hola" ist er dahin.

Betäubt über Grenzen zu schreiten, nur um noch ein wenig weiter zu kommen, das widerstrebt meinem Pilgergedanken. Es kann nicht gut gehen.

Pilgern bedeutet, sich selbst finden.

Beim Betreten der Herberge ist zu meiner großen Überraschung alles Blitzblank und sauber. Schnell und akkurat verlaufen das Anmelden an der Rezeption und die Vergabe der Betten. Ich stehe in einem gut durchlüfteten Zimmer mit 12 Betten, von denen die meisten nicht mehr belegt werden.

Es folgt meine erste Dusche am Jakobsweg. Sauber, warm und entspannend. Als einziger Pilger habe ich weder Badeschlappen noch ein Handtuch dabei. Doch eine übertriebene Angst vor Fußpilz habe ich nicht. Und zum Trocknen ohne Handtuch benötigt man halt ein wenig Zeit. Und die hat man hier!

Der Hunger treibt mich am Abend noch zu einer gegenüber liegenden, fast leeren Bar. Ein Fußballspiel wird live auf Russisch übertragen. Der riesige moderne Flachbildschirm hängt an einem auseinander fallenden und mit Tape geklebten Laptop. Das Programm ist sicher gehackt. Die extrem schlechte Qualität ist schon wieder erheiternd.

Ich führe mein erstes Telefonat mit meiner Frau, erzähle, dass ich erschöpft und überglücklich bin.

Dann esse ich ein wenig. Mehr als ein Schinkentoast (wie in Spanien üblich ohne Butter) und ein Glas Rotwein mit Wasser wird es dann doch nicht mehr. Zu sehr quält mich heute das allein da sitzen. Das Lesen in einer Zeitung, die ich kaum verstehe, ist öde. Aber wenn ich in eine spanische Zeitung sehe, entgehe ich wenigstens den Blicken der anderen Barbesucher. Sollen sie sich denken, was sie wollen! Der erste Tag geht vorüber und ich freue mich auf mein Bett.

Mittlerweile hängen dort die feuchten Socken meines Bettgefährten von der oberen Etage herunter. Ich tue es ihm gleich und habe eine weitere Nacht mit einem gesunden Schlaf vor mir.

Jedenfalls schlafe ich sofort ein, ohne zuvor noch etwas über die morgige Etappe gelesen zu haben.

San Sebastián - Zumaia

Tag 2: 31 km, ca. 1.150 Höhenmeter, über Orio, Zarautz, Getaria.

Gleich nach einem Schluck Pulverkaffee, den mir eine junge Pilgerin aus Chile spendiert, breche ich im Morgengrauen auf. Die Betonung liegt nicht auf „Morgen", sondern auf „Grauen". Es regnet leicht und stürmt kräftig. Alles ist grau in grau. Würde man einen depressiven Menschen hier ganz allein aussetzen, dann wäre das gar nicht gut. Gleich auf den ersten Metern hänge ich mich an Ingrid. Sie scheint alles schon zu kennen und läuft zielgenau vor mir her. Und mein Eindruck täuscht mich nicht.

Ingrid ist sage und schreibe 69 Jahre alt und bereits seit Eibelstadt/ Würzburg zu Fuß hierher unterwegs! Wahnsinn. Über 2.000 Kilometer zu Fuß in guten zwei Monaten. Für mich einfach unvorstellbar. Ihre fröhlichen und leuchtenden Augen verraten ihr Alter definitiv nicht. Sie könnte ganz locker 10 Jahre jünger sein. Ingrid ist relativ groß, drahtig und hat halblange grau-blonde Haare. Ihr Pilgerstock überragt sie ein wenig. Ich schätze ihn so auf meine eigene Größe, ca. 184.

Wie ein Uhrwerk

Ingrid geht so gleichmäßig wie ein Uhrwerk. Ich spüre, dass sie ein unerschütterlicher Glaube begleitet. Dieses Gefühl ist unbeschreiblich, denn so viel weiß ich noch gar nicht über sie.

Bergab und geradeaus kann ich ihr ohne Mühe folgen. Aber bergauf hat sie immer das gleiche, für mich unmenschliche Tempo drauf.

Allem Überfluss zum Trotz scheinen Ingrid die Etappen bergauf sogar besonders leicht zu fallen. Sie fängt immer bergauf an, ohne jede Atempause mit mir zu plaudern. Außer einem atemlosen und äußerst knappen „ja, aha, ach“, bin ich nicht mehr im Stande, an einem Gespräch aktiv teil zu nehmen. Dafür sitzt die Pumpe, die meinen Puls antreibt scheinbar irgendwo zwischen den Ohren und meiner Stirn.

Dummerweise geht mir genau jetzt am steilsten Stück das linke Schuhband auf. Dieses habe ich doch extra mit einem Zigfach-Knoten gebunden. Beim Bücken sehe ich dann wie gestern Sternchen vor meinen Augen. Blutdruck lass nach! Beim hastigen Trinken aus meiner Plastikflasche verschlucke ich mich schon wieder so heftig, dass ich hustend und rot angelaufen vermutlich wie ein Notfallpatient aussehe.

Das verschafft mir wenigstens eine kurze Verschnaufpause, die Ingrid mir aus Mitleid gönnt. Sie ist ja im Berufsleben Krankenschwester gewesen.

Fortan höre ich zur Strafe eine schaurige Krankengeschichte nach der anderen (natürlich anonym). Und keiner dieser Leidenswege geht wirklich gut aus. Tod und Elend mischt sich in meiner Fantasie zu einer grauenvollen Mischung aus Hilflosigkeit, Ablehnung und Abscheu. Das ist doch mal wieder etwas Handfestes für meine „Regenwolke“! So nenne ich ab nun mein pessimistisches Hirnareal, welches mir meine halbe Vergangenheit versaut hat.

Aha, immerhin ist das eine wertvolle Erkenntnis, die mir da gerade gekommen ist.

Meine „Regenwolke“

Toll. Hier kann meine „Regenwolke“ wieder aktiv werden. Sich austoben. Das ihr Metier. Abrupt meldet sich auch schon mein Schmerzempfinden. Sicher ist sie, die „Regenwolke“, daran schuld. Natürlich beginne ich sofort wieder, in meinen Körper hinein zu horchen, was alles natürlich nur viel schlimmer macht.

Und es sind nicht die Schierlinge, die mich heute in mich hineinhorchen lassen! Es ist die Geschichte eines Pilgers, der hier mit einem Herzinfarkt zusammen gebrochen ist. Nein, so etwas passiert mir nicht.

Doch plötzlich geht es mir tatsächlich schlecht. Ist mit meinem Herzen noch alles o.k.? Schlägt es noch? Was für eine unsinnige Frage. Würde mein Herz nicht mehr schlagen, könnte ich mir diese Frage im Augenblick ja gar nicht mehr stellen. Trotzdem wandert meine rechte Hand zum linken Brustkorb und überprüft den Herzschlag. Wie verrückt. So etwas hatte ich schon einmal vor langer Zeit. Und es hat mich dann auch sehr lange begleitet.

Doch heute möchte ich mir darüber keine Gedanken machen. Ich zwinge mich dazu, meine Ängste loszulassen und Ingrid zu folgen. Und es tut gut, zu wissen, dass sie Krankenschwester war.

Trotzdem kämpfe ich noch eine ganze Weile gegen die irrationalen Ängste, während ich einen Fuß nach dem anderen hinter Ingrid setze. Der liebe Gott scheint mir Ingrid geschenkt zu haben, damit ich ihr auf dem „Weg in die Gegenwart“ folgen kann. Und die jedenfalls versucht gerade, mir alle bösen Gedanken auszupeitschen. Mir fällt das Vaterunser ein und zum ersten Mal versuche ich, es zu interpretieren. „...sondern befreie uns vor dem Bösen...“. Befreie mich von den quälenden Gedanken, die ich so oft in meinem Leben gehabt habe. „Führe mich nicht in Versuchung“... ständig Angst zu haben!

Es ist klar, dass sich sogleich bei „Dein Wille geschehe“ die „Himmelspforten“ öffnen und der Regen nun stärker wird. Der Wind bläht sich zu einem richtigen Sturm auf. Die Temperaturen fallen schlagartig bis auf 6 Grad in den Keller und die Trampelpfade verwandeln sich in kleine Sturzbäche. Ist es nun das, was ich gebetet oder wenigstens gedacht habe? Will mir Gott so sein Reich zeigen? Oder will er mir mit aller Gewalt meine Gedanken an Zukunft und Vergangenheit nehmen, um mich endlich einmal „hier" zu Recht zu finden?

Also gut, dann lass es mal regnen.

Umso fröhlicher ist Ingrid. Auch wenn sie selbst von sich sagt, weder auf diesem, noch auf einem früheren Jakobsweg so ein Wetter jemals erlebt zu haben. Ich helfe ihr dabei, ihren grünen Regenponcho anzuziehen. Allein ist das bei dem Sturm gar nicht mehr möglich. Der Sturm bläst ihren Umhang sofort zu einem Ballon auf. Bei diesem Anblick muss ich wieder lachen. Zu komisch sieht das nun aus. Erst mit Schnur und Gürtel bringe ich Ingrid dann ein wenig in Form. Diese Szene gerade wäre filmreif gewesen und auf YouTube hätte sich wohl jeder totgelacht.

Ich selbst habe auch einen Poncho, wenn gleich nur in Form eines noch nie benutzten Werbegeschenks einer großkotzigen Investmentgesellschaft. Ingrid ist schon gespannt darauf, diesen Wunderponcho zu sehen, der da in einer sehr sehr kleinen, mit 3 Buchstaben beschrifteten Tüte eingeschweißt ist.

Als der Poncho das erste Mal in seinem Leben das Licht der Welt erblickt, sind seine Stunden bereits angezählt. Er gleicht einem dünnen, blauen Müllsack, der sofort zerreißen wird und seinen Müll umgehend fallen lassen wird. Nun fühle ich mich selbst als dieser Müll, der in diesen hässlichen Investment-Sack steckt. Aber es wird nicht von langer Dauer sein. Da bin ich mir sicher! Zu zweit versuchen wir, wenigstens ein bisschen Regenschutz zu realisieren.

Für den Poncho werden keine besseren Zeiten mehr kommen. Er wird den nächsten Glockenschlag der Wallstreet nicht mehr erleben.

Noch in Gedanken versunken, verschwindet Ingrid schon wieder aus meinem durch Plastik eingeengten Gesichtsfeld. Sie ist einfach wieder weiter gegangen. Wie ein Chronometer.

Ich glaube es kaum, aber das Einholen weniger Hundert Meter dauert fast eine ganze Stunde. Schon von weitem höre ich, dass Ingrid mir noch immer fortwährend Geschichten erzählt. Sie hat gar nicht mitbekommen, dass ich eine Stunde lang nicht mehr in Empfangsreichweite war.

Unter den wenigen geschützten Stellen, die mir der Poncho noch bietet, schwitzte ich extrem unangenehm. Ich bin froh, als sich der Regen wieder legt und ich auch ohne Poncho gehen kann.

Abgesehen vom Wolken verhangenen Himmel gefällt mir die Landschaft unglaublich gut. So gut, dass meine Sinne wieder damit beginnen, all die schönen Motive in sich einzusaugen. Das gibt mir neue ungeahnte Kräfte.

Keine Angst vor dem Höhenprofil

Nach etwa 13 Kilometern und einem Bergauf Bergab zwischen Null und 300 Höhenmetern erreichen wir an der Mündung des Flüsschens Oria das Fischerdörfchen Orio mit dem bezaubernden mittelalterlichen Kern „Goiko Kale". Die Höhenmeter sind gar nicht so schlimm, denke ich mir nun, weil mir der Weg leicht gefallen ist. Wenn man sich jedoch das in der Länge gestauchte Höhenprofil im Reiseführer ansieht, erschrickt man unweigerlich vor den spitzen und hohen Flanken, die dort natürlich „gestaucht" abgebildet werden. Aber alles halb so schlimm.

Weiter geht es über Zarautz, welches Kitsurfern ein Begriff sein könnte, in Richtung Zumaia, wo wir um die Mittagszeit herum den malerischen Fischerort Getaria mit seiner vorgelagerten Halbinsel erreichen. Rings herum soll es richtig gute Weingüter geben. Mal sehen, ob da am heutigen Abend ein Wein aus Getaria aufzutreiben ist.
Getaria hat eine uralte gotische Kirche, die mich sofort in ihren Bann zieht. Da muss ein kurzer Abstecher drin sein! Nichts wie hin.

Nach dem Öffnen der schweren Kirchenpforten tut sich eine kuriose Kulisse auf. Der Kirchenboden fällt gleich um mehrere Grad ab und ist total abschüssig.

Hier muss es Gott schwindlig werden!

Er ist alles windschief. So etwas Schräges habe ich noch nicht gesehen.

Und es ist so feuchtkalt, dass man jeden Atemhauch sehen kann. Kein weiterer Besucher ist zugegen. Außer vielleicht Gott. Der Widerhall im eisigen und menschenleeren Kirchenschiff ist gespenstisch. Ingrid und ich gehen respektvoll auf Abstand. Ich nehme meinen Rucksack ab und knie mich in der hintersten Reihe mit gefalteten Händen hin. Ist Gott in dieser klammen Umgebung nun bei mir? Auch Ingrid hat sich nun niedergekniet, ganz vorne links. Es heißt ja, „wenn zwei oder drei in deinem Namen versammelt sind, dann bin ich mitten unter euch“. Zwei sind wir, aber wo ist Gott? Kann ich ihn hier sehen? Wird er sich hier irgendwie offenbaren? Vorerst bleibt es bei meinem zaghaften zweiten Kirchenbesuch am Jakobsweg und ich bin Gott nicht wirklich böse, dass er nicht Hallo gesagt hat. Vielleicht hat er mich einfach ganz still beobachtet und kommt dann, wenn ich ihn wirklich brauche.

Direkt vor der Basilika grillt ein baskischer Koch fangfrischen Fisch am offenen Feuer vor den Türen seines Restaurants. Der stolze Preis würde jedoch den selbst auferlegten Rahmen meines Pilgerdaseins sprengen. Und so bleibt es beim Zusehen ohne Antasten, beim Reden und beim Riechen. Mehr ist nicht drin. Für Ingrid und mich gibt es wenig später ein Stück feucht gewordenes Weißbrot mit Salami. Das allerdings passt jetzt zum Pilgerdasein und schmeckt einfach fantastisch.

Das Wechselwetter setzt sich noch fort bis nach Zumaia. Schon von weitem bäumt sich eine schlicht überwältigende Klippenkulisse vor mir auf. So stelle ich mir wieder Cornwall vor, dass ich leider nur aus Rosamunde-Pilcher-Filmen kenne und zu denen ich mich soeben geoutet habe.

Ein landschaftlicher Höhepunkt ist das, was nun vor mir liegt. Leider im wahrsten Sinne des Wortes „Höhe“. Ganz da oben auf den Hügeln muss die Herberge Santa Klara liegen. Der Name gefällt mir.

Was mache ich eigentlich hier? Bin ich wirklich weg von zu Hause? Habe ich nun alles hinter mir gelassen? Ich weiß es nicht mehr. Mit jedem Schritt werde ich müder und verliere den Bezug zu allem, was mich bisher umgeben hat. Nicht dass ich meine Reise schon jetzt in Frage stellen würde. Aber beim Hinterhergehen überfällt mich nun eine richtig schwermütige Stimmung. Es geht nun nicht mehr darum, irgendwelche Briefe in der Arbeit zu schreiben und deren Folgen zu bedenken. Es geht irgendwie um Nichts. Ich gehe einfach vor mich hin.

Schritt für Schritt fallen mir Wörter ein wie „allein, unwichtig, unbeholfen, sinnlos, klein und winzig".

Trotzdem ist da etwas in mir, was mich antreibt. Auch wenn es den Sinn noch gar nicht erkennt. Vielleicht braucht dieser innere Antrieb auch gar keinen Sinn. Er funktioniert einfach!
Oh Gott, wie weit ist es noch? Im Reiseführer, den ich im Gehen aufblättere, ist ein sommerliches Strandfoto von dieser Gegend abgebildet. Doch mir ist kalt. Alles ist grau in grau. Endlich sehe ich hinter einer Kurve Zumaia. Und nein, bis dahin ist es noch eine Ewigkeit.
Entmutigt stapfe ich dann im Schlepptau von Ingrid doch noch in Zumaia ein. Ohne Rast und ohne einen Blick für das Schöne ziehen wir durch Zumaia hindurch. Zur Herberge ist es noch eine kleine Bergtour.

Jetzt, wo ich so müde und so erschöpft bin, sind Zweihundert Höhenmeter eine echte Hürde. Ich kämpfe bereits mit ersten Anzeichen von Krämpfen. Jede Steinmauer und jeden Zaunpfahl nutze ich wie ein alter Mann, um mich aufzustützen. Ingrid ist längst mit ihren großen Schritten dahin. Trotzdem:

Der Gipfel kommt näher.

Und nun ist mein Hirn so leer, dass ich wie ein Automat dahin wanke. Nicht elegant, nicht ergonomisch. Sondern bemitleidenswert. Ingrid ist sicher längst schon in der Herberge.

Hätte mich nicht ein Einheimischer darauf Aufmerksam gemacht, dass ich an der Herberge schon vorbei gelaufen bin, hätte ich nicht geglaubt, was ich da sehe: Santa Klara liegt direkt vor meinen Augen! Am höchsten Punkt. Ein Punkt, so schön, dass man auch ohne weiteres Schloss Neuschwanstein darauf hätte erbauen können!

Völlig ausgelaugt halte ich mich an einem Zaunpfahl fest und starre benommen auf das, was da vor mir liegt.

Die Wolken haben der Sonne ein paar Löcher frei gemacht, wo sie in sichtbaren Lichtstrahlen einzelne Punkte am Ozean erhellt. So eine eigenartige Mischung aus blauem und gelbem Licht habe ich noch nie erlebt.

Es scheint keine Zwischenfarbe zu geben. All das, was sich gerade vor meinen Augen abspielt, scheint mein Inneres widerzuspiegeln. Es ist eine seltsame Mischung aus Zerrissenheit und einkehrender Ruhe. Eine Mischung aus „Gelb und Blau".

Die Häuser unter mir sind klein geworden.

Der Blick nach „draußen" auf das offene Meer ist unruhig aber schier unendlich. Wie im Zeitraffer ziehen die Wolken umher und schaffen jede Sekunde eine neue Atmosphäre. Nichts davon kann ich festhalten. Es ist der Augenblick, den ich gebannt in seinem Lauf verfolge.

Ich lasse den Fotoapparat in meiner Tasche. Das, was ich hier gerade erlebe, werde ich nie im Leben auf einem Foto festhalten oder gar zurückholen können. Er macht mich melancholisch, dieser Augenblick, dem ich mit meinen bisherigen Verhaltensweisen nun überhaupt nicht gewachsen bin.

Es ist schön, doch ich kann nicht jubeln. Mir verstummt meine Stimme. Und ich fühle, dass eine Veränderung mit mir begonnen hat. Eine Veränderung, die weh tut.
Bestimmt hat auch Christoph Kolumbus einst bei einem solchen Anblick das Fernweh gepackt. Doch hat er wirklich nur den westlichen Seeweg von Europa nach Ostasien gesucht, oder war er eine unruhige Seele auf der Suche nach sich selbst?
Die Herberge Santa Klara wartet nun aber auf mich!

So schön kann eine Herberge sein: Zwei sehr gepflegte Häuser. Eines davon ganz frisch renoviert. Ringsherum eingefasst von bestem Naturstein.

Der kolossale Rundblick von 360 Grad fesselt mich sofort. Unter mir liegt zwei Kilometer entfernt Zumaia. Dazwischen sind grüne, alpin geneigte Felder.

Zum Atlantik hinaus markieren schroff abfallende und mit hellgrünem Gras bewachsene Felskegel das Heimatland des Seefahrers Juan Sebastián Elcano, der die erste Weltumsegelung seines uns geläufigeren Kommandanten Ferdinand Magellan erfolgreich beendet hat. Letzterer ist auf den Philippinen beim Versuch der gewaltsamen Missionierung durch einen vergifteten Pfeil gestorben. [4]

Nein, ich werde hier niemanden missionieren! Es genügt mir voll und ganz, wenn ich mich selbst finde.

Noch heute werden die Felsklippen wie anno dazumal umspült von der ungezähmten Kraft des Atlantiks. So ungefähr muss das Paradies schon immer ausgesehen haben. Und hier mit dem Blick auf das atlantische Dorado habe ich jetzt meine zweite Schlafstätte gefunden.

Traumhaftes Santa Klara

Doch damit nicht genug. Ich traue meinen Augen nicht, wie extravagant ich da übernachten kann. Das schicke Steinhaus ist luxuriös ausgestattet. Edelste Küchenarmaturen und freigelegtes altes Mauerwerk. Dazu edles dunkles Holz, eine offene Küche mit Esszimmer, kleine Zimmer mit je zwei Stockbetten, sowie ein piekfeines Bad, mit Naturstein und Marmor. Und das für mich als verschwitzen Pilger. Einfach unglaublich.

Hier könnte man einen Luxusurlaub mit der eigenen Familie und zwei weiteren Familien verbringen.

Doch zunächst zieht es mich noch einmal in das Freie. Ich mache mir zwei Skizzen, aus denen ich zu Hause dann zwei Ölgemälde fertigen möchte. Die Stimmung ist immer noch überwältigend, obwohl das

Licht schon schwächer geworden ist. Über dem Meer liegen ganz niedrig noch die dunklen Regenwolken. In der Ferne sieht man auf dem Ozean zwei Stellen, wo es stark zu regnen scheint. Die letzten Sonnenstrahlen tauchen die Gegend noch immer in das merkwürdige gelb-blaue Licht. Gelb und Blau, Licht und Schatten, Sturm und Windstille spiegeln sich auch noch immer in meinem zerrissenen Seelenleben wider. Ich bin erschöpft und eigenartig frisch zugleich.

Doch nun fasse ich den Entschluss, noch Spagetti, Tomaten, Zwiebeln, Salat und einen Wein aus Getaria im kleinen Zentrum von Zumaia zu besorgen. Die einmalige Kochgelegenheit will ich auf gar keinen Fall verstreichen lassen und beim Kochen kann ich gut entspannen. So macht es auch gar nichts aus, dass es an Kleinigkeiten wie Essig oder Salz gefehlt hat. Umso mehr gilt:

Improvisieren macht Spaß.

Am Abend treffen dann noch der Spanier Jorge und die deutsche Pilgerin Sabine ein. Mark fehlt. Sabine ist um die Zwanzig, kommt aus einem betuchten Elternhaus und wohnt zum Unmut ihrer Eltern in einem besetzten Haus in Hamburg.

Das friedvolle Dinner zu Viert ist perfekt. Daniela, eine hochgewachsene Italienerin um die 1,90m und zwei ältere Spanier kommen dann auch noch dazu. Und die übermäßig vielen Spaghetti, die ich zubereitet habe, reichen auch locker noch für die durchnässten Neuankömmlinge. Auch sie haben einen Rotwein aus Getaria mitgebracht. Die Flasche für 1,29 Euro.

Mit Daniela kann ich mich gut auf Italienisch unterhalten. Sie spricht den mir vertrauten Dialekt der Emilia-Romagna, wo ich einst während des Studiums ein Auslandspraktikum gemacht hatte. Daniela hat mir ein charmantes Kompliment für die Pasta gemacht, obwohl diese längst nicht mehr al dente, sondern eher „all‘ elastico“ ist. Trotzdem bin ich tot müde und es zieht mich magisch in mein Bett. Mein Zimmer teile ich mir mit Ingrid, die ebenfalls schlafen möchte. Das Abspülen „lavar olé olé“ darf ich als Lohn für das Kochen getrost den anderen überlassen, die noch bis in die tiefe Nacht hinein die Reste des Abendmahls zelebrieren.

Zumaia – Deba

Tag 3: 13 km, die es in sich haben, ca. 650 Höhenmeter, über Itziar.

Das Erwachen am dritten Tag ist entmutigend und zermürbend. Schon in der Nacht hat es ohne Unterlass an mein Fenster geprasselt. Das hat dazu geführt, dass ich von Magellan und einem untergehenden Piratenschiff auf hoher See geträumt habe.

Im tristen Morgengrauen schüttet es jetzt noch immer wie aus Kübeln. Aus den verstopften Fallrohren der Dachrinnen spritzt das Wasser mit dem Druck der vollen Wassersäule waagrecht heraus. Die Sicht ist gleich Null. Das Meer unter mir ist verschwunden. Ich kann es beim Fortissimo der aufschlagenden Regentropfen nicht einmal mehr hören. Die Pfützen haben sich über Nacht zu knöcheltiefen Tümpeln ausgedehnt. Und nun stehe ich gleich vor der ersten unangenehmen Herausforderung des Tages: Ich muss zehn Meter hinüber zum Haupthaus laufen. Dort gibt es Frühstück.

Zehn Meter im vollen Wasserfall!

Geschafft. Nun erst einmal ausgiebig Frühstücken, ausnahmsweise. Ich hoffe, dass sich der Wolkenguss wieder etwas legen wird. So kann es ja nicht lange bleiben. Oder doch?

Bis halb zehn hat der Regenschauer nichts an seiner Stärke verloren. Die anderen wollen abwarten. Und das, obwohl sie alle professionelle Regenausrüstung, dichte Trekkingschuhe und ein Cape für den Rucksack haben.

Mein Poncho hingegen besteht nur noch aus blauen Fetzen, an denen der Werbeaufdruck sich aber hartnäckig gehalten hat.
Meine grau-orange farbenen Turnschuhe haben zwar einen Trekking Look, sind aber nichts anderes, als sich vollsaugende Fußbandagen. Ebenso unsinnig sind meine weißen Turnschuhe, die ich als Ersatz mitgenommen habe. Erst recht meine glatten, abgelatschten, nachgemachten Birkenstock. Die Sandalen lasse ich hier stehen. Sollen sie doch in Zumaia bleiben. Weil ich mit meiner

Ausrüstung gerade am Fußboden sitze, nehme Sie in die Hand und stelle sie einem Pilger vor die Füße. Es beginnt, lustig zu werden. Er lehnt ab.

Vielleicht wird sich ein anderer Pilger noch darüber freuen. Man weiß ja nie. Jetzt beginnt meine Fantasie, überzuschäumen.

Aus einem meiner beiden blauen Müllsäcke fertigte ich mir eine Art Pariser für meinen Rucksack. „Seht her, wie ich das mache!"

Ich möchte den Regen natürlich „überleben" und fühle mich jetzt wie mitten in der Survivalserie mit Bear Grylls:

Ausgesetzt in der Wildnis

„Wenn ihr die nächsten Tage überleben wollt...", sage ich reißerisch, „dann müsst ihr euch was einfallen lassen! Seht genau hin, wie ich das mache!" Mit der Nagelschere schneide ich vor den anderen in die Mülltüten vier Golfball große Löcher hinein, wo ich dann Tragegurte meines Backpacks hindurch fädele. „Ich nehme sie noch mal kurz raus und mach das nochmal, damit es alle sehen können. Ihr wollt doch überleben, oder?"

Mit einer Semmel in der Hand, die mir als Mikrofon dient, erkläre ich meinem verdutzten aber doch recht erheiterten Publikum nun auf Englisch die soeben erfundene Survivaltechnik. „Yeah that's it! Let's take a look at this!"

Erst will ich die Löcher mit Leukoplast abdichten und erkläre das meinem erheiterten Publikum. „Oh Yeah, without any holes you will stay dry and alive!"

Dann fällt mir Gott sei Dank ein, dass mein Survival-Patent so schon beim ersten Griff in den Rucksack zerreißen würde. Hin und wieder werde ich ja was aus meinem Rucksack brauchen. Ich darf das nicht zukleben. „Oh no, You can not seal the holes".

Die anderen beginnen zu kichern und fragen „Bear Grills", wo es denn heute noch hingehen soll? Ich antworte in meine Semmel „Oh, I will show you everything to survive the next 12 km".

Ja! Heute bin ich es, den es als ersten in den Regen zieht. Endlich ist es einmal umgekehrt!

„Yeah – Such a great feeling outside° !"

Ingrid folgt mir etwas befremdet und die anderen scheinen „Bear Grylls" nicht wirklich zu trauen.

Wie zwei übermütige Kinder kommen wir uns vor. Ganz so, als ob wir gemeinsam die ultimative Mutprobe machen. Und wir müssen natürlich weiter lachen, weil uns das Wasser von oben sofort kräftig durchspült.

Unten herum sieht es nicht viel besser aus. Alles eine Frage der Zeit, bis es nass eingeht.

Bei den ersten Schritten versuche ich noch, wenigstens den allergrößten Pfützen auszuweichen. Nach wenigen Minuten kommt aber schon der vorhersehbare und eklige Moment, in dem das Wasser von allen Seiten in meine Schuhe eindringt. Es lebe das Belüftungssystem!

Es ist also so weit. Ingrid bricht fast ab vor lauter Lachen. Ihr Moment der eigenen Vollflutung kommt nur wenige Sekunden später.

Wenige Meter vor ihr springe ich absichtlich mit einem lauten „bon Caminooooo" in eine tiefe, superdreckige Megapfütze. Das Gewicht meines Rucksacks verleiht mir beim Eintauchen noch zusätzliche Einschlagskraft.

Die Oberflächenspannung der Pfütze weicht explosionsartig den Gravitationskräften meiner Schuhgröße 47 und hinterlässt einen Krater. Am Poncho von Ingrid haben die Einschläge der Fangopackung eine wahre Eruptionslandschaft hinterlassen. Oje, wird sie mir jetzt böse sein?

Schließlich ist Ingrid eine ehrwürdige Dame und kein junger Depp, der hier bei mir gerade durchkommt.

Aber Ingrid muss ebenfalls lachen. Sie lässt ihren Poncho, wie er ist und wischt sich nur die Dreckspritzer aus ihrem Gesicht. Gerade noch einmal gut gegangen!

Im Laufe der nächsten halben Stunde denke ich: Es gibt nur ein nass, kein nässer. (Obwohl ich mir da später nicht so sicher bin).

Für das erste ist eine recht erheiterte Wanderstimmung hergestellt und wir sind voll im Element. Im wahrsten Sinne des Wortes.

Ans Kreuz genagelt

Nass bis auf die Haut und vor uns hingackernd entdeckt Ingrid den absolut krassen Oberhammer: Eine original baskische Vogelscheuche. Hier haben sie einen echten Raben gekreuzigt. Das zerzauste Federkleid ist schauderhaft an eine senkrechte und eine waagerechte Dachlatte genagelt. Spiel mir das Lied vom Tod hätte nicht grausamer sein können.

Nach einem ersten abgewürgten Lachen überkommt uns beide ein schauderhaftes Gefühl. Land und Leute sind hier einfach anders. So ist es. So gruselig das Ganze auch ist, wir schütteln unsere Köpfe, sehen uns an und müssen schon wieder lachen. Es hilft nichts.

Es folgt eine längere Strecke, auf der wir beide einfach nur fröhlich sind. Fast alles bringt uns zu lachen.

Ingrid ist die beste Lauflehrerin, die mir je begegnet ist. Selbst dem starken Regen ringt sie noch tapfer eine positive Seite ab. Sie meint, dass nun viele Pilger aufgeben und abbrechen werden. Das wiederum wird uns dauerhaft leere Herbergen und Abgeschiedenheit bescheren. So kann man es auch sehen. Nichts, wirklich nichts auf der Welt kann Ingrid ihren Glauben an das Gute nehmen.

Weil ich im Regen nichts sehen kann und weil Ingrid diesen Weg schon einmal gegangen ist, erzählt sie eben einfach, was ich jetzt alles sehen würde, wenn es schön wäre. Es sei einer der schönsten Abschnitte. Der Ozean sei hier besonders prächtig. Und die Wiesen besonders grün. Ständig höre ich Ermutigendes, Verheißungsvolles und Zauberhaftes. Ingrid scheint diese „Regenwolke“ einfach nicht zu kennen, die mir immer wieder ungebeten dazwischen funkt.

Aus den bayrischen Alpen kenne ich die wackeligen Holzkonstruktionen, die zum Überqueren eines Stacheldrahtzaunes zwischen zwei Weiden dienen. Hier ist ein solcher Übergang in baskischer Vollendung. Man hätte für eine Weide auch Stacheldraht nehmen können. Aber nein: Es musste rasiermesserscharfer Natodraht sein. Krass.

Der Antritt befindet sich natürlich auf einer „Insel“ mitten im tiefsten Schlamm. Auf der Oberfläche schwimmt gelblich braun schimmernd das, was Kühe eben so von sich geben.

Das erste Mal bekommt auch Ingrids Poncho ein paar Blessuren ab. Meiner ist längst schon zur Lachnummer verkommen. Wenigstens bleibe ich mit dem Fetzen nicht am Zaun hängen.

Bestimmt hätte ich mir zu Hause in einer ähnlichen Nässe längst Pest und Cholera, zumindest aber eine sofortige Grippe ausgemalt. Meine „Regenwolke“ hätte postwendend dafür gesorgt, dass ich auch tatsächlich krank werde. Daran denke ich hier keine Sekunde!

Eine deutliche Besserung muss sich wohl in meinem Gehirn eingestellt haben!

Gibt es neben der „Regenwolke“ auch noch so etwas wie positive Kräfte in meinem Gehirn? Fast scheint es so. Ich bemerke nämlich, dass das Wasser in den Schuhen beim Gehen wärmer wird, ganz so wie in einem Neoprenanzug. Sehr gut. Und das liegt nicht nur an den durchwateten Kuhfladen, sondern an der eigenen Körperwärme.

Das ist doch schon mal ein Anfang. Und ich bin sogar mutig: Denn ich stelle mir vor, wie die Wolken allmählich aufreißen werden, wenn ich einen Zauberspruch loslasse. Ingrid hat blauen Himmel schon länger herbeigeredet. Und so bleibt es ein Geheimnis, ob es mein Zauberspruch oder Ingrids unerschütterlicher Optimismus war, der das Wetter verbessert hat.

Weg mit dem Poncho. Heraus mit der Brotzeit. Jetzt geht es mir gut. Richtig gut.

Ingrid und ich verstehen uns nun blind. Das Wetter hat uns zusammen geschweißt. Auch ohne große Worte weiß jeder, wie der andere tickt. Das gibt mir eine enorme Sicherheit und Vertrautheit. Endlich reden wir auch über Persönliches. Jetzt werden die Abstände zwischen uns beiden freier. Jeder für sich. Und doch gemeinsam. Mal ist sie voraus, mal ich.

Über mehrere Hundert Meter hinweg können wir unsere „Verbindung" halten.

Ein tolles Gefühl für mich. Bald bleiben wir bei kurzen Stopps des anderen nicht mehr stehen. Wir wissen auch so, dass wir vom gleichen Rhythmus durchflutet sind und mühelos zusammen bleiben werden.

Mit gebührendem Abstand stoßen wir auf ein uraltes Gehöft und ein paar ländliche Häuser in Elorriaga. Hinreißende Steinfassaden tun sich da hervor. Duftende Bauerngärten mit farbenprächtigen Stauden säumen den Weg. Auf engstem Raum wuchern rosarote Fuchsien bis vor unsere Füße. Der Regen kann ihnen nichts anhaben.

Hoch über dem Ozean

Mal näher, mal weiter weg: Ständig begleitet uns zur Rechten nun wieder der Ozean. Fantastisch. Und plötzlich kommen sogar ein paar Sonnenstrahlen durch. Es geht voran Richtung Deba: „Deba Deba Du!" Hört sich irgendwie wie eine Bank an.
Nach viel Natur durchwandern wir das romantische Dörfchen Itziar, wo uns ein Pilger mit seinem Esel entgegen kommt. Er macht den Jakobsweg „para atras", also rückwärts. Das ist viel schwieriger, weil man die Markierungspfeile von hinten nur selten zu sehen bekommt. Einige Pilger haben deshalb damit begonnen, den Rückwärtsweg mit einer blauen Schnecke zu markieren. Der Dreiviertelkreis mit Pfeilspitze soll die Gegenrichtung aufzeigen.

Nach Deba geht es auch im Schneckentempo zwei Kilometer berg ab. Steil, sehr steil. Die nassen Pflastersteine sind so glitschig, dass ich ein extrem ungutes Gefühl habe. Es ist so, als ob ich mit steifen Schischuhen ohne Profil eine Eisbahn abwärts rutschen müsste. Ich habe ja auch keine Stöcke bei mir. Meine „Regenwolke" fängt also sofort wieder damit an, die Rutschpartie in diverse Unfallszenarien zu verwandeln.

Ingrid sieht es lockerer:

„Wenn wir in Santiago de Compostela angekommen sind, dann kann uns hier nichts passiert sein!"

Über diesen Satz denke ich lange nach. Wenn wir angekommen sind, dann kann uns hier nichts passiert sein? Als ob Ingrid sich über alle Axiome der Physik hinweggesetzt hätte und vom Standpunkt der Zukunft aus die Gegenwart mal eben als Vergangenheit betrachtet hätte. Das ist mir zu hoch. Die Aussage, ob nun so gewollt oder nicht, bekommt irgendwie eine spirituelle Dimension.

Ohne dass ich es laut gesagt hätte, antwortet Ingrid auf meine gedachtes Häh? „Ist doch so, oder?"

Meine „Regenwolke" konzentriert sich davon unbeeindruckt auf das reale Eintreten eines negativen Ereignisses. Zum Beispiel ein Sturz, so wie es anderen hier passiert ist. Sie wartet förmlich darauf, dass am schmierigen Untergrund etwas triumphal schief geht. Sie wird enttäuscht. Fast jedenfalls. Denn wir laufen zu Fuß bis nach Deba auf Meereshöhe bergab. An der Herberge sind wir glatt vorbei getrampelt, sie befindet sich deutlich weiter oben.

Für Ingrid wieder kein Problem. Wir können doch einkaufen, frische Tomaten essen, das Städtchen und die Kirche bewundern. Ingrid hat sogar noch eine weitere Erleuchtung: Ich könnte Gewicht sparen und meine Turnschuhe mit der Post nach Hause schicken. Aus dieser Eingebung wird sogleich ein sonderbares Päckchen an meine Familie. Feuchte Turnschuhe mit liebevoll geschriebenen Postkarten. Diese gibt es in Deba kostenlos.

Für den Regen kaufe ich mir nun offene Sandalen mit Profil. Leider gibt es Schuhgröße 47 nicht, sondern nur 45. Meine Zehen stehen also ein wenig hervor. Das macht aber nichts. Das Gesamturteil war: Bequem.

Getrennt kaufen Ingrid und ich ein wenig ein. Rotwein, frischen Chicorée, Tomaten, Weißbrot und haltbare Hartwurst. Dazu zwei reife dunkelrote Äpfel. Ich finde es schade, dass es so schöne Tante Emma Läden bei uns nicht mehr gibt. Jedes Stück wird hier mit einer am Türrahmen baumelnden Balkenwaage abgewogen.

Der Ladenbesitzer, ein patriarchalisch ergrauter Herr ist neugierig. „Peregrino, no?

Alemán, bueno!

Bayern Munken! Beckenbauer!“ Er schenkt mir noch ein paar frische grüne Chilischoten für meine Mahlzeit. „Mejor, Mejor“ und „oso zorrotzak“ murmelte er vor sich hin. Letzteres bedeutet auf Baskisch „sehr scharf“. Zorrotzak - Ein gutes Wort für scharf, wenn man niesen und anschließend fluchen muss.

In einem asiatischen Ramschladen gönne ich mir für einen Euro und neunzig noch einen schicken blauen Poncho. Der wird es locker mit dem hässlichen Werbegeschenk aufnehmen können.

Das kleine Deba ist so steil in den Fels gebaut, dass es einen Dorffahrstuhl in die Höhe gibt. Eine gute Idee. Wie auf der Außenseite eines Hochhauses schweben wir damit in die höher gelegenen Teile Debas empor. Mit einer blechernen Ansage meldet uns der Lift dann, dass wir an der Endstation angekommen sind.

Die Herberge ist geräumig und verbirgt sich im Turnbereich des früheren Grundschulgebäudes.

Im großflächigen Aufenthaltsbereich lerne ich Bill kennen, einen kräftigen und sympathischen Amerikaner aus Sarasota. Bill ist heute beim Abstieg böse ausgerutscht und hat überall Schürfwunden davon getragen. Er liebt deutsche Musik wie Rammstein und Nina Hagen.

Zusammen mit Bill fahre ich mit dem gläsernen Lift am Nachmittag noch einmal hinunter in das Herz von Deba. Das Wetter ist schön geblieben und ich möchte ein bisschen was sehen!

Die Gemeinde Deba zählt etwa 5.000 Einwohner und ist stolz auf ihre „etwa 130 Gehöfte, die über das gesamte Gemeindegebiet verteilt sind". Spaniens offizielles Tourismusportal schreibt über Deba: „Deba steht für den traditionellen Tourismus im positiven Sinne: weg vom Massentourismus. [5]

Auf der Suche nach Ruhe und Entspannung".

Die Atmosphäre gefällt mir auf Anhieb. Im Zentrum beherrscht die gotische Kirche „Santa María la Real" mit ihrem bezaubernden Vorplatz den Charakter des Dorfes. Ebenso sehenswert ist die Wallfahrtskirche „Nuestra Señora de la Asunción".

Dann aber will ich über einen kleinen Park hinab zum herrlichen Sandstrand gehen. Zum Baden ist es zu kalt. Aber es reicht für ein erfrischendes Fußbad mit hochgekrempelter Hose. Schon wieder einmal bin ich weit und breit der einzige Mensch. Bill fotografiert lieber.

Bill lädt mich ein, mit ihm gemeinsam den Appalachian Trail mit ihm zu machen. Dieser ist mit 3.500 Kilometern einer der längsten Fernwanderwege der Welt. Er führt parallel zur Ostküste der USA und durchstreift 14 Staaten. Wer weiß, vielleicht werde ich das Angebot eines Tages annehmen.

Bill ist es auch, der uns für den nächsten Tag „richtig Mut" macht. Im amerikanischen Reiseführer steht wörtlich:

„WARNING! This is a beautiful but difficult high level route through some very remote country. It would be unwise to tackle this in bad weather if you where alone or unsure of your capabilities. It is approximately 22 km without any sort of accomodation".
Jetzt hat meine „Regenwolke" endlich wieder was zu tun: Extrem schwer also, bei schlechtem Wetter natürlich unmöglich und davon 22 km ohne Zwischenstation. Das kann nie und nimmer klappen.

Auch ein etwas komisches Ehepaar aus Neuseeland liest ähnliches im Reiseführer. Schon merkwürdig. Jeder der beiden hat einen eigenen Reiseführer dabei. Allerdings beide den gleichen. Sind alle Neuseeländer so? Und zu lachen haben die beiden schon lange nichts mehr. Dafür nerven sie uns in der Herberge alle, weil sie sehr aufdringlich von jedem etwas schnorren, ohne selbst zu geben.

Dann mal Gute Nacht.

Der Rotwein hat mich aufgeheitert. Das kauzige Ehepaar will jetzt auch noch un-be-dingt mein Bett direkt am Fenster. Ja spinnen die denn? Hier liegen meine Habseligkeiten und basta. Oder doch nicht basta? Komm, was soll's, ich habe heute einen so schönen Tag gehabt, weg mit dem Bett!

Ohne dass ich weiß warum, mache ich also mein Bett frei und nehme ein anderes.

„Dein Wille geschehe, wie im Himmel, so auf Erden…“.

Und sein Wille ist tatsächlich geschehen. Wie es das Schicksal der Nacht so will, ist das Bett am Fenster exakt jene Stelle, an der sich das Dach der Herberge als äußert undicht erweist. Ohne dass es die beiden schlafenden Neuseeländer rechtzeitig bemerken, sind sie nass.

Mit Stirnlampen sollen sie dann mitten in der Nacht in den Vorraum geflüchtet sein und sich am Fußboden ausgebreitet haben.

Ich selbst erfahre freilich erst am nächsten Morgen davon, denn ich habe eine sehr gute Nacht hinter mir.

Mein Bett ist trocken geblieben, wie fast alle anderen Betten auch.

Deba - Markina-Xemein

Tag 4: 24 km, ca. 950 Höhenmeter, über Mutriko, Olatz. Die schwersten Regenfälle seit 180 Jahren.

Die Wettergefahren-Fruehwarnung.de schrieb am 17 Juni 2010 über das Tief Eliane: „Nur wenige Tage nachdem starke Regenfälle in Spanien zwei Menschen das Leben gekostet haben, kamen in Folge der schwersten Regenfälle seit mehr als 180 Jahren in Südfrankreich mindestens 25 Menschen ums Leben. Innerhalb von nur 24 Stunden fielen bis zu 350 mm Niederschlag... in Asturias 169 mm und weiter östlich in Gijón 140 mm..." [6]

Ja, mit Eliane bin ich mitten drin!

Grenzerfahrung mit Eliane

In mein Tagebuch habe ich später geschrieben:

„Grenzerfahrung, Atlantiktief, strömender Regen extrem, wahnsinnig kalt, Sturm, Bergpfade steil und reißende Wildbäche. Gehe im Schlamm, knöcheltief Wasser, Passagen mit knietiefem Schlick. Alles nass, Hände dicke Klumpen, höllisch aufgeschwollen, blau, steif."

Doch erst einmal muss es heute losgehen. Und meine Stimmung ist gar nicht so schlecht. Vielleicht liegt das auch ein wenig daran, dass ich mich vor lauter Schadenfreude fast verbiege, weil die beiden Neuseeländer heute so hilflos aussehen. Trotzdem schnorren sie sich schon wieder ein Frühstück zusammen. Am Geld scheint das allerdings nicht zu liegen, wenn man sich die teure Ausrüstung mal so ansieht.

Ingrid behält damit Recht, dass heute fast alle Pilger desillusioniert abbrechen oder zumindest mit der Eisenbahn weiter ziehen. Auch Bill.

Nur noch eine Hand voll Pilger entscheidet sich heute für diese Etappe. Darunter Jean-Louis, ein weißbärtiger Franzose, der von sich selbst sagt, er sieht mittlerweile aus wie „Père Noël“ – der Weihnachtsmann.

Unmittelbar vor der Herbergstüre ist der steile Asphaltweg überflutet und eine braune Brühe rauscht zu Tale.

Die guten Mächte sind stärker

Ich selbst finde langsam Gefallen an der Extremsituation. Bei mir setzt genau die gegenteilige Wirkung ein, als bei den anderen. Endlich ist eine natürliche Gewalt stark genug, um mir auch noch meine letzten störenden Gedanken aus den Hirnwindungen zu prügeln!

Meine „Regenwolke“ hat dem nichts mehr entgegen zu setzen. Sie scheint sich zu denken: Wenn der jetzt zum Wandern geht, dann sind diese Mächte stärker als ich. Kleinlaut gibt sie hier ihren Widerstand auf. Für immer?

Auch Ingrid scheint die Veränderung, die bei mir gerade vonstattengeht, zu gefallen. Die an die Herbergstüre unter das kleine Vordach gedrängten Pilger können nicht recht glauben, dass wir uns mit einem lauten „Juhu“ in das Unwetter stürzen.

Heute bin ich nicht Bear Grylls. Heute bin ich Ich!

Der Regen ist mein Freund. Es hätte ja auch furchtbar schwül und heiß sein können. Besser so. Ingrid und ich pfeifen die Warnungen des amerikanischen Reiseführers in den Wind und lassen Deba-Deba-Du singend hinter uns.

Glory Holes

Meine Sandalen, in denen ich der Rutschfestigkeit wegen Sportsocken und Leukoplast trage, sind jetzt der ultimative Survival-Pack! So wie das Wasser kommt, sprudelt es auch gut hörbar sofort wieder hinaus. Ich kann also stets die direkte Linie nehmen. Ohne Rücksicht auf herabfließende Sturzbäche und „Glory Holes“.

So hat Bill die Schlammlöcher genannt. Bei den alten amerikanischen Goldschürfen sind mit „Glory Holes" die tiefen schlammigen Becken unterhalb eines Wasserfalls gemeint, in denen sich das Gold über Jahrhunderte ansammeln konnte. Gold ist 18-mal so schwer wie Wasser.

So gesehen sind meine Füße auch Gold. Denn ganz sicher sind sie heute 18-mal so schwer wie Wasser!

Jedes Schlammloch – sorry, „Glory Hole" - erheitert mich aufs Neue. Auch wenn ich hier kein Gold finden werde. Ich bin gerade dabei, mich selbst zu finden. Viel besser!

Mein eigener Reiseführer verspricht für diese sehr gebirgige Etappe viele sensationelle Aussichtspunkte. Ingrid und ich zeigen jedes Mal in den Regenvorhang hinein und sagen laut „und hier, meine Damen und Herren sehen sie..."

Natürlich sehen wir nichts. Aber so unmittelbar eins bin ich mit dem nassen Element auch noch nie gewesen. Sieht man einmal von den ersten neun Monaten meines Lebens ab! Wenn man das Nass sein erst einmal akzeptiert hat, macht es auch Spaß. Und mit dem Tempo können wir heute sogar wunderbar unsere Innentemperatur steuern. Nur stehen bleiben geht nicht. Wir würden in unseren durchnässten Klamotten sofort die garstige Außentemperatur von 4° Celsius zu spüren bekommen.

Trotz all dem Regen bleibt die Natur nicht unbemerkt. Dichte Mischwälder, mitten in Spanien. Kleine Trampelpfade, wie in den Alpen. Und Blumen über Blumen, die selbst im dichtesten Grau noch in den allerschönsten Farben leuchten. Bergauf, bergab geht es heute mit einem starken Antrieb dahin.

Nichts hätte schöner sein können, als auf dem durchnässten, samtweichen Untergrund zu gehen.

Ein Schritt bequemer, als der andere.

Hier kann man keine Knieschmerzen bekommen.

In meinem Tagebuch steht: „Kein bewohntes Gebiet. Wenn ich bei diesen Temperaturen allein wäre und irgendwo abrutschen würde, dann wäre das der sichere Tod durch Unterkühlung. Finden würde mich hier so schnell keiner...“

Allerdings denke ich nicht im Geringsten an eine Gefahr. Meine Welt besteht augenblicklich aus Ingrid und mir, eingehüllt in eine graue, undurchsichtige Regenwand, aus purer Lebensfreude.

Heute fallen mir ganz andere Worte ein, als gestern: „großartig, spüren, erleben, durchatmen, Kraft“.

Die Umgebung wird kleiner, das Bewusstseinsfeld dafür umso größer. Und das ist eine sehr ermutigende Beobachtung. Ich kann nun das erste Mal ein wenig in mich gehen. Die Mischung aus einer von Reizen reduzierten Welt und einem euphorischen Erschöpfungszustand ist eine einzigartige Grenzerfahrung für mich. Zwar bin ich aus den Bergen meiner Heimat schon einiges gewohnt. Auch bei der Bundeswehr war ich in einer 12 köpfigen Gebirgseinheit, die bei jedem Wind und Wetter in den Bergen unterwegs war. Tränen und Erschöpfung kenne ich. Aber diese Euphorie und die Heiterkeit, die sich nun einstellen sind mir in der geballten Ladung so schon lange nicht mehr unter gekommen.

Im Normalfall besteht die Welt eher aus Reizüberflutung und seelischer Leere. Jetzt ist es genau umgekehrt.

Ich bin Gott dankbar

Ich bin Gott wirklich dankbar für diese herrliche Erfahrung der inneren „Reinigung“ und ich hoffe, dass es noch weitergeht mit solchen Erfahrungen am Jakobsweg. Noch weiter an die eigenen Grenzen. „Dein Reich komme, Dein Wille geschehe, wie im Himmel, so auf Erden“.

Ja, ich bin gerade wieder dabei, ganz bewusst über das Vaterunser nachzudenken. Wie im Himmel, so in meiner Seele: Das würde ich mir wünschen.

Auch Ingrid scheint das große Reinemachen aus dem Himmel heute gut zu tun. Auch sie ist völlig ausgebrannt gewesen, bevor sie den Jakobsweg begonnen hat. Bis zur letzten Minute hat sie ihre alte Mutter gepflegt und sich selbst dabei aufgeopfert. Sie hat vom Jakobsweg geträumt, aber sich all die Zeit selbst verloren. Sie hat sich immer gesagt: Wenn es so weit ist, dann lieber Gott, dann gehe ich los.

Ingrid ist mir schon zwei Millionen Schritte voraus, ich höre ihr einfach zu. Jetzt im Regen scheint plötzlich ihre Mauer in sich zusammen gefallen zu sein. Sie erzählt nicht vom Beruf oder vom Jakobsweg. Sie erzählt von sich selbst. Und ich habe fast das Gefühl, sie erzählt es auch zum ersten Mal sich selbst.

Welch unglaubliche Last muss in all den Jahren auf ihr gelegen haben. Und welch unglaublichen Lebenswillen hat sie noch immer. Zum ersten Mal kommt auch bei Ingrid ein bisschen „Kindheit“ durch.

Als sie dann von den letzten Stunden ihrer Mutter erzählt, verhallen ihre Worte im lauten Prasseln des Regens. Ich muss schlucken. Es schnürt mir die Kehle zu. Ich bleibe einen kleinen Moment stehen und halte meine beiden Handflächen nach oben in den Regen, bevor sie sich zur Faust ballen und ich in Tränen ausbreche.

Jeder hier hat seine Geschichte.

Ingrid bemerkt nichts von meinen Tränen und wir stapfen sehr still weiter. Dann bleibt sie stehen. Und sie bittet mich, kurz ihren Pilgerstab zu halten.

Ich zögere. Ihr Pilgerstab ist ihr so heilig, dass ihn bisher sicher noch nie irgendjemand berühren durfte. Als ich ihn ganz behutsam in die Hand nehme, fallen mir viele merkwürdige Sachen wieder ein. Wie sie mit ihrem Stock gesprochen hat. Wie sie ihn überall in Reichweite ganz liebevoll postiert hat. Wie sie sich an ihm festgehalten hat.

Ingrid holt ein Stück Wurst und eine Scheibe Brot heraus, bricht es und teilt es mit mir. Am liebsten würde ich davon laufen. Ich bin einfach noch nicht so weit.
Da ist immer noch, trotz all dem Regen, eine Fassade um mich herum. Ingrid zu Umarmen traue ich mich nicht. Lieber pflücke ich ihr ein paar nasse Huflattichblätter vom Wegesrand zum dazu essen. Aber in erster Linie kann ich damit ein bisschen von meinen Gefühlen ablenken und wieder Bear Grylls spielen.

Ich wäre auch gerne soweit wie Ingrid. Aber ich habe auch Angst vor diesem einen Augenblick, an dem meine Mauer fallen wird. Wird dieser Augenblick bei mir kommen? Und was wird dann sein?

Genau aus diesem Grund bin ich vielleicht hier am Jakobsweg. Aber will ich Gott wirklich schon begegnen?

Bin ich schon soweit?

Die kleine Brotzeit wird Gott sei Dank nicht zum letzten Abendmahl, sondern gestaltet sich dann recht schnell als äußerst heitere Pause. Mittendrin im nirgendwo.

Und so ist es ganz gut, dass ich die Stunde der Wahrheit erst einmal in weite Ferne verschieben kann. Lieber setze ich mich hier zur Ablenkung intensiv mit meiner Umgebung auseinander.

„Ich muss nämlich mal schnell". Das ist heute echt ein kleines Problem. Meine Hände sind tatsächlich so eisig und blau angelaufen, dass ich „ihn" nicht mehr richtig anfassen kann. „Er" wiederum hat sich soweit zurückgezogen, dass es nicht einfacher wird. Kurzum, es endet wie es enden musste: Auf meinen Oberschenkeln. Wie zu vernehmen war, ist es Ingrid wohl nicht viel besser gegangen.

Irgendwo hier durchschreiten wir gerade die Provinzgrenze zwischen Gipuzkoa und der Biskaya. Das einzige, was jetzt im Reiseführer noch beschrieben ist, ist ein gewisser Bauernhof Arnoate.

Und er, wenn er es denn ist, ist wirklich schön. Ein uraltes Steingemäuer und viele Blumen, die schon nach wenigen Schritten wieder hinter der Regenwand verschwinden. Aber ein Eindruck, der bleibt.

Ich bin schon gespannt, auf das, was mich heute Abend erwarten wird:

Meine erste Nacht im Kloster

„Convento de los Padres Carmelitas“. Das hört sich vielversprechend an!

Nass und überglücklich stehen wir schließlich vor dem majestätischen Klostergebäude. Wir klopfen an die wuchtige Holztür. Ein Klosterdiener, der Doméstico, öffnet uns betulich die schwere Pforte. Er scheint das Wort Stress nicht zu kennen. Als erstes sieht er uns beiden in die Augen. Ungewöhnlich lange, wie ich finde. Und er verzieht dabei keine Miene.

Erst Sekunden später lächelt er und bittet uns höflich herein. Wie von selbst trete ich langsamen Schrittes ein. Durch das Portal hindurch erreichen wir unter seiner gastfreundschaftlichen Führung den Klostergang mit Blick auf den anmutigen Innengarten. Freilich müssen wir uns zuvor unsere Schuhe ausziehen. Es steht sogar Zeitungspapier zum Ausstopfen bereit, was ich aber für meine Sandalen witzigerweise nicht brauchte. Auch der Doméstico muss grinsen, als er meine Schuhe sieht. Er sagt lächelnd „Opus Dei“, das Werk Gottes!

Nun, so sehen meine Schuhe zwar nicht aus, aber ich lasse es mal so stehen.

Geruhsam folgen wir dem Doméstico in das Schlafgemach für Pilger. Groß, geräumig und sauber. Es gibt auch richtig tolle Duschräume für Pilger. Alles neu hergerichtet und einwandfrei. Ich bin gerade der einzige männliche Pilger im Duschraum. Warmes Wasser. Herrlich!

Unter der Dusche höre ich eine Pilgerin singen, die sich sicher gerade allein glaubt. Die Räume sind nicht vollkommen abgetrennt.

Auch sie hat es bis hierher geschafft und ist fröhlich, wie ich höre!

Nachdem ich kein Handtuch am Jakobsweg habe, warte ich wieder geduldig darauf, dass ich trocken werde. Die singende Pilgerin ist echt große Klasse und viel besser als das, was man oft so von DSDS her kennt. Wer sie gewesen ist, habe ich jedoch nicht heraus gefunden.

Im Klostergang hat der Doméstico zwei Wäscheständer aufgestellt, an denen ich meine nassen Klamotten aufhänge. Wäscheklammern habe ich zu Hause vergessen.

Im Schlafsaal kann ich mir mein Bett noch aussuchen. Es ist Platz für etwa dreißig Pilger. So viele werden es heute ganz sicher nicht.

Danach lädt uns der Doméstico zu einer Tasse heißen Tee ein. Ein paar Pilger kommen noch an. Aber viele sind es nicht.

Mein erstes Pilgermenü

Ingrid und ich brechen um Sechs noch einmal auf. Der Doméstico hat uns ein kleines Speiselokal empfohlen, welches ein hervorragendes Pilgermenü haben soll. Was es mit dem Pilgermenü auf sich hat, habe ich bisher noch nicht selbst erfahren. Ich weiß lediglich, dass man hier und da als Pilger sehr preiswert essen kann.

Es geht aber um etwas ganz anderes. Um Gastgeber, die mich so annehmen, wie ich bin. Und ich bin wahrlich nicht gut gekleidet. Trotz Dusche sind die Klamotten muffig und zerknittert. Nie im Leben würde ich so zu Hause irgendwo hingehen, sonst würden sie mir noch einen alten Hähnchenknochen nachwerfen.

Aber hier habe ich nichts bei mir, womit ich den Gastleuten wenigstens ein Mindestmaß an Respekt zollen kann. Außer mich selbst und ein bedachtsames Verhalten. Ein sehr ungewohntes und ungutes Gefühl.

Weil es kalt ist, habe ich zwei kurze Hosen an. Darüber noch die feuchte Regenhose, die ich schon unter Tags anhatte. Obenherum zwei T-Shirt übereinander und dem Anschein wegen ein kurzärmeliges hellblau gestreiftes Baumwollhemd. Darüber: Poncho.

So mache ich mich mit Ingrid also auf zum Restaurant.

Beim Öffnen der Türe fühle ich mich sehr unwohl. Das Restaurant ist edel, urgemütlich und ich weiß nicht, ob das als Pilger wirklich so geht. Einfach hinsetzen so wie in Deutschland geht auch nicht. Verschämt stehe ich in der Tür, Ingrid hinter mir. Noch mehr schäme ich mich, als durch die offene Tür ein Windstoß fährt und gleich einen mit weißen Tischdecken vorbereiteten Tisch abdeckt. Wie sagen? Wohin mit dem nassen Zeug? Nur mein Hunger hält mich davon ab, jetzt das Weite zu suchen. Ingrid ist da schon unbefangener. Als die Kellnerin, nein – es ist ganz sicher die Besitzerin kommt, fällt mir Gott sei Dank „ona arratsaldean"
ein. Erinnert mich an „wa alaikum salām" und bedeutet auf Baskisch „Guten Abend".

Ob ich es richtig ausgesprochen habe, weiß ich nicht, aber sie lächelt mich sehr freundlich an.

Jedenfalls hat sie nicht das geringste Problem mit unserem Pilgeroutfit. Ausgesprochen herzlich begleitet sie uns zu einem der wirklich schönen Tische des Restaurants.

Es ist ein Restaurant der Gattung, in dem man sonst die Kreditkarte im Lederumschlag zur noblen Begleichung der Rechnung abgibt. Und trotzdem nimmt sie uns so wie wir sind.

Das geht mir unter die Haut.

Vornehm zieht sie mir den Stuhl ein wenig zur Seite. Ich hätte das bei Ingrid auch gerne getan, doch sie nimmt die lederne Bank an der Wandseite.

Gedeckt sind drei Hauptbestecke. Zur Wahl stehen Rotwein- oder Weißweingläser, ein Fisch- und ein Fleischmesser und für die Nachspeise ein Silberlöffel oder eine Silbergabel.

Vornehm fragt mich die Chefin, welchen Wein wir gerne hätten und zündet die weinrote Kerze am Tisch an. Jeder von uns könne aber auch eine eigene Flasche haben. Ingrid entscheidet sich für Rotwein. Der wird aber nicht einfach nur gebracht, er wird vor unseren Augen geköpft und ich darf am Korken riechen. Es ist ein richtig guter Tropfen Rioja!

Die Weißweingläser werden dezent abgetragen.
Kurz danach kommt sie, und bringt uns ein Amuse-Gueule, einen Gruß aus der Küche. Selbst gebackenes Brot mit Schmalz und Paprika.

Die Zeit vergeht gemächlich. Ich genieße jede Sekunde.

Während sechs weitere Pilger eintreten, wird uns die Vorspeise serviert: Hausgemachte Fischsuppe vom Allerfeinsten. Dazu frisches Weißbrot. Lächelnd steht die Chefin nun bei mir und meint: Der Weißwein wäre auch nicht schlecht gewesen. In der Hand hält sie ein kleines Gläschen zum Probieren, dass sie mir einfach vor die Nase stellt.

Nach dem ersten Gang gibt es wahlweise Fisch oder Fleisch. Die Chefin erzählt lebhaft, um was es sich jeweils handelt, aber leider verstehe ich nicht mehr als „Fisch oder Fleisch".

Beide entscheiden wir uns für den Fisch. Aber das Fleisch am Nachbartisch sieht sehr lecker aus. Die Beilagen gibt es in mehreren Schüsseln, die über alle Tische verteilt werden.

Bei der Nachspeise dürfen wir schon wieder wählen. Mir gefällt „Vanilla esnea" - auf Spanisch „pudín de vainilla" und das versteht wirklich jeder!

Und dann kommt die Rechnung für Ingrid und für mich: Zusammen 12 Euro! Nachdem für die Chefin völlig klar ist, dass ich bezahle, mache ich das auch. Gerne!

Der Wein beschert mir abermals eine sehr entspannte Nachtruhe. Ich denke aber noch lange nach. Mit meiner Stirnlampe leuchte ich gerade auf den Reisführer, der vor mir auf dem Kopfkissen liegt.

Und ich höre einen Pilger leise das Vaterunser auf Spanisch murmeln, während ein paar andere Pilger schon vor sich hin schnarchen:

Padre Nuestro que estás en los cielos
santificado sea tu nombre
venga a nosotros tu reino
hágase tu voluntad
así en la tierra como en el cielo
el pan nuestro de cada día dánosle hoy
y perdónanos nuestras ofensas
así como nosotros perdonamos a quienes nos ofenden
no nos dejes caer en tentación
y líbranos del mal
por que tuyo es el reino
el poder y la gloria
por los siglos de los siglos
amén.

In das Amen stimme ich im Stillen mit ein, mache meine Stirnlampe aus und finde für diese Nacht in den Gemäuern des Klosters meinen Frieden.

Markina-Xemein - Gernika

Tag 5: 25 km, ca. 900 Höhenmeter, über Bolibar, Cenaruzza, Aldaka.

Über den Regen möchte ich nicht mehr viel sprechen. Er ist zu meinem ständigen Begleiter geworden und macht mir nichts mehr aus. Mittlerweile steigt das Thermometer auf angenehme 12 Grad.

Landschaftlich hat sich der Camino bereits gestern noch vom Meer abgewandt. Und heute führt er weiter durch das bergige Landesinnere.

Am Ortsausgang treffen wir einen Gemeindearbeiter, der gerade dabei ist, Mülltonnen aus zu leeren. Er schenkt mir einen riesigen grauen Müllsack. Wer weiß, für was ich den noch brauchen kann?

Am frühen Morgen begleitet uns ein kleiner Bach, der in den letzten Tagen extrem angeschwollen ist. Da wo sonst sicher ein schöner Pfad ist, wate ich durch Morast. Überall sind die Schäden der Überschwemmung zu sehen.

Nach eineinhalb Stunden habe ich mich warm gelaufen. Es geht durch einen wunderschönen kleinen Wald hinauf zum Kloster Cenaruzza.

Cenarruzza, ein christliches Bollwerk

Das Kloster ist ein christliches Bollwerk in der dieser damals noch nicht christianisierten Region. Deshalb erinnert es eher an eine uneinnehmbare mittelalterliche Festung. Nach dem ich schon eine Weile allein wandere, finde ich hier einen ganz besonderen Ort der Stille. Niemand außer mir ist hier. Lediglich ein Mönch huscht im hinteren Kirchenschiff vorbei. Die Ruhe in der Klosterkapelle tut gut.

Heute habe ich keine Lust dazu, mir die geschichtlichen und kulturellen Hintergründe des Klosters durchzulesen. Ich möchte einfach die Eindrücke auf mich wirken lassen.

Wie in den vergangen Tagen sitze ich fast ganz hinten. Immerhin: Ein paar Sitzreihen habe ich mich schon vorgewagt und so sitze ich jetzt vielleicht etwas näher bei Gott?

Weil ich nass bin, beginne ich zu frieren. Nun kommt auch Ingrid an. Sie nimmt vornehm am anderen Ende Platz. Sie will mich sicher bei meiner kleinen Andacht nicht stören. Man muss gar nicht super religiös sein, um hier in den Gemäuern so etwas wie innere Ruhe, Gelassenheit und Dankbarkeit zu empfinden.

Ich beginne, ein wenig zu zittern. Es ist eisig und unwirtlich hier. Ich überlege mir, welche Wünsche ich hätte, wenn ich mit Gott sprechen könnte. Und es fällt mir keiner ein. Also kann Gott noch damit warten, sich mir zu offenbaren. Was also treibt mich an? Was ist es, was ich finden möchte, wenn ich keinen einzigen Wunsch habe? Ich spüre, dass ich hier bin und ich spüre, dass jeder Gedanke an die Vergangenheit irgendwie schmerzt. Dem Hier und Jetzt ordne ich die Kälte zu. Aber auch meine Kinder und meine Frau fallen mir zum Hier und Jetzt ein. Zur Zukunft fällt mir ad hoc gar nichts ein, außer der schweren Holzpforte, durch die ich die Kirche wieder verlassen werde.

Doch zuvor nehme ich etwas von dem Weihwasser aus dem Weihbecken und wische es mir mit einem Kreuzzeichen auf die Stirn. Dieses Becken – hier ich bin immer achtlos daran vorbei gegangen.

Frei von Dämonen

In der katholischen Kirche ist das Weihwasser die Erinnerung an die Taufe. Man sagt, dass es aber auch schon viel früher diesen Ritus gegeben haben soll, um sich zu Reinigen und von Dämonen zu befreien [7].

Ich sattle meinen Rucksack erst außerhalb der Kapelle. Ingrid überlegt, ob sie den Tag und die Nacht hier im Kloster bleiben möchte. Ich jedenfalls will weiter gehen. Es ist noch viel zu früh, viel zu kalt und ich habe ja auch erst wenige Kilometer hinter mir.

Also gehe ich. Ingrid kommt mit.

Die Etappe nach Gernika hat heute einige Höhenmeter für uns parat. Dafür sind die Temperaturen angenehm und die Pfade im grünen Dickicht. Keinen einzigen Pilger sehe ich hier. Es ist ein stiller Weg. Ein Weg der inneren Einkehr.

Immer mehr verbindet mich mit Ingrid eine tiefe Freundschaft.

Man muss den Jakobsweg wohl allein gehen, um nicht allein zu sein!

Was hier vordergründig widersprüchlich erscheint, ist meine nächste Lektion. Manch einer mag Angst vor dem Alleinsein haben. Doch wer allein ist, der findet hier schnell Anschluss, wenn er denn will. Und das ist das Schöne daran: Man kann es sich immer aussuchen! Wenn es zu viel wird, wünscht man sich eben einen „bon Camino“. Oder man wird langsamer. Oder man schüttelt den Begleiter einfach ab.

Der Camino ist der eigene Weg. Ohne anstrengende Rücksichtnahme, ohne Show und ohne ein krampfhaftes Festhalten. Was sich sucht, das findet sich.

Der Jakobsweg beginnt zu fließen. Immer weiter, immer intensiver. Mit fallen neue Wörter für meinen Weg ein, wie „dahintreiben, plätschern, wohlbehalten, befreit und annehmen“.

Viele gelbe Pfeile lassen wir hinter uns. An einer kleinen Santiago-Kapelle halten wir kurz inne, doch dann möchte ich weiter.

Unter dem Vordach eines Holzschuppens machen Ingrid und ich eine kleine Brotzeit. Klein? Aber Hallo! Zwei Tage altes Weißbrot (esse ich lieber als frisches). Dazu eine erstklassige Salami aus dem Baskenland. Feurig scharf! Zorrotzak! Kekse von Ingrid. Der Wallnussbaum neben dem Schuppen, unter dessen Vordach wir uns ausgebreitet haben, versorgt uns mit ganz jungen Wallnussblättern. Zwei davon lege ich zwischen Brot und Salami. Frische Wallnussblätter passen prima zum Aroma der Hartwurst und geben eine herb würzige Mischung. Ein echtes Erlebnis für den Gaumen.

Die Kommunion ist unsere Brotzeit

In unsere Wasserflaschen gebe ich ein paar Blütenteile Scharfgarbe, Holunderblüte, frische Minzblätter, blaue Gundelrebe und Süßdolde, die ein wenig an Anis erinnert. Gut durchgeschüttelt. Fertig. Einfach fantastisch, was die Natur direkt vor den eigenen Füßen zu bieten hat. Man muss einfach nur hinsehen, um ständig etwas Neues zu entdecken! Natürlich erinnert mich Ingrid sofort wieder an den giftigen, gefleckten Schierling. Die Süßdolde sieht ihm zum Verwechseln ähnlich. Angst habe ich dieses Mal nicht, denn der Schierling stinkt und duftet nicht nach Anis. Und ein wenig kenne ich mich schon aus.

Nächstenliebe über den Zaun hinweg

Am Rande eines kleinen Sträßchens hat sich eine wohlhabend zu scheinende Familie ein schönes Landhaus gebaut. Was mich bewegt: Sie haben extra einen Wasseranschluss zum Zaun verlegt, um den wenigen Pilgern hier aus dem Hahn etwas Wasser anzubieten. Obwohl niemand zu sehen ist, rufe ich ganz laut „Gracias!" in den Wind und verbeuge mich samt Gepäck vor dem Anwesen.

So oberflächlich ist die Welt also doch nicht. Es gibt Menschen, die hier ganz im Stillen den Pilgern Achtsamkeit schenken. Großartig!

Irgendwann führt uns der Weg schließlich auf eine Straßenkreuzung, die nach allen Seiten hin abfällt. Wo geht es weiter?

Ingrid streckt ihren Arm und steckt zum Spaß den Zeigefinger in den Wind. „Hier lang" meint sie und schon ist sie wieder auf und davon.

Singend und Tanzend dahinfliegen

Die Kilometer gehen heute viel einfacher und das Laufen an sich macht Spaß. Auch der Rucksack scheint nicht mehr ganz so schwer zu sein. Und meine Füße fühlen sich ebenfalls ganz wohl auf der abfallenden Strecke nach Gernika. Ich bin müde, aber nicht mehr erschöpft. Und ich habe auch noch Reserven, um ein paar fröhliche Sprünge zu machen. Verstecken muss ich mich ja vor niemanden. Und so kommt dann auch mal ein wenig „Kind sein" durch. Ich versuche verschiedene Laufschritte aus, eins zwei drei hopp! Zum gedachten Takt drehe ich meine Schultern hin und her und schwinge meine Arme kräftig durch.

Mal auf Zehenspitzen, mal auf den Fußballen bewege ich mich total unbeschwert voran. Weil Ingrid kurz stehen bleibt, wippe ich mit geschlossenen Beinen im Stand links und rechts hin und her. Ingrid lacht.

Schließlich kommen wir müde aber zufrieden in Gernika an. Am Mauerwerk der Herberge kann man noch den Wasserpegel des

Vortages ablesen. Etwa ein Meter achtzig. Die Unterkunft muss komplett abgesoffen sein. Die Schlafräume liegen im ersten Stock. Von hier aus hat die Feuerwehr alle Pilger durch das Fenster evakuiert. Im Innenhof steht nun von der Waschmaschine bis zu den Tischen alles so herum, als wäre gerade eine Sperrmüllsammlung.

Die Hospitaliera, eine überfreundliche Seele mit braunen schulterlangen Haaren, etwa Dreißig, ist dennoch gelassen und wird mit der Situation bestimmt gut fertig. Schon morgen, so meint sie, können hier bereits wieder Pilger übernachten. In Anbetracht der Lage beneide ich sie um ihren Optimismus.

Wir brauchen für heute eine andere Bleibe. Also machen wir uns auf in das Zentrum von Gernika, der heiligen Stadt der Basken. Nicht ohne ungutes Gefühl.

Wir wissen beide, dass Gernika durch die deutsche „Legion Condor" rein zu „Übungszwecken" grausam durch einen Bombenhagel zerstört wurde. Picasso wurde 1936 von der spanischen Regierung damit beauftragt, für den spanischen Pavillon der Weltausstellung 1937 in Paris ein Protest-Bild zu malen. Das fast acht Meter lange Ölgemälde „Guernica" traf aber nicht den Geschmack der spanischen Auftraggeber und so ließen die es am Ende der Ausstellung einfach im Pavillon hängen. Picasso nahm das verschmähte Werk dann enttäuscht und sich unverstanden fühlend wieder mit. Im Abitur hatte ich einmal eine Arbeit über dieses Werk geschrieben. Schlagartig ist sie da, meine Vergangenheit.

Mein Kindheitstraum

Ich wollte immer malen in meiner Kindheit. Zeichnen und Malen war mein ein und alles. Doch aus Langeweile und zum Unmut meiner Lehrer habe ich dann permanent Karikaturen von meinen Lehrern angefertigt. Das ging soweit, dass sogar eine Schülerzeitung zensiert wurde und meine Eltern antreten mussten. Jedenfalls sprach mir mein Kunstlehrer jegliches Talent ab und auch meine Interpretation zum unverstandenen Picasso war daraufhin ein Fiasko. Kunst studieren: Das ging gar nicht. Das „Kind" – immerhin war ich da schon ein Halbwüchsiger, wollte aber Künstler werden.

Und dann kamen sie, die geballten Argumente gegen ein Kunststudium. Weniger von meinen Eltern, als vielmehr von der Schule. Kunst, damit könne man niemals eine Familie ernähren. Worte wie „brotlose Kunst“ vielen damals und man erinnerte mich an Physik, Mathematik und Informatik, in denen ich nur gute Noten ablieferte.

Schließlich machte ich ein Studium in Elektrotechnik. Das hat auch schon mein Vater so gemacht. Siemens = Sicherheit usw., das waren die Totschlagsargumente. Fortan tat ich etwas, was mich nie interessierte. Aus Pflichterfüllung oder was auch immer habe ich das Studium dann durchgezogen, jedoch ohne jemals wirklich Zugang zur Materie oder zu meinen Professoren gefunden zu haben.

Mein Praktikum im Kernforschungsreaktor Garching bei der Deutschen Gesellschaft für Reaktorsicherheit machte mir schließlich das volle Ausmaß der Sinnlosigkeit klar.

Kettenreaktion

In ausgefeilten Computer-Simulationen sollten mein Studienkollege Tom und ich eine Kernschmelze verhindern. Das allerdings gelang uns so gut wie nie. Nur durch das entnervte Eingreifen des Betreuers hat es dann mal geklappt, eine Simulation ohne Alarmpiepen und ohne dem obligatorischen Supergau zu beenden.

Eine wahnwitzige Vorstellung war das für mich, eine Kettenreaktion durch nicht verstandene Regelkreisläufe beherrschen zu wollen. So instabil, als wollte man eine Metallkugel auf einem Zahnstocher dauerhaft balancieren. Wenn sie herunter fällt, dann haben wir den GAU – der größte anzunehmende Unfall. Insofern kann es einen Supergau eigentlich nicht geben, da nicht steigerungsfähig.

Etwas zu studieren, was einen nicht bewegt – zumindest nicht so, wie angenommen: Das ist aus heutiger Sicht Zeitverschwendung. Nun gut. Wenigstens kann ich die Mathematik aus meinem Studium noch heute gebrauchen. Aber meistens tut es da auch eine simple Excel-Tabelle. Und wenn ich in der Arbeit von abklingenden e-Funktionen spreche, dann versteht es sowieso keiner. Ein Vorstand, mit dem ich es später zu tun hatte, meinte sogar, ich sei mit meinem Wissen gefährlich für seine Gesellschaft und die Moral ihrer

Verkäufer! Doch noch immer möchte ich Künstler werden, mit meinen 44 Jahren. Natürlich reden auch heute noch alle dagegen. Heute geht es erst Recht nicht mehr. Oder würde es doch noch gehen?

Meine Frau hat mir zum 35.sten Geburtstag einen Malkasten mit Ölfarben geschenkt. Zuvor habe ich sie fast 15 Jahre lang damit genervt: „Ich würde so gerne malen.".

Wie dumm muss ein Mensch sein, sich etwas 15 Jahre lang zu wünschen und es nicht zu tun?

Über das Geschenk aber, mit dem mir meine Frau viel zu Nahe getreten ist, habe ich mich dann geärgert, anstatt dass ich mich freute. Ich habe es verbannt und meine Frau damit fürchterlich verletzt. Erst ein Jahr später habe ich den Malkasten im Radkasten versteckt, als wir an den Gardasee gefahren sind. In einer ruhigen Minute, in der ich mich allein glaubte, habe ich dann angefangen, einen Strich neben den anderen zusetzen und war mitten drin. Es hat mich nicht einmal gestört, dass plötzlich meine Familie und eine befreundete Familie auf der Terrasse standen und wie gebannt beim Malen zusahen. Es war wie ein Fluss, in dem ich meditierte und in dem alles wie aus Geisterhand gelang.

Von Gernika zur Kunst und wieder zurück. Hier bin ich: In Gernika.

Wie auch wir vergeben unseren Schuldigern?

Tun wir das? Haben wir überhaupt eine leise Ahnung davon, was in Gernika passiert ist? Über Gernika habe ich mir damals jedenfalls keine Gedanken gemacht. Jetzt wird es also ernst?
Doch mit wem ich auch spreche: Ich stoße nur auf Freundlichkeit, Offenheit und Gastfreundschaftlichkeit – nie auf die Vergangenheit. Und nie auf Verbitterung gegenüber Deutschen. Vergessen, vorbei. So gehen die Basken damit um.

In Deutschland ist es ja so, dass man sich scheinbar per se ab Geburt dafür schämen muss, was einmal war. Und nachdem ich kurz hinter Dachau zu Hause bin, fahre ich allzu oft am ehemaligen Konzentrationslager.

In der Schule darüber etwas lernen. Gut. Aber irgendwann muss auch wieder einmal die Gegenwart eine entscheidende Rolle spielen. Respekt und Geschichte natürlich in Ehren! Also wie werden mich die Menschen in Gernika empfangen? Sehen sie in mir den Nazi aus Dachau? Sehen sie den bösen Deutschen? muss ich mich in große Ehrfurcht begeben? Im Moment ist mir nicht danach. Ich habe einen anstrengenden Tag hinter mir, freue mich auf mein Tagesziel Gernika, die Leute, ein Essen und ein Bett.
Auf geschichtliche Feinheiten jedenfalls habe ich mich nicht vorbereitet und auch Ingrid meint, das ist denen „Wurst". Das hinterlässt ein großes Fragezeichen und eine gehörige Portion Unsicherheit.

Nachdem wir auf Anhieb keine Pension finden, kommt gleich die Generalprobe. Nachfragen bei der Polizei, die auch bei der Suche nach einer Bleibe behilflich ist.

„Ah Alemán, Pelegrino – bienvenidos!"

Das war schon mal sehr höflich und völlig unbefangen. „En busca de una pensión, no hay problema", also kein Problem.

Obwohl ich mir auf der Polizeiwache so verschwitzt und durchnässt wie ein Penner vorkomme, werden Ingrid und ich äußerst zuvorkommend behandelt. Keine alten Kriegsgeschichten. Kein Garnichts.
Der junge Oberwachtmeister Juan von der Guardia Municipal begleitet uns sogar noch ein Stück in Richtung der empfohlenen Pension. Er spricht über das Sauwetter und möchte meinen Rucksack mal hochheben, um zu wissen wie schwer der ist. Diesen Wunsch schlage ich im logischerweise nicht aus. Er murmelt etwas, was so ähnlich klingt wie „geht schon", sieht auf den viel größeren Rucksack von Ingrid und meint dann entsetzt „Madre de Dios", die muss wirklich Buße tun und lacht.

In der netten kleinen Pension Boliña finden wir dann günstig ein sehr sauberes Zimmer vor. Alles ist so, wie es auch im vergangenen Jahrhundert hätte sein können. Nur die modernen Flachbildschirme verraten etwas über unsere moderne Zeit.

Auf einer engen knarzigen Holztreppe geht es rauf zu unserem gemeinsamen Zimmer 201.
Der Raum ist klein, aber dafür sehr hoch. Ein uralter dunkelbrauner Sekretär steht hier, auf dem ich dann bestimmt noch mein Tagebuch schreiben werde.

Neben dem Bett steht ein elektrischer Heizkörper, der sicher auch schon vieles erlebt hat. Ein Wunder, der Heizkörper springt sofort klaglos an. So kann ich das erste Mal meine Sachen im Waschbecken auswaschen und trocknen. Mit einem wilden Zickzack von Leinen habe ich das Schlafzimmer zum Trockenraum umfunktioniert. Gut, dass es der Wirt nicht gesehen hat. Und noch einmal bekomme ich von Ingrid eine Lektion mit auf meinen Weg:

Du brauchst viel weniger, als du denkst.

Weil ich gerade beim Auspacken bin, möchte Ingrid mir zeigen, was ich definitiv alles nicht mehr benötigen werde. Abschied! Sie stellt mir den Mülleimer direkt vor die Füße und dann geht es los. Zweite lange Hose? Weg damit. Zwei zusätzliche T-Shirts: Weg damit. Die zweite kurze Hose: Ebenfalls weg damit. Dann kommt meine Apotheke dran. Eine volle Tube Heilsalbe – wofür? Ingrid drückt alle Tuben, die ich dabei habe, im Waschbecken bis zum letzten Rest aus und spült die Pasten herunter. Für einmal genügt's jetzt, meint sie. Mein Rucksack wird leer. Ingrid hat jedes noch so kleine Detail hinterfragt.

Gerade werde ich zum Minimalpilger.

Nur eines habe ich Ingrid wirklich voraus: Es ist mein Bettbezug.

Zu Hause habe ich keinen Schlafsack gehabt. Ohnehin leide ich ein wenig unter Platzangst. Und so bin ich auf die Idee mit dem Bettbezug gekommen. Leichter geht es natürlich nicht. Das Einpacken ist immer schnell erledigt. Waschen kann man ihn zur Not ebenfalls. Und er reicht vollkommen. Mir zumindest. Denn hierin kann ich mich bewegen und gut schlafen.

In fast allen Unterkünften gibt es zudem Decken. Und wenn es wirklich kalt wird, muss ich eben in dicken Klamotten schlafen. Oder meinen Bettbezug mit weiteren Sachen ausstopfen. Mein „Schlafsack" ist also leicht, geräumig und bietet nur Vorteile.

26 Euro habe ich heute unfreiwillig für die Ersatzunterkunft ausgegeben. Die große Überraschung: Selbst das Abendessen ist nebst allen Getränken und dem exquisiten Service inklusive. Es gibt ein Viergängemenü. Und eine stilsichere Bedienung, die in deutschen Wirtschaften Ihresgleichen sucht.

Zuerst gibt es eine große gemischte Vorspeise mit luftgetrocknetem Serranoschinken. Dazu allerlei selbst eingelegtes Gemüse, welches uns die Gastwirtin dann selbst erklärt. Im Anschluss daran wird uns mit weißer Serviette am Arm Pasta serviert. Reichlich. Kaum ist der Tafelwein leer, kommt schon der Kellner mit einer neuen Flasche der edleren Sorte. Direkt vor unseren Augen geköpft und kandiert.

Der Hauptgang ist wahlweise Lup de Mar oder ein saftiges Rumpsteak. Ich entscheide mich für den Fisch. Der Koch, der ebenfalls zu den Tischen geht, sagt uns, dass man hier zum Fisch keinen Weißwein, sondern am besten einen gekühlten Rotwein des Hauses trinken solle. Natürlich sei auch die zweite Flasche inklusive.

Und dann gibt es noch meine Lieblingsnachspeise:

Arroz con leche.

Ein selbstgemachter Reispudding.

Ingrid, die ihr Tischgebet vergessen hat, holt es jetzt bei der Nachspeise nach und ich weiß nicht, ob ich lachen oder schweigen soll. Ich schweige mal lieber.

Die Nachspeise ist also gesegnet und nun kann ich loslegen. Meine etwas verlegene Frage an die Wirtin, ob ich noch ein wenig Nachschub haben könnte empfindet die Wirtin glücklicherweise als großes Kompliment. Sie erzählt mir, wie sie die Nachspeise gemacht hat, natürlich alles selbst und sie freut sich über meinen Appetit, denn es ist bestimmt noch etwas übrig davon.

Auch die Wirtin fragt, ob wir aus Deutschland seien und heißt uns ganz herzlich in „ihrer Familie“ willkommen. So viel jedenfalls habe ich verstanden.

Dann aber geht wirklich nichts mehr in mich hinein und wir beschließen diesen wunderbaren Abend mit dem Ausblasen der Kerze am Tisch.

Der Kellner läuft uns sogar noch nach, als wir gehen. Er möchte uns die angefangene Weinflasche mit auf das Zimmer geben. Aber genug ist genug. Schließlich möchte ich morgen noch wandern können. Er grinst, behält die Flasche und wünscht uns eine gute Nacht.

Gernika - Bilbao

Tag 6: 40 km, ca. 1.000 Höhenmeter, über die Anhöhe von Morga, Lezama, Zamudio.

Ein harter und betrüblicher Tag bricht an. Mit Ingrid geht es gemeinsam auf dem nassen Boden weiter in Richtung Lezama.

Und ich weiß: Mit jedem Schritt, den ich ihr nachgegangen bin, ist eine tiefe Freundschaft entstanden. Seit Tagen folge ich ihren Spuren. Ich höre ihr zu und lache viel. Ganz nebenbei habe ich von ihr alles gelernt, was man über den Jakobsweg als Pilger wissen muss. All die Tage habe ich versucht, an ihr dran zu bleiben. Heute sind die Schritte von Ingrid höllisch.

Besonders die letzten Kilometer bergab auf der trostlosen nassen Teerstraße. Ingrid meint: Sechs bis sieben Kilometer in der Stunde werden’s schon sein und legt noch einmal zu. Doch irgendwie ist sie heute total zugeknöpft.

Sie ist schweigsam und in sich versunken. Obwohl sie immer schneller und schneller geht, meint sie wortkarg: „Ich werde die nächsten Tage langsamer machen“. Die Betonung des kurzen Satzes liegt auf „ich“. Dann schweigt sie.

In Lezama kommen wir schon um 14 Uhr an. Wir stehen vor den verschlossenen Türen der Herberge. Betretenes warten. Ingrid redet davon, dass sie um viele Tage zu früh ankommen würde in Santiago. Sie hat einen festen Plan. Ihren eigenen. Sie spricht vom Guggenheim-Museum, welches sie sich dieses Mal unbedingt ansehen will. Und sie spricht von ein paar ruhigen Tagen, allein.

Ich laufe hinein in das Städtchen und besorge uns ein wenig Brotzeit, sowie zwei Dosenbier. Ja, Ingrid hat mich gebeten, ihr ein Dosenbier mitzunehmen! Aber auch das ändert nichts an der betretenen Stimmung.

Abschied nehmen

Ich bringe keinen Bissen herunter, und ich spüre, dass die Zeit gekommen ist, wo wir wieder getrennte Wege gehen müssen. Warum nur?

Ich will Ingrid weder zur Last fallen, noch möchte ich sie anstacheln. Also lasse ich sie vor sich hin sinnieren. Immer wieder muss ich wegsehen, wenn ich zu ihr hinschauen will. Ich starre in den Boden.

Ingrid will dann telefonieren. Aber mein Handy lehnt sie ab. Ganz langsam, mit gesenktem Kopf geht sie los, um eine Telefonzelle zu suchen.

Während ich vor mich hingrübele, kommen drei Spanier im mittleren Alter, zwei Männer und eine Frau. Zwei von Ihnen habe ich schon einmal im alten Schulgebäude in Deba gesehen. Sie setzen sich zu mir, sind laut und übertrieben lustig. Das mag ich gerade überhaupt nicht.

Ich packe meinen feuchten Plastikstuhl und setze mich wortlos an das andere Eck des Vorgartens. Ingrid kommt zurück und es verschnürt mir die Kehle. Ich oder sie? Schon auf die Ferne scheinen wir beide das Gleiche zu empfinden. Wir wollten zusammen bleiben und doch ziehen. Allein.

Als Sie vor mir steht, habe ich sie einfach nur umarmt.

Ganz fest und innig. Keiner von uns bringt ein Wort heraus. Beide kämpfen wir gegen die Tränen an.

Liebevoll streicht Ingrid mir durch die Haare und flüstert mir ganz leise in mein Ohr:

Bon Camino, bon Camino, bon Camino!

Ich greife zu meinem Rucksack, alles andere lasse ich am Tisch stehen. Alles zieht sich in mir zusammen. Wortlos gehe ich. Ich werde noch eine weitere Etappe nach Bilbao machen. Weg von hier! Weg, bevor sie meine Tränen sieht und weg, bevor ich ihre sehe.

Eine kleine aber brachiale Bergtour liegt zwischen hier und Bilbao. Ich vermisse sie. Ich vermisse sie furchtbar. Öde Schritte nach oben. Heute begreife ich, was der Jakobsweg wirklich ist:

Der Weg ist ein Loslassen.

Loslassen ist die härteste Lektion, die mir Ingrid nun noch beigebracht hat. Vielleicht auch eine der härtesten Lektionen in meinem ganzen Leben. Dafür danke ich ihr ewig. Mein eigener Weg kommt mir plötzlich sehr unbarmherzig vor. Und doch fühle ich ganz tief in meinem Inneren, das Ingrid ein Engel gewesen ist, der mich den wichtigsten Teil meines Weges begleitet hat. Und das wird uns fortan für immer verbinden. Doch jetzt kämpfe ich mit meinen Gefühlen. Bergauf mischt sich Wut in meine Tränen.

Doch ich lasse sie an mir hinunter laufen. Nichts muss ich hier noch verstecken. Es gibt nichts, weswegen ich mich schämen müsste, nur weil ich gerade mich selbst spüre.

Was ist das, was gerade mit mir passiert?

Ist es ein Anfall von Depression? Oder ist es Selbstmitleid? Oder ist es ganz einfach tiefer Schmerz gepaart mit einem aufkommenden Gefühl der Erleichterung?

Ich weiß es nicht. Alles prasselt jetzt von mir herab.
Aber irgendwie ist es, als hätte ich all die letzten Jahre auf diesen Moment gewartet.

Ich habe mein Leben heute selbst in die Hand genommen. Ich habe losgelassen. Und ab hier gehe ich meinen eigenen Weg.

Loslassen ist ein neuer Anfang.

Jetzt bin ich allein. Allein mit mir.
Immer wieder kommen Tränen hoch. Immer wieder spüre ich aber auch so etwas wie Befreiung. So als wenn eine große Last von mir abfällt. Damit meine ich nicht Ingrid, sondern mein Leben davor. Das Wechselbad der Gefühle vollzieht sich rasend schnell. Mit jedem neuen Schritt, den ich vor den anderen setze, betrete ich eine neue Welt hinein in mich selbst.

Ich habe endlich wieder das längst verloren gegangene Gefühl, dass ich in meiner eigenen Gegenwart angekommen bin. Auch wenn es schmerzlich ist.

Burnout: Mein verlorenes Ich

Zu Hause ist es mir zuletzt sogar schwer gefallen, mich auf die spontanen und gefühlsechten Wahrnehmungen meiner Kinder einzulassen.

Oh Gott, wie viel „Unwichtiges", aber Schönes habe ich in den letzten Jahren wohl versäumt?

Das schlimme am Zustand permanenter Überforderung ist wohl, das man ganz schleichend und unbemerkt den Bezug zu sich selbst verliert. So verkommt man zu einer erstarrten Hülle ohne die Gefühle, die ich jetzt gerade habe. Außer es ist schon soweit, dass man ab und zu seelisch zusammen bricht.

Jahrelang war früher in der Arbeit mein ständig wechselndes Passwort Freiheit-1 für den Januar, Freiheit-2 für den Februar usw.

Doch was helfen schon Passwörter, wenn man ohne die Freundschaft mit dem eigenen Ich nur noch gereizt und maschinell funktioniert. Ohne Leidenschaft. Ohne aufrichtige Pflege langjähriger Beziehungen zur Außenwelt. Der Zwang zum Grübeln hat langsam das Oberwasser bekommen. Irrationale Schuldgefühle und unerklärbare Niedergeschlagenheit haben sich die Klinke mit anderen, immer neueren affektiven Störungssymptomen in die Hand gegeben, die sich einfach so in das Leben eingeschlichen haben. Unbemerkt.

Man atmet, aber man ist nicht mehr „lebendig". Man liebt sich nicht mehr. Natürlich hasst man sich auch nicht. Man ist sich einfach gleichgültig.

Wenn alles ungefragt dazwischen funkt

Alles hält auf und stört. Alles tritt einem unfair entgegen, beeinträchtigt, blockiert und legt lahm. Alles dringt ungefragt ein, trübt und führt weg von der Geistesgegenwart. Alles überflutet einen und man kann die einfachsten Entscheidungen nicht mehr treffen.

Man ist genervt von ständig neuen Ereignissen, die die Konzentration auf eine andere Aufgabe unmöglich machen. Getrieben von fortwährender Überlastung. Nur die gesteht man sich nicht zu, denn man begreift sich ja selbst am allerwenigsten, wenn man den Kontakt zu sich selbst verliert.

Es sind ja die anderen, die Umstände, die immer erbarmungsloser mit einem umgehen. Man jagt nur noch hinterher, hechelt von einem zum anderen Termin, um gleichzeitig

den Geburtstag der eigenen Tochter zu vergessen!

Gut, dass ich eine liebenswerte Frau habe, die mich schon besser kennt, als ich mich selbst. Sie sorgt wirklich immer für alles vor, was ich selbst vergessen könnte. Doch obwohl sie mir gezeigt hat, welches Geschenk die Tochter von uns bekommt, weiß ich es im nächsten Augenblick schon nicht mehr. Denn in Gedanken bin ich bei einem Problem. Irgendeinem. Ich habe mich wieder einmal festgebissen und bin nicht mehr da.

Man grübelt über die Vergangenheit. Und man grübelt über die Zukunft. Buchstäblich jede noch so kleine Sache verselbständigt sich in nie endenden Denkspiralen.

Kein Einschlafen, ohne Grübeln. Kein Aufwachen, ohne schweißgebadet zu sein. Kein Bezug mehr zu dem, was sich buchstäblich da draußen vor mir abspielt.

Kein Interesse mehr und keine Zeit für mich und andere. Selbst für das, was gut tut, hat man keine „Zeit" mehr. Lieber noch mal schnell zurück zum Computer.

Jedes Problem verselbständigt sich im Gehirn ohne jeden Buzzer.

Ungefähr so, wie die Brandung des Atlantiks haben sich meine Gedanken dann ständig den Weg in das Bewusstsein gemeißelt, sodass für den eigentlichen Moment – das Jetzt - kein Platz mehr ist. Längst haben sich handfeste Symptome manifestiert, die natürlich kein Schulmediziner der Welt deuten und heilen kann.

Dass da ein Zusammenhang bestand mit der eigenen Lebensart, habe ich nie begriffen. Herzrhythmusstörungen waren beim Einschlafen schon so normal, dass sie einfach dazu gehörten. Natürlich haben sie mir immer wieder aufs Neue Angst eingejagt und kalten Schweiß auf die Stirn getrieben.

Man beginnt irgendwann ganz automatisch damit, ständig in sich hinein zu horchen und zu fühlen, ob das Herz noch schlägt.

Ja, es schlägt.

Natürlich bin ich gesund. Kerngesund...

abgesehen von...

... ja, abgesehen von ein paar Dingen, die sich so ganz unbemerkt in mein Leben eingeschlichen haben. Und das war, hätte ich einmal darüber nachgedacht eine ganze Horrorliste!

Schon vor vielen Jahren ging es los, als ich noch für ein großes Deutsches Bankhaus arbeitete. Wo bin ich? Welcher Tag ist heute? In welchem Hotel übernachte ich heute Abend?

Gerade saß ich wieder im Flieger, Businesshemd, aber Holzklasse. Und während sich die anderen Passagiere entspannt zurück lehnten überfiel mich eine wahnsinnige Unruhe. Mein linker Arm schlief ein, um die Herzgegend krampfte sich alles zusammen, ich schnappte nach Luft, erhob mich und schrie nach der Flugbegleiterin, während ich gleichzeitig zurücksackte und Todesangst aufkam.

Ich fand mich dann ganz vorne vor dem Cockpit am Boden liegend wieder, zwei Flugbegleiterinnen waren um mich herum und ein Passagier, der Arzt war. Er hielt meine Hand. Die Tür zum Cockpit war geöffnet und auch der Pilot war plötzlich bei mir. Ich hörte von einer Notlandung und alles ging dann ganz schnell.

Kein Arzt findet was

Im Krankenhaus fand man aber nichts, was auch nur im Entferntesten auf einen Herzinfarkt hindeuten würde. Und, obwohl mir noch kotzübel war, wurde ich ebenso schnell wieder entlassen.

Das war der Beginn von gut einem Dutzend weiteren Symptomen, die im Laufe der Zeit hinzu gekommen sind. Nach meinem gefühltem Herzinfarkt haben alle EKG's immer wieder attestiert, dass ich kerngesund bin. Trotzdem bekam ich von nun an öfter Panikattacken, wenn ich allein im Wald beim Pilze suchen oder beim Mountainbiken war. Die Angst wurde schließlich so groß, dass ich mich zuletzt gar nicht mehr weit fort traute.

In der Arbeit funktionierte ich wie immer. Ganz im Gegenteil. Man klopfte mir wegen der Notlandung sogar respektvoll auf die Schulter: Kann ja mal vorkommen, so viel wie du unterwegs bist. Immer mehr Leistung musste ich bringen. Tun. Oder wie man im Vertrieb sagt: Tag und Nacht.

Auf jedem Seminar war ich der letzte, der mit den Mitarbeitern an der Hotelbar saß und unentwegt über das Geschäft sprach und natürlich war ich immer der erste, der am nächsten Morgen in bester Laune wieder da war. Jeden Tag aufs Neue. Schließlich dehnten sich Seminare immer mehr auf die Wochenenden aus. Und trotzdem stand ich am Montagmorgen pünktlich in der Arbeit. Selbst dann, wenn ich erst um Fünf in der Früh heimgekommen bin.

Auch meine Knie machten mir irgendwann große Probleme und Joggen ging nur noch auf eine kurze Distanz. Mein Körper wollte mir dadurch vielleicht zeigen: Es „geht“ nicht mehr!

Und dann waren da noch Stellen, die seit Ewigkeiten entzündet waren und einfach nicht mehr abheilen wollten. Der jahrelange schulmedizinische Arztmarathon brachte erwartungsgemäß kein Ergebnis. Und damals war ich erst 30 Jahre alt.

Tausend Symptome

Irgendwann fielen mir dann viele Schlieren „in meinen Augen“ auf, die von nun an immer da waren und den Bewegungen meiner Augen folgten. Natürlich ging ich auch da von Arzt zu Arzt und von Augenklinik zu Augenklinik. Ergebnis: Null.

Und auch die beunruhigenden Herzrhythmusstörungen waren ständig da. Sie riefen mir zu: „Stopp mal!“

Worum mich andere beneideten, mein geringes Gewicht, war für mich ebenfalls ein Problem. Je mehr Stress ich hatte, umso mehr hingen meine Anzüge schlapp an mir herum und die Hemdkrägen hatten zu viel Luft. Dann sieht man erst krank aus.

Meine Nase war ständig verstopft. Sie schien meinem Körper mitteilen zu wollen, dass sie die „Nase einfach voll davon hat“. Natürlich ging ich wiederum von Arzt zu Arzt. Und weil ich Privatpatient war (?), ließ ich mich zu einer Operation der Nasenscheidewand überreden. Ebenfalls ohne positives Ergebnis.

Alle möglichen Muskeln waren jahrelang verkrampft und verhärtet. Auch hier hat mein Körper wohl aufgeschrien und versucht, mir zu sagen: „Entspanne Dich, lass mal locker“. Natürlich habe ich es mit Massagen und Physiotherapie versucht. (Brachte alles rein gar nichts.)

Die Kette aller „Nichtkrankheiten", die ich nach schulmedizinischer Lesart hatte und die sämtlich frustrierend erfolglosen Behandlungen ließen sich noch endlos fortsetzen.

Hätte auch nur ein einziges Mal ein Arzt gesagt: Sie müssen abschalten, runterfahren, sie sind ausgebrannt... dann hätte ich vielleicht bemerkt, dass mein Körper einfach nur nach Hilfe geschrien hat.

Oder ich hätte jemanden gebraucht wie Ingrid, die mich mit dem Vorschlaghammer zu mir selbst bringt.

Und ich hätte dann in Wikipedia lesen können:

„Burnout ist keine Krankheit, sondern ein Problem der Lebensbewältigung."

Er „kann als Endzustand einer Entwicklungslinie bezeichnet werden, die mit idealistischer Begeisterung beginnt und über frustrierende Erlebnisse zu Desillusionierung und Apathie, psychosomatischen Erkrankungen und Depression oder Aggressivität und einer erhöhten Suchtgefährdung führt." [8]

Burnout ist medizinisch kein gefestigter Begriff. Vielmehr handelt es sich um eine sogenannte Erschöpfungsdepression. Burnout hört sich aber natürlich viel besser an. Denn wer ist schon „faul und depressiv"? Ausgebrannt hingegen kann nur der sein, der zuvor gebrannt hat und das ist gesellschaftlich o.k. Es ist sogar ein Aushängeschild.

Ständige Müdigkeit und Vergesslichkeit haben doch auch nichts mit einer Depression zu tun, oder? Und dass mir alle anderen immer mehr auf den Wecker gingen, was hat das schon mit einer Depression zu tun? Auch, das immer alles an mir hängengeblieben ist, was hat das damit zu tun? Es ist eben so. Es ist halt mein Schicksal, dass ich so viel um die Ohren habe und nicht hart genug dafür bin.

Klartext hat nur meine Frau geredet. Nach 14 Tagen ununterbrochener Arbeit hat sie, als ich mich wieder davon machen wollte, das erste Mal gesagt:

„Du bist doch echt krank!“

Das hat mich tief verletzt, aber ich habe trotzdem nichts über mich selbst begriffen. Wer hält sich schon selbst für krank? Noch dazu, wenn es um das Tabuthema des eigenen Kopfes geht?

Natürlich sind den andauernden extremen seelischen Hochphasen auch regelmäßig Tiefs gefolgt. Klar. Aber die waren kurz und selten. Und sie waren nicht das, was ich jetzt am Jakobsweg als schmerzhaft oder befreiend erlebe. Nein, sie waren depressiv. Nur ich wusste es damals nicht!

Niemand, wirklich niemand aus meinem Freundeskreis hätte wohl jemals auf Depression getippt. Ausgeschlossen. Zu 95% war ich ja stets besser drauf, als alle anderen.

Die Tiefs kamen dann häufiger und es ging allmählich auch weiter in den Abgrund hinab. Gefühlszustände wie Unruhe entwickelten sich schnell mal zur handfesten Angst, dann zur Panik. Und sie kamen irrational, ohne erkennbaren Grund. Existenzangst, Selbstzweifel und angsteinflößende Denkspiralen.

Nachdenken über das eigene Handeln war erst noch normale Selbstkritik, daraus wurden immer öfter andauernde Selbstzweifel und schließlich kleinere Nervenzusammenbrüche, die aber außer meiner Frau, keiner so wirklich bemerkt hat oder bemerken wollte.

Wut und Ohnmachtgefühlen setzte ich Sport dagegen. Aber aus normalem und gesundem Sport wurde immer öfter ein rücksichtsloses Auspeitschen meines Körpers bis zum Allerletzten. Auch hier bemerkte meine Umwelt nichts, außer dass man eben aktiver (oder aggressiver) ist, als andere.

Getreten von Vocal Trance mit 146 bpm (beats per minute), meine Frau nennt es abwertend Techno, belohnten mich meine Glücksgefühle nur noch dann, wenn ich kurz vor dem Umkippen war. Die Taktrate meiner „Musik“ war schneller als jeder Hip-Hop und schneller als jeder vernünftige Dauerpuls.

Flucht, Angriff oder tot stellen

Das sind die drei Grundalgorithmen unseres Steinzeitgehirns, welches in Form des kleinen Mandelkerns noch immer in uns wohnt. Aja, Angst muss ich noch hinzufügen. Nur wenn dieser Mandelkern, die Amygdala Ruhe gibt, kann sich ein normales und ausgeglichenes Leben einstellen. Nur dann können sich wieder Freude, Sorglosigkeit und Neugierde breit machen.

Der Normalfall wäre ja ein Leben ohne Angstzustände und ohne störenden Dauerstress unserer Steinzeitprogramme. Doch von dieser Lebensqualität habe ich mich offenbar über lange Jahre hinweg entfernt. Nur, dass ich es selbst natürlich nie begriffen habe! Immer öfter hat die Amygdala bei mir die Regie übernommen, um mich vor dem „bösen Treiben“ da draußen zu bewahren. Nicht exakt greifbare Situationen - stets offener Ausgang – hat meinen Mandelkern dazu gebracht, sich über das normale Ich zu stellen und den Ton anzugeben. Immer dann, wenn es keine Lösung gab, versuchte ich entweder in die Vergangenheit zu flüchten, oder mir wenigstens alle nur irgendwie erdenklichen Szenarien ausufernd herzudenken. Für die Gegenwart war logischerweise kein Platz mehr.

Fremdgesteuert

Doch je öfter der Mandelkern das Kommando übernommen hatte, umso selbstverständlicher wurden Reaktionen wie Flucht, Angriff oder tot stellen. Doch vor was soll man in der modernen Welt flüchten? Nun, da fällt mir hier am Jakobsweg plötzlich eine ganze Menge ein: Unbequeme Aufgaben, die man schon lange vor sich herschiebt. Und deren Last immer größer wird. Flucht vor den eigentlichen Aufgaben hinein in eine andere ganze eigene abstrakte Welt. Spielereien am Computer, vom Hundertsten ins Tausendste, von der Sache her natürlich völlig unwichtig. Flucht vor Menschen, Meetings und Vorträgen. Flucht vor dem eigenen Freundeskreis. Flucht vor Spontanität, Aktivität. Hinein in die depressive Isolation.

Depressiv? Nein, natürlich nicht. Denn selbst bemerkt man es ja nicht. Und der Freundeskreis akzeptiert einen dummerweise als Leistungsträger, zu dem die stete Unruhe einfach dazu gehört.
Letztendlich kann man vor der eigentlichen Arbeit, vor dem eigentlichen Chef aber nicht flüchten. Man sucht – vielmehr sucht die Amygdala – nach einem anderen probaten Mittel:

Stufe zwei – der Angriff!

Doch wen soll man angreifen? Den Chef? Oder dann doch lieber „weiche" Ersatzziele? Hier kann man die eigenen Aggressionen dann doch noch „gefahrlos" ablassen! Und all das ist nichts anderes, als die Fremdsteuerung durch diese kleine Amygdala, die sich damit Luft verschaffen möchte, in dem der Körper die von ihr ausgeschütteten Stresshormone irgendwie (oder an irgendwem) wieder abbaut.

Auch, dass ich andere ständig „unterbrochen" habe, war so eine Art ständige Angriffsreaktion. Und andere haben sie durchaus auch als solche empfunden.
Bei mir gibt und gab es natürlich nie ein wirkliches Feindbild. Einfach alles hat mich aufgehalten, gestört und genervt. Immer wieder hat die Amygdala den Angriff befohlen. Selbst den Briefkasten und die Postbotin hat sie als angsterregendes Feindbild ausgemacht. Ganz so wie bei einem Hund.

Der Hund meiner Schwiegereltern kann beim Anblick des Postautos gar nicht anders, als sofort auszuflippen. Da hilft dann auch kein „Blacky – aus!" mehr. Seine Amygdala hat schon beim kleinsten Motorengeräusch des Postautos entsprechende „Neurotransmitter" auf die Reise zu den Nervenzellen geschickt. Und auch beim Hund weiß die Amygdala: Angekettet ist mein Fluchtprogramm unbrauchbar. Es bleibt nur der Angriff!

Nicht umsonst hat man noch in der Antike den Überbringer schlechter Nachrichten geköpft...

... und sich so von den üblen Stresshormonen befreit, die die Amygdala soeben in die Blutgefäße ausgeschüttet hat. (Kein schlechtes Beispiel.)

Gäbe es da nicht auch das zivilisierte und kultivierte Gehirn. Ständige Flucht und diffuser Angriff sind in der heutigen Zeit keine brauchbaren Optionen mehr. Man beißt sich da schließlich durch (ein anderer Ausdruck für Angriff?).
Bleibt Programm Nummer drei:

Das Totstellen!

Ist es nicht erstaunlich, wie wir nach all den Jahrmillionen noch immer von drei übermächtigen Basisprogrammen beherrscht werden? Ich bin krank, kann nicht aufs Meeting fahren. Den Termin morgen musst du übernehmen, ich muss noch usw...

Und da gibt es dann auch noch die Menschen, denen man irgendwann mit Geld, viel Geld geholfen hat. Und die sind irgendwann untergetaucht. Nicht mehr erreichbar. Warum nur? Klar: Sie können gar nicht anders!

Sie können nicht mehr flüchten! Und sie können auch nicht angreifen! Sie müssen sich tot stellen („den Kopf in den Sand stecken"). Ein anderes Programm hat der Mandelkern einfach nicht parat. Für die Steinzeit hat das auch gereicht, denn der Feind ist vielleicht wieder abgezogen. Doch heute kommt er immer wieder zurück. Schulden verjähren nicht so schnell!

Auch wenn wir unseren lieben Freund, dem wir noch damals geholfen haben, nun nicht mehr verstehen: Es ist Programm Nummer drei, dem er nicht entrinnen kann!

Allzu oft habe ich mich gefragt: Warum ruft er nicht mehr an? Warum redet er nicht mit mir über seine Sorgen? Ich würde ihn doch verschonen, ihn sogar verstehen. Aber er stellt sich tot.

Schon merkwürdig. Obwohl ich genau dieselben Programme in mir trage, verstehe ich den anderen nicht mehr.

Habe ich mich selbst auch tot gestellt? Ich würde sagen nein, so weit war es bei mir nicht. Doch bei genauerer Betrachtung habe ich viele Probleme meiner Frau überlassen. Sie hat ihren Kopf für alles hingehalten und irgendwann geschwiegen, um mich nicht mehr zu belasten. Und genau das, dieses tiefe Gefühl, nicht mehr teil zu haben und nicht mehr selbst Regie zu führen hat mich nur noch tiefer in meine Angstspiralen hinein gezogen.

Weiter nach Bilbo...

Eine seltsame Mischung der Leere und Neugierde begleitet mich auf die Bergkuppe vor Bilbao. Ich bin jetzt völlig ausgelaugt. Und es fehlt mir an Trinkwasser. Nur eine Reserve-Apfelhälfte habe ich noch bei mir.

Oben an einem Sendemast angekommen, tut sich ein fantastischer Rundblick auf Bilbao auf. Auch die Sonne kommt nun heraus. „Bilbo“, wie die Basken Ihre Stadt liebevoll nennen, liegt unter mir. Von hier oben aus ist es ein langer, schmaler Schlauch. Bilbo schlängelt sich dicht entlang des Flusses Nervión, der im Vorort Portugalete in den Golf von Biskaya mündet.
Eingezwängt wird Bilbo mir gegenüber von den Bergketten um den Ganekogorta (998m). Auf meiner Linken durch den Mugarra Peak (936m), und den Anboto (1331m). Dazwischen verläuft der Paso del Diablo „Pass des Teufels“.

Bilbo ist neben Malta eines der am dichtesten besiedelten Gebiete Europas. Wenn gleich die Grenzen von hier oben sehr überschaubar sind.

Bergab bietet sich mir ein Blick wie aus dem Cockpit eines landenden Flugzeuges. Weil mein „Fahrwerk“ beim steilen Bergab schmerzt, wünschte ich mir so etwas wie bremsende Landeklappen.

In Sandalen unterwegs

Schließlich bin ich noch immer in meinen Sandalen unterwegs. Auf der steilen Asphaltpiste schmieren meine Zehen oft nach vorne ab und berühren den Boden. Das tut weh.

Doch jetzt lenkt mich ein großartiger Picknick Platz ab. Das Grün erstreckt sich gleich über mehrere Treppen. Eine Großfamilie ist beim Grillen. Der Duft von gegrilltem Fleisch erfüllt schon von weitem die Luft. Mir ist aber nur nach Trinken zu Mute. Soll ich die

Familie danach fragen? Ganz bestimmt würden sie mir etwas abgegeben. Doch nach Gesellschaft ist mir im Augenblick nicht.

Gut, dass ich einen Brunnen vorfinde. So bleibt mir die Bettelei erspart. Ich kann endlich ausgiebig trinken und meine Tränen aus dem Gesicht waschen.

Im langsamen Landeanflug tauche ich blitzartig ein in das quirlige Leben. Bergab spiele ich wie ein Kind Flugzeug und breite meine Arme aus. Wenn mich jetzt jemand sehen würde.

Der fröhliche Vorort mit spielenden Kindern und auf Parkbänken sitzenden Alten muntert mich richtig auf. Aus den gelben Pfeilen des Jakobsweges sind schon seit geraumer Zeit stabile hölzerne Schilder geworden. Diese werden nun abermals abgelöst. Im Bodenbelag eingelassen glänzen jetzt dafür edle Jakobsfliesen. Leider gibt es diese nur sporadisch. Ohne Guide würden sich die Spuren des Caminos im bunten Treiben der Vororte schnell verlieren.

Die letzten Meter führt mich eine alte Steintreppe hinab zum Plaza de Unamuno, mitten in der Altstadt. Ein Juwel. Für einige Minuten setze ich mich nieder auf eine der alten Steinstufen. Schüchtern sehe von hier aus dem geselligen Durcheinander auf der Plaza zu. Es gefällt mir hier.

Dann fasse ich mir ein Herz und stürze mich hinein in den pulsierenden Markt. Nebenbei gibt es im Gehen ein Eis. Vanille, Banane und eine Kugel undefinierbares Grün. Und ich besorge mir für meine Kinder Postkarten und Briefmarken.

Vor mir repräsentiert die Santiago-Kathedrale längst vergangene Zeiten. Aber heute habe ich keine Lust auf Kirchenbesuche.

Wie zuvorkommend und höflich die Menschen in Bilbo sind, erfahre ich an einem Taxistand. Ich habe schon länger keine Wegweiser mehr gefunden. Natürlich bin ich längst nicht mehr da, wo ich nach meinem Guide sein sollte. Wo also bin ich und wie geht es von hier aus weiter?

Ja, er zeigt mir den Weg!

Ein Taxifahrer mit hell grünem Hemd kommt lächelnd auf mich zu. In der Hand winkt er mit einem Stadtplan. Es wird im klar sein, dass ich nicht sein Fahrgast werde. Dennoch will er mir helfen. Geduldig markiert er mit einem blauen Kugelschreiber der spanischen Allianz die aktuelle Position. Gott sei Dank schenkt er mir nicht den Kugelschreiber, sondern den Stadtplan.

Recht ehrlich markiert er mir den kürzesten Weg. Mit einer ausschweifenden Kreisbewegung zeigt er dann grinsend, welchen Weg er mit einem betuchten Fahrgast wohl genommen hätte. Da muss ich lachen und klopfe ihm wie zum Dank auf seine linke Schulter. „Gracias por todo!"

Bilbo ist eine der Städte, an denen sich eine Kulturpause wahrhaftig rentieren würde. Angefangen vom Guggenheim-Museum über das Schifffahrtsmuseum und der ältesten Schwebefähre der Welt. Bis hin zu den Menschen, Festen und einem quirligen Nachtleben, soll es hier für jeden Geschmack etwas Passendes geben.

Die Jugendherberge liegt am anderen Ende der Stadt. Es handelt sich dabei um ein modernes Hochhaus, welches so ganz und gar nicht zum Jakobsweg passt.
Die Unterkunft im sechsten Stock hat aber auch etwas für sich. Der Ausblick ist vergleichbar mit dem einer noblen Penthousewohnung. Widererwarten sind die Zimmer klein, sauber und nicht überfüllt. Mein Zimmer teile ich mir nur noch mit einem portugiesischen Fernfahrer und einem Pilger: Dem Weihnachtsmann!

Jean-Louis, der weißbärtige Franzose sieht mich und empfängt mich einem überschwänglichen „Aaaah mon Amieeee, Bonjouuuur".

Bilbao - Pobeña

Tag 7: 27 km, ca. 300 Höhenmeter, über Getxo, Portugalete, La Arena.

Genau genommen will ich allein gehen. Jean-Louis lässt mir aber gar keine Wahl. Er klebt sich förmlich an mich. Egal, ob ich langsamer werde. Er wird es auch. Und wenn ich schneller werde, wird er es ebenfalls. Er weicht mir nicht von meiner Seite. Wie ein Schatten.

So geht es gemächlich aus der Stadt hinaus, noch bevor sie richtig zum Leben erwacht. Nahtlos geht Bilbo über in die Küstenvorstädte Barakaldo, Sestao und Portugalete. Es ist ein merkwürdiges Gefühl, nicht mehr zu den Autofahrern zu gehören. Alles ist wunderbar stressfrei und es geht stetig voran. Kein Stop and Go. Kein Zeitdruck. Einfach immer weiter mit dem eigenen Rhythmus. Immer entlang des Flusses Nervión. Seine breiten Ufer sind noch gezeichnet vom Hochwasser. Beim Zurückweichen hat die Flut einen niedergedrückten Saum hinterlassen. Doch schon wächst bereits das erste Gras durch den braunen Schlamm.

Ein kühler Wind bläst mir von der Seeseite entgegen. Und es wärmen mich gleich die ersten Sonnenstrahlen des Tages wohltuend. Sie wollen heute bestimmt die Oberhand im Wolkengetümmel bekommen. Das Durcheinander von Neubauten und alten Steinhäusern gefällt mir. So geht es eben auch. Kein Landratsamt scheint hier die Bürger mit irrwitzigen Bauvorschriften zu gängeln. Geparkt wird überall, wo Platz ist. Zur Not lässt man auch schon mal den Schlüssel stecken, damit andere den Wagen schnell umparken können. Verkehrsschilder gibt es nur wenige und viele Ampeln sind einfach abgeschaltet. Freundliche Handzeichen und Blickkontakt funktionieren ebenso gut in Bilbo. Das gilt auch für mich als Fußgänger.

Der Uferweg erstreckt sich jetzt schon eine ganze Weile 50 Meter oberhalb des Nervión hinaus zur Küste. Und der Nervión zeigt mir sein Bilbo von der schönsten Seite.

Die stählerne Schwebefähre unter der Puente de Vizcaya über den Nervión fasziniert mich. Sie hat was von einem alten James-Bond-Streifen. Doch alles Verkehrstechnische gehört in diesen Wochen in eine andere Welt. Nicht in meine.

Erst gegen Mittag entrinne ich langsam dem Ballungsraum. Die Stadtverwaltung muss es hier besonders gut gemeint haben. Sie hat eine aufgeblasene Radfahrer- und Fußgängerstraße zum Meer hinaus pflastern lassen. Die linke Hälfte für die Radfahrer ist rot. Und die Fußgänger laufen auf frisch geteertem Schwarz. Eine echte Tortur für meine Füße! Für diesen EU-konformen Belag sind meine Sandalen nun wirklich nicht ausgelegt. Eine riesige Bautafel dankt der Europäischen Union für die Fördermittel. Welch unsinnige Geldverschwendung. Was für ein Frevel!

Solche Tafeln habe ich schon mehrfach entdeckt. Das Besondere daran ist, dass die Geldsumme solch sinnloser Baumaßnahmen immer auf Mark und Pfennig – pardon, in Euro vermerkt ist. Wenn man so etwas einmal im deutschen Fernsehen zu Gesicht bekommen würde, dann würde den Leuten sicher der Kragen platzen.

Ob diese plumpe Subventionspralerei einen stolzen Basken dazu bringt, an der Wahlurne „Mister Europa“ zu wählen, sei dahin gestellt.

Jean-Louis fotografiert die EU-Tafel.

Er trabt etwa einen halben Kilometer hinter mir her.

Das entlaufene Schäfchen

Erst gegen Mittag ist er dann wieder bei mir. Von hier an gesellt sich ein weißes Schaf zu uns auf dem abfallenden Weg Richtung Küste. Es scheint Pilger zu mögen und läuft einfach mit. Beizeiten treibt Jean-Louis das Schaf zurück auf die Weide. Ich drücke den Stacheldraht zu Boden und das Schaf ist wieder da, wo es hingehört...

...glauben wir. Denn schon wenige Meter meldet es sich mit einem kräftigen „Määh" wieder zurück! Es hat in der lückenhaften Einfriedung sofort wieder einen Ausgang gefunden.

Dieses Wollknäuel weicht mir keinen Meter mehr von der Seite. Von links nach rechts, von rechts nach links macht es ständig auf sich aufmerksam.

So bleibt uns nach fünf Kilometern nur, unsere kostbaren Äpfel dem Schaf abzutreten. Ich denke mir, wenn das Schaf mit dem Fressen beschäftigt ist, wird es schon zurückbleiben. Dem ist aber nicht so. Ein „entwendetes" Schaf hat mir gerade noch gefehlt. Doch die Rettung naht.

Zwei entgegen kommende Wanderer finden das Schaf „muy dulce" – sehr süß. Während sie Fotos mit sich und dem Schaf knipsen, ergreifen Jean-Louis und ich unsere Chance, zu türmen.

Kurz nach dem Ortsrand von Ortuella erreichen wir die Bucht von Pobeña. Ein Surfspott vom Allerfeinsten! Und eine Augenweide. Ungezähmt fegt der Wind feinen ockerfarbenen Sand durch die Lüfte. Die Bucht ist fast menschenleer. Dafür zeigen uns ein paar Kitesurfer mit sensationellen Sprüngen ihr akrobatisches Können. „Formidable, exceptionnel" entkommt es Jean-Louis. Ja, das habe ich vor geraumer Zeit in der Schule gelernt.

Sprache ist das Tor in eine andere Welt

Französisch war mein schlechtestes Fach. Zumindest, was Grammatik und Textanalysen anbelangte. Und die brauche ich hier wirklich nicht. Ich verstehe Jean-Louis ganz gut und dafür hätte ich damals eine glatte Eins verdient!

Eine Sprache bedeutet für mich einfach darauf los sprechen. Etwas aufschnappen und im Kontext zu verstehen. Sich mit Händen und Füßen verständlich machen. Und sich dadurch näher zu kommen. Noch heute habe ich das Gefühl, dass es in der Schule nur darum ging, einem Schüler aufzuzeigen, was er alles nicht kann.

Hier am Weg hängt alles von der Sympathie und dem Einfühlungsvermögen des Gesprächspartners ab. All das hat mir meine damalige Lehrerin nie vermittelt. Meinen Eltern hat sie in einer Sprechstunde einmal gesagt: Der ist absolut sprach-unbegabt. Dieses eine Zitat ist nun schon über 30 Jahre her und doch ist es noch immer gegenwärtig. Erst jetzt verstehe ich: Nein, ich bin nicht sprachunbegabt. Und nein, ich war es noch nie. Im Gegenteil: Ich habe immer den Mut gehabt, einfach drauf los zu reden, es immer wieder zu versuchen. Und ja, ich habe mich immer blamiert, mit falschen Ausdrücken und grammatikalischem Bullshit.

Einfach nur Komplimente

Hier muss ich keine Texte übersetzen und keine Texte analysieren. Hier bekomme ich keine Noten, sondern Komplimente! Mein schlechtes Französisch ist plötzlich „très bon, magnifique!". Es gelingt mir immer wieder, Jean-Louis mit meinen französischen Spötteleien zum Lachen zu bringen. Ja wenn das nicht Sprache ist?

In einer Umgebung des Vertrauens kommt schnell eine Vokabel nach der anderen zurück aus den grauen Gehirnzellen. Schon erstaunlich. Unbemerkt und ohne Stress können nun Gehirnregionen wieder tätig werden, denen ich mir gar nicht mehr bewusst war.

Ich hör nch 30 Jhrn ndlich dmit uf, mir Gdnkn übr dn Sinn inzlnr Vokbln zu mchn. Und mit dm Mut zur Lück kommt plötzlich ds Vrständnis für ds Gnz. s ght uch, wnn mn nicht lls knnt.

(Hier fehlt nicht nur das „A" sondern zusätzlich auch noch das „E". Und trotzdem klappt's!)

So in Gespräche vertieft, erreichen wir La Arena. Direkt am Strand würde es sogar einen frisch gebratenen Cheeseburger geben. Hier ist tatsächlich eine rote Fastfood-Bude, die echt einladend aussieht. Die einzigen zwei Gäste sind zwei Dorfpolizisten, die es sich hier gemütlich eingerichtet haben.
Ich will aber gleich runter zum Strand, um den nächsten Kilometer Barfuß im Sand zu laufen. Klar, eine einzige Glasscherbe könnte mir meinen Weg vereiteln. Aber das Risiko werde ich eingehen. (Meine „Regenwolke" ist nicht mehr zugegen, sonst würde sie das verhindern).

Im Sand laufen ist zwar ein wenig anstrengender, dafür eine wahre Wohltat für die Füße. Ich entscheide mich, direkt an der Wasserlinie zu laufen. Hier ist der Sand gepresst und fühlt sich herrlich an. Jede Welle umspült meine Füße. Und Scherben sind hier nicht. Auch kein Unrat, sondern einfach nur sauberer Strand. Zwei baskische Kitelehrer halten vor mir gerade zusammen ihre Schülerin fest, die ansonsten wohl direkt nach oben entgleiten würde. Ich muss lachen und rufe den Dreien „fuerte" – stark zu.

Die beiden roten Flaggen am Strand beeindrucken jedenfalls keinen. Und für mich haben sie ohnehin keine Gültigkeit. Vielleicht sollen sie Touristen heute vom Strand abhalten, damit ich hier als Pilger „ungestört" meine Ideallinie am Strand gehen kann? Fast scheint es so.

Zum Baden wäre es heute jedenfalls nur etwas für echt Hartgesottene. Viel zu kalt weht der Wind über den Atlantik. Gut so. Denn ich würde mich auch nicht als Badegast fühlen und so ist der leere Strandabschnitt Balsam für die Seele.

Kein Pilger weit und breit

Abgesehen von Jean-Louis habe ich bis heute noch keinen einzigen Pilger gesehen. Und ich habe meinen geliebten Ozean wieder! Er hat mir die letzten beiden Tage schon gefehlt.

Am Ende der Bucht nähere ich mich einer Stahlbrücke für Fußgänger, die über eine kleine Mündung führt.

So erreiche ich trockenen Fußes die andere Seite. Hier liegt hinter zwei Kurven das idyllische Dörfchen Pobeña. Pobeña ist ein nur wenige Häuser zählendes Kleinod. Die Pilgerherberge ist schon von außen richtig einladend. Sie liegt direkt hinter einem gepflegten Park und fügt sich mit ihren schönen Natursteinmauern tadellos ein in das Landschaftsbild.

Das große Schild mit der Jakobsmuschel begrüßt mich auf Spanisch mit „Albergue de Pobeña", sowie auf Baskisch mit „Pobenaka Aterpetxte". Das sind zwei Paar Schuhe!

In einem geräumigen und hellen Schlafsaal warten 22 Betten. Die Hälfte davon bleibt unbelegt. Ich mache mich noch auf, um allein ein wenig durch Pobeña zu streifen. Geld und Rucksack lasse ich ohne Bedenken in der Herberge herumliegen.

Unser tägliches Brot gib uns heute

Als erstes entdecke ich einen kleinen Kastenwagen, der hier als wandernder Tante-Emmaladen unterwegs ist. Hinter dem Verkäufer ist frisches Obst und Gemüse aufgerichtet. Ein paar Dorffrauen kaufen gerade ein und holen sich den neuesten Tratsch.

Weil das Dörfchen so klein ist, komme ich noch weitere zwei Mal am Kastenwagen vorbei. Obwohl ich meinen Geldbeutel nicht dabei habe, ist in meiner Hosentasche noch ein kleines Brillensäckchen mit ein paar Cent-Münzen sowie einem Marienanhänger, den mir meine Schwiegermutter mit auf den Weg gegeben hat.

Ich gehe also zurück zum Kastenwagen und entleere das Säckchen auf meinem Handteller. Jede Menge Ein- und Zweicentstücke und eine einzige zwanzig Centmünze. Reicht das für einen Apfel? Ja, es reicht sogar für zwei.

Der muntere Baske, der nebenbei ein absoluter Alleinunterhalter zu sein scheint, hat mich längst schon beobachtet. Er fragt mich „Peregrino? Santiago?“ Ich antworte ihm mit einem verlegenen „si“, bezahle und mache mich auf und davon.

Plötzlich durchbricht ein schriller Pfiff die Stille. Der Händler gestikuliert mir wild zu, ich solle zurückkommen! Habe ich etwa zu wenig bezahlt?
Verlegen stehe ich jetzt noch einmal vor ihm. Obwohl er deutlich kleiner als ich ist, blickt er vom Kastenwagen auf mich herab. Wortlos mustert er mich jetzt von oben bis unten. Und noch einmal fragt er mich dann „Pe-re-gri-no?“.

Er streckt seine Hand zu mir hin aus. Ich soll ihm die Tüte mit den beiden Äpfeln zurück geben. Ohne zu verstehen, was gerade abgeht, händige ich ihm die Tüte wieder aus. „Alemán?“ meinte er kopfschüttelnd. Seine Hände greifen in den weißen Plastiksack und legen die beiden recht kleinen Äpfel wieder zurück an die Stelle, wo sie zuvor gelegen sind. Mir stockt der Atem. Was bitteschön soll das denn jetzt?

Besonnen greift er mit der linken Hand meinen Arm und zieht mich ein wenig her zu ihm. Mit der Rechten schnappt er sich aus einer anderen Holzkiste zwei dicke große Äpfel und legt sie behutsam in den Beutel. Obendrauf kommt ein dunkelroter fester Pfirsich. Dann schüttelt er mit beiden Händen eine weitere dünne Plastiktüte aus und befüllt sie mit zwei reifen Bananen, Tomaten, einem Säckchen getrockneter Feigen und einem langen frischen Baguette. Er stellt beides vor mir ab und kramt die zwanzig Cent wieder für mich heraus. Dann wünscht er mir mit einer ganzen Wortsalbe, die ich nicht verstehe, aber sehr wohl interpretieren kann, alles alles Gute.

Einmal im Leben die Seiten wechseln und spüren, wie es einem Bedürftigen ergeht!

Würde es so einem Bettler ergehen, wenn er – verbunden mit echter Anteilnahme etwas bekommt? Kann ich je wieder herzlos an einem Bedürftigen vorbei gehen? Schon wieder kämpfe ich gegen meine Tränen. Dieses Mal in großer Ehrfurcht.

Pobeña – Liendo

Tag 8: 40 km, 1.000 Höhenmeter, vom Baskenland nach Kantabrien über Ontón, El Pontarron del Guriezo.

Die heutige Etappe wird mich von Pobeña über Castro Urdiales nach El Pontarron del Guriezo und dann noch ungewollt bis nach Liendo führen. 40 Kilometer. Eine Hammeretappe. Jean-Louis hat sich seine Semmel noch schnell hinunter gewürgt und will mitgehen.

Für ihn ist das Petit déjeuner – sein geliebtes Frühstück, die wichtigste Mahlzeit des Tages. Doch er will sich an mich kletten.

Nur einen Steinwurf von der Herberge entfernt, führt gleich eine steile Steintreppe durch dichten Wald hinauf zum Uferweg. Oben angekommen, bietet sich ein traumhafter Ausblick. Rechts hinter mir liegt jetzt die Bucht von El Arenal, auf der gegenüber liegenden Seite drehen sich etliche Windräder auf den vorgelagerten Felsen. Ansonsten ist hier alles unverbaut. Mein Weg führt nach Links. Über ein paar steile Steintreppen mit Geländer geht es weiter.

Noch kann ich die Küste zu meiner Linken nicht sehen. Zunächst geht es auf fast gleicher Höhe ein wenig Trepp auf, Trepp ab bis zum Ende der Bucht.

Noch einmal bietet sich ein letzter Blick zurück auf die leere Bucht von La Arena, die erst in ein paar Stunden zum Leben erwachen wird.

Während mit den nächsten Treppenstufen La Arena verschwindet, tut sich die linke Küstenseite vor mir auf. Am Horizont kann ich das nächste Dorf erahnen. Dazwischen liegen Kilometer weit nur zur Küste hin kantig abfallende Felsen, die auf meiner Höhe immer wieder auch mit dichter Wiese bedeckt sind. Wälder sehe ich nur in der Ferne. Dort zieht sich auch ein Teil der Küstenautobahn als kleiner Streifen nach oben und verschwindet dann gleich wieder hinter einem Hügel. Sonst ist hier nichts.

Erholsam und flach am Atlantik entlang

Mein Weg verläuft in etwa 30 Meter Höhe erholsam flach direkt am offenen Meer entlang. Der Jakobsweg ist hier als Naturlehrpfad angelegt. Weit entfernt von mir sehe ich mehrere Landzungen, die ich noch durchwandern werde.

Der Himmel ist leicht bewölkt. Und die Küste am Horizont wird von Sonnenstrahlen, die durch ein Wolkenloch scheinen, eigenartig beleuchtet. Sie erscheint daher viel heller, als die übrige Landschaft.

Zu Jean-Louis trennt mich wieder ein guter halber Kilometer. Wir gehen irgendwie zusammen und doch bewahrt jeder von uns so eine Art Intimsphäre und genießt das Allein sein.

Bestimmt wird sich jetzt gerade auch Jean-Louis fragen, warum die Spanier diesem wunderbaren Panoramaweg eine Asphaltdecke verpassen mussten.

Auf natürlichem Untergrund wäre es wesentlich angenehmer. Und selbst die zwei Radfahrer, die mir hier begegnet sind, hätten einen Weg ohne Teerdecke sicherlich akzeptiert. Immer öfter kommt mir in den Sinn, dass die liebe Europäische Union hier wieder einmal völlig sinnlos Gelder für den „Ausbau" des Jakobsweges verschleudert haben könnte. Fantasielos investiert in Teer und Bodenplatten aus Beton.

Traumhaft schön

Trotzdem: Diese Etappe ist außergewöhnlich schön und ganz anders, als alles bisher Dagewesene. Mit den Vororten von Bilbao habe ich die letzten Ausläufer der Pyrenäen weitgehend verlassen. Es ist nun deutlich flacher, direkt am Ozean und traumhaft schön.

Für die verwöhnte Stadtbevölkerung Bilbaos gibt es hier sogar ein paar Holzzäune hin zum Meer. Ja, genau so hätten auch die Deutschen einen Weg angelegt. Alles muss begrenzt und narrensicher sein. Und natürlich dürfen Warnhinweise nicht fehlen. Wie in good old Germany üblich, ist auf diesem Abschnitt jeder noch so kleine Baum, jeder Aussichtspunkt und übertrieben gesagt auch jeder Stein beschriftet. Doch im Gegensatz zu Deutschland, schien den Spaniern schon nach wenigen Kilometern einfach die Lust an diesem lächerlichen Unterfangen ausgegangen zu sein. Jetzt ist mein Jakobsweg wieder in Ordnung!

Endlich muss ich meine Augen wieder offen halten, um die nächste gelbe Markierung für den Camino zu finden. Die konzentrierte Schnitzeljagd nach Pfeilen geht wieder los. Und das macht riesengroßen Spaß.

Die Streckenführung ist spektakulär. Die erste Landzunge, die ich heute Morgen gesehen habe, wird nun im Landesinneren durchquert. Noch einmal streift mein Blick zurück zu den La Arena vorgelagerten Windrädern. Sie sind schon klein geworden.

Gut geschützt in einem Fjord liegt das kleine Örtchen Ontón. Irgendwo kurz zuvor habe ich vermutlich mitten im Grünen die Regionalgrenze nach Kantabrien überquert. Ontón teilt sich in zwei Hälften, die links und rechts eines kleinen Wildbaches liegen und durch viele kleine Holzbrückchen malerisch miteinander verbunden sind.

Der enteignete Jakobsweg

Die Lebensfreude, die ich getankt habe, benötige ich nun auch dringend für die vor mir liegende Küstenstraße. Sie ist jetzt plötzlich Teil des Jakobsweges.

Ein paar Kilometer verläuft der Camino nun direkt auf der Landstraße. Anders herum gesagt: Die Straße hat sich diesen uralten Teil des Jakobsweges einfach einverleibt. Und die Europäische Union wie zur Verhöhnung der Pilger diese übergroßen Jakobswegschilder anbringen lassen.

Hier auf der Straße stoße ich gerade auf Mark und Sabine.

Mark humpelt noch immer. Und mittlerweile zählen drei bis vier Ibuprofen-Schmerztabletten zu seiner Tagesration. Nur die Dröhnung in Verbindung mit Bier scheint ihm den Weg noch zu ermöglichen. Auch Sabine tötet sich ihre Gelenkschmerzen seit Tagen mit Schmerztabletten ab.

Jean-Louis ist plötzlich auch wieder da und grüßt Mark laut von hinten mit „Bonjouuuur Ibüprüfenö"

Jean-Louis kommt mir jetzt wie gerufen. Wir lassen die anderen ziehen und gehen gemächlich die Straße bergauf. Der Asphalt geht uns ebenso auf das Gemüt wie die beiden anderen.

Obwohl mein Französisch zu diesem Zeitpunkt noch nicht wirklich freigelegt ist, amüsieren wir uns über die beiden chemisch von ihrem „ich" getrennten Pilger. Das müsste meine Französischlehrerin aus alten Schulzeiten jetzt hören. So geht französisch. Spätestens dann, wenn man sich über andere lustig machen kann, dann weiß man, dass die Sprache gar nicht so schlecht funktioniert, wie sie einem in der Schule glauben machen wollten.

Kaum gespottet und weg sind die beiden.

Ab in die Fall-Linie!

Jean-Louis und ich fühlen uns plötzlich wie direkt miteinander verdrahtet. Vom höchsten Punkt der Landstraße sehen wir, wie sich diese in vielen unübersichtlichen Serpentinen nach unten schlängelt. Irgendwo da unten müssen Mark und Sabine jetzt stecken.

Jean-Louis und mich packt blitzartig die gleiche Idee. Es überkommt uns wie kindischer Übermut. „Qu'est ce que tu pense? – Was denkst du?", fragt mich Jean-Louis mit einem breiten Grinsen. Ich antworte ihm mit einem überzeugten „siiiii", was natürlich nicht französisch ist. Aber auch ganz ohne reden merkt man es einfach, wenn der andere genau in diesem Moment die gleiche Idee hat!

„Denen zeigen wir es!"

Ohne weitere sprachliche Feinabstimmung schwingen Jean-Louis und ich uns zeitgleich mit dem Schlachtruf „Ola" über die doppelten Leitplanken, um uns direkt in die Falllinie zu begeben. Was für ein irres Gefühl! Wegprasselnde Steine. Volles Tempo, Tunnelblick geradeaus. Im Karacho nach unten.

In Sekundenschnelle hat sich so etwas wie der totale Flow eingestellt. Ein Zustand, der in Zeitlupe abläuft und in dem alles wie in Trance geschieht.

Meine alten Reflexe aus der Kindheit sind schlagartig zugegen.

Ich bin aufgewachsen in Prien am Chiemsee und meine Eltern waren ständig mit mir und meinem Bruder Andy unterwegs in den bayrischen Alpen. Das gemeinsame herunter Rennen in Karfeldern, kurz gesagt einem Schotterfeld, gehörte immer zu den allergrößten Freuden jeder Bergtour. Und das habe ich anscheinend noch immer im Blut.

Jean-Louis kommt aus der Haute-Savoie, die im Südosten von der Montblanc-Gruppe beherrscht wird. Offenbar hat er die gleichen Reflexe parat. Zudem ist er Gleitschirmflieger und kennt den Spurt in den Abgrund nur zu gut. Oh yes, we can!

Unter uns prasselt das Geröll und durch die Adern rasen Glückshormone.

Solche Steilflanken kann man gar nicht langsam oder ängstlich mit schräg gestellten Füßen überwinden. Dann würde man sich sofort die Knöchel brechen und alle Sehnen reißen. Die Falllinie funktioniert nur dann, wenn man sich samt Gepäck beherzt nach vorne legt.

Füße gerade aus. Mit Vollgas ab in die Fall-Linie. So hat man immer genug Tempo, um beim kleinsten Anzeichen eines Umknickens den Schwung dafür zu nutzen, in die Luft zu springen, anstatt sich die Bänder zu reißen. Hier können sich die Füße quasi neu sortieren und haben beim nächsten Bodenkontakt eine zweite Chance. Klappt der nächste Schritt wieder nicht, heißt es eben: Erneut in die Luft. Und wenn es dann immer noch nicht gut gehen sollte: Keinesfalls bremsen. Lieber ein paar Rollen vorwärts riskieren!

Hätte ich darüber nachgedacht, dass ich ja nur (feste) Sandalen trage, wäre ich nie im Leben losgerannt. Aber irgendwie scheint mir meine „Regenwolke“ zu fehlen, die mich normalerweise zur Vernunft gebracht hätte. Aja, Vernunft. Mit ihr wäre ich nie zum Jakobsweg gekommen.

Mit jedem Aufsetzen unserer Füße stoßen wir eine kleine Steinlawine vor uns her. Übermut tut selten gut? Schwachsinn. Übermut ist ein herrliches Gefühl, das ich viel öfter wieder haben sollte!

Übermut tut einfach gut!

In der Fall-Linie rennen, das kann und darf ich natürlich keinem Pilger wirklich empfehlen. Viel zu groß ist die Gefahr, dass der Jakobsweg hier unverhofft enden könnte. Dennoch machte es unheimlichen Spaß und es ging auch gut. Das übliche „Was-wäre-wenn- Denken“ weicht am Jakobsweg nun immer öfter dem „ist-mir-egal-Beschluss“. Und dieser Beschluss verhindert nicht nur weitere Grübeleien: Er befördert mich unmittelbar in die Gegenwart, in den herrlichen Augenblick des Geschehens. Und er lässt es zu, mich wieder so zu spüren, wie ich bin, oder einmal war.

Gute Zweihundert Höhenmeter – und das ist gar nicht so wenig, haben wir mit unserem Stone-Run vernichtet. Ein Physiker hätte wohl trocken gesagt: Lageenergie hat sich in reine Bewegungsenergie verwandelt.

Pure Lebensfreude

Darüber hinaus hatte sie sich auch in pure Lebensenergie umgewandelt. Was werden Mark und Sabine sich denken, wenn sie uns um die nächste Kurve kommend hier unten entdecken werden? Sie kommen aber gerade nicht um die Kurve und wir gehen frohen Mutes weiter bergab in Richtung Castro Urdiales. Schon von weitem sehe ich die beeindruckende Festung Santa Ana. Zunächst geht es abwärts bis auf Meereshöhe.

Durch dichtes Latschengehölz führt ein kleiner Trampelpfad hinab zu der vorgelagerten und recht einsamen Bucht Playa de Dicido, dem „Dezemberstrand“. Hier kann man im Sommer bestimmt herrlich baden gehen.

Noch einmal geht es steil hinauf zu einer Anhöhe, die uns jetzt noch von den Vororten von Castro Urdiales trennt. Auch hier folgen wir einem verwegenen Trampelpfad mitten im Grünen.

In Castro Urdiales stoßen wir dann auf die Strandpromenade. Hier nehme ich den direkten Weg über den Strand, während Jean-Louis lieber festen Boden unter sich hat.

Das verspielte Hafenstädtchen mit gut 30.000 Einwohnern und noch einmal doppelt so vielen Urlaubern ist einfach nur schön.

Jean-Louis und ich schießen ein paar Fotos an der Hafenmole. Hier hat ein Fischer sein rotes Netz zum Trocknen ausgebreitet. Wie überall in der Welt, liegt auch in Castro Urdiales die Kirche Santa Maria am schönsten Aussichtspunkt. Am Ende der Stadt ist sie von weither sichtbar. Sie wurde erhaben wie ein Leuchtturm auf eine Klippe gebaut.

Als erstes in die Kirche

Respektvoll nehmen wir unser Gepäck ab. Ich schäme mich ein wenig für die kurze Hose, hoffe aber, dass die Kirchendiener ein Nachsehen mit einem Pilger haben werden. Und genau so kommt es auch. Ein junger Gottesmann namens Diego bittet mich zu sich in die Sakristei um mir einen Stempel in meinen Pilgerausweis zu drücken. Es ist der schönste Stempel, den ich bisher in meinem Pilgerausweis, dem Credenzial habe.

Meine kurze Hose stört ihn ebenso wenig, wie mein Rucksack, den ich in der Kirche vor mir mit meinen Händen trage.

Dann führt mich Diego durch das dunkle Kirchenschiff. Mit flammender Begeisterung erklärte er mir die zehn Stationen Jesu Christu. Der Kreuzweg, so bezeichnet man den letzten Leidensweg Jesus Christus zur Kreuzigung, ist wie immer äußerst düster und grausam dargestellt. Im ersten Bild wird Jesus zum Tode verurteilt. „Pontius Pilatus sagte zu ihnen: Was soll ich dann mit Jesus tun, den man den Messias nennt? Da schrien sie alle: Ans Kreuz mit ihm!“ [9]

Danach nimmt Jesus das Kreuz auf seine Schultern. Und er fällt dreimal unter der Last des Kreuzes zusammen. Schließlich wird er seiner Kleider beraubt und gekreuzigt. INRI, das sind die Anfangsbuchstaben für den spöttischen Namen Iesus Nazarenus Rex Iudaeorum, Jesus von Nazaret, König der Juden.
Die Bilder verraten nichts über den weiteren Weg in den Himmel und ich frage mich, warum stellt man da nichts Positiveres dar? Wenn ich selbst der Maler oder der Auftraggeber gewesen wäre, dann hätte ich noch ein paar Stationen angefügt, die auch ein bisschen Hoffnung wecken und zeigen, dass nichts im Leben umsonst ist!

Nach dem privat geführten Kreuzweg nehme ich wie immer in einer der hintersten rechten Bänke Platz. Doch auch dieses Mal traue ich mich wieder ein paar Reihen weiter nach vorne. Ich knie mich nieder und versinke in meinen Gedanken. Ist meine Pilgerreise eine religiöse Reise? Hat sie einen spirituellen Sinn? Bin ich auf der Suche nach Gott? Werde ich Antworten und Einsichten bekommen?

Ich weiß es nicht. Aber ich lasse mich darauf ein und möchte herausfinden, was der Weg mir bringen wird. Allein in einer dunklen, Ehrfurcht einflößenden Kirche zu sein, ist so oder so schon ein bewegender Moment.

In einem Gemäuer links des Ausgangs legen Pilger verschiedene persönliche Dinge ab, die hier verbleiben und den Zugang zu einer spirituellen Welt eröffnen sollen. Auch ich trenne jetzt mich von einem geliebten Gegenstand, den ich sehr vorsichtig durch die geschmiedeten Gitterstäbe hindurch auf seinen vorgesehenen Platz lege. Was immer mir dieses Ritual bringen würde, ich tue es einfach.

Meine Pupillen benötigen erst einige Sekunden, um sich wieder an das grelle Licht im Freien zu gewöhnen. Vor mir steht ein professioneller Bettler, der ganz im Gegensatz zu mir mit Markenkleidung und einer teuren Ray Ben Sonnenbrille bekleidet ist. Recht aggressiv will er von mir auf die Mitleidstour etwas haben.

Ich sage zu ihm auf Spanisch: „Erzähle mir etwas von dir und deinem Schicksal". Als Antwort kommt prompt ein englisches „Fuck You". Jean-Louis, der gerade ebenfalls aus der Kirche heraustritt, erwidert sein Fuck You, indem er ihm liebevoll einen Arm auf die Schulter legt und ihm einen „bon camino, mon ami" wünscht. Nun ist er böse verstummt.

Ehrlich gesagt, möchte ich mich jetzt unbedingt weltlicheren Dingen zuwenden, denn ich habe einen Bärenhunger. Es ist Sonntagmittag.

Paella – wer sich's leisten kann!

Wenige Steinstufen von Santa Maria entfernt lassen wir uns dann nieder um etwas zu essen. Und zwar in einem richtiges Speiselokal. Hinein trauen wir uns mit unseren Klamotten natürlich nicht, aber Draußen im Freien ist fast alles frei. Dem Kellner ist es recht so.

Wir sind immer noch übermütig. Weil es Sonntag ist, hat Jean-Louis natürlich eine passende Entschuldigung für das nicht ganz Standesgemäße Essen parat: „Seulement une exception – nur eine Ausnahme". Ich kann spüren, dass er richtig, wirklich richtig Hunger hat und sich heute, genauso wie ich etwas gönnen möchte. Am

Nebentisch verspeist ein englisches Touristenpaar eine Paella und die bestellen wir dann auch.

Allerdings zu zweit und ohne in der Speisekarte nach dem Preis zu sehen. Kann schon nicht so viel kosten, ein wenig Reis mit Zeug drin? Es ist und bleibt dann die erste und auch letzte bestellte Paella am gesamten Jakobsweg. Die Rechnung für einen Teller Paella beträgt gesalzene 22(!) Euro. Und wir werden nicht einmal richtig satt. Jean-Louis möchte nun die nächsten Tage drastisch sparen, um sein Budget nicht zu sprengen.

Sitzfleisch haben wir nicht mehr. Und der Kellner, der sein Geschäft schon gemacht hat, bietet uns auch keinen Kaffee mehr an. Ich schätze, er lässt uns gerne weiter ziehen.

Schon 1.500 Kilometer auf den Beinen!

Beim Weitergehen erzählt mir dann Jean-Louis wenig über seinen Camino. Zum ersten Mal. Jean-Louis ist schon in Chambery, seiner Heimatgemeinde in Frankreich gestartet. Er hat bereits 1.500 Kilometer zu Fuß hinter sich. Über die Gründe, die ihn zum Camino geführt haben, will er mit mir nicht sprechen. Noch nicht?

Kurz außerhalb Castro Urdiales muss ich auf Jean-Louis warten. Er ist nach dem Essen deutlich langsamer geworden. Als er mir auf den grasgrünen Felsenklippen entgegen stapft, habe ich die Idee, diese Szene irgendwann zu Malen.

Jean-Louis in der Bildmitte, unter seinen Füßen ein schmaler Trampelpfad, umsäumt von trockenen Gräsern. Hinter ihm liegt das ruhig gewordene stahlblaue Meer. Farben, so satt, wie man sie nur nach viel Regen sehen kann. Jeder Schritt, jede Bewegung prägt sich tief ein. Ich studiere auch intensiv den Hintergrund. Der ist mittlerweile unendlich weit weg. Die Windräder von La Arena kann man im leichten Dunst in der Ferne nur noch erahnen. Richtig sehen kann man sie nicht mehr. Ich versuche mir, die Farben ganz genau einzuprägen. Und ich beobachte aufmerksam den Schatten, der Jean-Louis mit jedem Schritt vorauseilt. Eine schnelle Strich-Skizze in meinem Tagebuch wird diese Impressionen hoffentlich bewahren. Ich möchte irgendwann aus der Skizze ein Ölgemälde malen.

Mark und Sabine haben zwischenzeitlich sicher den unbarmherzigen Abstecher über die Küstenstraße genommen. Es geht ihnen nicht um die Seele des Weges. Sie sind getrieben vom Navi und besessen von der kürzesten Verbindung.

Eine absurde Kulisse bietet sich nun, weil der Jakobsweg genau jetzt auf der seelenlosen Küstenstraße landet. Angebunden an einem Jakobsweg-Schild für Autofahrer (Warnung vor Pilgern) wartet ein Esel auf den letzten Apfel, den Jean-Louis bei sich hat. Der Esel hinter der Leitplanke bettelt nicht. Er ist einfach da und scheint nun jeden Bissen zu genießen.

Die weitere Streckenführung erinnert mich an einen heißen amerikanischen Highway, der sich schnurgerade über alle Höhen und Tiefen hinweg seinen Weg mit Sprengstoff gebahnt hat. Asphalt ist der größte Feind eines Pilgers. Die Luft über dem Belag flimmert bis in die innersten Gehirnregionen hinein. Dieses Gefühl ist zermürbend. Man bekommt den Eindruck, nicht vorwärts zu kommen. Die Autos spiegeln sich in der Ferne noch in der heißen Luft, bevor sie das Flirren dort hinten vollständig verschluckt. Wie weit mag das weg sein? Mit den Schlieren der erhitzten Luftschicht bekomme ich einen Vorgeschmack für die Weite, die vor mir liegt. Unweigerlich setze ich mich mit Schnecken und Ameisen gleich, wenn Autos vorbeibrausen.

Trotzdem denke ich mir, bestimmt bin ich zu Fuß schon weiter, als viele normale Autofahrer heute zurücklegen, wenn sie an mir vorbeibrausen. Gute Zweihundert Kilometer haben mich meine Füße bisher schon getragen. 651 Kilometer sind es noch nach Santiago de Compostela. Ohne Umwege.

Zähle nicht rückwärts. Lebe!

Erstmals bekomme ich nun ein Gefühl für die Strecke und für die Zeitverhältnisse. Aber ich werde nicht anfangen, rückwärts zu zählen. Das ist doch idiotisch.

Der Unsinn, Tage rückwärts zu zählen ist mir erstmals in der Bundeswehr klar geworden. Doch es beginnt schon viel früher im Leben. Wie viele Jahre noch bis zum 10. Geburtstag. Gut: Diese Frage ist kindlich und auch noch völlig normal. Wie viele Jahre noch, bis ich endlich aus der Schule bin? Nun, hier beginnt es wohl schon, dumm zu werden. Denn was kommt nach der Schule? Wird dann alles besser im Leben? Und was bringt es, wenn man danach wieder zu zählen beginnt – rückwärts, wohlgemerkt? Noch 50 Tage bei der Bundeswehr? Mit dem Fixieren auf den Countdown verliert man das Wertvollste, was man hat: Den Augenblick! Man richtet sich nicht mehr ein, im Hier und Jetzt. Man wartet vielmehr auf das Verfallsdatum!

Welcher Countdown kommt als nächstes? Richtig: Wie viele Jahre noch bis zur Rente? Toll, und dann? Wie lautet die Frage dann?

Wie viele Tage habe ich rückwärts gezählt, anstatt sie gelebt zu haben?

Kilometer rückwärts zu zählen erscheint mir ebenso abwegig. Ich gehe vor mich hin. Punkt. Mal sehen, wo ich heute ankomme.

Die falsche Seite der Straße

Der linke, mit einer durchgehenden weißen Linie markierte Streifen der Schnellstraße soll uns nach den Plänen der Regierung den Jakobsweg anbiedern. Doch das interessiert nicht die Autofahrer. In Spanien war es bis vor Kurzem nicht üblich, dass Fußgänger in die entgegengesetzte Richtung laufen. Das taten nur deutsche Besserwisser. Einige Fernfahrer versuchen daher, uns noch heute „eines Besseren zu belehren“, in dem sie sich ganz offensichtlich einen Spaß daraus machen, sehr knapp an uns vorbei zu fahren und zu hupen. Jean-Louis hat mit seinem Stock schon einige LKWs gestreift, die allerdings sind davon völlig unbeeindruckt. Dann pfeifen wir auf die linke Seite und gehen wieder rechts. Egal wer oder was sich von hinten nähert. Wir haben wieder Ruhe.

Die Hitze des pechschwarzen Asphaltbelages macht mich wütend. Es ist so ein Gefühl, wie wenn ich mit meinem mp3-Player und Technobeats unterwegs wäre. Meine Sandalen sind auf diesem unmenschlichen Belag keine guten Begleiter. Jeder verdammte Schritt dringt unmittelbar vor zu meinem Schmerzzentrum. Ich fange an, den Weg zu verfluchen. Schon lange spricht Jean-Louis kein einziges Wort mehr mit mir. Er ist völlig verstummt. Sein Gesicht zeigt keine Miene. In sich gekehrt scheint er irgendwelche

Mantras vor sich hin zu murmeln. Wir gehen wieder auf Abstand. Besser so, denn der Asphalt saugt extrem an unseren Kräften und an der Psyche. Und streiten möchte ich mit Jean-Louis sicher nicht. Hier ist jeder allein. Und jeder muss für sich selbst damit fertig werden. Auch so eine Art Prüfung, die mir dieser eintönige Abschnitt auf der Straße beschert.

Der Blick auf ein Ziel ist... unsinnig!

Ich merke, dass ich plötzlich so verbittert bin, wie sonst in der Arbeit. Seit einer halben Stunde fixiere ich das Ende des Horizontes, wo ich einen Mast sehe. Er kommt nicht näher. Aber ich lasse ihn mit meinen Blicken nicht mehr aus den Augen. Ich starre ihn verbissen an. Dieses hartnäckige und trotzige Fixieren eines Punktes verahnt mir allerdings eine innere Kraft, die mich weiter und weiter voranbringt. Angriff! Je länger ich den Punkt anstarre, umso mehr verengt sich mein Gesichtsfeld und die fortwährend gleichen Schritte versetzen mich wieder in einen Trance-Zustand. Ich spüre, wie meine Hände zu Fäusten geballt sind und der Schweiß unablässig aus meinem Gesicht perlt. Es ist so, wie in der Sauna, wenn man zuvor gewettet hat, es zwanzig Minuten auf der obersten Bank auszuhalten. Die Sanduhr würde wohl eine gefühlte Ewigkeit rieseln und dann ist erst einmal Halbzeit. Umdrehen und weiter geht es.

Nein, ich möchte nicht ablassen von dem Masten da vorne. Ich möchte diesen Punkt möglichst schnell erreichen und hinter mir lassen. Ungewollt werde ich schneller. Auch Jean-Louis, der jetzt weit hinter mir ist, wird schneller. Der Abstand bleibt gleich.

Alle paar Hundert Meter stehen hier überlebensgroße Jakobsweg-Warnschilder an der Straße. Alles ganz im Look einer übermächtigen „europäischen Straßenverkehrsordnung". Wie hoch mögen die Subventionen aus Europa sein? Leider steht das Preisschild dieses Mal nicht daneben. Ein kleineres Projekt also. Jean-Louis macht sich jetzt lustig über die Achse „Sarkozy et Merkääl". C'est fou – Das ist doch alles verrückt", meint er.

Wie zur Erlösung kommt dann noch vor dem Horizont ein Abschnitt, der uns durch die Natur führt. Leider werde ich also den Masten in der Ferne nicht erreichen. Es kommt eben immer anders! Gott sei

Dank! Dafür werde ich schlagartig wieder fröhlich. In einem kleinen Dörfchen setzen wir uns beide auf eine Steinbank an der Nordseite einer kleinen Kirche. Hier gibt es einen erfrischenden Brunnen mit Trinkwasser.

Das Dörfchen, dessen Namen ich nicht kenne ist die Erholung pur. Kein einziges Auto sehe ich hier. In einiger Entfernung laufen zwei Kinder auf einer Wiese umher. Und neben der Steinbank geht im Vorderhaus der Kirche die Türe auf. Es ist der Dorfpfarrer. Kurz winkt er uns zu, so als ob er uns jetzt gerade gesegnet hat und dann steigt er in einen alten Citroen und braust davon. Auch wir brechen wieder auf.

Bis nach El Pontarron de Guriezo mögen es vielleicht noch 6 Kilometer sein, aber heute erscheint mir jeder verdammte Kilometer wie ein Lichtjahr. Schon nach kurzer Zeit stoßen wir wieder auf die Schnellstraße, die sich ab jetzt wieder Jakobsweg nennt. Und sofort gehen wir beide wieder auf Abstand. Jeder für sich.

Das letzte Stück nach Guriezo ist landschaftlich hinreißend - für einen Autofahrer! Für einen Pilger ist die Strecke einfach nur „hart". Auf meiner Rechten begleitet mich schon seit zwei Kilometern ein traumhaft schöner, aber verlassener Strand. Ein paar Angler sind hier und hin und wieder steht ein Campingbus herum. Obwohl ich gerade mitten auf der Nationalstraße N634 bin, kommt kaum ein Auto mehr vorbei. Der Verkehr spielt sich nahezu ausschließlich hoch oben auf der neuen E-70 ab. Danke EU, wäre nicht nötig gewesen.

Im Mündungsgebiet des Aguera Ibaia

Langsam komme ich dem Mündungsgebiet des Aguera Ibaia entgegen. Weitläufige ockerfarbene Sandflächen wechseln sich mit fließendem Wasser ab. So wie ein Stück Nordseeküste, eingesäumt in eine tiefgrüne Fels- und Hügellandschaft.

Wäre ich nicht zu erschöpft, dann würde ich hier sicher ein Dutzend Fotos machen.

Am Spätnachmittag laufen wir in gebührlichem Abstand ziemlich geplättet in das schöne Dörfchen El Pontarrón del Guriezo ein. Hier spannt sich hoch über dem Dorf eine neue gigantische Autobahnbrücke über das Tal.

Etwas landeinwärts liegt die Herberge. Das Grundstück grenzt direkt an den romantischen Flusslauf des Aguera Ibaia. Durch ein altes Gartentor gelangt man über ein paar in den Weg hängende Brennnesseln zum Ufer. Trotz Schlamm kann ich mir sehr gut vorstellen, wie schön es hier trocken sein mag. Jetzt nach den Regenfällen gibt jeder Schritt dort hinein ein lustiges Schlürfen von sich.

Wenn das Shampoo nicht mehr abgeht...

Leider ist die Herberge seit den letzten Tagen sehr feucht und muffig. In trockenem Zustand ist sie bestimmt durchaus empfehlenswert. Aber heute sind die Matratzen mit der Feuchtigkeit unserer Vorgänger vollgesaugt. Und die Dusche tröpfelt nur kalt vor sich hin. Ich tue gut daran, auf eine Dusche zu verzichten. Jean-Louis hat nämlich gerade seine liebe Mühe, das eifrig aufgetragene Shampoo wieder los zu werden. Und das, was ich da akustisch gerade auf Französisch miterlebe, ist zugegebenermaßen sehr erheiternd. Die Tenside scheinen sich mit den kalten Wassertropfen nicht mehr von seiner Haut lösen zu wollen. Ich muss lachen.

Voller Schadenfreude, lege ich mich ganz gemütlich im schönen Vorgarten in die Sonne. Nun kommen auch Mark und Sabine an. Wie sie das geschafft haben – keine Ahnung. Wie immer haben sie diese übertriebene Hurrastimmung. Oje, und dann taucht auch noch das sonderbare Ehepaar aus Neuseeland auf. Gibt es die auch noch? Beide haben die Küsten-Eisenbahn bis hierher genommen. Weil Sie vom anderen Ende der Welt kommen, stelle ich mir gerade vor, wie sie auf dem Kopf stehend ankommen. Bei der Vorstellung an den Kopfstand und eine umgekehrte Gravitation entkommt mir ein lautes Lachen. Meine Assoziationen behalte ich aber für mich und so fassen die beiden Neuseeländer mein Lachen als herzliche Begrüßung auf. Passt!

Kaum angekommen, trotteln - äh trotten sie noch ins Dorf, um in der Bar El Pontarron (mehr ist dort nicht los) das Fußballspiel Neuseeland gegen Italien anzusehen. Das 1:1 muss die beiden geizigen Neuseeländer angestachelt haben. So sehr, dass sie gleich mit mehreren Flaschen Wein in die Herberge zurückkehren. Feiern war wohl geplant. Daraus wird aber nichts.

Auge um Auge, Stein um Stein. Herrlich!

Alejandro, ein gedrungener und muskulöser spanischer Extrempilger, meint, ohne dass es die Neuseeländer hören können: Lasst uns alle noch einmal aufbrechen. Oder wollt ihr mit den Neuseeländern feiern? Obwohl er es auf Spanisch sagt, verstehe ich sogar seinen Zynismus zwischen den Zeilen. Wau, was für eine sprachliche Genugtuung. Endlich können wir ihnen die ganze Geizigkeit heimzahlen. Er meint: Die nächste Herberge in Liendo soll schön und neu sein. Und sicher wäre sie auch trocken.

Ich nehme ihm jedes Wort ab. Alejandro trägt ein blaues Muskelshirt vom Inkatrail. Am Rucksack prangen die passenden Embleme vom Rio Urubamba und dem Machu Picchu in Peru. „Allechandro“ sieht aus wie ein tätowierter Elitesoldat. Klein, glatzköpfig, mit grimmigem Schnauzbart. Aber sehr sympathisch.

Jean-Louis schläft um diese Zeit schon tief und fest, obwohl lustigerweise die einzigen Sonnenstrahlen im Schlafraum exakt in seine Augen scheinen. Scheiß drauf! Ich wecke ihn jetzt auf. Schlaftrunken und ein wenig missmutig sieht er mich an, und fragt mich auf Spanisch „Qué pasa? Was ist los?“.

Allez, allez! Wir gehen noch einmal los! Wie unter Befehl packt Jean-Louis sofort seine sieben Sachen zusammen. So wie alle anderen in der Herberge. Die Gruppendynamik löst eine wahre Euphorie aus. Die sicheren Schlafplätze jetzt wieder aufgeben? Eine weitere Etappe wagen?

Die Kommandoaktion „Liendo“ beginnt. Vorwärts, Marsch, Marsch!

Vergessen sind die müden Füße. Wer einmal ruht, der geht nicht mehr? Quatsch!

All meine Bedenken gehen in der überschwänglichen Aufbruchsstimmung völlig unter. Jippie, es geht weiter!

Die nichtsahnenden Neuseeländer warten mit einem fantasievoll gedeckten Steintisch und viel Wein in stolzer Siegerpose im Vorgarten auf uns. Nun stürmen wir alle gleichzeitig wie eine Sondereinheit mit geschultertem Gepäck aus der Herberge heraus. „Ola, una nueva etapa! Felicitación, bon Camino!"

Dem Ehepaar bleibt der Wein schier in der Kehle stecken. Offensichtlich hat bereits jeder von uns mit ihnen schon unangenehme Erfahrungen gemacht. Die furchtbare Knauserei rächt sich jetzt. Dass sich alles gegen sie verschworen hat, sprengt sicherlich ihre Vorstellungskraft. Natürlich ist es Mark, der beim Verlassen der Herberge noch einen sarkastischen Schlachtruf absetzt: „Nueva Zelanda-aaaaaaa". Der Nachhall auf das andere Ende der Welt erheitert mich noch eine ganze Weile beim Aufstieg von Null auf Hundertvierzig.

Inkatrail führt uns nach Liendo

In einer traumhaften Spätnachmittagstimmung marschieren wir im militärischen Gleichschritt synchron hinter „Inkatrail" her, wie wir ihn von jetzt an nennen. Er ist höchstens einen Meter und sechzig, mit der Figur eines Bodybuilders. Sein Gepäck gleicht einer Survival-Ausrüstung für zwei Monate Regenwald. So barbarisch sein Äußeres auch wirkt: Er ist eine sehr einfühlsame und sensible Seele und ich kann mich gut mit ihm unterhalten. Inkatrail, Mark, Sabine, Jean-Louis und ich sind nun für diese kurze Zeit ein Team. Wir wissen, dass sich die Wege bald wieder trennen werden, doch jetzt spornt uns der gemeinsame Streich richtig an.

Nach einem steilen Anstieg kommen wir dann über eine Autobahnbrücke und sehen für einen kurzen Moment in die Tiefe. Dann geht es mit riesen Schritten weiter nach Liendo.

Wie aus dem Reservetank scheinen unsere Kräfte zu sprudeln. Kurz vor Liendo empfängt uns ein witziges Verkehrsschild:

„Prohibida La Venta Ambulante Con Megafonías!"

Schaltet gefälligst eure Sirenen ab! Ihr befindet euch im verträumten Liendo. Macht keinen Lärm, wenn ihr da durchsaust! Wir sind trés amusée, denn was sollte hier schon groß los sein? Natürlich ist es wieder Mark, der uns von hinten her eine Sirene vorheult „O-U-Ihhhhhh". Ergänzt durch ein „Pobre Nueva Zelanda, armes Neuseeland".

Lustige Schatten in Monstergröße

Die letzten Meter nach Liendo sind große Klasse. Im allerletzten Licht der gerade untergehenden Sonne, sind unsere eigenen Schatten auf Monstergröße angewachsen.

Die Sonne taucht Liendo extra für uns noch einmal in ein helles orangefarbenes Gegenlicht und zaubert uns eine dunstige Idylle vor die Augen. Wir gehen hinter der Kirche entlang zur Herberge. Und als wir hinter der Kirche wieder hervorkommen, ist die Sonne auch schon in den Bergen verschwunden. Liendo liegt schlagartig im Schatten. Wir haben unser Tagesziel erreicht! Wie immer belohnt mich der Zufall. Oder ist es doch mehr?

Die neue Herberge ist bezaubernd. Ein liebevoll hergerichtetes Schulhäuslein. Stilvoll und mit einem ganz eigenen Charme.

„Inkatrail" erzählt abfällig von den extremen Massenherbergen Camino Francés. Ja, auch er als Spanier hat Kerkeling gelesen. Er hat diesen Jakobsweg letztes Jahr gemacht. Allerdings rückwärts, wie sich herausstellt.

Unter Pilgerfreunden

In Liendo sind wir nun unter Pilgerfreunden. Es gibt ein Wiedersehen mit der Italienerin Daniela. Sie hat ebenfalls einen Abstecher mit der Eisenbahn gemacht. Und ein Wiedersehen mit den Spaniern Manu und Jesus. Natürlich nicht der Jesus. Aber er sieht wirklich genau so aus. Abgemagert, schulterlange zottige dunkle Haare, einen Al-Kaida-Bart. Stets nur in Badeschlappen. Und oben ohne laufend. Eigentlich fehlt ihm nur noch ein schweres Holzkreuz.

„Jesus" ist mir schon einmal begegnet, als er Ingrid und mich in den Bergen vor Lezama überholte. Eigentlich hätte ich ihn längst viel weiter vermutet. Aber man sieht sich immer wieder, am Jakobsweg.

„Italien und Spanien" bekochen uns heute. Zuvor haben sie von jedem vier Euro eingesammelt. Der Gegenwert ist nun ein üppiges mediterranes Küchenerlebnis. Essen und Wein im Überfluss. Manu, ein sympathischer Spanier kommt mir nach dem Wein bekannt vor. Und er denkt ebenfalls, mich irgendwo schon einmal gesehen zu haben.

Jean-Louis ist langsam erschöpft. Das liegt sicher auch daran, dass er als Franzose nie eine andere Fremdsprache erlernt hatte. Ich unterhalte mich mit ihm auf Französisch, mit Daniela auf Italienisch, mit Sabine auf Englisch, obwohl sie ja eine Deutsche ist. Aber so können auch die anderen etwas von uns verstehen. Überhaupt brauche ich nach den Tagen mit Ingrid mein Deutsch nicht mehr. In der gemütlichen Atmosphäre beginnt es, spät zu werden. Mittlerweile ist es auch schon fast Mitternacht. Zu dieser Zeit schläft ein Pilger normalerweise schon seit ein paar Stunden. Gut, dass wir beide noch die Kurve gekratzt haben. Es war höchste Zeit, dem Wein nun zu entsagen und zu schlafen. Allerdings war es noch laut in der heutigen Nacht.

Liendo - Güemes

Tag 9: 40 Km (+5 km Umweg), 700 Höhenmeter, über Laredo, Santoña, Berría, Noja, Arnuero.

Nach diesem Tag habe ich in meinem Tagebuch 40+++ Kilometer notiert. Das Plus steht wieder einmal für unfreiwillige – aber dafür auch sehr schöne Umwege. Die beschert mir regelmäßig mein nicht vorhandener Orientierungssinn. In mein Tagebuch habe ich zu dieser Etappe dann auch noch notiert „scheiß Asphalt" und „falsch beschildert".

Aber ganz so war das nicht. Im Morgengrauen gehe ich zunächst noch mit Jean-Louis zusammen. Wortlos. Und mit großem Abstand. Trotz Schlaf ab zwei Uhr morgens geht es uns nicht wirklich gut. Es mag sein, dass ein Gläschen Rotwein, vielleicht auch zwei, dem Pilgern nicht entgegen stehen. Aber den gestrigen Abend muss jeder von uns heute büßen. Noch einmal wird mir so etwas nicht passieren.

Während sonst die Füße wie von ganz allein vor sich hinschreiten, lähmt mich heute eine unterschwellige Übelkeit. Jean-Louis hat richtig Kopfschmerzen und scheint keinen rechten Takt zum Gehen zu finden. Gerade noch einmal der Saufhölle entkommen, schleppen wir uns nun ziemlich mühsam vorwärts.

Traumstrand Laredo

Mit Abstand zueinander gehen wir bis zur langgestreckten Küstenstadt Laredo. Zum Fotografieren ist es eigentlich noch zu dunkel. Trotzdem hole ich meine kleine Knipsmaschine heraus und fange den sagenhaften Blick ein. Über Laredo schweben dunkle Wolken, während weiter hinten über der ewig langgestreckten aber kreisrunden Bucht schon tiefblauer Himmel ist. Die Bucht scheint von hier aus ein fast kompletter Kreisbogen zu sein, der sich nur zu meiner Rechten hin zum Ozean öffnet.

Auf der gegenüberliegenden Seite der Bucht erheben sich grüne Hügel. Und hier ganz hinten scheint sogar noch eine weitere Bucht zu liegen, was man aber von hier aus nicht richtig sieht. Am Ende des Kreisbogens ragt eine mächtige bewachsene Klippe aus dem Strand, die wie eine eigene Insel aussieht.

Laredo selbst wird noch in das monochrome orangefarbene Licht der Straßenlampen getaucht, doch es erwacht gerade.

An den weiten Sandstränden von Laredo sind sich nun der französische Reiseführer und der deutsche Guide uneinig. „Sarkozy gegen Merkel“, wie Jean-Louis süffisant anmerkte. Weil es beiden von uns noch immer nicht gut geht, läuft jeder schweigend in seine eigene Richtung davon. Jean-Louis zieht ohne Worte in Richtung Laredo nach links davon. Ich nehme mir den Strand vor. Und ich riskierte es wieder Barfuß.

Gute zehn Kilometer Sand liegen jetzt vor mir.

Wie soll man eine so traumhafte und kreisrunde Bucht beschreiben? Der Strand ist unheimlich flach und an vielen Stellen wohl mehrere Hundert Meter breit. Menschen sind nur vereinzelt. Mal hier einer, mal in der Ferne ein anderer.

Ich gehe, ohne wirklich das Gefühl zu haben, dass ich auch voran komme. So weitläufig ist dieser Strand.

Gute zehn Minuten brauche ich, um mich langsam einer Schulklasse zu nähern, die hier in aller Herrgottsfrüh mit ihren Lehrkräften unterwegs sind. Es sind höchstens Viertklässler und entsprechend kunterbunt und schrill geht es zu.

Lange habe ich nun überlegt, ob ich einen großen Bogen um die weit verteilten Schüler machen soll. Doch sie alle befinden sich genau auf der Linie, die ich mir ausgedacht habe. Also gehe ich direkt auf das immer lauterwerdende und fröhliche Getümmel zu. Mit meinem Gepäck komme ich mir hier am Strand vor, wie von einem anderen Planeten. Wenigstens erweise ich dem Strand insofern Respekt, indem ich barfuß marschiere. Ein großer Vertrauensvorschuss dem Strand gegenüber!

Mit meinen Fußspuren zerschneide ich das Areal der Schüler wie mit einem langen Strich in zwei Hälften. Keiner nimmt irgendwie Notiz von mir. Ganz so, als wenn ich aus Luft wäre. Ein eigenartiges Gefühl.

Nach einer guten Stunde am Strand entlang steh ich dann vor dem Problem, wie man hier wohl eine Pinkelpause machen könnte. Mittlerweile sind schon ein paar morgendliche Jogger, ein paar Badegäste und ein paar Spaziergänger unterwegs, die ihre Hunde am Strand ausführen. Ja, ein Hund müsste man jetzt sein. Dann könnte ich ganz ungeniert hier mein Revier markieren. Aber als Mensch einfach so hinstellen? Das geht nun gar nicht. Ich löse das Problem, aber beschreiben möchte ich es an dieser Stelle lieber nicht.

Noch eine weitere Stunde geht im Sand dahin. Plötzlich spüre ich Muskeln und Sehnen, die ich bisher noch nicht so sehr beansprucht habe.

Barfuß laufen ist ein Hochgefühl.

Und noch dazu im feinen Sand.

Immer wieder experimentiere ich ein wenig herum, was sich besser anfühlt. Das Laufen im feinkörnigen trockenen Strand. Das ist am weichsten, strengt aber gehörig an. Und das Marschieren über den feucht gepressten Sand direkt an der Wasserkante. Auch da sinken meine Fußballen noch ein, es strengt aber viel weniger an. Und dann ist da das Laufen zwischen den Wellen. Mal Sand, Mal Wasser, das den Sand durch meine Zehen spült. Zugegeben, das macht am meisten Spaß. Doch im Schaum sehe ich nicht, was unter meinen Füßen ist und das ist mir dann doch ein wenig zu riskant.

In der normalen Zivilisation, kann man so etwas ja gar nicht mehr so ohne weiteres machen. Einfach die Schuhe ausziehen. Aber da bin ich wieder bei der Religion. Oder vielmehr: Bei den Religionen.

Beim Besuch einer Moschee zieht man auch heute noch die Schuhe aus, fällt mir ein. Und die Mönche, die ich auf meinen vielen Thailandreisen gesehen habe, die haben auch keine Schuhe getragen.

Auch hier musste ich meine Schuhe ausziehen, um besonders heilige Stätten zu besuchen. Gleiches gilt für alle Hindus.

Meine heilige Stätte ist heute dieser nicht enden wollende Strand.

Wenn man den Boden nicht mehr spürt

Wer hat eigentlich Schuhe erfunden? Und weshalb? Vermutlich sind Schuhe die Eintrittskarte in unsere unechte Parallelwelt. Die wirkliche Welt spielt sich da draußen im Freien ab. Hier am Strand!

Schuhe trennen uns endgültig von unserem eigenen Boden und den Wurzeln. Sie durchbrechen die Millionen Jahre alte Verbindung aller Landlebewesen, die noch immer mit Ihren Pfoten ihre eigene Welt berühren dürfen. Der Boden erdet sie zuverlässig und verbindet sie untrennbar mit dem Untergrund.

Der Hund, den ich vorher am Strand gesehen habe, wird bestimmt nie Schuhe tragen müssen. Außer er hätte ein Irrenhaus reifes Herrchen.

Noch vor wenigen Generationen war das Barfußgehen bei uns Menschen noch ganz normal. Alles war langsamer, direkter und unmittelbarer. Man stand mit den Füßen auf dem Boden und hatte wohl auch keinen Burnout.

Alles ist spürbar.

Mit den Füßen! Heute kümmert sich eine ganze Industrie um das Wohl unserer Füße, weil der spezifische Widerstand der Schuhsohle das natürliche Band zur „Erde" durchtrennt hat. Nach „Erdung" suchend, glauben wir nur zu gern, was uns die Werbung verspricht und kaufen, was unseren Füßen Erlösung verspricht. Immer neue Erfindung wie runde Fußsohlen in den Sohlen erobern den Markt. Dabei trennen uns all diese Erfindungen mit dem Isolator Plastik von unserem natürlichen Fundament. Einen natürlichen Potenzialausgleich gibt es nicht mehr. Spannung kann sich nicht mehr abbauen.

Immer sind es mindestens zwei Zentimeter „Kunst"stoff – der Name sagt alles - der uns dauerhaft in Form einer giftstoffreichen Isocyanat-haltigen Hightech-Sohle von unserer „Unterwelt" isoliert. Wer kennt nicht den beißenden Gestank eines modernen Schuhladens, der längst nicht mehr mit Leder, sondern eher mit Weichmachern und ausdünstenden Giftcocktails zu tun hat. Ein Schuhgeschäft wäre auch das einzige, wo ich niemals arbeiten möchte.

All das Giftzeug engt unsere Füße täglich ein und mit ihnen beengt es unwillkürlich auch unser seelisches Gleichgewicht. Schulmedizinisch natürlich nicht bewiesen. Aber eine Rückkopplung wird es schon geben. Diese unmittelbare Rückkopplung spüre ich gerade bei meinem Strandlauf. Da kommen gerade tausendfache Signale in meinem Gehirn an und machen mich ein wenig euphorisch. Doch bald werde ich meine Schuhe wieder anziehen müssen.

An Stelle von weichem Erdreich stehen wir dann wieder auf Antifußpilzeinlagen, modernen Dämpfungs- und Belüftungssystemen und unsere Kinder sogar auf blinkenden LED's.

Wie sollen unsere Füße da noch fühlen können? Wie sollen wir mit unserer Umgebung noch eine intensive Wechselwirkung eingehen können, wenn wir in synthetischen Kunststoffklumpen umherwandeln? Und wie sollen wir da noch von Selbstheilungskräften profitieren können, wenn es sie denn gibt?

Obwohl wir als eine der wenigen Spezies den aufrechten Gang erlernt haben und nun das Ich hoch oben tragen, ist unser Ich bis vor Kurzem über die feinfühligen Füße mit unserer Welt nachhaltig verbunden gewesen.

Jahrmillionen alte Reflexzonen

Nach traditioneller Medizin sitzen Jahrmillionen alte Rezeptoren (bei mir natürlich erst 44 Jahre alt) an unseren Fußunterseiten, die alle inneren Organe an bestimmten Punkten widerspiegeln und so ihre Entsprechung wie eine Landkarte des ganzen Körpers abbilden. Und wenn es sie tatsächlich gibt, dann warten sie nur darauf, dass sie endlich hin und wieder berührt und stimuliert werden. Barfuß!

Hier auf dem Jakobsweg sind meine Füße nicht nur das Arbeitstier, sondern auch ein Körperteil, den ich soweit es geht pflege und dem ich schöne Momente gönne.

Weiter geht es also im aufrechten Gang eines modernen Menschen in Richtung Ende des Strandes. Noch immer träume ich vor mich hin. Die Sonne ist inzwischen aber ziemlich heiß geworden.

Der Weg gibt einem alles, was man braucht

Wau, und da liegen sie plötzlich direkt vor meinen Füßen: Echte Jakobsmuscheln. Ich muss mir also keine mehr kaufen. Vier orange bis rosafarbene schöne kleine Jakobsmuscheln. Drei davon werde ich morgen nach Hause schicken. Eine davon soll mich von nun an begleiten. Zwar habe ich keine Bohrmaschine bei mir. Aber auch ohne Loch kann man eine Jakobsmuschel am Rucksack befestigen: Mit Leukoplast. Romantisch sieht das natürlich nicht aus. Aber Not macht erfinderisch. Blöder Spruch eigentlich, denn Not habe ich nun wirklich keine. Ab jetzt werden mich viele Pilger auf meine Befestigungsstrategie ansprechen! Das ist es doch wert.

Am Spitz der Bucht soll es laut Reiseführer mit einem Fährboot ein paar Hundert Meter zur gegenüber liegenden Küste gehen. Ich bezweifle, dass ich hier richtig bin. Denn schon wieder bin ich hier ganz allein. Und nichts, aber auch gar nichts deutet hier auf ein Fährboot hin. Hier ist kein Steg, kein Schild, kein Mensch. Nur Strand. Und das, was ich heute Früh von weitem gesehen habe, entpuppt sich nun als weitere ganz schmale Bucht, vielleicht auch eine Flussmündung. Ich weiße es nicht. Ich muss bloß irgendwie hier rüber kommen.

Flirten gehört zum Leben!

Aus dem Nichts heraus kommt eine nette Spanierin aus Laredo zum Strand und stellt sich zu mir dazu. Sie nährt jetzt meine Zuversicht auf eine Überfahrt. Im Reiseführer heißt es recht wage „... sollten sie sich... erkundigen, ob und wann ein Schiff von El Puntal nach Santoña verkehrt..., sonst könnte es passieren, dass sie eine böse Überraschung erleben". [10] Das Schiff kam aber. Zu zweit setzten wir über nach Santoña. Die Spanierin interessiert sich entweder für den Jakobsweg oder für mich. Auf jeden Fall haben wir eine sehr unterhaltsame Viertelstunde an Bord. Und ein wenig Flirten tut einfach gut. Weitere Passagiere? Nein. Wir sind die einzigen.

Trotz Rucksack spiele ich beim Anlanden Kavalier und nehme die Spanierin an die Hand. Sie lächelt mich an und meint dann respektvoll so was wie „Deutsche sind einfach charmant, spanische

Männer machen das nicht". So ein Kompliment tut natürlich gut und ich gehe bestens gelaunt weiter.

Heute scheint die Sonne nicht nur, sie knallt voll herunter. Es ist zudem recht schwül. Der Himmel ist endlich nicht mehr bewölkt, sondern völlig klar und blau. Hier packe ich jetzt meinen Safarihut aus, den mir Conny mitgegeben hat. Ich stelle fest, dass er dummerweise gefüttert ist. Aber ich habe eben auch keinen anderen. Also drauf damit.

Einige Kilometer folge ich nun der unbefahrenen schnurgeraden Landstraße, die sich hier wieder einmal als Jakobsweg ausgibt. Erst später lese ich im Guide, dass es sich hier um einen erheblichen Umweg handelt, den man sich nur zumuten sollte, wenn man die fantastischen Sandstrände von Laredo sehen möchte. Momentan wandere ich auf der Calle General San Jurjo neben den Gefängnismauern von Felipe entlang. Ich mache mir Gedanken über die Freiheit eines Menschen.

Bestimmt habe ich heute schon mehr als vier Liter Wasser getrunken und immer noch plagt mich der Durst. Der Umweg führt mich zur Belohnung bei Berría auf einen der schönsten Naturstrände, die das Baskenland zu bieten hat. Am Strand nutze ich erst einmal eine Fußdusche zum Auftanken meiner Wasservorräte. Und das ist sehr sinnvoll.

Mit genügend Wasser an Bord kann ich mich beruhigt auf die Natur einlassen. Es folgen die schönsten Strände und Klippen, die ich je gesehen habe. Barfuß gehe ich über den feinkörnigen Strand von Berría.

Senkrecht nach oben

Ich nähere mich dem Ende des Standes, der zu einer schroffen Felsklippe führt, die den Weg zu versperren scheint. Ein gelber Pfeil zeigt hier direkt nach oben. Ich ahne, dass mir ein beschwerlicher Abschnitt bevorsteht. Also hinein, in das Robinson-Crusoe-

Abenteuer. Mein Reiseführer meint zu den gelben Pfeilen „folgen sie denen nach 150 m nicht weiter, denn das ist sehr anstrengend...“.

Papperlapapp! Ich will da hinauf. Immer da, wo man nicht hingehen soll, ist es am schönsten. Und es scheint schon von hier unten vielversprechend zu sein. Und tatsächlich entschädigt mich jeder Höhenmeter mit einer noch überragenderen Aussicht. Mehr und mehr wird der zurückliegende Sandstrand von Berría zu einem unglaublichen Postkartenmotiv im Superbreitformat. Bergauf sind meine Sandalen nicht wirklich angemessen. So kommt es, dass mich beim Aufstieg zwei als Bergsteiger hochgerüstete Engländer auf meine Schuhe ansprechen. „Really not possible“, warnen sie mich eindringlich. „Pah“, ich bin in den Bergen groß geworden. Was soll ich mir da von ein paar Insulanern vormachen lassen?

Mein Übermut ist endlich wieder da. Und allen Unkenrufen zum Trotz ist Übermut immer ein guter Begleiter. No Problem, erwidere ich etwas schnaufend. Es ist fast so befreiend, als hätte ich nach Jahrzehnten die Gelegenheit gehabt, einem meiner Lehrer zu sagen: Interessiert mich alles nicht! Bon Camino!

Apropos Selbstbewusstsein. Schon lange hat sich meine „Regenwolke“ nicht mehr zu Wort gemeldet. Und ja, ich bekomme hier so etwas wie ein wenig Selbstbewusstsein. Das jedenfalls scheint mir unablässig zu zeigen, was ohne ständige Selbstzweifel plötzlich möglich ist.

Der Aussichtspunkt, den ich jetzt erreichte, ist schlicht und einfach grandios. In einem Satz schlucke ich fast einen ganzen Liter Chlorwasser hinunter, welches ich aus der Fußdusche abgezapft habe. Meine Kleidung ist durch und durch nassgeschwitzt. Doch mein Körpergefühl ist jetzt einfach großartig.

Ich fühle mich leicht und kräftig. Und ich nehme in der Pause auch meinen Rucksack nicht ab.

Wahnsinn, was ist das für ein Ausblick!

Rechts unter mir liegt die Traumbucht von Berría. Dahinter grüne Klippen und die Unendlichkeit. Zu meiner Linken ist weit unter mir der grenzenlose Sandstrand von Noja. Der Name Noja löst in meinem Gehirn Widersprüche aus. Noja bedeutet auf Italienisch Langeweile. Dass, was unter mir ist, ist aber alles andere als langweilig. Der Strand könnte in der Karibik nicht schöner sein. Ich kenne viele Strände auf Cuba und Jamaika, doch das hier sprengt einfach alles. Hier sind weit und breit keine Hotels, keine Betonklötze und keine Schnellstraßen. Traumhaft!

Hier kann jeder Badegast gleich etliche hundert Meter sein Eigen nennen. Nichts muss man hier reservieren oder teilen.

Nach dem Abstieg in Sandalen laufe ich sofort wieder barfuß weiter. Alle Ängste einer Schnittverletzung pfeife ich in den Wind, denn ich möchte es heute vollkommen haben.

Nur die starke Sonne macht mir ein wenig Sorgen. Denn so etwas wie Sonnencreme habe ich mir als Gepäck erspart.

Also frage ich zwei junge Badegäste aus Madrid um ein wenig Sonnencreme. Die beiden meinen es dabei dermaßen gut mit mir, dass ich nun als weißer Geist weitermarschieren muss. An meiner ohnehin nicht mehr sauberen Kleidung möchte ich das Zuviel an Sonnenschutz aber auch nicht abwischen.

Leider geht es nach insgesamt 15 Kilometer Strandlauf auf härterem Terrain nach Güemes.

Die Strafe für die Sandalen

Viele asphaltierte Kilometer zermürben jetzt meinen Willen, weiter zu gehen. Mein linker Fuß ist angeschwollen. Jeder Meter wird jetzt zur echten Qual. Ich fange an, zu humpeln und ziehe mein linkes Bein nach. Immer noch laufe ich in Sandalen. Jetzt wieder auf erbarmungslos hartem Teer. Das erste Mal auf meiner Reise macht mir das Wandern nun keinen Spaß mehr. Mehr recht als schlecht kämpfe ich mich in das Bergdörfchen Güemes hoch. Klar, ich habe mich auf den letzten Metern wieder einmal zu meinen Ungunsten verlaufen. Den Abzweig zur Herberge habe ich natürlich übersehen.

Der Reiseführer preist Güemes als eine Art Kultherberge an. Ich habe aber keine Lust auf Kult oder sonst was. Nur noch ankommen möchte ich jetzt.

Gottvertrauen ist besser als ein Wettlauf

Kurz vor dem steilen Anstieg zur Albergue del Abuelo Peuto (dem „perfekten Opa"), überholen mich zwei Mercedes Kleinbusse mit einer Jugendgruppe. Mist. Konkurrenz um die Betten ausgerechnet auf den letzten Metern? Wut und Ohnmacht beherrschten mich schlagartig. Wie zu Hause in meiner Arbeit, befinde ich mich nun mitten im Wettkampf. Werden die mir jetzt mein Bett wegnehmen?

Kurz vor meinem Ziel fürchte ich nun erstmals um meinen Schlafplatz. Von weitem sehe ich dann, dass beide Busse sich verfahren. Das freut mich! Sie sind falsch abgebogen und entfernen sich wieder von der Herberge, die schon zum Greifen nahe liegt. Aber eben nur mit dem Auto. Und nun bleiben sie stehen. Ein paar Minuten, die für mich spielen.

Sie drehen um und kommen mir direkt entgegen. Gerade laufe ich über eine Weggabelung. Soll ich absichtlich vortäuschen und falsch abbiegen?

Mir stockt das Blut in den Adern. Nein, ich gehe richtig weiter. Beide Busse ziehen an mir vorbei und die Fahrer suchen meinen Blick. Ich zucke hilflos mit den Achseln, so als hätte ich die Herberge noch nicht gesehen. Sehenden Auges hätte ich sie lieber in die Wüste geschickt, als den richtigen Weg zu weisen.
Als sie weg sind, gebe ich Gas. Nur noch ein paar hundert Meter. Leider steil bergauf. Wie lange werden sie zum Aussteigen benötigen?

Ich denke nur noch an mich selbst. An meinen Schlafplatz.

Einholen geht nun nicht mehr. Und als ich völlig fertig an der Herberge ankomme, stürmen etwa dreißig Jugendliche vor mir in den Empfang.

Nun bemerke ich meinen dicken Fuß wieder und jetzt beginnt er, höllisch weh zu tun. Wie auf Kommando. Wie ein geschundener

Verlierer stehe ich nun hier vor der Herberge, habe starke Schmerzen und stütze meine Hände auf die Knie. Ich bin unfähig, meinen Rucksack abzulegen und einen klaren Gedanken zu schöpfen.

Bestimmt stehe ich schon seit fünf Minuten hier draußen herum mit einer total entgeisterten Miene.

Doch dann passiert etwas Unerwartetes. Während die Jugendgruppe den gesamten Eingangsbereich in Beschlag genommen hat, kommt mir Pater Ernesto entgegen. Er sieht mich und kommt direkt auf mich zu.

Als könnte er meine Gedanken lesen, begleitet er mich mit langsamen Schritten persönlich in ein schönes geräumiges Zimmer mit abenteuerlichen Stockbetten aus Holz.

Die Jugendgruppe sei keine Konkurrenz. Sie übernachte im Zelt. Pater Ernesto findet, es sei toll von mir gewesen, den Jugendlichen den Vortritt zu gewähren. Ich wage nicht zu sagen, dass es anders war und dass ich bis zum letzten Schritt einen rücksichtslosen Kampf geführt habe, den ich verloren glaubte. Vielleicht wusste er genau das. Denn er sah mich ganz intensiv an, legte mir seine Hand auf die Schulter und sagte dann „Gott sieht es, wenn du anderen den Vortritt gewährst".

Gott straft kleine Sünden nicht sofort...

...und auch nicht später. Denn einen nachtragenden Gott kann ich mir nun wirklich nicht vorstellen. Verstanden habe ich trotzdem.

Vor dem gemeinsamen Pilgermenü lädt Pater Ernesto alle Pilger ein zu einem seiner legendären Vorträge. Natürlich im Ambiente seiner urigen und skurrilen Hausbibliothek. Sie ist übervoll mit Landkarten, Büchern und allen erdenkbaren Pilgerutensilien. Pater Ernesto ist selbst Pilger und für sein hohes Alter noch unglaublich fit. Sein Großvater hat die Herberge 1911 hier eingerichtet.

Zusammen mit einer Pilgerin, die spontan als Dolmetscherin eingespannt wird, erzählte Ernesto über die Philosophie des

Pilgerns. Und über Land und Leute, Sitten und Unsitten. Ernesto erregt sich ganz besonders über die weltfremde EU-Politik aus dem fernen Brüssel. Jahrhunderte alte und völlig intakte Mischwälder werden seiner Ansicht nach mit EU-Subventionen abgeholzt. Im Anschluss daran wird schnell wachsender Eukalyptus angepflanzt. Deforestación ist das spanische Wort für die Abholzung. Eukalyptus zehrt schon in den ersten Jahren den Boden vollkommen aus. Seine Blätter verrotten nicht und würgen die übrige Vegetation am Waldboden ab. Zurück bleiben trostlose Monokulturen.

Entbehrungen sind eine Glücksquelle

Wie ein Paukenschlag für die vielen geschundenen und modern ausgerüsteten Pilger sind auch seine spartanischen Ansichten zum Pilgern. Pater Ernesto verdonnert IPhones, Navis, Reservierungen per Handy und das Hotelpilgern mit Kreditkarten in das Reich von lebensunfähigen Industrie-Idioten. Das macht schon nachdenklich.

Wer sich stets nur auf den Luxus allgegenwärtiger Geldquellen verlasse, würde den Geist des Weges niemals erfahren. Seiner Meinung nach besteht eine der wirklich großen Herausforderungen des Pilgerns aus Entbehrungen. Es sei die Kraft, aus den eigenen Ressourcen etwas zu machen. Etwas mit den Habseligkeiten erfinden. Etwas improvisieren.
Das ist meine nächste Lektion.

Schiele nicht auf dass, was du nicht hast. Nutze die Ressourcen, die du bei dir hast. Mache etwas daraus.

Ernesto meint damit, dass man viele Probleme mit ganz einfachen Mitteln lösen kann. Z.B. mit Schnur, Messer und Leukoplast. Er meint, dass man sich mit wenigen Handgriffen vieles herstellen könne, was ein Weitergehen auch ohne Supermarkt ermögliche. Statt sich das Denken von einem Navi abnehmen zu lassen, könne man den Stand der Sonne beobachten. Oder die Richtung des Windes. Und man könne fragen, bitten und beten.

Mit Gott sprechen?

Man könne sogar mit Gott sprechen. Wem das zu religiös sei, der könne in sich selbst hinein hören und das eigene Ich um eine Antwort bitten. Man dürfe Umwege ruhig als gottgegeben sehen. (Dieser Satz ist wohl speziell für mich gedacht.) Und man soll Hilfe dankbar annehmen. Wenn man Hilfe annehme, dann tue man auch dem, der hilft, einen Gefallen.

Im Anschluss an diese leidenschaftliche Predigt, finden wir uns in dem kultigen Essensraum ein. Er erinnert mich ein wenig an das Flair einer kitschigen Berghütte. Hier in Güemes sind viele Pilger neu gestartet. Ich schätze sie auf gute 50 Gleichgesinnte und hoffe natürlich, dass sich die in den nächsten Tagen alle wieder verteilen. In Anbetracht meiner Fußschmerzen kann ich denen aber wohl morgen kaum davon laufen.

So richtig anfreunden kann ich mich mit der großen Menschenmenge nicht. Aber ich genieße es, an unserem Tisch in allen Sprachen hin- und her zu Switchen. Jean-Louis ist an diesem Abend ein wenig deprimiert, weil er der einzige Franzose ist und seine Verständigung an der Sprache scheitert.

Er beneidet all die anderen, von denen jeder mindestens eine weitere Sprache beherrscht. Und seien es nur ein paar Wörter. Jean-Louis meint, er hätte seiner Zeit in Frankreich nicht die Chance für eine Fremdsprache erkannt. La Grande Nation spricht französisch. Das musste reichen.

Jean-Louis beneidet die junge Generation, die nun sicher englisch, oft sogar deutsch und spanisch lernt. Er beneidet uns alle so sehr, dass er mitten in seinen Ausführungen feuchte Augen bekommt, aufsteht und in seine Unterkunft verschwindet. Dort finde ich ihn später mit kleinen Kopfhörern im Ohr. Er lernt spanisch! Leise murmelte er das nach, was ihm sein IPhone vorspielt.

Güemes - Santander

Tag 10: Mit Umwegen etwa 17 km, kaum Höhenmeter (300 hm), direkt an der Küste entlang.

Eine sehr kurze Strecke mit nur 17 Kilometern lag liegt heute vor mir. Und das, obwohl ich hier schon den von Pater Ernesto empfohlenen Umweg direkt an den Klippen der Steilküste eingeplant hatte. So gesehen also ein Katzensprung. Ein bequemer Spaziergang zum Erholen.

Wäre da nicht mein linker Fuß

Der ist über Nacht nicht besser geworden, sondern ziemlich dick angeschwollen. Die ganze Ferse an der Achillessehne ist entzündet. Alles um den Knöchel herum ist wie ein Klumpen angeschwollen. Na wird schon gehen.

Endlich wieder schönes Wetter. Und eine spektakuläre Küstenlandschaft. Der kleine Trampelpfad nahe dem Abgrund ist atemberaubend schön. Keine einzige Absperrung belehrt mich, wie in Deutschland üblich, wo ich gehen muss. Und so sehe ich stets zwei oder drei Trittspuren, zwischen denen ich wählen kann. Je nach Mutigkeitsgrad drei, zwei oder einen Meter am Abgrund.

Der Bußgang beginnt

Obwohl heute eine leichte Etappe ist, beginnt so etwas wie die große Prüfung. Wie viel Schmerz kann ich ertragen? Wird es wieder weg gehen? Muss ich ein paar Tage pausieren, oder wird's noch schlimmer?

Mit diesen Gedanken ist der Weg ein echter Bußgang. Mein Klettriemen der linken Sandale geht nun nicht mehr zu. Ich habe ihn während meiner Pause aufgemacht und jetzt reicht er nicht mehr.

Viel zu dick angeschwollen ist der Fuß. Und das Zukleben mit Leukoplast funktionierte ebenfalls nicht wirklich.

So sind die nächsten zehn Kilometer schlagartig unvorstellbar weit weg für mich. Es wäre doch alles so perfekt. Schon wieder eine Kulisse wie in Cornwall. Ein weicher Trampelpfad über die Wiese. Stauden, die zwischen Himmel und Erde, direkt an der Abrisskante der Schwerkraft trotzten. Alles steht in voller Blüte. Gerade überholen mich ein paar Neuankömmlinge mit schnellen und unbeschwerten Schritten. Und ich krieche im Schneckengang vor mich hin. Schmerzverzerrt.

Nichts hilft!

Die Salbe, die schon gestern in meinen Fuß einmassiert habe, hilft überhaupt nicht. Sie scheint das Anschwellen sogar noch zu beschleunigen. Meine Schuhe im Trekking-Look sind auch keine Alternative. Sie passen mir nicht mehr. Meine Füße haben sich durch die Beanspruchung um eine ganze Nummer vergrößert. Auch der andere. Ein interessanter Aspekt, der auch im Reiseführer beschrieben wird. Also lieber zu große Schuhe nehmen!

Der Pfad auf den Steilklippen mündet jetzt bei einem roten Sendemast in eine Asphaltstraße. Auf der anderen Seite der vor mir liegenden Bucht ist schon gut Santander zu sehen. Das ist ja zu greifen nahe. Ein Stück lang nehme ich den längeren Weg über den Strand und versuche es barfuß. Aber das bringt auch nichts, es wird nur schlimmer. Keine wirklich guten Aussichten. Am hintersten Ende der Bucht komme ich dann allein an der Anlegestelle an, an der ein Schiff die Pilger ans andere Ufer nach Santander bringt. Ein angenehmer Gedanke!
In einer kleinen Bar, die völlig menschenleer ist, hole ich mir ein kleines Bier. Das allerdings steigt mir sofort in den Kopf. Es hätte doch auch schmerzlindernd in meinen Fuß „steigen“ können! Beim Dahinwarten kommt schließlich Jean-Louis an. Er entdeckt mich sofort und gönnt sich nun auch ein kühles Bier. „Seulement une exception“, also nur eine Ausnahme. Diesen Spruch kenne ich ja schon von ihm.

Bereits gegen Mittag erreichen wir nach einer erfrischenden Überfahrt Santander. Es ist die Hauptstadt der Provinz Kantabrien und hat knapp 180.000 Einwohner [11].

Die Herberge hat um diese Uhrzeit noch nicht offen. So nutze ich die Gelegenheit, um an der Hafenmole Postkarten für meine Kinder zu schreiben. Gekauft habe ich sie ja bereits in Bilbao. Im Hauptpostamt gebe ich dann auch gleich meine überflüssigen Schuhe zum Heimtransport ab. Ebenso gut hätte ich sie auf Grund des hohen Portos auch wegwerfen können. Nun sind es nur noch die Sandalen, die mir bleiben.

Ich brauche dringend Schuhe!

Da gibt es nur ein einziges, winzig kleines Problem. Meine Schuhgröße ist 47, jetzt wohl 47 ½. Ich habe viel Zeit, doch egal in welchem Schuhladen ich auch vorstellig werde, 47 ½ gibt es nirgendwo.

Nach dem sechsten oder siebten Schuhgeschäft, darunter auch ziemlich große Läden wird mir allmählich meine Situation bewusst. Und sie ist deprimierend. Ich bin also jetzt am Jakobsweg mit massiven Fußproblemen und habe keine richtigen Schuhe. Was tue ich hier eigentlich? Bisher habe ich jegliche Art von Sorgen einfach ausgeblendet. Ja, sie waren nicht einmal da. Und jetzt das. So naiv kann man doch gar nicht am Jakobsweg sein wie ich.

Ich bin einfach losgereist, ohne Schlafsack, ohne Stöcke, ohne passendes Schuhwerk, ohne richtige Outdoorkleidung, ohne einen vernünftigen Rucksack. Das kann doch gar nicht gut gehen! Klar, Pater Ernesto redet sich leicht. Improvisieren, durchschlagen usw. Was soll ich davon heute nur halten?

Andererseits bin ich doch schon über 300 Kilometer unterwegs und dass trotz widriger Wetterverhältnissen. Mal sehen, was kommt.

Allein schon der Name der Herberge beschreibt mein Fußleiden optimal: „Santos Mártires“.

Die Herberge der Heiligen Märtyrer

Sie ist privat geführt und liegt in alten Stadtteil Ruamayor.

Der Herbergsvater ist ein kräftiges Urtier mit Himalaya-T-Shirt. Man würde ihm jede Expedition sofort abnehmen. Trotzdem fühle ich mich in der Herberge überhaupt nicht wohl. Der Schlafsaal ist ein riesengroßes, stickiges Bettenlager. Kaum ein Lichtstrahl dringt bis zu meinem elenden Stockbett. Keine frische Luft. Es stinkt erbärmlich nach Schweiß und ungewaschenen Pilgern. Der Tourenguide spricht von zwanzig Betten. Ich würde sie locker auf das Doppelte geschätzt. Voll gepfercht bis zum letzten Winkel. Und ausgestattet mit nur zwei Toiletten. Davon eine defekt. Das bedeutet schon am frühen Nachmittag Notdurft in der Schicht.

Der Herbergsvater sieht meinen Fuß und beschwört mich wie ein böser Geist, dass meine Reise hier zu Ende ist. Ich solle zum Baden gehen, Santander genießen. Aber definitiv ist hier Schluss. Er habe schon so viele Füße gesehen. Und bei mir sei der Fall klar. Völlig klar. Da ginge nichts mehr. Ich müsse das einfach akzeptieren. Wie ein Expeditionsleiter, der einen Bergsteiger vom Gipfel zurückhalten will, hämmert er auf mich ein. Als wenn ich ihn nicht verstehen würde, fängt er jetzt auch noch auf Englisch an „believe me, it's over now."

Ich solle seiner Erfahrung glauben. Dass hier sei weder mit starken Schmerzmitteln zu meistern, noch würden mir jetzt noch Schuhe helfen. Immer wieder spricht er konsequent vom Flughafen und der Heimreise. Im Herbergsbuch könne ich noch Abschiedszeilen hinterlassen, wenn ich wolle. Obwohl er sicherlich nett ist, fange ich an, ihn wirklich zu hassen.

Völlig entmutigt, lasse ich mein Gepäck zurück und werfe mich dann das erste Mal auf diesem Weg in die kalten Fluten des Meeres.

Lange Zeit halte ich meinen linken Fuß in das kalte Wasser, während um mich herum fröhlich Kinder herumlaufen und sich wohl denken, warum ich mich weder rein noch raus traue.

Also nehme ich humpelnd ein wenig Anlauf und stürze mich ins Wasser. Brrr, saukalt – aber trotzdem gut!

Etwas zurückgeben vom Jakobsweg

Als sich die Sonne neigt, folge ich der Empfehlung des Herbergsvaters, ein bestimmtes Speiselokal aufzusuchen. Mit dabei sind Jean-Louis und drei weitere hungrige Pilger. Nicht wir öffneten die Türe, sondern der Kellner tut das. Er empfängt uns wie die Creme della Creme. Es sieht teuer aus, da drin. Da passt keiner von uns hinein. Ich erst recht nicht. Schließlich bin ich jetzt auch noch total voll Sand.

Die Gäste mustern uns. Allesamt gehören sie augenscheinlich zur betuchten Haute Volaute von Santander. Nie im Leben würde ich so wie ich jetzt bekleidet bin, in ein solches Restaurant gehen. Vermutlich würde ich überhaupt nicht in ein solches Restaurant gehen. Doch den Anblick von Pilgern ist man hier anscheinend gewöhnt. Der Kellner weist uns mitten unter den Edelgästen einen Tisch zu. Dann kommt der Besitzer des Lokals höchstpersönlich. Jeder von uns wird einzeln mit Handschlag begrüßt. Er fragt jeden, woher er käme. Ob er Hunger habe. Und was seine Erfahrungen bisher gewesen seien. Auch er selbst sei schon gepilgert. Und er freue sich über jeden Tag, an dem er ein wenig zurückgeben könne, von dem, was ihm einst der Weg selbst gegeben habe. Das ist gerade eine Ansprache, die mir nahe geht. Was gibt mir der Weg im Augenblick? Er hat mir alles abverlangt. Und nun scheint es zu Ende zu sein.

Auch mich fragt er natürlich und München kennt er von Bayern München. Jean-Louis funkt dazwischen und sagt ihm, dass heute mein letzter Tag ist. Spinnt der jetzt? Ich muss ihm nun meine Ferse zeigen und er nickt respektvoll.

Der Chef lädt uns ein zu einem Spezialitätenteller. Als Normalbürger unbezahlbar. Hausgemachtes Brot, verschiedene Käsesorten, Serranoschinken und Rotwein. Alles aufs Haus. Pilger seien bei ihm zu jeder Tages und Nachtzeit willkommen. Und jeder Pilger solle morgen gestärkt weiter gehen können. Ausgerechnet mich sieht er dabei jetzt an. Er weiß doch, dass ich morgen wahrscheinlich nicht mehr weiter gehen kann. (Habe ich da gerade „wahrscheinlich“

gedacht? – Ist da in meinem Gehirn doch noch ein Funken Hoffnung?). Aber jetzt werde ich erst mal essen.
So wie Pater Ernesto es gesagt hat, nehmen wir seine Hilfe an, wenngleich auch hier bei dem ein oder anderen vor Demut die Tränen fließen. Sollte dies schon mein letztes Essen am Jakobsweg gewesen sein?

Angst vor dem Ende

Ich mache noch einen kleinen Umweg zu einer Apotheke. Eine Ärztin verabreichte mir eine stark medizinisch riechende Salbe. So eine Mischung aus Kampfer, Meerrettich und allem, was stinkt. Die Ärztin meint, deutsche Salben kämen da nicht heran. Sie seien quasi wirkungslos. Auch der Herbergsvater meint es dann noch gut mit mir.

Er kramt aus einer überfüllten Schublade sein persönliches Zauberelixir aus dem Himalaya heraus. Er betont aber noch einmal, dass es hier mit Hundertprozentiger Sicherheit aus und vorbei sei. Trotzdem massiert er mir seinen Zauberbalsam ein.

Eine tolle Situation zum Einzuschlafen ist das. An Schlaf ist in dieser grässlichen Nacht ohnehin nicht zu denken. Es stink nach Schweiß, alten Socken und erbärmlich nach verrichteter Notdurft. Jetzt stinkt es auch noch nach meinen beiden Salben. Muffig, stickig und alles so eng, dass ich mit meiner Platzangst ringen musste.

Ich versuche, an etwas Angenehmes zu denken und meine Gedanken ein wenig zu zerstreuen. Aber das unsägliche Schnarchkonzert macht auch akustisch mein Bett am Rande der Toilette zu einem Alptraum.

Santander – Polanco

Tag 11: 30 km, flach (300 Höhenmeter), über Penacastillo, Mompía, Boo de Piélageos, Mogro.

Der heranbrechende Morgen ist keine Erlösung. Ich bin einer der ersten. Der Schmerz hat mich geweckt. Mein Fuß pocht mit jedem Pulsschlag kräftig mit.

Als mich der Herbergsvater ganz leise mit dem Ende meiner Reise konfrontiert, werde ich wütend. Richtig wütend. Nein, es geht weiter. „Niemals, es wird nur noch schlimmer werden", erwidert er. Nein und noch einmal nein, ich werde hier weitermachen! Ich bin gerade so laut, dass nun sicher alle aufgewacht sind.

Und in dieser Wut breche ich augenblicklich auf. Ohne Frühstück und ohne Toilette. Wie schön ist es da, die Notdurft nun im Freien verrichten zu dürfen, auch wenn mich ein spanischer Autofahrer anhupt (hätte ich auch getan).

Ausgerechnet heute sind es nach Santillana del Mar über 47 Kilometer. Von einem Ort namens Polanco weiß ich noch nichts. Eine völlig utopische Etappe also. Der Herbergsvater hat uns gestern auf Google Earth die Lage gezeigt. Luftlinie wäre es kürzer. Der direkte Weg ist aber des Öfteren versperrt, zum Beispiel durch den Rio Saya und eine große Chemieanlage in Requejada. Das raubt mir psychisch jeden Auftrieb. Ausgerechnet heute die längste Etappe. Wie soll das gehen?

Stöcke, an denen ich mich festklammern kann, wären jetzt gut.

Nach quälend langen 13 Kilometern ist meine „Regenwolke" auf Hochtouren. Sie hat also noch nicht aufgegeben. Die Nervenverbindungen für Pessimismus und Depression gibt es ja noch. Und sie arbeiten gerade gegen mich.

Das war's dann von meiner Seite!

Meine „Regenwolke" fasst einen unbarmherzig harten Entschluss: Hier ist es vorbei. Mit voller Brutalität verdeutlicht sie mir das jähe und abrupte Ende. Sie hat sich sogar schon detailliert auf die Überbringung der schlechten Nachricht vorbereitet. Hier in Mompía soll ich in die Eisenbahn einsteigen, an deren Trasse ich gerade entlang humple. Und ich soll dann von Santander aus gefälligst heimfliegen. Die Sonne knallt mir in mein Gesicht und treibt mir die letzte Willenskraft aus meinem Körper. Ja, das war es dann von meiner Seite.

Gedemütigt, aber irgendwie auch erleichtert darüber, dass die Schmerzen nun endlich ein Ende haben, hole ich mein Notfallhandy heraus. Schwermütig wähle ich die Nummer meiner Frau. Ich habe mich gerade auf eine Leitplanke gesetzt. Freizeichen, es piept fünfmal. Dann hebt sie ab.

Angstvoll erzähle ich ihr, dass ich heute heimreisen würde. Gleichzeitig hoffe ich wie ein Sünder um Verständnis und Absolution. Nur Conny hätte mir diese zentnerschwere Last abnehmen können. Doch sie unterbricht mich barsch: „Stopp - Das ist allein Dein Problem!". Sie könne und vor allem wolle jetzt mit mir nicht sprechen. Sie sei gerade mitten in einem Meeting. Und dann legt sie auf. Ja, sie legt tatsächlich einfach auf. Das tat sie noch nie zuvor.

Wie in einem schlechten Film wiederholen sich nun diverse Szenen in meinem Kopf. Der Herbergsvater erscheint mit seinem Text „aus, vorbei, finiiiito!". Und es hämmert „mach doch, flieg doch heim, ja lauf' davon. So wie immer". Dann höre ich wieder „Dein Problem" und den anschließenden Piepton des beendeten Telefonats. Immer und immer wieder. Meine Hormone rauben mir gerade meine Sinne.

Es ist eine unglaubliche Wut, die gerade in diesem Moment in mir emporsteigt.

Mein Urprogramm beherrscht mich und es treibt mich hoch von der Leitplanke. Ein paar Meter vorwärts, dann wieder rückwärts. Dann haue ich im Zorn mit voller Wut mit meiner Hand auf die Leitplanke.

Ich krümme mich vor Schmerzen. Natürlich ist Stahl viel härter, als meine Hand.
Es musste so sein, dass ausgerechnet in diesem Moment Jean-Louis zusammen mit einem anderen Pilger fröhlich daher kommt. Er hat einen französischen Wandergefährten gefunden.

Ich sage zu ihm mit Schmerz verzerrtem Gesicht „ c'est fini" – es ist aus. Er umarmt mich nur ganz kurz. Ohne eine weitere Regung zu zeigen, verabschiedet sich Jean-Louis mit einem äußerst knappen „aurevoir mon ami". Jetzt verstehe ich gar nichts mehr. Hat er sich telepathisch mit meiner Frau verbündet?

Schon ist er wieder weg und ich verfalle in einen regungslosen Zustand der Depression. Alles ist plötzlich unfair, ungerecht und abweisend.

Ich humpele erst einmal weg von der Eisenbahn. Ich flüchte. Flucht heißt, weg vom Ort des Geschehens, Ruhe suchen und Wunden lecken.

Ich verschanze mich

Dann verschanze ich mich in die Räumlichkeiten einer grässlich verwahrlosten Bar. Hier beginnt wohl das Steinzeitprogramm „totstellen".

Wenn ich mich jetzt so von oben betrachten könnte, würde ich sagen „der Typ ist erledigt". Zusammengekauert, den gesenkten Kopf in den Händen sehe ich aber nicht wesentlich anders aus, als die anderen Gäste.

Die hängen hier schon am Vormittag völlig besoffen herum. Einer provoziert mich laut mit: „Hey Peregrino". Da ich mich aber gerade im Modus „Todstellen" befinde, funktioniert das Programm zum Angriff (Gott sei Dank) nicht.

Ich spiele auf meinem Handy herum und fasse einen weiteren Entschluss. Ich rufe jetzt meinen Schwiegervater an, um dem wenigstens Verständnis für den Abbruch meiner Reise abzuringen. Das wird bestimmt klappen. Er ist immer verständnisvoll.

Als wenn sich alle gegen mich verschworen hätten, redet er mich völlig unerwartet extrem blöd an, als er von meiner geplanten Heimkehr hört. „Das kannst du jetzt den Kindern und Conny aber nicht antun. Die haben so fest an dich geglaubt." Piep. Aufgelegt. Ich fasse es nicht. Das war ein Volltreffer gegen die Amygdala, meinem Steinzeit-Mandelkern im Gehirn.

Der Fluchtweg nach Hause ist versperrt

Es bleibt einzig und allein die Richtung nach vorne. Gesteuert vom Autopiloten. Überflutet von Adrenalin, Noradrenalin, Dopamin und was weiß ich von welchen Botenstoffen sonst noch. Schritt für Schritt. Meter für Meter. Nun bin ich wieder bei der Leitplanke. Verachtungsvoll spucke ich sie an und dann gehe ich weiter. Nach zwei Kilometern drehe ich wieder um. Nun hat meine „Regenwolke" wieder die Kontrolle an sich gerissen. Ich humple noch einmal eine Dreiviertelstunde zurück zu der hässlichen Bar. Hier stehe ich nun vor dem Eingang. Reingehen will ich aber auch nicht.

Noch einmal rufe ich Conny an, denn es geht einfach nicht mehr. Und noch einmal tut meine Frau genau das Richtige, sie gießt weiteres Öl ins Feuer.

Ich hätte nie gedacht, dass Wut ein so starker Antrieb sein kann und in dieser Stärke sogar meine Schmerzen zu übertönen scheint.

„Gott liebt dich" - Bild

Mit geballten Fäusten laufe ich nun wieder los, nach vorne. Die Strecke kenne ich ja schon.

Links, rechts, links – Kompanie. Die Augen geradeaus! In meinem Gehirn dröhnt jetzt sogar ein altes Bundeswehrlied. Das mussten wir auf unseren Bergtouren immer dann singen, wenn wir der Erschöpfung nahe waren. „Wenn der Gei-gel-stein, rot er-glüht. Und in der Mor-gen-sonne strahlt, tra la la". Ich hasse dieses Lied noch heute zutiefst. Es ist damals ein Synonym geworden für totale Verausgabung, Schmerzen und Ohnmacht. Hätte ich jetzt nicht gewusst, dass ich ja gar kein Gewehr auf meiner Schulter

herumschleppe, so hätte ich bei jedem Schritt tatsächlich den Schlag Metall gegen Knochen gespürt.
Obwohl ich dieses verdammte Lied hasse, singe ich es leise vor mich hin und bewege meine Füße. Ich bekomme nichts mehr mit von meiner Umgebung, sondern bin in Gedanken bei der Geigelstein-Überschreitung. Vor mir ein erschöpft keuchender Gefreiter, hinter mir ein Gefreiter, der gerade wieder einmal hingefallen ist. Als wäre es gestern gewesen, kann ich mich an jede Kurve, an jede Steigung und an jede Passage erinnern. Auch wenn mir meine Erinnerung dabei vielleicht einen Streich spielt. Ich weiß, dass ich jetzt durchhalten muss. Geistig abwesend gehe ich einfach, so gut es geht.

Eine spanische Frau um die Vierzig ruft mir von weitem zu „Nein, du bist falsch hier". Sie winkt mit beiden Armen und zeigt auf einen Feldweg, der 500 Meter von mir entfernt richtig einmündet. Anstatt zurück zu laufen, nehme ich den direkten Weg durch hüfthohes Gestrüpp. Immer wieder ruft sie mir auf die weite zu und winkt. Sie versteht sicher nicht, warum ich mir das gerade antue und nicht einfach schnell außen herum marschieren möchte.

Ja, Pater Ernesto: Ich habe Hilfe angenommen. Und ja, ich bin stur. I'll do it my way!

Mein Handy ist aus. Ich will so schnell mit keinem mehr sprechen.

Die verbotene Brücke

Völlig abwesend nähere ich mich der „verbotenen Brücke". So nennen sie die schmale Eisenbahnbrücke hier, die die einzig sinnvolle Verbindung zum anderen Ufer des Flusses Pas weit und breit ist. Verboten, aber dennoch im Reiseführer – unter Ausschluss jeder Haftung - beschrieben.

Ja, etwas Verbotenes tun. Ok. Aber mein Hormonspiegel ist heute auch so schon hoch genug, dass ich diese verbotene Brücke eigentlich nicht brauche. Ich nehme sie trotzdem.

Ich lege also meine Ohren auf die Schienen, ganz so wie in einem Westernstreifen. Keine Angst, ich will mich ganz sicher nicht umbringen und ich habe auch vorher geschaut! Ich möchte aber lauschen, ob sich ein Zug nähert. Dabei verbrenne ich mir mein linkes Ohr auf den heißen Schienen. Das passt zum heutigen Tag.

Dann riskierte ich es. In der Gruppendynamik zusammen mit anderen Pilgern wäre mir jetzt wohler gewesen. Doch da ist niemand. Wirklich niemand.

Die Überquerung der Brücke ist schon ein wenig beunruhigend. Ich stelle mir einen ICE vor, der hier im Mini-Abstand an mir vorbeisausen könnte. Kaum Distanz zu den Gleisen, grober Bahnschotter und schlechter Halt. Und der Zug kommt dann tatsächlich. Gott sei Dank aber erst, als ich bereits das Viadukt passiert habe. Es ist auch kein ICE, sondern ein gemütlich langsamer Regionalzug. Der Lokführer sieht mir in die Augen. Er hätte mich sicher am liebsten verprügeln wollen. Bestimmt wird er sich „freuen", wenn er jemals einen dieser verrückten Pilger in die Hände bekommt!

Als der Schotterweg an den von der Sonne stark aufgeheizten Pipelines von Solvay entlangführt, spüre ich die Strahlungshitze der Rohre. Mein Bundeswehrlied prügelt mich weiter vorwärts. Nicht zurück sehen. Weiter laufen. Nicht hinsetzen. Weiter, weiter. Die Strecke verläuft nun fast schnurgerade und fällt leicht ab. Der Himmel ist vollkommen wolkenfrei, leicht dunstig und hellblau. Es ist absolut windstill und heiß. Bestimmt habe ich heute viel zu wenig getrunken.

Der Deal mit mir selbst

Im Tourenplaner ist von einer kleinen Pilgerherberge in Polanco die Rede. Bis dahin sind es von hier aus vielleicht noch acht Kilometer. Bei meinem Humpelschritt derzeit drei bis vier Stunden. Die Herberge hat jedoch nur „maximal" sechs Betten. Eine Aussicht auf eine dortige Unterkunft ist also äußerst gering. Trotzdem wird Polanco zu einem realen Ziel. Diesen Ort will ich unbedingt erreichen.

Und ich treffe mit mir selbst eine Vereinbarung: Würde ich es tatsächlich bis Polanco noch schaffen und dort ehrlich noch einen Übernachtungsplatz bekommen, dann, aber wirklich nur dann würde ich noch eine Nacht abwarten! In allen anderen Fällen würde ich mich via Taxi zum Flughafen bringen lassen.

Immerhin, ein guter Deal zwischen den beiden Gegenspielern in meinem Gehirn.

Mit durch und durch pessimistischer Grundeinstellung betrete ich die Bar Quin. Hier gibt es eine nette alte Dame: Ascension. Bei ihr würde man den Schlüssel für die Herberge bekommen, so steht es im Pilgerführer.

Ein Gesicht mit vielen sympathischen Lachfalten strahlt mich an. Das also ist Ascension. Sofort hat Ascension meinen Stoppschalter für mein Grübeln gefunden. Meine Frage, „ob eventuell..." erübrigt sich. Ascension nimmt einfach den Schlüssel mit gelbem Plastikanhänger vom Tresen und meint „venga venga!"

Meine eigene Herberge

Venga, venga – was für ein Wohlklang in meinen Ohren!

Trotz ihres hohen Alters muss sie auf mich warten. So schnell geht es bei mir heute nicht. Einem kleinen Busshäuschen gleich, liegt die Herberge schräg gegenüber zwischen Autobahn, Autobahnauffahrt und Schnellstraße. Allerdings ist dieses kleine Bermudadreieck ein kleiner Himmel, welchem sogar eine eigene Quelle entspringt. Weder auf der Schnellstraße war etwas los, noch auf der Autobahn, die man von hier unten auch gar nicht einsehen kann.

So unglaublich es klingt, die Herberge liegt mitten im Grünen und völlig im Ruhigen. Wahnsinn.

Ascension öffnet mir mit strahlenden Augen die Türe. Ich bin heute der einzige Gast. Mit ungläubigen Augen stehe ich im urgemütlichen Vorraum und versteh mein Glück noch gar nicht.

Ascension gibt mir erst einmal frische und duftende Handtücher, dann zeigt sie mir die Betten. Ich habe freie Wahl. Hier kann ich es mir gutgehen lassen!

Nach ein paar kurzen Einweisungen zum Bad zeigt sie mir noch schnell den hübschen Vorgarten im Schatten riesiger Bäume. Das ist jetzt mein eigenes Zuhause! Bevor sie geht, lädt sie mich ein zu ihr nach Hause zum Abendessen. Soll ich das annehmen? Ja, natürlich.

Nach einer ausgiebigen warmen Dusche fühle ich mich endlich ein wenig frischer. So mache ich mich auf, um hinter dem kleinen Holzbrückchen meinen linken Fuß in das frische Quellwasser zu tauchen. Und das tut richtig gut. Ich spüre meinen kühlen Fuß und schlafe eine Zeitlang ein.

Dann gehe ich zurück in „meine“ Herberge.

Warum Menschen pilgern

Im Aufenthaltsraum blättere ich dann völlig entspannt und in aller Ruhe ein wenig in den Pilgerbüchern herum. Hier habe ich mich bisher zurück gehalten. Bis hierher habe ich keine Spuren in Pilgerbüchern hinterlassen und auch nichts darin gelesen.

Nun habe ich sehr viel Zeit und kann mal lesen, was Pilger da so alles hineinschreiben. Vieles davon ist schon sehr persönlich. Mir wird bewusst, dass viele meiner Weggefährten nicht einfach so zum Jakobsweg aufgebrochen sind.

Das stehen nun in mehreren dicken Jahresbüchern die Motive, die einen Menschen bis hierher gebracht haben.

BURNOUT: Viele waren völlig ausgebrannt

Viel ist zu lesen von Problemen und von der Suche nach Gott oder sich selbst. Und sehr viele beschreiben hier Symptome, die zielgenau zu einer Depression passen. Für wieder andere ist es der letzte Weg. Die letzten Tage, die ihnen nach einer schrecklichen Diagnose noch bleiben. Doch sie haben sich gegen eine Chemo entschieden und möchten ein letztes Mal in ihrem Leben frei sein.

Burnout, Midlifecrisis, Scheidungen und zahlreiche andere Motive haben einen Wendepunkt im Leben dieser vielen Pilger markiert, der ihnen allen noch einmal Hoffnung gibt. Oder er gibt ihnen etwas mit auf den Weg. Er ändert die Richtung. Er verschafft eine Pause oder Erlösung. Viele erkennen hier, was sie falsch gemacht haben oder wohin sie nicht mehr zurückkehren möchten.

Den Sinneswandel erleben

Wildfremde Menschen auf der „Durchreise" schreiben hier etwas von einem Sinneswandel, den sie erfahren haben, oder den sie gerade erfahren. Und sie schreiben noch mehr. Sie schreiben sogar, den Sinn des Lebens gefunden zu haben. Oder Ruhe und Gelassenheit gefunden zu haben.

Überhaupt habe ich das Gefühl, das die Zeilen alle ihren tieferen Sinn haben und sehr einfühlsam geschrieben sind. Nichts ist hier so, wie man es von einem oberflächlichen Geschäftsbrief her kennt. In der Arbeit schreiben mir Vorstände von Gesellschaften mitunter auch Weihnachtsbriefe in schwarzweiß aus dem Laserdrucker. Farbe wäre zu aufwendig. Und selbst die Unterschrift ist eingescannt. Kann es das sein? Dann in Zukunft bitte lieber erst gar keinen Weihnachtsbrief mehr, als die Zurschaustellung schriftlicher Missachtung oder wenigstens vollkommener Achtlosigkeit.

Pilgerbücher erzählen vom Leben

Hier hingegen ist jede Zeile, ja sogar jedes Wort tiefgründig. Natürlich gibt es auch einfach fröhliche Kundgebungen wie „ich hab's geschafft". Aber auch das ist doch eine sehr wertvolle persönliche Erkenntnis. Sollten Lehrer doch unsere Kinder mal zur Abwechslung 20-mal schreiben lassen „ich bin saugut!"

Der Sinn des Lebens offenbart sich also in einem Pilgerbuch? Stimmt so nicht ganz, denn jedes eigene Leben hat seinen eigenen Sinn. Und der Sinn (oder Unsinn) eines anderen hilft da kaum weiter.

Trotzdem bewegt es mich gerade sehr, was in den Büchern geschrieben steht. Und es gibt mir Kraft. Da ist auch was von

Menschen mit Behinderungen zu lesen und da sind Schicksale umrissen, die weiß Gott viel schlimmer sind, als mein linker Fuß.

Es geht keinem darum, Aufzugeben. Es geht darum, den eigenen Weg zu finden. Dann, wenn es beginnt schwer zu werden, erst recht! Vielen ist hier klar geworden, was sie wollen, wo es hin gehen soll. Der Weg hat ihnen neuen Mut und neue Kraft gegeben.

Verbindungen über Zeit und Raum

Ich bin wie gefesselt von den Einträgen der Pilger, die irgendwann genau wie ich heute schon einmal hier an genau dieser Stelle waren.

Und dann entdeckte ich einen jahrealten Eintrag von einer gewissen Ingrid. Ich bin wie elektrisiert. War das meine Ingrid? Ich weiß, dass sie den Weg schon einmal gemacht hat. Aber gibt es so einen Zufall? Konnte das sein? Es musste einfach so sein!

Ich muss plötzlich an den merkwürdigen Satz denken, den Ingrid mir am Weg gesagt hat: „Wenn wir in Santiago de Compostela angekommen sind, dann kann uns hier nichts passiert sein!". Wie eine Zeitreisende hat sie sich mal schnell in die Zukunft gebeamt, um von der Warte der Zukunft aus mal eben in die Vergangenheit zu sehen, um mir in meiner Gegenwart zu berichten „das alles gut gegangen ist!"

Und jetzt war sie plötzlich damals schon hier in der Vergangenheit und hat einen Satz wie extra für mich geschrieben! Falls ich hier mal in der Zukunft vorbeikomme. Da friert's mich schon ein wenig!

Wird Ingrid jetzt an mich denken, wenn ich selbst so intensiv an sie denke? Habe ich sie verloren, weil ich weiter gegangen bin? Oder war es Gottes Wille, dass ich sie da getroffen habe, wo ich sie gebraucht habe, um meinem Leben eine neue Wendung zu geben.

Ich bin fest davon überzeugt, dass ich hier gerade „meine" Ingrid gefunden habe. Und das, was da steht, ist dermaßen tiefgreifend und passend für mich, dass mir ganz komisch wird.

Als wenn sie gewusst hätte, dass sie mir noch eine Lektion mit auf den Weg geben kann, wenn sie es noch vor meiner Zeit macht. Schon irre!

Und nun schreibe auch ich das erste Mal in ein Pilgerbuch. Nicht in das aus 2010, sondern in das alte Pilgerbuch. Nur für den Fall, dass sie es tatsächlich war. Und nur für den Fall, dass sie wieder hierher kommen würde und nach ihrem eigenen Eintrag suchen würde.

Nach einem fantastischen Abendessen zu Hause bei Ascension falle ich dann in einen tiefen Schlaf. Es ist „wie im Himmel so auf Erden".

Das Wunder von Santillana

Tag 12: 36 km, 550 Höhenmeter, von Polanco über Requejada, Camplengo, Santillana del Mar; Cóbreces nach Comillas.

Von Polanco über Requejada, Santillana, Camplengo, Cobreces nach Comillas. Ca. 36 km, flach.

Bereits um fünf Uhr morgens wache ich auf. Weil es so still ist, hätte man glauben können, dass die anderen Pilger schon weg sind. Es ist ein komisches Gefühl. Keine allgemeine Aufbruchsstimmung. Nur ich allein muss das mit mir nun ausmachen. Und das tue ich. Ich werde weitergehen.

Es dauert nicht lange, bis ich fertig bin. Draußen ist es noch dunkel. Nur im Osten schimmert der Himmel schon ein wenig orange.

Langsam verlasse ich die Herberge. Habe ich auch nichts vergessen? Wenn ich die Türe erst einmal hinter mir zuziehe, dann war's das. Gesagt, getan. Und zugesperrt.

Den Schlüssel bringe ich wie gestern verabredet hinüber zu Ascension und werfe ihn bedächtig in den Briefkasten. Dann humple ich los Richtung Requejada.

Ich fange an zu beten

Wie in einem endlosen Rosenkranz habe ich auf den ersten Kilometern schon hundert Mal darum gebeten

„Lieber Gott, bitte schenke mir Schuhe. Bitte mach meinen Fuß gesund".

Immer im Rhythmus des Gehens.

Tatsächlich beschert mir das fortwährende Aufsagen so etwas wie einen Trancezustand und die Schmerzen werden erträglich.

Ich bete und bete um Schuhe. Gestern habe ich unterwegs nicht gebetet. Mein Begleiter war die Wut im Bauch. Heute bete ich fortwährend. Meine Wut ist einer eigenartigen Stimmung aus Resignation und naiver Hoffnung gewichen.

Denn wo, in aller Welt, sollte ich hier Schuhe finden. Das ist mir schon nicht in der „Hauptstadt" Santander gelungen. Wo her also Schuhe? Aus Requejada? Einem Städtchen mit 792 Einwohnern? [12]

Außerdem ist es viel zu früh. Gerade geht die Sonne auf. Die ersten Menschen fahren in die Arbeit. Doch viel ist hier wirklich nicht los. Trotzdem nehme ich den Fotoapparat heraus und knipse die Straße, auf deren Gehsteig ich gerade unterwegs bin. Mein Schatten ist ewig lang und schmal. Die Sonne steht direkt hinter mir. Und die Verkehrsschilder reflektieren vor dem dunklen Hintergrund den hellen orangefarbenen Sonnenschein. Eine traumhafte Morgenstimmung, die schöner gar nicht sein könnte.

Plötzlich hupt ein vorbeifahrender Autofahrer und deutet mir seinen Daumen nach oben. Super, mach weiter? Er hat mich sicher humpeln sehen.

Ich bete weiter und komme an einem klitzekleinen Kaffe vorbei. Doch heute möchte ich weder Kaffe, noch sonst was. Ich wünsche mir sehnlichst nur Schuhe.

Am linken Fuß habe ich das hintere Befestigungsband der Sandale weg geklebt. Es geht nicht mehr zu, weil der Fuß einfach zu dick ist.

Lieber Gott, schenk mir bitte Schuhe

„Lieber Gott, schenk mir bitte Schuhe. Mach meine Füße wieder gesund“. Wie von ganz allein falle ich wieder in meinen gebetsmühlenartigen Rhythmus. Und ich weiß nun auch, warum es den Begriff „Gebetsmühle“ gibt.

Ein Kilometer, Tausend Schritte. „Lieber Gott (links, rechts, links) – (3 Schritte PAUSE), bitte schenk mir Schuhe Gott (links, rechts, links). (3 Schritte PAUSE), mach meine Füße wieder gesund (links, rechts, links, rechts“. Und Sofort wieder weiter. Alle 16 Schritte beginne ich meinen Schuh-Rosenkranz von neuem. Und ich werde nicht müde, weiter zu flehen.

Mit der in der Morgensonne erstrahlenden Chemiefabrik verlasse ich dann Requejada/ Barreda.

Von 11 Meter über Null, führt mich ein kleines und einsames Sträßchen wieder ins Grüne und Einhundert Höhenmeter nach oben. Mit jedem Schritt wird die Aussicht erhabener und das mildert mein Elend. Doch ich weiß, mit Sandalen kann ich nie und nimmer weitergehen.

Also bete ich weiter.

Weder hoffe ich auf ein Wunder, noch denke ich an das Naheliegende: Den Abbruch meiner Reise. Mein Gehirn scheint völlig leer zu sein und außer dem Gebet läuft nichts weiter ab. Mein Gebet scheint sich nun sogar noch vieler weiterer Gehirnregionen zu bedienen, denn immer mehr passte es sich ganz exakt dem Rhythmus meiner Füße und dem Rhythmus meiner Atmung an.

Längst denke ich mein Gebet nicht mehr nur, sondern ich murmle es laut vor mich hin. Ist ja auch keiner da, der mich hören kann. Aber erhören? Ich weiße es nicht. Ich glaube nicht daran, aber ich schließe es auch nicht aus.

Mein Gebet bekommt eine Melodie

Sogar eine musikalische Dimension ist nun gerade zu meinem Gebet hinzu gekommen.
So merkwürdig es am Anfang auch war, so zu beten. Ich tue es einfach. Ich komme mir nicht mehr komisch dabei vor. Meine Verzweiflung und mein unerträgliches Selbstmitleid sind einer inneren Ruhe gewichen.

Ich habe keine Pläne mehr. Nicht für heute. Auch nicht für morgen und erst Recht nicht für den Jakobsweg. Ich denke aber auch nicht mehr ans Aufhören. Das Gebet wirkt nun so vertraut wie ein Gutenachtlied für ein kleines Kind.

Ich bin klein geworden, fürwahr. Und ich wehre mich nicht mehr dagegen. Ich fühle mich als Teil eines großen, ganz großen Ganzen. Und heute bin einfach hier. Kein Dörfchen kommt mehr, nur noch vereinzelte Häuser und Wiesen.

Mit jedem Schritt bete ich weiter und wünsche mir gesunde Füße in richtigen Schuhen.

Einen Pilger habe ich heute noch nicht gesehen.

Zwischendrin meldet sich nun wieder meine „Regenwolke“, die mir sagt: Schuhe? Wo denn bitte? In einer nicht einmal viertausend Seelen-Gemeinde wie Santillana vielleicht? Und sicher haben die Größe 47. Natürlich. Ich schreie meine „Regenwolke“ an, endlich Ruhe zu geben und kehre zurück zu meinem Gebet „bitte gib mir Schuhe“. Nun wieder im Stillen.

Als ich am frühen Morgen in das verträumte mittelalterliche Örtchen Santillana del Mar einlaufe (besser gesagt hinein humple), treffe ich auf dem sonst völlig menschenleeren Vorplatz der Kirche einen polnischen Pilger. Auch er humpelt und hat einen Verband um sein rechtes Kniegelenk. Er bittet mich in schlechtem Englisch darum, ein Foto von ihm zu machen. Ich erzähle ich ihm dann in Englisch von meinem Wunsch nach Schuhen. Diesen Satz fängt eine adrette Dame auf, die just in diesem Moment einem klapprigen alten weißen Peugeot entsprungen ist. Sie ist ursprünglich Engländerin, lebt aber schon seit Jahrzehnten hier in Santillana.

Sie schlägt die verrostete Tür ihres Autos zu, so wie in einem italienischen Spielfilm aus den 50er Jahren. Und sie geht nun direkt auf mich zu.
Höflich stellt sie sich vor, „Hallo, ich bin Charlotte“. Dann folgt eine lange Pause. „Und du brauchst also Schuhe?“

Charlotte blickt ausgiebig auf meine Sandalen und meinen geschwollenen Fuß.

Der polnische Mitpilger nutzt diesen Moment, um sich schnell mit „Bon Camino“ zu verabschieden. Nun bin ich mit Charlotte allein. Noch immer hat sie nichts Weiteres gesagt. Sie blickt wieder nachdenklich auf meine Füße. Wie ein Arzt, der seinen Patienten begutachtet.

Dann meint sie: „Will You go on with shoes?“, also: Wirst du weiter gehen, wenn du Schuhe hast? Ich zucke die Achseln. Das alles kommt mir ziemlich „spanisch“ vor.

Dann zeigt Charlotte mit ihrem Arm quer über den stillen Dorfplatz hinüber auf ein steinernes Haus, welches - wie alles andere hier - direkt an das Kirchengemäuer angebaut ist.

Charlotte zeigte auf eine verschlossene Doppelflügeltüre aus schwerem dunkelbraunen Holz und sagt: „Hier könntest du Schuhe bekommen. Aber nicht vor Elf. Und richte schöne Grüße von mir aus.“

Charlotte blickt auf ihre goldene Armbanduhr und wünscht mir alles alles Gute.

Hoffen und warten

Kaum bin ich allein, beginne ich mit meinen Zweifeln. Was soll hier denn sein? Kein Geschäft, kein Laden, nichts weiter als ein Tor mit fünf Namensschildern. Aber ich warte. Und ich warte.

Noch sind es fast drei Stunden bis elf Uhr. In einem Hinterhof befindet sich ein recht schickes Hotel. Nach innen traue ich mich in meinem Outfit nicht, deshalb frage ich höflich, ob ich mich im ansonsten verlassenen Innenhof auf eine Tasse Kaffee hinsetzen dürfte.

Die Kellnerin macht mir einen Tisch mit Tischdecke fertig und bringt den Kaffee. Weil ich aufstehe, um meinen Pilgerführer aus der Hosentasche zu holen, verschütte ich die gerade gebrachte volle Tasse Kaffe. Die Tasse fliegt zu Boden und zersplittert. Mann, schaffe ich es als Pilger nicht einmal, eine Tasse Kaffee ordentlich zu trinken?

Peinlich berührt versuche ich mit der Papierserviette das Schlimmste aufzuwischen und hebe die Scherben auf.

Noch bevor ich wieder richtig sitze, ist die Kellnerin schon da, hat eine neue Tischdecke und neuen Kaffe dabei. Dieses Mal ein ganzes Kännchen.

Sie lächelt sanftmütig und meint:

„No es un problema"!

So lese ich nun ein wenig im Reiseführer. Oder besser gesagt, ich schaue einfach nur hinein. Als es dann Dreiviertel elf ist, verlangt die Kellnerin von mir einen Euro und fünfzig Cent. Das Missgeschick möchte sie sich auf keinen Fall bezahlen lassen.

Bedächtig marschiere ich zurück zum Dorfplatz. Ein Dorfmitarbeiter reinigt gerade einen Brunnen und die ersten Bewohner zeigen sich. Doch Geschäfte erblicke ich hier nicht. Wird es hier wirklich Schuhe geben? Was für eine abenteuerliche Vorstellung. Ich fange wieder an, still und leise zu beten. Dieses Mal das Vater unser.

Ich habe mich auf der Steinstufe vor der Tür niedergelassen und ein Dorfpolizist nähert sich. Wird er mich als Vagabunden ansprechen? Nein. Er lächelt mich an und nickt. Dann geht er weiter.

Nun ist es fünf vor elf. Ich bin völlig perplex, als um exakt elf Uhr mit dem Glockenschlag der Kirchturmuhr von innen ein Schlüssel herumgedreht wird. Sofort stehe ich auf und trete ein paar Schritte zurück.

Von innen wird ein Fensterladen hochgezogen und die Türe öffnet sich.

Zum Vorschein kommt tatsächlich ein Schuh- und Lederwarenladen. Er ist höchstens einen Gang breit. Aus Anstand warte ich noch einige Minuten, bevor ich dann den Laden mit meinem Rucksack betrete. Alles ist ziemlich dunkel und auf aller engstem Raum.

Mit meinem Rucksack kann ich mich kaum richtig umdrehen. Darum nehme ich ihn ab und stelle ihn vor meine Füße.

Ich stehe wohl der Besitzerin des Ladens gegenüber. Sie ist bestimmt schon um die Achtzig und grüßt mich sehr freundlich. Sie strahlt eine unglaubliche Ruhe aus.

Gleich als erstes frage ich nach Schuhen: Größe 47.
Dann folgt erst einmal Schweigen. Wie vom Blitz getroffen, verharrt die alte Dame hinter ihrem Tresen und starrt auf meine Füße.

Sie reibt sich mit ihren Händen über den Mund und schüttelt sehr langsam ihren Kopf. Nun blickt sie mich direkt an und sagt sehr langsam

„Cuarenta y siete - impossible“.

Keine Chance.

Entkräftet und deprimiert sacke ich auf den Anprobierschemel. Was habe ich denn erwartet? Habe ich wirklich geglaubt, dass man sich Schuhe einfach so herbei beten kann? Und Größe 47 ist ja nur die halbe Wahrheit. Eigentlich bräuchte ich 47 ½.

Die Ladeninhaberin sieht mich verlegen an und zuckt mit den Achseln. Ich habe den Eindruck, dass sie gerade sehr betroffen ist, denn sie beißt sich seitlich in den Zeigefinger.

Gerade geht die Tür mit einem Klingeln auf und eine junge spanische Kundin betritt den Laden. Die Besitzerin wendet sich nun von mir ab und lässt mich sitzen. Nachdem sie die Kundin begrüß hat, wendet sie noch einmal einen Blick auf mich, doch von jetzt an starre ich in den Boden. Ich habe meine Hände gefaltet und beginne wieder zu beten.

Völlig überraschend lässt sie ihre Kundin stehen und wendet sich an mich. „Cuarenta y siete, momento".

Ein Gedankenblitz liegt in der Luft. Sie erzählt mir von einem übergroßen Paar Schuhen, die schon seit vielen Jahren in einer Holzschublade auf mich warten würden. Sie erinnere sich nur nicht mehr genau, in welcher der Schubladen sie verstaut wären. Dann geht sie umher und öffnet verschiedene Schubladen. Die spanische Kundin wird nun von der Tochter der alten Dame weiter bedient, die gerade eben eingetroffen ist.

Und wieder öffnet die Dame eine Schublade. Und dann hält sie inne. Mit langen Atemzügen sieht sie hinein und nickt. Sie holt ein paar braune Wanderschuhe hervor, die unförmig groß und klobig aussehen.

Sofort weiß ich:

Lieber Gott, das sind sie!

Das sind meine Schuhe! Das müssen sie sein. Riesengroß und breit. Ich kann mein Glück nicht fassen. Als mir die alte Dame die Schuhe in meine Hände übergibt, fließen mir Tränen von den Wangen.

Die Schuhe sitzen wie angegossen. Zwar eng, aber sie passen. Diese Schuhe haben wohl Jahre lang nur auf mich gewartet. Ich lasse beide Schuhe an und packe meine Sandalen in den Rucksack. Die alte Dame bekommt leuchtende Augen und scheint ebenfalls sehr berührt zu sein, als sie mich so auf dem Schemel sieht. Sie ahnt wohl, was mir diese Schuhe bedeuten würden. Nun laufen mir die Tränen richtig hinunter und es verschnürt meine Kehle.

Respektvoll geht sie also zu ihrer Tochter und mischt sich in das Verkaufsgespräch mit der spanischen Kundin.

Erst als ich aufstehe, kommt sie zu mir zurück. Sie sieht mich lange an und macht mir dann einen Verlegenheitspreis: 15 Euro!

Als ich gehe, kommt sie mir nach und umarmt mich vor ihrer Ladentüre. Sie macht mir mit ihren Fingern ein Kreuzzeichen auf die Stirn und wünscht mir einen Bon Camino!

Als ich mich nach zweihundert Metern noch einmal umdrehe, steht sie noch immer da und sieht mir nach. Erst als ich um ein paar Ecken verschwunden bin, bücke ich mich und entferne das linke Schuhband. Der linke Schuh sitzt nun perfekt und wirkt wie ein Druckverband. Er presst meinen linken Fuß fest ein, während ich rechts bequem Platz habe.

Gleich auf den ersten Metern hinter Santillana merke ich: Das tut unheimlich gut. Das eigentliche Wunder geschieht aber ganz im Stillen. Man merkt ja den Schmerz nur, wenn er da ist. Und nicht, wenn er nicht mehr da ist. Er war nicht mehr da!

Mein Gebet wurde erhört!

Oh Gott, ich kann wieder laufen! Gut sogar. Meine Gedanken schweifen endlich wieder um traumhafte Feldwege, Wiesen und Felder. Ich entdecke neue Blumen wie den Wiesenfenchel. Mein Bewusstsein kann sich wieder voll und ganz den schönen Seiten widmen. Ich danke Gott in einem sehr langen Gebet und gehe einfach vor mich hin. Weiter und immer weiter.

Schritt für Schritt geht es hinauf auf einen Hügel. Von weiten her ist die alte Kirche San Pedro von Oreña sichtbar, ganz in Stein und mit flachem Dach. Erhaben über alles Weltliche. Hier bekomme ich Wasser und finde ein wenig Zeit für mich selbst. Die Kirche ist zwar verschlossen, aber ich genieße die Stille, die hier oben herrscht.

Der weitere Weg verläuft in einer über und über grünen Landschaft. Am Horizont türmen sich Berge auf. Und da liegt Schnee! Mitten im Sommer.

Pferde begleiten mich neugierig auf meinem Weg durch die „Prärie“. Und ich finde auch wieder Gefallen daran, ein wenig Weißbrot mit

Salami in einem stillen und schattigen Eck zu genießen. Für eine halbe Stunde schlafe ich ein.

Dann geht es mit großen Schritten voran Richtung Cóbreces. Immer wieder komme ich an vereinzelten Häusern vorbei, deren Gärten mit blühenden Geranien überwuchert sind.

Mein Weg bietet mir ein sanftes Auf und Ab zwischen 50 und knapp 200 Höhenmetern und damit immer wieder fantastische Blicke durch die weitläufige und abwechslungsreiche Hügellandschaft. Niemals hätte ich mir „Spanien“ so vorgestellt. Angenehme Temperaturen, grüne Weiden, ländliches Leben und immer neue Aussichten auf das was gerade unter mir liegt, oder eben über mir liegt. Dann geht es wieder bergauf in zahllosen Serpentinen und Kurven.

Hunde am Jakobsweg

Nun erblicke ich weit weg von mir den ersten Pilger des Tages, der einsam seines Weges zieht. Ich gehe schon lange an einem Weidezaun entlang und nähere mich einem alten Gehöft. Wie immer, bellen mich auch hier die Hunde schwanzwedelnd an.

Fast überall hier auf dem Weg gibt es Hunde. In jedem Vorgarten, auf jedem Hof. Und obwohl ich eigentlich ein wenig Angst vor Hunden habe, weiß ich: Hier werden sie mir nichts tun. Ich bin ein Pilger!

So stehe ich also vor einem bellenden recht großen Hund. Und obwohl er nicht angebunden ist, habe ich heute keinerlei Angst. Aus der Stalltüre kommt ein spanischer Bauer, so in meinem Alter und geht in Richtung seines schwarzen Jeeps. Er schaut mich an und sieht seinen bellenden Hund.

Auf Dialekt ruft er mir etwas zu, bestimmt so etwas wie „der tut nichts“. Dann dreht er um und bietet mir an, meine Wasserflasche mit frischem Wasser zu füllen.
Das verschlafene Örtchen Cóbreces kommt näher. Am frühen Nachmittag stehe ich jetzt allein vor den Pforten des Zisternenklosters. Meine Schuhe lasse ich an.

So klein ist die Welt

Ich setzte mich nieder auf den Steinstufen des Empfangshauses. Gegen halb drei würde geöffnet sein. Zwei Pilger, die ich schon kenne, stoßen nun zu mir und setzten sich ebenfalls. Es ist Manu und der wortkarge Jesustyp. Wie immer oben ohne, vergammelt und abgemagert.

Erst einmal sitzen wir nun ohne Worte alle drei auf den Steinstufen. Noch immer kommt mir Manu irgendwie bekannt vor.

Und auch Manu hat immer noch das gleiche Gefühl. Doch woher sollten wir uns schon kennen? Beim Durchforsten unserer Vergangenheiten finden wir absolut keine Gemeinsamkeiten. Er kommt aus Spanien, ist Ingenieur der Kunststofftechnik und hat eine eigene Firma.

Kennt er meinen Bruder, der mir ähnlich sieht und die gleiche Stimme wie ich hat? Er ist ebenfalls Ingenieur der Kunststofftechnik und hat ebenfalls seine eigene Firma. Er reist sicher viel umher und vielleicht kennen sich die beiden aus der Branche? Aber zugegeben, das wäre schon etwas weit hergeholt.

Dann erzählt er mir, dass er Zulieferer für Audi ist. Auch mein Bruder hat dort Kontakte, glaube ich. Ich selbst bin aber in Ingolstadt kaum unterwegs.

Manu nächtig auch nicht in Ingolstadt, sondern regelmäßig in einem kleinen Hotel in Velburg. Da macht es bei mir schlagartig Klick.

In Velburg war ich die letzten Jahre einmal die Woche über Nacht, um Vorträge zu halten. Und als ich den Namen des Hotels sage, fängt Manu an zu lachen, steht auf und umarmt mich.

Da haben wir uns also wohl jahrelang gesehen und nicht von einander Notiz genommen. Beide immer im strengen Anzug, das Laptop ausgebreitet und keine Zeit, sich mal die anderen Gäste anzusehen.

Wir mussten uns also schon viele Male begegnet sein, ohne uns zu beachten. Wir kennen die gleiche Bedienung, die gleichen Leute, die gleichen Räumlichkeiten. Und doch sind wir uns bewusst noch nicht begegnet. Wie klein die Welt doch ist.

Ganz ohne Geld am Jakobsweg

Manu hat finanziell wohl alles erreicht im Leben. Er ist satt aber völlig ausgebrannt. Er sieht schon lange keinen Sinn mehr in seinem Tun, stellt einfach alles in Frage und wirkt nun, wo er so erzählt hilflos wie ein kleines Kind.

Dass, was er sich am sehnlichsten gewünscht hätte, hatte er nicht: Kinder. Manu scheint das viele Geld, das er besitzt, zu verachten. Es beschert ihm kein Lebensglück, auf dessen Suche er nun ist. Er will deshalb den Jakobsweg ganz ohne Geld machen. Eine verrückte, aber nicht abwegige Idee.

Was es heißt, ohne jegliches Geld unterwegs zu sein, kann man sich heute eigentlich gar nicht mehr vorstellen. Ich selbst wäre sicher schon am ersten Tag meiner Pilgerreise ohne Geld gescheitert. Klar, auch ich habe nicht vor, viel auszugeben. Ich mag keine Luxusunterkunft und auch für Essen möchte ich kaum etwas ausgeben. Nicht, weil ich es nicht habe, sondern weil es meinem Pilgergedanken zuwider läuft. Aber komplett ohne Geld. Da muss ich tief durchatmen. Was bedeutet das heute?

Ohne Geld, das heißt, an Türen zu klopfen und zu betteln. Das bedeutet auch, von der Fürsorge anderer abhängig zu sein. Und zwar vollständig. Ja, das bedeutet buchstäblich von der Hand in den Mund zu leben.

Donativo: Gegen eine Spende

Manu erzählt mir, dass er gerade am Anfang Probleme gehabt hat, weil er ja nicht unbedingt in den billigsten Klamotten unterwegs war. Jetzt aber ist es kein Thema mehr, zu klopfen und zu fragen.

Aber wie übernachten? Eine Pilgerherberge kostet zwar nicht viel, aber sie kostet. 5 Euro muss man einplanen.

Wenn ich jetzt genau darüber nachdenke, stimmt das so allerdings nicht. Denn viele Pilgerherbergen nehmen keinen festen Geldbetrag, sondern bitten um ein „Donativo" – eine Spende. Und wer nichts hat, kann auch nichts spenden. Jetzt nicht. Aber in seinem späteren Leben ganz gewiss.

An der Türe klopfen, für ein Brot

Wie kann man sich das vorstellen, wenn ein Pilger an einer Tür läutet (meistens klopft oder ruft, weil Türklingeln fehlen)? Gut, Manu ist Spanier. Er kann sich besser erklären. Aber ist spanisch da ein Vorteil?

Wie oft hat er seine Geschichte schon erzählt? Und welche Geschichte erzählt er. Manu ist ganz sicher nicht der Typ, der einen auf Mitleid macht. Er ist besinnlich, fröhlich und geradeaus.

Würde ich einem körperlich ausgemergelten Menschen, der einfach an meiner Haustüre steht zu Essen geben? Jein. Oder doch ja? So etwas ist mir noch nie passiert. Zeitschriftenverkäufer behandle ich je nach Laune oder persönlichem Eindruck. Und auch sonst engagiere ich mich vielerorts im Stillen, wenn ich kann. Aber das einer um Essen gebeten hat, das habe ich selbst noch niemals erlebt. Was also würde ich tun? Ich denke, verhungern lassen würde ich ihn nicht. Denn er ist mir sympathisch.

Manu meint sogar, die Menschen erfahren so etwas wie eine kleine Befreiung, wenn sie ihm etwas geben. Er meint, dass die Menschen in den Häusern schon geweint haben, bestürzt waren und sich alte Ehepaare ganz beklommen umarmt haben.

Selten jedenfalls werde er barsch zurück gewiesen. Und auch dann nehme er es an. Es sei sein Schicksal, und er danke auch denen von tiefsten inneren Herzen, die nichts geben. Er bete für die, die nur an den Gardinen stehen und sich nicht zu öffnen wagen.

Manu reicht mir einen Apfel. Einen, den er selbst geschenkt bekommen hat. Ich nehme ihn an. Dennoch läuft es mir kalt den Rücken hinunter, als ich hineinbeiße.

Der Mönch, der uns nicht mochte

Der Mönch, der gerade gemächlich auf uns zukommt, öffnet uns die Pforte zum Empfangshäuschen. Doch er ist mir fremd. Obwohl er freundlich lächelt, habe ich keinen Zugang zu ihm. Gemeinsam haben wir das ungute Gefühl, nicht wirklich willkommen zu sein. Wobei – willkommen sind wir vielleicht schon. Dieses Merkwürdige vor ihm Stehen kann ich einfach nicht beschreiben. Die anderen haben es auch.

So lassen wir uns einen Stempel für den Pilgerausweis geben und geben vor, dass es uns nur darum gegangen sei. Keiner von uns Dreien sagt noch irgendetwas vom Übernachten. Doch. Er ist nett. Und ja, in einem Kloster zu schlafen, wäre bestimmt wieder eine schöne Erfahrung. Aber das merkwürdige Bauchgefühl steht wie eine Wand zwischen ihm und uns.

Wie sieht Gott aus?

Ohne groß nachzudenken, machen wir uns noch auf zu einer weiteren Etappe nach Comillas. An meinen Fuß denke ich gar nicht mehr.

Der Jesus-Typ, den Manu im Schlepptau hat, ist mir genauso fremd. Mit seinen schulterlangen braunen, struppigen Haaren und seinem langen Bart sieht er wirklich aus, wie einem Jesusbild entsprungen. Halbnackt pilgert er vor sich hin. Er ist ein Einzelgänger und sein Seelenleben durchblicke ich nicht. Er will es auch nicht.

So könnte Jesus ausgesehen haben. Zumindest sieht er auf den Millionen von Heiligenbildern in aller Welt so aus. Aber genauso könnte auch ein Al-Kaida-Kämpfer aussehen. Eher jedenfalls, als wie einer, der in unserer westlichen Welt arbeitet. Und während wir uns so sehr an das Aussehen von Jesus gewöhnt haben, dass er uns trotz andersartigem Aussehen völlig vertraut ist, sind Muslime mit Bart für uns oft fremdartig. Trug Jesus überhaupt einen Bart? Wann wurde er zum ersten Mal gezeichnet? Entspringt das erste Bild Jesu der Fantasie eines Künstlers? Oder wurde es über die Jahrhunderte immer wieder an das gültige und vertraute Weltbild angepasst? Hat er sich also verändert? Und warum wird er jetzt nicht mehr angepasst? Schließlich haben sich die Welt und die Mode doch gerade in den letzten einhundert Jahren vollkommen verändert. Und wie sieht Gott selbst eigentlich aus? Ist er seinem Sohn irgendwie ähnlich? Auf all meine Fragen, die mir so beim Weitergehen kommen, habe ich keine Antwort.

Ich hoffe, dass aus meinem Buch nie ein Zitat Jesus – Al Kaida falsch zitiert wird. Ich meine den Vergleich in keinster Weise böse oder respektlos. Was trennt überhaupt die Religionen?

Ich selbst habe vor vielen Jahren die Bibel gelesen (manches habe ich ausgelassen) und vor vier Jahren habe ich auch den Koran gelesen, weil ich neugierig war. Und da ist wenig, was uns trennt. Vielmehr ist das meiste, das Allermeiste eine tiefgreifende Werteordnung, die uns verbindet.

Abgesehen davon, dass es immer Zeiten gab und geben wird, an denen das Gemeinsame missachtet wird und nur das scheinbar Gegensätzliche zum Leitmotiv Generationen langer Auseinandersetzungen erhoben wird.

Was würde Gott dazu sagen?

Streitet auch er sich da oben um die Vorherrschaft mit anderen Göttern und Propheten? Oder schüttelt er einfach den Kopf darüber, weil es ihm völlig egal ist, wie wir Menschenwesen ihn nennen. Und welchen Namen wir ihm geben?

Ja, ich glaube fest an eine höhere Gewalt. Und ja, es gibt wohl immer mehr Menschen, die zwar nicht jeden Sonntag in die Kirche gehen, gerne Kirchensteuer bezahlen und so fromm tun, wie das noch vor 60 Jahren der Fall war. Aber der Glaube an Gott ist, so erfahre ich hier, doch vorhanden. Und vielleicht nicht weniger als vor vielen Jahren.

Es mag sein, dass die Kirche – als Institution einer gewissen Mode unterliegt, mal mehr und mal weniger populär ist. Aber Gott ist allgegenwärtig. Auch in den Köpfen vieler Pilger, die sich selbst als glaubenslos bezeichnen. Doch sie sind hier auf diesem Weg, um Gott zu erfahren!

Das ewige Leben

Ist der Sinn des Lebens das ewige Leben? Und wenn, was ist es, das ewige Leben?

Wenn wir uns der Frage wissenschaftlich nähern, dann landen wir wieder bei der Philosophie. Doch was ist es? Ist das ewige Leben, das wir hier unten nicht umsonst sind, sondern irgendetwas Gutes weitergeben? Etwas, was nach uns fortlebt und vielleicht sogar hin und wieder an uns denken wird?

Sind es die Gene, die wir bei der Zeugung „teilen" und aus dem Gott dann ein neues menschliches Lebewesen erschafft? Ganz neu, ganz eigenständig und doch auf immer und ewig ein Teil von uns. Mit der heutigen Genforschung lassen sich bestimmte Gene, also Eigenschaften, die in die vier Stoffe Adenin, Thymin, Guanin und Cytosin (A, T, G und C) gegossen sind, noch tausende Jahre zurückverfolgen. Es lassen sich Fragen beantworten, wohin Menschengruppen gezogen sind und woher sie ursprünglich stammen.

Die Ur-Eva ist mitten unter uns

Natürlich wird es keine Ur-Eva und keinen Ur-Adam geben, sondern einen fließenden Übergang, Abspaltungen, Wanderschaften und dann getrennt erfolgte Entwicklungen, die sich dann aber auch wieder vermischt haben. Aber es geht immer weiter.

Wenn ich also heute noch Gene in meiner DNA trage, die schon vor Zehntausenden von Jahren eine Ur-Ur-Ur...-Oma weitergegeben hat, dann hat sie sich doch mit mir und den vielen anderen Nachfahren doch unsterblich gemacht! Es lebt noch immer etwas von ihr weiter.

Vielleicht war es genau ihre Sturheit, die bei mir am Jakobsweg immer wieder durchgekommen ist. Oder vielleicht war auch sie hin und wieder nachdenklich, depressiv oder melancholisch. So wie ich.

Ein ewiges Weitergeben

Ist das ewige Leben also ein ewiges Weitergeben? Zumindest die Theorie könnte man so aufstellen. Was aber ist dann mit denjenigen, die kein leibliches Kind haben oder haben können? Auch hier könnten wir noch wahre Wunder in der Forschung erleben. Denn Gene sind wohl längst nicht so starr und unveränderlich, wie heute vielleicht noch angenommen. Gut denkbar, dass sie sich durch äußere Einwirkungen wie Erziehung, Nachahmung etc. „ein- und ausschalten“ können und sich auch dadurch „verändern“. Zwar wird ein adoptiertes Kind keine vererbten Elterngene tragen, aber es könnte dennoch durch Vorgänge, von denen wir noch heute kaum etwas wissen mancher Gen-Abschnitt an die Eltern angepasst werden. Es würde sich rentieren, zu untersuchen, ob und wie wir auch adoptierten Kindern genetisch etwas „mit auf den Weg“ geben können. Dauerhaft und weitervererbbar. Dass sich jedenfalls die Verdrahtung des Gehirns durch das Erlernen, Nachahmen und durch elterliche Vorbilder verändert, scheint gesichert zu sein. Warum soll man davon nicht etwas vererben können?

Vielleicht entdecken wir eines Tages noch viel mehr, jenseits der Gene, die ja nur den Stand unseres heutigen Wissens markieren.

Wir Menschen betrachten uns als den Gipfel der Schöpfung. Doch sind wir das? Oder sind wir lediglich die bunte Spielwiese, die aus den „primitiven Einzellern“ nur deshalb gerade aufblüht, weil uns das Universum mal eben einen relativ ruhigen kosmischen Zeitraum geschenkt hat?

Die letzten 500.000 Jahre war es wohl einfach recht „easy“ für uns. Die Erde selbst besteht aber schon 4,6 Milliarden Jahre und hat schon deutlich unruhigere Zeiten hinter sich. Dennoch gibt es „Leben“ nach heutigem Stand wohl seit 4 Milliarden Jahren.

Menschen glauben ja oft nur, was sie sehen. (Außer sie sind gerade eben auf dem Jakobsweg und lassen ihren Gedanken endlich wieder einmal völlig freien Lauf.) Wir wissen kaum etwas über das Leben in den Ozeanen, von denen mich zumindest der Atlantik stets zu meiner Rechten schon seit 12 Tagen begleitet.

Das Leben ist universell. Und göttlich.

Und noch weniger wissen wir über das Leben im Gestein. Richtig gelesen: Im Gestein! Erst jetzt entdecken wir langsam, dass tausende Meter unter uns, verborgen im Gestein, tatsächlich „primitive" Lebewesen existieren. Extremophile nennen wir sie, weil sie an so extremen Orten (über)leben, dass wie sie dort noch vor wenigen Jahren niemals vermutet hätten.

Manche von ihnen benötigen weder Sauerstoff noch Licht. Und dennoch tragen sie einen Teil des universellen Bauplans in sich, der das ewige Leben ausmachen könnte. Diese „Primitiven" könnten es auch gewesen sein, die das aufkeimende Leben in der ersten wilden Geschichte unserer Erde immer wieder aufs Neue zum Leben erweckt haben, als es durch astronomische Katastrophen größtenteils ausgelöscht wurde. Und das könnte sogar des Öfteren geschehen sein. Vielleicht tragen diese Extremophile die Grundbausteine des Lebens in sich und können das Leben immer wieder neu entflammen. Nur genügend Zeit braucht es dann noch.

Betrachtet man die Eigenschaften, die diese „Lebewesen" haben können, dann kommt man ins Staunen. Manche können noch in kochendem Wasser leben, andere in Säure, wieder andere in lebensfeindlichem Salz oder unter gigantischem Druck. Auch Minusgrade sind für manche kein Problem oder das „Überwintern" über Jahrtausende, um dann eines Tages wieder zum Leben zu erwachen, erscheint möglich. Selbst im Weltall, ganz ohne Atmosphäre und hohen Strahlungen ausgesetzt, kann dieses Leben doch überleben. Und auch mit Giftstoffen, Schwermetallen und sogar Uran sollen manche zurechtkommen. Selbst in Tschernobyl sollen heute an der Reaktorwand Extremophile leben, die anstatt Sonne radioaktive Strahlung mit Hilfe eines Pigments in Energie umsetzen können. [13] In unserer Welt scheint es also eine schier unendlich große Anzahl von Lebewesen zu geben, die durch ihre Robustheit und Wandlungsfähigkeit so gut wie überall zu Hause sind. Auch das scheint so etwas wie das ewige Leben zu sein.

Das Leben an sich immer wieder auch in komplexeren Formen auch als Mehrzeller aufgekeimt, scheint also nur die Frage einer längeren und ruhigeren Zeitepoche zu sein, auf die es gewartet hat und in der es sich dann in verschwenderischer Schönheit entfalten kann.
Selbst das Phänomen der die Zellteilung an sich erinnert an das ewige Leben.

„Ganz die Mama!“

Vor vielen Jahrtausenden wussten die Menschen zwar noch nichts von einem Genom, aber dass bestimmte Eigenschaften des ersten auf den nächsten überspringen (also vererbt werden), das konnte doch durch bloße Beobachtung auch damals schon jedermann begreifen. Schon immer wird es den Spruch gegeben haben „das Kind ist ja ganz die Mama“. Und schon immer wird der Spruch „es ist ganz der Papa“ etwas „gefährlicher“ gewesen sein.

Durch reine Beobachtung wurde mit Sicherheit der das „ewige Leben“ immer wieder beflügelt. Doch wie ist es entstanden, das Leben?

Ich bin mir sicher, wir wissen heute noch gar nichts!

Gottes Werk

Natürlich kann es sein, dass bald auch in der Ursuppe eines Labors sich „zufällig“ die ersten Atome zu Aminosäuren zusammentun, die wiederum zur DNA werden und irgendwann zu einer Zelle und zu mehreren Zellen usw. Aber ist das ein Beweis für den Zufall und ein Beweis gegen Gott? Oder wäre das nicht vielmehr ein Beweis für Gott und für eine höhere Instanz, die eben alles so geschaffen hat, das sich Materie eben ganz einfach mit einem göttlichen Bauplan zu Leben formen möchte?

Auch über unser Universum wissen wir noch nicht wirklich viel. Genauso wenig wissen wir über das Reich der kleinsten Dinge wirklich Bescheid. Noch suchen wir Leben immer da draußen, im Universum. Aber könnte nicht jedes Atom, jedes Elektron und jedes noch so winzige Quark wiederum selbst ein kleines Universum sein? Suchen wir nur in den falschen, also in unseren eigenen Dimensionen nach Leben? Dass Leben zumindest in uns selbst und in viel kleineren Dimensionen vorkommt, ist unumstritten, wenn man sich nur einmal die Darmflora ansieht. Warum also nicht auch in noch viel kleineren oder viel größeren Dimensionen. Auch wir selbst könnten ja, ohne es zu wissen, wiederum „in etwas anderem“ Leben. Undenkbar jedenfalls ist nichts (am Jakobsweg). Ja, es scheint mir hier am Weg sogar ausgesprochen unwahrscheinlich, das alles nur so ist, wie wir es uns mit unserer begrenzten Kapazität ausmalen können.

Heute lachen wir über die Vorstellung, die Welt sei eine Scheibe. Über was werden unsere Nachfahren alles herzlich lachen können.

Auf einer Wolke möchte ich nicht enden!

Ob es nun auch für das Individuum an sich ein ewiges Leben gibt, ist eine ganz andere Frage. Zumindest für den Körper, der mit seinem Alterungsprozess automatisch an gleich viele Grenzen kommt, scheint das unsinnig zu sein. Doch was ist mit der Seele?

Hier haben die Religionen ganz verschiedenartige Vorstellungen parat. Die Vorstellung, dass ich für immer und ewig in einem Himmel womöglich auf einer Wolke herumsitzen müsste, gefällt mir dabei am allerwenigsten.

Viel eher schon gefällt mir da der Gedanke an eine Wiedergeburt. Egal, ob es dann ein „Abstieg" oder ein „Aufstieg" ist. Immerhin wäre ich dann mit meiner Seele wieder hier auf Erden, wo es mir gefällt.

Das ewige Leben und der Kampf zwischen den Religionen hat mich nun ein gutes Stück begleitet und es ist Zeit für eine Pause.

Direkt hinter einer Leitplanke. Manu teilte schon wieder einen erbettelten Apfel mit mir. Das ist ein komisches Gefühl. Der Jesustyp steuert geschenktes Brot bei. Von mir gibt es den letzten Rest Salami. Dort wo wir sitzen, wuchern wilde Möhren. Weil der Boden von den vergangenen Tagen noch feucht ist, kann ich sie ganz einfach bündelweise herausziehen. So habe auch ich etwas ganz Besonderes! Verpflegung aus dem Boden, das ist den beiden fremd. Klar, die wilden Möhren sind recht dünn und ziemlich holzig. Dafür kann man sie wunderbar kauen und den intensiven vitalen Geschmack genießen. Wilde Möhren sind weiß und ähneln am ehesten einer Petersilienwurzel oder superdünnen Pastinaken. Auch diese gehören wie die gezüchtete gelbe Rübe zur Familie der Doldenblütler. Und sie sind auch nicht giftig!

Ein gemeinsames Mahl verbindet mehr, als tausend Worte

Nach dem gemeinsamen Mal trennen sich unsere Wege. Für immer.

Ich lasse los, sehe Manu und den Jesus-Typen verschwinden. Ich bin nicht traurig, denn so ist es auf dem Jakobsweg. Ich freue mich, die beiden getroffen und zu Manu Zugang gefunden zu haben. Jetzt gehen sie wieder ihren eigenen Weg.

Heute ist ein Tag, der in meinem Gehirn wie eine ganze Woche wirkt. Es fließt alles, die Erlebnisse und das vom Gehirn erdachte könnten heute ein ganzes Buch füllen. Und ganz sicher hat mein Gehirn heute ein paar Verbindungen neu verdrahtet und entdeckt, dass man auch als Erwachsener so wie ein Kind völlig Neues, Positives erfahren kann. Viel zum nachdenken und viel zum mitnehmen. Und: Ich werde meine Erfahrungen an meine Kinder weitergeben!

Die Stunden vergehen nun wieder im Alleingang. Meine Gedanken verlieren sich in der Weite, die vor mir liegt und ich werde wieder leer, denke nicht.

Auf Kilometer 30 drängt sich dann ein sehr unangenehmer Pilger auf. Er kommt gerade aus einer Pension und versucht sich, an mich zu heften.

Zu Hause hätte mein Anstandscodex sicher versucht, ihn wenigstens mit Smalltalk zu beglücken. Der Weg hat mich aber rauer und direkter gemacht. Vorgetäuschtes Sympathiegeplänkel ist vergebene Energie.

Der andere läuft schnell, denn er beginnt seine Kilometer gerade erst. Ein Unsympath hoch zehn. Er nervt mich gleich auf den ersten Metern. Wie ein Blutsauger klebt er an mir. Fortwährend habe ich das ungute Gefühl, er würde mich herunter ziehen. Meine Batterien entladen und sich an mir aufladen.

Ich muss mich befreien. Irgendetwas tief in mir sagt mir:

Renne ihn tod!

Schon wieder scheint mein Steinzeitgehirn die Kontrolle zu übernehmen. Aber dieses Mal bin ich voll und ganz damit einverstanden. Es überflutet mich erneut mit Hormonen irgendwelcher Hirnanhangdrüsen. In Gedanken bläht sich meine Aura auf. Und schlagartig spüre ich die Kraft des Jakobsweges.

Ich werde schneller und schneller. Hinter mir höre ich seine keuchenden Schritte. Ich kann nicht umhin, ihm zu sagen, wo ich heute schon herkomme. Jetzt wird er sich noch mehr anstrengen und das Kräftemessen erwidern. Wie eine Maschine lege ich noch einen weiteren Gang zu und gewinne befreienden Abstand. Nur 50 Meter, aber er kann auch nicht aufholen. Noch immer redet er mit mir. Aber ich will ihn nicht an mir kleben haben.

Viele Kilometer ziehe ich ihn hinterher. Der Abstand wird langsam größer, ohne dass ich mich verausgabe. Nun habe ich ein Tempo drauf, als hätte ich keinen Rucksack und als wäre ich gerade erst losgelaufen. Ich spüre eine unendliche Kraft in mir, die mich vorwärts treibt.

Schnellen Schrittes und überglücklich komme ich in Comillas an. Ich scheine den Punkt erreicht zu haben, an dem die Glückshormone, eine Art natürlicher Opiate durch den Körper nur so sprudeln. Die Herberge ist das frühere Gefängnis in traumhafter Lage. Erhaben auf dem höchsten Punkt mit Rundblick auf das Meer und die Altstadt. Schön, sauber, frei! Einchecken, Wäsche waschen, einkaufen und ab in den Atlantik!

Mein linker Fuß ist wie durch ein Wunder fast abgeschwollen und bestimmt wird mir nie im Leben ein Mediziner erklären können, warum. Waren es die Schuhe? Oder war es eine wahrhaft göttliche Fügung, die mir heute meinen Weg gerettet hat?

Am Abend telefoniere ich noch mit meinen Kindern und meiner Frau. Alle sind sie froh, dass ich nicht abgebrochen habe und weiter gegangen bin. Auch zu Hause haben sie für mich gemeinsam gebetet.

So kalt wie ich dachte, waren sie nicht. Conny kennt mich einfach nur zu gut, um zu wissen, wie sie mich zu etwas bewegen kann.

Und ich gehe noch baden im Atlantik. Danach besorge ich mir ein wenig Salami, Weißbrot und Rotwein und setze mich auf eine schöne Holzbank im Vorgarten der Herberge.

In der heutigen Nacht geht mir vieles durch den Kopf. Heute war wie eine kleine Weltreise.

Auf nach Asturien!

Tag 13: 34 km, 600 Höhenmeter, von Comillas über San Vicente de la Barquera, Serdio, Colombres nach El Peral.

Erst einmal raus, aus der verschlafenen Universitätsstadt Comillas! Heute fühle ich mich richtig gut. Meinem Fuß habe ich ein wenig Salbe spendiert, aber er scheint keine Probleme mehr zu machen. Ich möchte heute einen kleinen Umweg über die empfohlene Höhenstraße gehen und im Anschluss daran den Küstenweg. Und zwar direkt an der Küste! Leider habe ich nicht gelesen, dass man nur bei Ebbe an den Felsen des Küstenweges vorbei kommt. Doch der Weg in die Sackgasse ist verlockend. Ich durchkreuze ein flaches Moorgebiet, was schöner nicht hätte sein können. Viele Kilometer Ausblicke und Motive. Und am Ende geht es nicht weiter. Das macht mir aber heute nichts aus. Meine Füße sind fit und ich nehme den Umweg als Gott gegeben einfach dankbar an.

Als erstes erreiche ich schon gegen zehn Uhr das Küstenstädtchen San Vincente de la Barquera. Leider dann auf vielen Teerkilometern. Hier lasse ich mich auch ein wenig nieder, mache Brotzeit und studiere zur Abwechslung einmal die Landkarte, die ich mir gerade gekauft habe. Soll ich hier um diese Uhrzeit schon bleiben, oder noch weiter gehen? San Vicente de la Barquera ist ein herrliches Fischerdörfchen mit knapp 5.000 Einwohnern. Es ist wunderschön hier.

Während ich so bei meiner Brotzeit sitze, kommt ein junger französischer Pilger an, den ich schon ein paarmal getroffen habe. Er plaudert ein wenig mit mir und geht dann weiter.

Zum Bleiben ist es mir jetzt auch zu früh. Ich habe richtig Lust, noch weiter zu machen.

Mit Freude sattele ich mein Gepäck und mache mich auf in das Landesinnere. Für eine Weile ist der Belag zwar Teer, allerdings komplett Autofrei. Die kleine Asphaltpiste überquert bald schon die Küstenautobahn. Und hier wird mir der Unterschied zum Auto klar vor Augen geführt. Auf einem Autobahnschild am Ausgang eines Tunnels ist zu lesen, dass meine letzten 23 Kilometer für Autos in nur 11 Kilometern zu befahren sind. Täler überspannende Brücken und Tunnels machen das möglich. Es hilft mir, zu wissen, dass wohl jeder Autofahrer sofort mit mir tauschen würde, um einmal im Leben den Jakobsweg zu gehen. Und sei es, auf Umwegen.

Der Umweg ist der schönste Weg zum Ziel

Abwechselnd folgen heute schmale Pfade und Teerstraßen. Leider manchmal auch die richtig breiten. Bei Sonnenschein erreiche ich am Nachmittag dann die Bar „La Asturiana". Meine nächste Grenze ist mit dem Ría de Tina Menor überschritten. Jetzt bin ich schon in Asturien!

Meine nächste Bleibe in Colombres ist nur noch „ein paar" Höhenmeter von mir entfernt. Denn die nächsten Meter geht es unbarmherzig steil nach oben. Hier muss ich richtig schnaufen. Ich bin froh, als die Herberge in Reichweite kommt. Weniger froh bin ich dann über das handgeschriebene Türschild „completo", kurz: Voll.

Ich gehe also noch ein wenig weiter, Richtung El Peral. Warum nicht einfach im Freien Übernachten? Kurz hinter Markina-Xemein hat mir ja ein Straßenarbeiter einen überdimensionierten grauen Müllsack mit mindestens 1,50m Länge geschenkt. Den kann ich heute einweihen!

Die Landschaft hier ist traumhaft schön und ein paar Meter abseits des Weges finde ich auch ein wenig Schutz im Unterholz.

Zwar ist alles ein wenig feucht, aber das wird schon gehen! Mit Gras, Zweigen und ein wenig Moos habe ich mir ein perfektes Bett zurechtgemacht. Meine Trinkwasserflaschen habe ich erst aufgetankt. Sie sind voll. Und mein grauer Müllsack ist der perfekte Schlafsack!

Allerdings weiß ich nicht, ob ich mich komplett in Plastik wohlfühlen werde. Ich habe die Idee, ein paar Luftschlitze in meinen „Schlafsack" zu machen. Sicherheitshalber. Damit die Luftschlitze nicht einreißen, klebe ich auf mehrere Stellen Leukoplast auf den Müllsack. Erst dann ritze ich innerhalb des Tapes meine Schlitze rein. So kann sicher nichts einreißen!

So, und was mache ich nun noch?

Es ist ja noch hell hier!

Als erstes werde ich mir mal ein schönes Abendessen zubereiten!

Nicht weit weg von meinem Schlafplatz habe ich mitten in der Wiese ein paar Schopftintlinge entdeckt. Mitunter die einzige Pilzart, die man bedenkenlos roh genießen kann. Denn sie gehören zu den besten Speisepilzen, die es gibt. Schopftintlinge kann man ausnahmsweise auch kaum verwechseln. Sie sehen so wie ein geschlossener weißer Regenschirm aus. Und die älteren Exemplare fangen von unten an, wie schwarze Tinte zu zerlaufen. Die werde ich aber Dank der großen Auswahl sicher nicht mehr essen.

Direkt neben den Schopftintlingen finde ich ganz junge frische Huflattichblätter und Wiesenschaumkraut. Von beiden nehme ich eine ganze Portion mit. Im Rucksack habe ich noch ein frisches Baguette und eine etwas ältere Baguettehälfte. Zudem zwei Dosen Thunfisch, zwei Äpfel und eine in Mitleidenschaft gezogene Tomate.

Als Salatschüssel muss mein Hut herhalten. Die Plastiktüte vom Brot macht ihn zu einer richtigen Schüssel.

Als erstes gebe ich die frischen Schopftintlinge in meine Schüssel. Ohne Stil. Schon beim Probieren schmecken sie fantastisch. Und ich habe mehr als genug davon.

Dann kommen zerkleinert die Salatblätter von Huflattich und Wiesenschaumkraut dazu. Wau, schon jetzt eine Riesenportion.

Als nächstes muss ich mit meinem Taschenmesser die Thunfischdosen aufbringen. Und hier wird's hakelig! So ein richtiger Dosenöffner wäre schon besser gewesen. Es hat eine ganze Weile gedauert, bis ich das mit dem Taschenmesser so einigermaßen hinbekommen habe. Also dann, ab in den Hut! In Deutschland hätte ich mich sicher sehr darüber geärgert, dass die Thunfischdosen bestimmt zu einem Drittel nicht mit Thunfisch, sondern mit Öl gefüllt waren. Aber im Augenblick finde ich Öl ganz gut.

Damit das ganz noch eine Exotische Note bekommt, habe ich angefangen, einen meiner Äpfel in kleinen Stücken mit hinein zu schnipseln. Der Hut ist nun übervoll. Und nun gibt es nur eins: Mit der Hand gut durchmischen. Schon das Aroma, welches nun aus dem „Hut" strömt ist sensationell!

Und ich habe auch noch frisches Baguette.

Was für ein Luxus für den heutigen Abend.

Soll ich jetzt warten, bis es dunkel wird? Nein, unmöglich! Der Salat"teller" riecht derart lecker, das mir das Wasser im Mund zusammenläuft. Immerhin schiebe ich den ersten Bissen noch auf und besinne mich auf ein Pilgergebet. Ich danke Gott für diesen Augenblick.

Schade, dass ich diesen Moment mit niemanden teilen kann. Wären nur meine Frau und meine Kinder heute hier bei mir zum Abendessen. Das wäre ein Geschenk! Aber heute bin ich allein mit mir selbst. Vielleicht ist Gott anwesend?

Es folgt ein bedächtiges und appetitvolles Essen mit meiner rechten Hand. Denn Besteck habe ich vergessen, mitzunehmen. Trotzdem ist es ein unglaubliches und unmittelbares Gefühl, ganz aufmerksam mit den Händen zu essen. Und das, was als Abendmenü in meinem Hut ist, ist wahrlich ein traumhaftes Essen. Es schmeckt sensationell. Und es sättigt.

Noch immer ist es hell. Was kann ich hier also noch tun? Und da habe ich plötzlich eine Idee. Ich könnte ja mal ganz in aller Ruhe meine Ausrüstung vor mir ausbreiten und aufschreiben, was ich alles dabei habe. Notieren, was mir nutzt und bemerken, was völlig unnötig ist. Ja, damit kann ich mir meine Zeit bis zur Dunkelheit gut vertreiben!

Hier ist sie also, meine Ausrüstung:

Meine Ausrüstung

Kleidung

3 T-Shirts, davon ein in Avilés gekauftes Sportshirt
1 Kappe, schlecht, weil schwarz
1 leichtes Hemd kurzärmlig
0 Faserpelz oder Ähnliches
1 lange Stoffhose „Brasil", extrem dünn
2 Paar Socken, davon 1x Sportsocken (optimal)
3 Unterhosen
2 kurze Hosen, eine davon entsorgt, da überflüssig. Die zweite aus einem Asia-Laden, leicht und billig. Wichtig: Große Außentasche für den Reiseführer
1 Kopftuch, leider auch schwarz
1 Poncho
1 Regenjacke (dünn)
1 Regenhose (dünn)
2 große Müllsäcke
1 Stoffhut (viel zu warm, ungeeignet)

Geräte

1 Plastiktüte mit:
1 Ladekabel (Foto)
1 kleiner Rest Sonnencreme
1 kleiner Rest Deo-Rollstift (leichtes Plastik)

1 MP3 Player und Ladekabel (unbenutzt, unnötig)
1 Stirnlampe LED (wichtig, wenn man in der Nacht mal raus muss)
1 Rest Klopapier (immer nachfüllen – wichtig, fehlt oft in Herbergen)
1 kleine Kernseife (lässt sich optimal mit wenig Wasser entfernen)
1 Hautfeile für die Füße
1 Fahrradrückleuchte für den Rucksack (sinnvoll)
0 Kompass, dennoch empfehlenswert
0 Armbanduhr (völlig überflüssig)

Waschbeutel

Alles reduziert auf kleine Restmengen!
1 Hirschtalk (Füße)
1 Bepanthen (Heilsalbe)
1 Canesten (für den Fall Fußpilz)
1 Teebaumöl (zu schwer, entsorgt)
1 Desinfektionsspray fast entleert
1 Aloe-Gel (entsorgt)
1 Nagelzwicker (gutes Allzweck-Werkzeug)
1 Nagelschere (Schutzhülle!)
4 Stck. Imodium akut (Durchfall)
4 Stck. Kohletabletten (hilfreich)
4 Ampullen Berberil Augentropfen
1 Thomapyrin Schmerztablette (Notfall)
1 Mini-Näh-Set (Größe einer flachen Streichholzschachtel)
1 Compeed Blasenpflaster (entsorgt, Leukoplast tut's auch)
1 Rolle breites Leukoplast (geht für alles)
2 breite Pflaster (in Folie)
1 Voltarensalbe (entsorgt) dafür:
1 Radio salil antiinflamatorio (Entzündungssalbe)
1 Ersatzschuhband

Im Rucksackdeckel innen

1 Geldbeutel, Papiere (Wichtig: Fotos von Kindern und Frau zum Herzeigen)
1 Notfallhandy mit Ladekabel
1 kleiner Fotoapparat (meistens in der Hosentasche)
1 kleines Tagebuch

3 Kugelschreiber
1 Pilgerausweis (fast wichtiger als Perso)
1 Reiseführer (unter Tags in der Hosentasche)
1 Sonnenbrille (für mich unwichtig)

Rucksack Außentaschen

eine 2 Liter-Wasserflasche
eine 1/2L Wasserflasche (eiserne Notration)
1 Joghurtbecher Becher (auch wichtig zum Befüllen der Flaschen)
1 kleines Taschenmesser
1 kleiner Löffel (z.B. für Thunfischdosen, Gabel unnötig -> Finger)
Tagesverpflegung (immer in wasserfesten Tüten)
1 absolute Notration (Thunfisch od. Hartwurst, Stück hartes Brot)
1 Wäscheleine, 3m (sinnvoll)
0 Wäscheklammern (geht auch so)

Sonstiges

1 Bettbezug Frottee (guter Schlafsackersatz)
0 Handtücher (gute Wahl, unnütz, nur Gewicht)
1 Sandalen (optimal, auch unter der Dusche)
1 „diverse“ Trekkingschuhe (an den Füßen)

Die letzten Sachen habe ich gerade mit meiner Stirnlampe aufgeschrieben. Endlich ist es dunkel geworden. Und alle meine Pilgersachen habe ich nun wieder ganz ordentlich zusammengepackt.

Innerhalb des Müllsacks habe ich es mir in meinem Bettbezug bequem gemacht. Und den wiederum habe ich mit meinen Anziehsachen behaglich ausgestopft. Mein Rucksack ist nun halbleer ein gutes Kopfkissen.

Das einzige, was stört ist, dass der Müllsack ziemlich herumrutscht.

Jetzt, wo es langsam richtig dunkel wird, frage ich mich schon: Wird mich jemand hier entdecken und vertreiben? Gibt es wilde Tiere oder störendes Kleinvieh? Zecken oder Mücken? Oder Regen? Oder, oder...?

Nein! Nichts von alledem. Einen Sternenhimmel beim Einschlafen zu betrachten, das habe ich schon lange nicht mehr gehabt! Keine störenden Lichter einer Stadt übertönten die Sterne. Selbst die Milchstraße kann ich wieder einmal sehen. Viel Zeit also, zum Träumen und zum gut Schlafen.

El Peral - Llanes

Tag 14: 23 km, relativ flach (300 Höhenmeter). Über Pendueles, Riego, traumhafter Umweg an der Küste entlang.

Gleich in der ersten Dämmerung habe ich mich etwas frösteln aufgemacht. Beim Gehen wird mir dann schnell etwas wärmer. Erst besetzt die N-634 wieder den Jakobsweg. Dann aber, bereits nach einer guten halben Stunde geht es ab in den Wald. Bald erreicht der Naturweg die grässliche Schneise der neuen Küstenautobahn. Wer hier vor der Wahl steht, entscheidet sich sicher gerne so wie ich für einen Umweg direkt an der Küste. Der Küstenwanderweg E-9 (Senda Costera) ist gut markiert, aber kein Teil des offiziellen Jakobsweges. Der Umweg beschenkt mich dafür mir reichhaltiger Natur. Weiden, wie im Allgäu. Felsklippen wie in Schottland. Einsam und friedlich ist hier alles.

Hier draußen an den Felsklippen gefällt es mir wieder total gut. Es ist heute auch von der Temperatur her sehr angenehm zum Wandern. Etwa 18° Grad. Immer wieder kommt die Sonne ein wenig durch. Die heutige Strecke ist angenehm flach. Im Prinzip geht es immer so auf etwa 50 Höhenmetern dahin. Mal ein wenig rauf, mal ein wenig runter.

Nach einer guten halben Stunde komme ich an eine Tafel mit der Aufschrift „Buffones de Arenillas". Hier an dieser Stelle kann man bei einem entsprechenden Wellengang ein Naturschauspiel erleben. Durch den löchrigen Fels schießen dann wie bei einem Geysir Wasserfontänen in die Luft. Ihren Namen Steinschleudern haben die „Geysire“, weil sie auch allerlei Kieselsteine mit in die Luft schleudern. Deshalb steht auch dabei „Atención, Zona muy peligrosa!“

Soweit die Theorie der Geysire. Und es bleibt auch bei der Theorie, denn heute liegt der Ozean völlig ruhig unter mir.

Wälder, Bäche und der Ozean

Irgendwann wendet sich der Senda Costera halblinks ab vom Atlantik. Ich tauche ein in einen Eukalyptuswald. Hier riecht es heute so intensiv, als hätte ich mir Hustenbalsam auf den Hals geschmiert! Nach einem weiteren Kilometer im Wald stehe ich auf einer kleinen Anhöhe. Etwa eine Kirchturmhöhe unter mir mäandert der grüne Rio Purón in einem verwundenen Flusslauf dem Ozean entgegen.

Hier stoße ich auf eine nicht ganz alltägliche Pilgergemeinschaft. Ein polnischer Opa, der den Weg schon einmal gegangen ist, macht nun mit seinen beiden Enkelkindern den Jakobsweg. Die beiden Burschen sind vielleicht 16 und 18 Jahre alt und sprechen englisch. Beide haben sie bestimmt doppelt so viel Gepäck wie ich auf ihren Schultern und sie tun mir ein wenig leid. Ich selbst tue mich mit meinem abgespeckten Rucksack heute viel leichter. Während die beiden hochrote Köpfe haben, macht mir mein Rucksack überhaupt nichts mehr aus. Ich schätze ihn auf je nach Wasservorrat auf nur noch etwa 10-12 Kilo.

Ein knorriger alter Angler, der mit seinen Gummistiefeln im Wildbach steht, winkt mir zu. Würde ein deutscher Angler auch winken?

In wunderschöner Landschaft marschiere ich frohen Mutes weiter in Richtung Andrín. Es ist ein kleines friedliches Dörflein mit vielen alten und schön hergerichteten Steinhäusern.

Um halb Elf komme ich im Dorf an einer grünen Tafel vorbei, auf der geschrieben steht: „Plato del Peregrino, 8 Euro“. Soll ich mir heute einmal acht Euro gönnen? Während ich so überlege, sieht mich die Besitzerin des Lokals „muy costoso? Zu teuer?" Ich zucke mit den Achseln. Sie sieht auf Ihre Uhr und meint, dass es normalerweise erst um eins etwas zu essen gibt. Normalerweise. Sie sagt mir jedoch auch, dass der Koch normalerweise früher kommt und dann fragt sie mich, ob ich nicht schon einmal Platz nehmen wolle.

Die Besitzerin, die gerade ganz entspannt mit dem Besen den Garten des Restaurants sauber macht, bringt mir ungefragt erst einmal eine Flasche Rotwein, Wasser und frisches Brot. Nun ist die Entscheidung gefallen. Besser gesagt: Sie wurde gerade eben für mich gefällt! Der Restaurantgarten, in dem ich mich niederlasse ist mit einer Steinmauer umfasst.

Aus jeder Ritze quellen Steinpolster und Blumen hervor. Die Tische sind kunterbunt zusammen gewürfelt und alles ist urgemütlich, um dort zu verweilen.

Der einzige Gast

Da ich der einzige Gast bin, blättere ich ein wenig im Reiseführer. Immer wieder schenkt mir die Besitzerin frischen Rotwein nach. Ich habe ihr schon signalisiert, sie dürfe gerne ein wenig langsamer machen. Weil ich mich nicht unbeliebt machen möchte, frage ich sie höflich, ob ich mir meine Schuhe ausziehen darf.

Sie lacht laut und kann gar nicht verstehen, warum ich es nicht einfach mache? Ob ich Deutscher bin, meint sie lächelnd.

Mit einem knatternden Motorrad kommt gerade der Koch an. Es muss der Koch sein, denn er hat eine weiße Schürze an.

Die Besitzerin wechselt ein paar Worte mit ihm und stellt mich ihm vor. „Hier ist ein Pilger, der schon mächtig Hunger hat". Auch er muss nun lachen und gibt mir die Hand. Gleichzeitig signalisiert er mir, dass er sich freue, heute für einen Pilger kochen zu dürfen.

Er schlägt mir vor, mich überraschen zu lassen! Und darauf lasse ich mich gerne darauf ein.

Wenig später folgt Suppe des Hauses, großer gemischter Salat, Schnitzel mit Gemüse und einem Berg hausgemachten Pommes. Danach muss ich noch den selbst gemachten Kuchen probieren, denn als Deutscher müsste ich ja etwas von Kuchen verstehen, meint die Besitzerin. Sind wir ein Kuchenvolk?

Natürlich gibt es auch noch Kaffee und dann einen Schnaps, den ich unmöglich ablehnen hätte können. Dafür habe ich die zweite Karaffe Rotwein nur angetrunken. Oje, wie schwer werden meine Füße danach sein?

Und da ist sie wieder, die Besitzerin, obwohl ich um die Rechnung noch gar nicht gebeten habe. Sie habe mich am Anfang ja gefragt, ob acht Euro zu teuer wären. Nein, nein, erwidere ich verlegen, das wäre vollkommen in Ordnung. Die Besitzerin meint es aber sehr ernst mit Ihrer Frage. Ob ich mit fünf Euro einverstanden wäre und ob es mir denn wirklich auch geschmeckt habe? Wahnsinn, auch das ist Spanien, wie ich es noch nie zuvor erlebt habe.

Immer mehr verstehe ich, warum Menschen, die irgendwann einmal selbst am Jakobsweg unterwegs waren, das Bedürfnis haben, eines Tages etwas von dem, was sie erlebt haben, zurückgeben zu wollen.

Hier am Weg nehme ich dankbar an.

Doch immer mehr bin ich tief in die Schuld der lieben Menschen gerutscht, die sich hier menschlich engagieren und den Weg erst zu dem machen, was er ist!

Der Weiterweg an der Küste beschert mir noch viele traumhafte Ausblicke auf den Ozean, der heute im Dunst mit dem Horizont eins geworden ist. Hier in Asturien hat sich auch die Vegetation merklich verändert.

Am Küstenweg begleiten mich nun unendliche Heidewiesen, die gerade in der Hochblüte sind. Ganze Felder voll Heidekraut leuchten intensiv rosarot auf der kargen Weide. Auch hier am Küstenweg ist fast nichts los. Einmal sind mir zwei Wanderer entgegen gekommen und kurz vor Llanes überhole ich noch eine spanische Großfamilie.

Ich bedaure fast, dass der Weg heute nicht weiter geht und ich schon nach 23 Kilometern an der Herberge ankommen.

Viel zu gerne würde ich heute noch weiter wandern.

Die Herberge in Llanes/ La Portilla gefällt mir weniger gut. Das liegt schon daran, dass mir der Herbergsvater einfach unsympathisch ist und alles nach Kommerz aussieht.

Gut, die Herberge ist nicht wirklich schlecht, aber alles sieht nach Abzocke aus. Der Preis von 15 Euro (Bett) ist für Pilgerverhältnisse einfach zu hoch. Als Gegenwert gibt es nur kalte Duschen, sonst nichts.

Heute habe ich bemerkt, wie sich langsam die Maßstäbe bei mir verschoben haben. Die heutige Etappe von 23 Kilometern war für mich eine kurze und erholsame Strecke.

Ich bin schon früh angekommen und marschiere jetzt zum Einkaufen knapp zwei Kilometer zum Hafen von Llanes. Hätte es nicht zu regnen angefangen, wäre bestimmt mehr los gewesen. So wie Sirmione am Gardasee kommt mir auch Llanes vor. Pizzerien, Eisdielen, Hafenrestaurants. Postkarten für meine Kinder gibt es auch mal wieder. In einem Hafenrestaurant gönne ich mir einen Espresso und lese, so gut ich kann eine asturische Tageszeitung. Anschließend versorge ich mich im Ort mit Salami, Weißbrot, Äpfeln und Klopapier. Und Rotwein!

In meinem Bettenlager treffe ich einen Sizilianer wieder, den ich einige Tage zuvor schon einmal getroffen habe. Er ist ein bärtiger Typ, um die zwei Meter. Ebenso brachial wie sein Äußeres ist seine kräftige Hornbrille. Und als einziger Pilger schleppt er gleich zwei Rucksäcke mit sich herum. Einen riesen großen Rucksack am Rücken und einen weiteren am Bauch. Mit seinem Gepäck würde ich jedenfalls auf Anhieb zusammenbrechen. Für seinen Weg hat er alles aus Sizilien mit genommen. Einkaufen oder ein Pilgermenü sind für ihn tabu. Seine Füße sind total blutig und ich mache mir Gedanken darüber, was er wohl zu büßen hat.

Weil ich fließend italienisch spreche und auch sein Vertrauen habe, gelingt es mir, viel von ihm zu erfahren. Es gibt da in Italien diesen –

er meinte – Staat im Staat. Und er meinte auch, dass diese Organisation“ nicht nur kriminell sei, sondern ihre Drogengelder auch in soziale Projekte investieren würde. Weil der Staat selbst das eben nicht mache. Und er ist auch davon überzeugt, dass man nicht so ohne weiteres nur „böse“ sagen könne. Trotzdem lebt er seit einigen Jahren in einem, wie er meint, unlösbaren Konflikt. Er wolle, dass Gott ihn bestraft und er wolle, wenn er zurückkehre:

Nur noch Gutes tun.

Nun, ob es Gott ist, der ihn bestraft, das weiß ich nicht. So, wie er daher kommt, ist es aber klar, dass er sich selbst bestraft und dafür wieder zu sich finden möchte. Was immer er war und was immer er tat, ich will es auch gar nicht so genau wissen. Doch immer wieder versucht er, mich als so eine Art Beichtstuhl zu benutzen, denn ich verstehe seine Sprache.

All das, was er mir erzählt, möchte ich eigentlich gar nicht hören. Doch er scheint mich einfach zu brauchen. Es scheint, als wäre es „sein Moment“, der nun gekommen ist. Und so erzählt er weiter von seinem unmoralischen Doppelleben, von Sünden, die er zutiefst bereue und von seinem Wunsch, ein besserer Mensch zu werden.

Als der Zweimetermann schließlich wie ein Häufchen Elend zu weinen beginnt, wie ein kleines Kind, kann ich nicht anders, als ihn zu umarmen. Doch helfen kann ich ihm nicht. Er wird sich hier auf seinem Weg weiter selbst kasteien und quälen. Er will es so und es scheint, sein einziges Ziel zu sein.

Am Abend, mitten im Regen, kommt auch Jean-Louis hier an. Wir haben uns ja schon ein wenig angefreundet und so freue mich über dieses Wiedersehen. Jean-Louis ist die letzten Tage hinter mir geblieben, hat aber heute eine Etappe von 50 Kilometern eingelegt. Zum Widersehen öffne ich gleich meine Flasche Rotwein, die wir dann im Austausch von diversen Lebensmitteln zu fünft trinken. Aber genießerisch über drei Stunden hinweg!

Am Abend beginnt in Llanes dann ein Volksfest. Alle paar Minuten erschüttern laute Böllerschüsse die Ruhe. Und jedes Mal ist unser Sizilianer im Bett hochgeschreckt und hat geschrien. Nach jedem

Aufschrei gibt es ein kurzes „Scusi" und er schläft wieder ein. Bis zum nächsten Böllerschuss.

Jean-Louis und ich liegen noch lange wach im Bett. Jeder macht sich wohl seine Gedanken, was die arme Seele so tief erschrecken muss. Jean-Louis meint: „un flic" – ein Polizist. Er hat recht gehabt. Als er am nächsten Morgen fragt: „tu, un flic?", erwiderte der Sizilianer „si un poliziotto". Ja, ein Polizist! Er muss wohl schreckliches erlebt haben als Polizist in Sizilien. Und er hat immer auch bei den „Anderen" mitgespielt. Als er nach dieser Frage schon wieder in Tränen ausbricht, hat auch Jean-Louis ihn ganz innig umarmt. Auch er war früher Polizist.

Llanes - Ribadesella

Tag 15: 30 Kilometer, 550 Höhenmeter, über Barro, Naves, Piñeres, Cuerres.

Wie immer, bin ich wach und sofort fertig. Jean-Louis dagegen besteht heute auf sein „Petit déjeuner – Frühstück". Also warte ich geduldig und gehe dann mit ihm gemeinsam los. So etwas wie Stress kenne ich nicht mehr.

Und auch sonst geht es mir so gut, wie lange nicht mehr. Da waren schon lange keine Herzrhythmusstörungen mehr. Und die Schlieren vor den Augen sind auf wundersame Weise verschwunden. Meine Nase ist vollkommen frei, meine Knie und meine Füße wollen laufen! Auch mein Gepäck ist zu einem festen und nicht mehr störenden Bestandteil meines Körpers geworden. Mit Gepäck fühle ich mich normal. Mehr noch, ich freue mich, wenn ich es endlich wieder am Rücken habe, sonst fehlt mir etwas! Jeden Tag freue ich mich aufs Neue, wenn ich loslaufen darf, die Herberge hinter mir lasse und nach vorne sehen kann.

All die Sorgen und Ängste von „früher" sind spurlos verschwunden. Nichts davon ist mehr präsent. Und meine „Regenwolke" funkt mir nicht mehr dazwischen. Sie hat wohl erkannt: Ich brauche sie nicht mehr! Umso mehr spüre ich tagtäglich große Freude an alldem, was ich mir mit meinen eigenen Schritten erlaufen kann.

Es nieselt heute leicht, ist aber sehr angenehm zum Laufen. Die Strände kurz nach Llanes sind um diese Zeit noch einsame Buchten. Wild und ungestüm bläst der auflandige Wind die Brecher auf den feinen Sandstrand. Gerade ist Ebbe und wir ziehen am Playa de Palombina unsere Schuhe aus, um diesen herrlichen Augenblick zu genießen. Wir „nehmen" uns die Zeit einfach, ohne an ein Tagesziel oder sonst etwas zu denken. Sand, Muscheln, Felsen – hätte ich früher gesagt. Doch mittlerweile bekommt der Sand viele Attribute, natürlich auch die Muscheln und die Felsen.

Heute fallen mir Worte ein, wie: „Zufriedenheit, inneres Glück, Gelassenheit, Freiheit, Teil des Ganzen sein, Stimmungen aufsaugen, zuhören, dankbar sein".

Hier ist der einzig wahre Jakobsweg

Kaum zu glauben, dass nahezu alle Pilger Camino Francés gehen. Zum Küstenweg gibt es kaum Bücher, Filme und Infos. Doch instinktiv habe ich die richtige Entscheidung getroffen. Hier sind alle Elemente dieses Planeten vereinigt. Der Atlantik verwöhnt mich mit einem rauen, aber gut zu wandernden Klima. An der Küste und in den Bergen steigen die Temperaturen selten über 30 Grad. Hitzeetappen sind eher selten. Und jeden Tag gibt es auf ein Neues diese traumhafte und ursprüngliche Natur. Sagenhaft!

Ein Buddhist am Jakobsweg

Jean-Louis hält heute stets einen gehörigen Abstand zu mir. Er faselt irgendwelche Silben vor sich her, teils gesprochen, teils gesungen. Das ist mir schon öfter aufgefallen, doch ich nehme ihn so, wie er ist! Doch heute spreche ich ihn direkt darauf an, was diese „Silbenlieder" bedeuten, die er vor sich hinsingt.

„Meditation!“ Er will heute einfach meditieren! Doch ich frage weiter. Und dann kommt die große Überraschung: Jean-Louis ist Buddhist. Ein Buddhist am Jakobsweg! Im Gegensatz zu meiner strengen Religion „Du sollst keine fremden Götter neben mir haben“, verehren Buddhisten eine Vielzahl an Gottheiten.

Toleranz ist im Buddhismus tief verankert.

All die Zeit hat Jean-Louis mit mir gemeinsam Kirchen besucht, gebetet und ist als Buddhist mit mir den Jakobsweg gegangen. Und nie wäre ich auf die Idee gekommen, er könnte Buddhist sein. Oder doch?

Nachdem mein Französisch immer besser geworden ist, haben wir nun einen schier unermesslichen Gesprächsstoff. Seine Weltanschauungen faszinieren mich.

Schon länger sind mir Kleinigkeiten aufgefallen, die mir „merkwürdig“ oder zumindest rührselig erschienen. So hat Jean-Louis praktisch jede Schnecke auf den Straßen in seine Hand genommen, mit ihr geredet und sie zurück in die Wiese gesetzt.

Und er hat auch irgendwie das „entwendete“ Schaf verehrt, das mit uns lief. Ich habe es also mit einem französischen Buddhisten zu tun, der nun schon zum zweiten Mal den Jakobsweg macht. Und Jean-Louis offenbart mir nun auch, dass er in seiner Heimat selbst ein Hospitaliero ist, ein Herbergsvater also!

Dann merke ich aber, dass ihm meine Fragen zu viel werden. Er ist heute von seiner gestrigen Hammeretappe sehr müde und will für sich sein. Wir verabschieden uns wieder einmal mit einer herzlichen Umarmung. Ich werde heute noch bis Ribadasella gehen, während Jean-Louis schon in Piñeres Halt machen möchte.

Der Zugang zu mir selbst

Es geht wieder einmal allein weiter. Das Loslassen und das Alleinsein macht mir nichts mehr aus. Ich sehe meinen eigenen Weg nun als einen langen „Fluss", auf dem es einfach immer weitergeht, ohne dass ich mir irgendwelche Sorgen machen müsste. Es „fließt" alles immerzu dahin und ich sauge jede einzelne Sekunde in mir auf. Ich kann genießen und abschalten. Der Lebensfluss fließt. Natürlich ist er auch in meinem Leben vor dem Jakobsweg geflossen. Nun aber beginne ich ganz deutlich, den Unterschied zu spüren.

Früher war dieser Fluss etwas, was mich mitgespült hat. Während ich gegen die „Stromschnellen" gekämpft habe, war keine Zeit, den Moment zu genießen. Jetzt ist dieser Fluss ruhig geworden. Meine „lichten Momente" sind wie Spiegelungen an der Wasseroberfläche, die ich nun in aller Ruhe beobachten kann. Ich bemerke nun ganz bewusst, wo ich gerade bin und kann mich ganz ruhig dahintreiben lassen. Ich habe Zeit, die Gegenwart zu studieren. Und vielleicht ist das Wandern nun dem Meditieren ganz nahe.
Dieser ausgeglichene Zustand verschafft mir eine prall gefüllte Welt der „Sentimientos", der Eindrücke und Gefühle. Nichts ist mehr eintönig. Alles ist bunt, schön und jeder einzelne Schritt geht nach vorne, weg von meiner Vergangenheit, hinein in meine eigene Gegenwart.

Ich habe lange gebraucht, um hier anzukommen. Jetzt ist der „Gang" nicht mehr eintönig, sondern „tief in mir drin". Jeder Schritt ermöglicht mir einen immer intensiveren Zugang zu mir selbst. Er zeigt mir, wer ich bin! Und er zeigt mir, wie friedlich und entspannt man doch die Welt sehen kann.

Ich denke viel nach über den Buddhismus und meine eigene Religion. Schon merkwürdig, dass der Buddhismus in aller Welt eine Religion ist, nur in Deutschland nicht als anerkannte Religionsgemeinschaft gilt. [14]. In Wikipedia lese ich später, dass nach der buddhistischen Lehre jedes Lebewesen einem endlosen Kreislauf (Samsara) von Geburt und Wiedergeburt unterworfen ist. Deshalb vielleicht auch hat Jean-Louis jede Schnecke gerettet.

Lange Asphaltstraßen folgen nun. Würde ich die heutige Strecke im Detail beschreiben, hätte sicher keiner mehr Lust, diesen Küstenweg zu gehen. Aber Teer ist manchmal eben der Preis für den Urweg, für viel Natur pur und das Abenteuer des Lebens. Ja, ich würde es jederzeit wieder machen und keinen einzigen Schritt je bereuen!

Ribadasella

Ribadasella ist die nächste traumhafte Station auf meiner „Reise". Ein fast unbekannter Badeort mit herrlichem Sandstrand und altehrwürdigem Flair. Ohne mein Handy zu benutzen gehe ich allerdings volles Risiko ein. Denn der Reiseführer warnt davor, dass die Herberge praktisch immer belegt sei. Doch was interessieren mich Warnungen? Und was der Reiseführer nicht schreibt ist, wie sensationell die Herberge ist!

Eine renovierte Prunkvilla direkt am exklusivsten Strandabschnitt des Kurortes! Als ich davor stehe, denke ich mir: O.K., sicher voll. Aber wahrlich traumhaft. Und ich denke mir auch: Wäre das ein Hotel, dann würde die Nacht kaum unter 500 Dollar kosten!
Naiv, fröhlich und ohne jegliche Erwartungen betrete ich nun die Prunkvilla. „Momiento, Senior" ruft mir die nur halb so alte junge Dame entgegen. Bildhübsch und fröhlich. Sie strahlt mich an. „Meerblick, oder Blick auf den Park?".

Zimmer mit Meerblick

Dann gibt sie mir, ohne meine Antwort abzuwarten, einen Schlüssel für „Meerblick". Abermals sagt sie „Momiento", sie möchte mir mein Zimmer schon persönlich zeigen. Gigantisch! Ein sechs Betten Zimmer ganz allein. Vor mir breitet sich die Bucht von Ribadasella aus, das Meer, das Leben!

Cristina zeigt mir die blitzsauberen Duschräume und gibt mir zwei große frische Handtücher. Im Duschraum lächelt sie mich an, schüttelte den Kopf und sagt „Playa – ab an den Strand, danach duschen!". Das lasse ich mir nicht zweimal sagen.

Zum Baden ist es viel zu kalt und zu stürmisch. Aber einfach da zu stehen und dem Spiel der Wellen zuzusehen ist fantastisch!

Nachdem ich noch zwei Postkarten an meine beiden Kinder geschrieben habe, gehe ich zurück auf mein Zimmer. Den Rucksack, der neben meinem Bett liegt, kenne ich doch? Im Bett unter mir sind die Klamotten von Jean-Louis verteilt. Wir sind also doch wieder zu zweit? Von Jean-Louis fehlt zwar jede Spur, aber offensichtlich hat er es heute dann doch noch bis hierher geschafft.

Ich freue mich über das Gepäck von Jean-Louis und bin gespannt, wann ich ihn sehen werde.

Das Merkwürdige an dieser Supervilla: Kein anderer Pilger kommt heute noch an. Außer einer österreichischen Pilgerin, die ein Einzelzimmer bekommt.

Pulpa, Sidre und pure Gastfreundschaft

Cristina empfiehlt mir, über die Brücke des Sella zu gehen, um im östlichen Teil ein Pilgermenü einzunehmen. Und plötzlich steht auch Jean-Louis mit einem breiten Grinsen vor mir. „Oui, lass uns ein Pilgermenü nehmen!"

Wir gehen gemeinsam noch mal los auf die andere Seite des Dörfchens. Beide haben wir richtig Hunger und freuen uns auf was zu essen. Nur keines der Restaurants hat ein Schild mit Pilgermenü. In einer Sidreria (so etwas wie einem Wein- und Speiselokal) haben wir dann einfach nach einem Pilgermenü gefragt. „So etwas haben wir nicht, aber warten sie, ich hole den Chef, bitte bleiben sie hier!". Und dann kommt nicht der Chef, sondern die Chefin. Mit einem Schmunzeln fragt sie uns, ob wir wirklich echte Pilger sind. Dieser Augenblick dauert eine kleine Ewigkeit und alles, was sich jetzt abspielt, geschieht über Blicke, Gesten und Lächeln.

Sie fragt uns, was denn so ein Pilgermenü anderswo kosten würde. Jean-Louis antwortet recht ehrlich: „Zwischen vier und zehn Euro".

Die Chefin „Marta" lacht lauthals los. Was denn nun? Vier Euro oder zehn Euro? Jean-Louis und ich müssen ebenfalls loslachen. „No importa" sage ich spontan, „egal". Allein die witzige und charmante

Art von Marta wären für mich heute schon locker zehn Euro wert gewesen. Lassen wir uns also überraschen.
Marta hat wohl schon einiges über den Jakobsweg gehört, doch Pilger waren bei ihr noch nie. Und obwohl unsere Kleidung dem Lokal nicht im Geringsten angemessen ist, scheint Marta sich zu freuen, dass sie heute zum ersten Mal zwei waschechte Pilger vor sich hat. Ohne uns weiter zu fragen, gibt es als erstes Sidre serviert, auf akrobatische Art!

Sidre, ein Genuss!

Sidre kann man sich so wie Äppelwoi vorstellen. Wenn der Kellner gut ist (und er ist gut), dann gießt er das schäumende Gebräu aus einem halben Meter Abstand ohne hinzusehen in das Glas. Den Wein hält er hoch über den Schultern und das Glas unter den Knien.

Nach viel Sidre und einer kleinen Vorspeise kommt dann unser Überraschungsmenü. Pulpa, frisch gefangener Tintenfisch in der eigenen Tinte. Das habe ich noch nie in meinem Leben gesehen: Ein Teller mit Reis und Tintenfisch, alles tiefschwarz. Es kostet mich trotz großem Hunger ein wenig Überwindung. Aber nach dem ersten vorsichtigen Probieren offenbart sich ein sensationeller Geschmack. Und unser Nachbartisch – Einheimische, essen gerade mit Genuss das Gleiche.

Auch sie wissen, dass Ribadasella eine Station für Pilger ist und fragen uns nun Löcher in den Bauch. Dafür erklären sie uns alles, was man über die köstliche Speise wissen muss. Und sie erklären uns, wie man Sidre richtig einschenkt, wie man ihn macht und es entsteht so ein richtig heiteres Gespräch mit unseren Tischnachbarn.

Endlich gibt es auch wieder einmal aros con leche, meine Lieblingsnachspeise.

Das Flirten mit der hübschen und liebenswerten Besitzerin hat sich gelohnt. Alles in allem pro Person fünf Euro, einen dicken Schmatz auf die Wange und einem Bon Camino! Da kann ich heute sicher gut träumen!

Ribadasella - La Isla

Tag 16: 20 km, ca. 500 Höhenmeter. Über San Pedro, San Esteban, Las Tejas.

Schon wieder habe ich in meinem Tagebuch notiert: Eine der schönsten Etappen. Und in der Tat, diese Wanderung entlang den Stränden und Klippen ist einzigartig.

In Ribadasella habe ich in der Früh bei einer Tasse Kaffee den spanischen Wetterbericht gesehen. Überall Wolken. Und hier vor Ort sogar Blitz und Donner.

Doch dann fällt mir zur Erheiterung von Jean-Louis folgende Lebensweisheit ein, die ich einmal gehört habe:

Der beste Wetterbericht trifft heut zu Tage mit einer Wahrscheinlichkeit von 71% zu. Die simple Aussage, das Wetter wird morgen Früh so wie heute Abend, trifft hingegen mit einer Wahrscheinlichkeit von 83% zu.
Jean-Louis muss lachen. So hat er die Dinge noch nie betrachtet. Gestern Abend zog es noch auf und wurde schön. Und heute ist es schön! So darf es bleiben.

Nach der Strandpromende von Ribadasella erwartet uns eine kleine Bergtour mit Alpenkulisse. Bunte Kuhweiden so weit das Auge reicht. Herrlich! All das wird begleitet vom munteren Gebimmel der Kuhglocken. Einige Bauern haben hier sogar Brunnen und Schläuche für die durstigen Pilger eingerichtet. Absolut super! Eine noble Geste. Auf den schmalen Wiesenpfaden lässt es sich heute super laufen.

Und dann sehe ich etwas, was ich noch nie gesehen habe. Ein quadratisches Holzhäuschen mit Ziegeldach, welches auf vier Steinsäulen aufgerichtet ist. Ein „Horreos“. Jean-Louis erklärt mir, dass es sich hier um einen alten Getreidespeicher handelt, welchen wir in Asturien noch öfter sehen werden.

So ein Horreos steht auf Holzfüßen, die mit einem großen flachen Stein das Fundament des eigentlichen Bauwerkes bilden. Der Stein ist für Mäuse ein natürlicher Überhang, den sie nicht überwinden können. So bleibt das Getreide vor den Nagern verschont. Simpel, aber effektiv!

Von Almwiesen geht es nun wieder bergab zum Meer, das erhaben unter uns liegt. Hier befinden sich ein paar Häuser und ein idyllisches kleines Kaffee mit Strandblick. Wie immer menschenleer. Auch Jean-Louis hat nichts dagegen, hier ein wenig zu verweilen. Nach den überwundenen Höhenmetern bestelle ich mir ein kleines Bier und beobachte die freilaufenden Hunde, die hier im Paradies leben. Bis zum Ufer sind es ein paar Hundert Meter. Dazwischen ist alles recht ursprünglich grün bewachsen. Nach der kleinen „Stärkung" geht es dann im „Garten Eden" wieder bergauf. Rechts unten begleitet mich der Blick auf den Ozean. Der kleine Pfad hier ist gesäumt von kniehohem Gras, Brombeersträuchern und Blumen.

Wir sind wieder von Null auf etwa hundert Höhenmeter gekommen und obwohl wir erst Rast gemacht haben, verspüren wir nun auch unseren ersten Hunger. Zeit haben wir ja ohne Ende, also setzen wir uns einfach neben den Trampelpfad mitten in das weiche Gras.

Einsam über dem Meer kann ich sicher etwas für Jean-Louis zaubern!

Die Natur vor den Füßen essen

Bei der Kräuterwiese, in der wir sitzen, denke ich sofort an einen schmackhaften Wildsalat.

Salatschüssel? Kein Problem. Mein Sonnenhut hat ja in etwa die Form einer Salatschüssel und mein Brot habe ich in einer Plastiktüte. Pater Ernesto hat Recht: Nutze die eigenen Ressourcen und deine Fantasie. Hut + Plastiktüte = Salatschüssel.

Sofort kann es los gehen mit dem Sammeln. Jean-Louis hat sich ein wenig entkleidet und genießt die Sonne und den Robinson-Crusoe-Ausblick. Dass ich jetzt Salatblätter sammeln gehe, ist ihm zwar nicht so recht geheuer, aber er lässt mich mal machen.

Als erstes entdecke ich ganz junge Gierschblätter. Sie erinnern mit ihrer intensiven Würze ein wenig an Petersilie. Auch Giersch ist ein Doldenblütler und daher einem Anfänger nicht unbedingt zu empfehlen. Doch der Geruchssinn kann den Giersch eindeutig von giftigen Vertretern der Gattung Doldenblütler unterscheiden.

Direkt vor meinen Füßen wachsen auch frische Huflattichblätter. Ein echter Genuss! Wer noch nie in seinem Leben Huflattichblätter gekostet hat, wird von dem zarten Geschmack begeistert sein. Da kann kein Eissalat aus dem Supermarkt mithalten! Von oben haben die jungen Blätter ein ganz helles und saftiges Grün. An der Unterseite haben sie einen „filzigen" aber ebenso zarten Saum. Ich nehme mir die Zeit, auch die Blattunterseiten auf Käfer zu inspizieren, aber alles ist so frisch und sauber, dass wir definitiv keinen Wasserhahn benötigen werden.

Damit nicht genug. Ich muss nur wenige Meter umhergehen, um weitere Leckerbissen der Natur zu finden. Frische Spitzwegerichblätter! Sie sind mit ihrem einzigartigen Aroma auf jeden Fall eine kulinarische Entdeckung wert! Sie schmecken leicht nussig, sind knackig und mild. Ich blicke zu Jean-Louis und denke mir:

Wer so etwas noch nie gegessen hat, wird begeistert sein!

Nebenbei entdecke ich ein paar Rukolablätter und wilde Hopfentriebe. Letztere gehören für mich mit zu dem Feinsten, was die Natur zu bieten hat!

Bis heute weiß ich nicht, ob man die Blätter der schwarzen Johannisbeere wirklich essen darf, aber zu Hause mische ich sie in jeden guten Salat. Das ursprüngliche Aroma ist sensationell. Also auch davon ein wenig in meinen Hut!

Wegwarte blüht hier auch. Sicher kennt jeder die blau-violetten Blüten, die ein wenig den Kornblumen ähneln. Aber das man sie essen kann? Die Wegwarte ist nichts anderes, als die wilde Form des Chicorée-Salates und sie haben einen fantastischen Geschmack, wenn sie jung und frisch sind. Auch Thymian und Majoran wachsen hier an den steinigen Stellen. Direkt daneben finde ich den kleinen Wiesenknopf, dessen Blätter intensiv nach Gurke schmecken. Und:

Ich finde die Wegrauke. Sie schmeckt so wie frische Kresse und hat ein würziges, scharfes Aroma.

Die ährige Teufelskralle hört sich zwar giftig an, kann es aber mit jedem Eissalat aus dem Supermarkt locker aufnehmen. Und dann gibt es noch jede Menge süßliche Margaritenblätter und kalorienreiche Brennnesselsamen. Letzterer ist mein absoluter Geheimtipp zum Experimentieren. Er schmeckt intensiv würzig und passt hervorragend zu Brot und Salat.

Alle Zutaten kommen nun in meinen „Hut". Jean-Louis unterbricht sein Sonnenbad und sieht mir nun neugierig zu. Auf die Schnelle habe ich einen ganzen „Berg Salat" gesammelt, den ich frischer nicht zubereiten könnte.

Alles mache ich nun klein und mische es in den „Hut".

Darüber schnippel ich dann sehr klein meinen letzten Apfel. Jean-Louis steuert Salz und Pfeffer bei. Und dann: Zwei große Thunfischdosen auf und rein damit. Jean-Louis zaubert noch eine Tomate aus seinem Gepäck.

Garniert mit ein paar rosa Blüten vom Wiesenschaumkraut steht unser kulinarisches Mittagsmenü breit zum Verzehr. Bevor Jean-Louis probiert, fotografiert er die Salatschüssel unzählige Male. Mir wird bewusst, dass er hier wohl absolutes Neuland betritt!

Mit ein wenig Brot, Wasser und dem riesigen Salatteller werden wir nicht nur satt, sondern:

Um einen grandiosen Genuss reicher!

Jean-Louis vertraut mir mittlerweile offenbar ganz gut. Zu Anfang hat er in Sachen Grünzeug noch seine Bedenken gehabt. Aber das, was er jetzt auf seiner Zunge zergehen lassen kann, ist sensationell. Die Natur verwöhnt uns mit allem, was sie zu bieten hat!

Jean-Louis fragt mich, woher ich all dieses Naturwissen hätte und wie er das auch selbst lernen könnte?

Sicherlich haben mich meine Eltern schon als Kind für die Natur begeistert. Aber für das Essbare in der Natur habe ich mich dann erst sehr viel später interessiert. Klar habe ich mittlerweile ein halbes Bücherregal voll von Pflanzen- und Survivalbüchern. Aber das braucht es zu Anfang alles gar nicht. Mein erstes kleines Büchlein über essbare Pflanzen hat mir den Zugang zu dem Allgemeinwissen eröffnet, welches leider irgendwie in der zivilisierten Welt verloren gegangen ist. Es hat dann großen Spaß gemacht, die ersten „idiotensicheren" Pflanzen zu sammeln. Und damit konnte ich dann nicht nur meine Frau und meine Kinder begeistern, sondern auch mit meinen Freunden im Grünen pflücken!

Nach und nach sind dann auch Raritäten dazu gekommen, aber die braucht's für den Anfang gar nicht! Und irgendwann habe ich mich dann auch mit den giftigen Pflanzen beschäftigt, um jede Gefahr auszuschließen. Wenn man bedenkt, dass mindestens Zehntausend verschiedene Pflanzen bei uns heimisch sind und davon vermutlich nur 100 als unbekömmlich bis giftig eingestuft werden, dann kann man beruhigt loslegen, wenn man die wichtigsten Giftpflanzen kennt!

Jean-Louis jedenfalls hat jeden einzelnen Bissen genossen und in Anbetracht dessen, dass er von der Natur, die uns ernährt wohl keine Ahnung mehr hat, feuchte Augen bekommen.

Auch ich selbst habe jeden Bissen genossen. Schließlich wuchs (bis auf die Thunfischdose) alles direkt neben uns. So einen Wildsalat essen und gleichzeitig auf das unter mir liegende ruhige Meer blicken, das ist der Jakobsweg pur!

Es ist absolut erstaunlich, wie hier die unterschiedlichsten Aromen zusammenströmen und ein absolutes Hochgefühl auslösen. Damit meine ich allerdings nicht den ansonsten negativ besetzten Begriff „Aroma", sondern die pure Natur, die heute wahrlich alles übertrifft!

Caminreal Libre!

Gleich nach unserem phänomenalen Mittagsmahl geht es glücklich weiter über Kuhweiden. Immer wieder mit tiefblauem Meeresblick. Die Bauern haben hier ihre Weiden eingezäunt. Und manchmal steht beim Übergang zur nächsten Weide extra handgemalt „Caminreal Libre!“. Der wahre Jakobsweg ist für Pilger frei!

Nach einem Trip à la Allgäu plus Meereskulisse kommt man dann an einen Kilometer langen Traumstrand. Anstatt den empfohlenen Weg zu nehmen, ist der Strandlauf viel schöner. Weicher Sand unter den Füßen und ein totales Glücksgefühl belohnen jeden einzelnen Meter.

Hier, etwa 50 Höhenmeter über dem vor mir liegenden Strand, mache ich ein Foto.

Ein hölzernes Jakobswegschild zeigt die Richtung ins Paradies. Ein herrlicher Strandlauf mit Rucksack liegt vor uns. Kilometerweit breitet sich der lange und einladende Sandstrand vor uns aus. Der offizielle Jakobsweg verläuft weniger romantisch entlang der Küstenstraße. Doch die Beschilderung mit der Jakobsmuschel zeigt uns hier die schönste Alternative auf.

Heute könnte man baden. Es ist warm genug. Im Hinterkopf behalte ich diese Vorstellung vom Baden und gehe erst einmal weiter.

Den Schlüssel für die Herberge und den Pilgerstempel bekommen wir im Ort selbst.

Die Herberge ist wunderbar gelegen

Aufgeräumt und blitzblank sauber. Und es gibt eine Kochmöglichkeit.

Jean-Louis und ich suchen uns erst einmal ein Bett aus. Wie immer liegt Jean-Louis unten und ich freue mich über den „ersten Stock“.

Befreit vom Gepäck, schlendern wir dann an den Strand. Baden ist angesagt!

Nach zehn Minuten sind wir am Strand. Und bevor wir hinuntergehen, gibt es in einer kleinen Strandbar ein kühles „deutsches Bier“. Das zweite heute.

Und nun: Nichts wie ab, an den Traumstrand. Feiner Sand und türkisfarbenes Meer locken zu einem Sprung ins kühle Nass. Hinter der Bucht ragen grüne Berge empor, die aufgrund der außergewöhnlichen Wetterlage noch ein wenig Schnee auf den Gipfeln haben. Es ist der Gebirgsrücken um den Picu Pienzu el Sueve. Der mit seinen 1.112 Höhenmeter mächtige Gipfel ist Luftlinie gerade einmal 5 Kilometer von hier vom Strand entfernt. Von Null auf 1.112, das ist ein gigantisches Höhenprofil auf dieser kleinen Distanz!

Rein ins Meer!

Niemanden stört es hier, dass ich keine Badehose dabei habe und mit meiner ganz normalen Pilgerhose in den Atlantik sprinte. Heute passt einfach alles. Obwohl der Strand fast menschenleer ist, gesellt sich ein junges spanisches Pärchen mit kleinem Kind zu uns. Und natürlich reden wir sofort über den Jakobsweg. Ihnen muss der Jakobsweg wohl wie ein Paradies von Badestrand zu Badestrand vorkommen.

Auch ohne Handtücher wird das Baden ein herrliches Erlebnis für mich. Einfach mitten hinein in den Sand zum Trocknen. Sand über Sand, so unmittelbar habe ich Baden noch nicht erlebt. Meine Badenachbarn meinen „Arena va y viene“, Sand kommt und geht. Klar, irgendwann wird er von selbst davonrieseln!

Ich denke mir gerade, dass ich hierher eines Tages mit meiner Familie zurückkommen werde, um Urlaub zu machen.

Das schöne Wetter nutze ich in der Herberge gleich dazu, meine Wäsche zu waschen und mit geliehenen Wäscheklammern aufzuhängen.

Auch die Schuhe hänge ich an die Wäscheleine unter dem Vordach. Heute möchte ich für die Pilger kochen. In einem kleinen Tante Emma Laden kaufe ich mir vier Packungen Spaghetti, drei Packungen Tomatensauce, frische Meeresfrüchte, frisches Gemüse, Knoblauch und Salat.

Schon das gemeinsame Schneiden des Gemüses im Vorgarten der Herberge wird zu einem kleinen Fest. Rotwein habe ich mir nicht besorgt, den würde ich heute von den anderen bekommen. Aber ich bleibe erst einmal beim Leitungswasser.

In drei Töpfen koche ich nun die Spaghetti und dünste das Gemüse mit reichlich Knoblauch an. Und das wird morgen niemanden stören! Als Letztes gebe ich dann die frischen Meeresfrüchte in den Topf. Ein fantastisches Aroma.

Zusammen Kochen

Als rechte Hand assistiert mir Ines, eine junge Pilgerin aus Österreich. Sie hat ihren Kopf vor dem Abenteuer kahlgeschoren und ist mit einem riesigen Rucksack aufgebrochen. Ines macht es großen Spaß, mit zu kochen.

Sie richtet den Tisch im Vorgarten wunderschön her. Auch die drei polnischen Pilger, der Opa mit seinen beiden Enkeln sind wieder hier.

Und ein französisches Pilgerpärchen aus Marseille. Sie ist eine junge Pilgerin, ganz im Stil des Flower-Powers. Und er ist eigentlich Marokkaner und Muslime. Dennoch geht er den Jakobsweg, um etwas über Gott zu erfahren.

Auch der polnische Pilger, den ich in Santillana fotografiert habe, ist hier. Und dann ist da noch ein älterer Franzose, der sich aus dem Trapez eines Surfbretts und einem Reifen eine Art Ochsenkarren gemacht hat. Er ist rückwärts unterwegs.

Der Duft des Essens erfüllt nun auch den Schlafsaal und weckt zwei Pilgerinnen, die um diese Zeit schon mal ein wenig geschlafen haben.

So wie Ines aufgedeckt hat, macht es besonderen Spaß zu servieren. Sie hat keine Mühen gescheut und jeden Teller mit ein paar Blüten dekoriert.

Die Weltreligionen am Tisch

Es folgt ein langes und sehr schmackhaftes Abendessen unter dem Vordach der Herberge. Jean-Louis und Hamdi, der junge muslimische Pilger, unterhalten sich über den Glauben. Endlich hat Jean-Louis mal lauter „Franzosen“ bei sich. Und heute sind gleich vier Weltreligionen vereint: Das Christentum, der Buddhismus, der Islam und... der Atheismus. Damit meine ich Ines, die den Gesprächen stundenlang gebannt lauscht. Ihre Eltern haben ihr keinen Glauben vermittelt. Auch wenn ihr „die Kirche“ fremd ist, ist sie auf der Suche nach ihrem Gott.

Hamdi erzählt Jean-Louis gerade was vom Salat und ich horche auf. Doch Salat, damit ist nicht der Salat gemeint, den er gerade isst, sondern „Salat“ ist das fünfmalige Gebet. Ich möchte natürlich nicht lachen und sehe also ein wenig weg. Aber Ines muss lachen und dann ist es um mich auch geschehen.

All das, was Hamdi über seinen Glauben erzählt, ist für mich fast Deckungsgleich mit dem Christentum. Und auch Jean-Louis kann dem Gedankengut von Hamdi in Teilen zustimmen. Was also soll uns voneinander trennen. Schließlich machen wir gemeinsam den Jakobsweg!

Ines erzählt mir davon, dass sie schon vor unzähligen Kirchen gestanden ist und sich kein einziges Mal hinein getraut hat. Irgendwann, wenn sie so weit ist, dann möchte sie sich überwinden und hinein gehen.

Auf meine Frage, warum sie nicht einfach mal reingeht, antwortet sie, dass sie etwas Angst davor habe, was dann vielleicht mit ihr passieren könnte. Weiteren Fragen weicht sie aus.

Auch hier in La Isla habe ich also, wie fast überall, eine perfekte Pilgerherberge vorgefunden. Keine Spur von dem, was man vom Hauptweg so liest und hört. Wie viele andere Herbergen auch, gibt man für die Übernachtung eine kleine Spende. Die Herbergsleute, bei denen ich meinen Stempel abgeholte, haben mir eine Spende von mir fünf Euro empfohlen. Die Praxis mit einer Spende

„Donativo" finde ich wirklich gut. Pilger, die sich das nicht leisten konnten, müssen sich nicht schämen und können dafür an anderer Stelle wieder etwas gutmachen. Es gibt allerdings auch Pilger, die im wirklichen Leben in völlig anderen Dimensionen leben. Und die können, ebenfalls unerkannt, auch einmal eine viel größere Spende in die typische Holzbox einwerfen. Zechpreller gibt es sicher nicht.

Der Glaube ist ihr fremd

Das einzige, was mich heute bewegt, ist Ines.

Sie wandert stets allein und zieht sich zurück. Irgendwie tut sie mir leid. Sie ist auf der Suche nach einem Glauben. Und doch sind ihr Kirchen, Kapellen und Beten völlig fremd. Dennoch haben wir uns ständig über Dinge unterhalten, die sich dem gewöhnlichen Sein entziehen und durchaus in eine, sagen wir spirituelle Ebene passten.

Gerade habe ich Hamdi mit ein paar Zahlen auf Arabisch zum Lachen gebracht. Ich habe ihm gerade von meiner Nilkreuzfahrt erzählt. Und weil ich vor jeder Reise ein paar Wörter in der Landessprache lerne, konnte ich auf Arabisch zumindest bis 10 zählen. An Deck des Schiffes habe ich mir am Abend dann immer „wa-hett" Cuba-Libre bestellt" – einen Cuba Libre. Jeden Tag haben die Kellner gelacht und mir brav meinen Cuba Libre gegeben. Dass da etwas nicht stimmte, habe ich nicht wirklich gemerkt.

Erst, als mich am letzten Abend unser Reiseleiter zu sich nahm, wurde es ernst. Er sagte mir, dass für ein deutsches Ohr die haarfeinen Unterschiede der arabischen Sprache wohl kaum zu hören seien. Und er erklärte mir dann, dass „wa-chett" – so wie ich es ausgesprochen habe - nicht „1" heißt, sondern schwul. Ich habe mir also die ganze Woche einen schwulen Cuba Libre bestellt! Nicht nur Hamdi biegt sich gerade vor Lachen! Vor ihm zähle ich auf Arabisch noch einmal bis zehn und er sagt dann auf arabisch zu mir „super".

Hamdi findet übrigens nichts Komisches daran, als Muslim den Jakobsweg zu gehen. Schließlich erzählt auch der Koran die Geschichte von Maria und von Jesus.

Beide werden als Propheten verehrt.

In der Sure 2/136 des Korans soll laut Hamdi sogar Jakob, der Namensgeber des Jakobsweges erwähnt sein. Damit ist meiner Meinung nach zwar sicher nicht Jakob der Ältere gemeint, um den es am Jakobsweg geht, aber ich lasse ihm einfach seine Meinung. Warum auch nicht?

Denn spätestens hier endet das friedliche Nebeneinander der Religionen. Zwischen 711–719 n.Chr. eroberten muslimische Mauren weite Teile Spaniens. Die sog. Reconquista (Rückeroberung) begann um 718 n. Chr.: In Asturien. Genau hier sind wir gerade. Natürlich werde ich Hamdi nicht vertreiben und auch keine Schaufel über den Kopf ziehen, wie Jean-Louis anmerkt. Und jetzt wird diskutiert.

Die damaligen Auseinandersetzungen dauerten bis 1492 n.Chr. Über unglaubliche 774 Jahre bekämpften sich immer wieder die Religionen in dieser Gegend. Gleichzeitig entstanden aber auch gemischte Familienbanden, Freundschaften und Bündnisse. Handel wurde miteinander betrieben und kulturelles Wissen wurde ausgetauscht.

Jakobus der Ältere (auf Spanisch: Santiago) war einer der zwölf Aposteln Jesu. Legenden erzählen, dass er nach der Himmelfahrt Jesu die Iberische Halbinsel katholisch missioniert haben soll. Also zur Stunde null. Ines merkt etwas spöttisch an, das Jakobus sicher exakt auf der Wiese des Herbergsgartens gepredigt haben soll.

Andere behaupten, Jakobus wäre bei der Missionierung eher ein Versager gewesen. Und hier stimmt Ines wieder ein. Sie meint: Er hat's wohl selber nicht geglaubt".

Sei es, wie es ist. Jedenfalls soll Jakobus in Santiago de Compostela beerdigt worden sein. Nach der Wiederentdeckung des Grabes durch eine Lichterscheinung sollen dann im neunten Jahrhundert eine Kapelle und später dann die Kathedrale von Santiago de Compostela über dieses Grab gebaut worden sein. Jakobus wurde nach seinem Tod durch seine Wiedererscheinung zum Mythos.

Damals soll sein Geist auf einem Schimmel in der Schlacht um Clavijo erschienen sein. Das war so etwa um 844 nach Christi Geburt. Natürlich habe der Geist des Jakobus sodann dem König Ramiro I. von Asturien zum Sieg verholfen. (Mir persönlich ist das Gebiet um Clavijo heute eher durch den Rioja-Rotwein und seinen Weingeist ein Begriff.)

Der untote Jakobus

Der seit 844 Jahren (un)tote Jakobus wurde jetzt je nach Sichtweise als Schutzheiliger oder als Maurenschlächter bekannt. Nach und nach wurde Jakobus als Nationalheiliger der Spanier eingespannt. In derselben Epoche eroberte der muslimische Heerführer al-Mansûr wiederum Santiago de Compostela. Er soll allerdings recht ehrenhaft die Reliquien des Jakobus verschont haben, was wiederum Hamdi gut fand.

Ein ewiges Hin-und Her muss es hier also über eine lange Zeit hinweg gegeben haben. Und am Ende war wohl nichts so, wie es in den Büchern steht.

Auf jeden Fall wollten dann irgendwann die ersten Pilger den knöchernen Überresten des Jakobus ihre Ehre erweisen. Also die sog. „Reliquien beschützen". Wie auch immer. Auf dem Landweg war das wohl zu gefährlich. Hier muss es für die ersten Pilger-Touristen so etwas wie eine Reisewarnung des „Auswärtigen Amtes" gegeben haben. Also entstand irgendwann um die 844 herum der Jakobsweg an der Küste. Die war ohnehin mittelalterlich-touristisch gesehen die attraktivere Wahl. Welcher Ritter hätte nicht von diesen Stränden geträumt. Ganz zu schweigen von den vielen wirklich äußerst attraktiven Frauen, die mir hier begegnet sind und deren Vorfahren wohl auch damals schon Klasse ausgesehen haben!

Das über was wir gerade reden, das ist der Jakobsweg, auf dem ich mich nun befinde. Ein Traum. Der Jakobsweg an der Küste und durch die Berge. Der Urweg! 844 n. Chr. war Hape Kerkeling und sein Buch wohl noch weitgehend unbekannt.

Was die wahren Gründe für damalige Pilger waren, ist ebenso unbekannt. Oder? Naja, wenn es Menschen so wie wir heute waren, dann hatten sie auch die gleichen Freuden. Und die gleichen Leiden.

Wenn der Fürst seine Sünden los werden wollte, dann musste er nicht selbst pilgern. Er konnte die Reise delegieren. Vielleicht gar nicht als Buße. Sondern als wohlverdienten Urlaub. Endlich einmal raus in die weite Welt für den lieben Freund, den treuen Untertan. Heute würde man auch Incentive-Reise oder Reisewettbewerb dazu sagen.

Das lange Wegsein konnte der Untertan seiner Familie natürlich gut begründen. Er musste für seinen Herren sozusagen auf „Dienstreise" gehen. Zum Erlass dessen Sünden. Sonst könne bei den Untertanen ja schon bald der Blitz in das Gehöft einschlagen usw.

Ein guter Deal also. Damals wie heute war die Reise sicher nicht schlecht. Ganz im Gegenteil. Mit ein paar Goldmünzen konnten sich damalige Untertanen vermutlich weit besseres Leisten, als der heutige Pilger mit wertlosen Euros (sorry)!

Die Kirche stempelte damals wie heute in Santiago und auf Zwischenstationen ab. So hat und hatte immer alles seine Ordnung.

Gott wird es egal sein, mit welchem Namen wir ihn ansprechen!

Zurück zu Hamdi, mit dem ich mittlerweile eine lebhafte Diskussion um Glauben und Legenden geführt habe. Noch immer können wir über uns gegenseitig lachen und haben uns nicht den Dschihad erklärt. Keiner von uns hat den anderen bekehrt. Überhaupt haben wir mit all den anderen Pilgern festgestellt, dass uns viel mehr verbindet, als uns trennt. Ehrlich gesagt ist das einzige, was uns trennt die Salami!

Jean-Louis fragt allerdings ein wenig spitzfindig, warum denn Muslime auf dem Jakobsweg pilgern dürfen, wenn gleichzeitig allen Nichtmuslimen der Zugang zu Mekka verwehrt sei. Das fände er intolerant und völlig inakzeptabel.

Und dann war er flugs in Marseille, wo er als „Flic" Polizeidienst abgeleistet hat. Und er kam darauf, dass es Probleme immer nur mit den Einwanderern, den Muslimen gegeben habe. Hamdi hat dazu nichts erwidert und ich bin froh, dass die Diskussion hier nicht weiter geht.

Denn: Wenn es Gott gibt, und daran glaube ich fest, dann wäre es ihm heute Abend sicher völlig egal, mit welchem Namen wir ihn nun ansprechen.

Oder ob wir ihn so, wie Jean-Louis in all den wunderschönen Pflanzen und Geschöpfen wieder erkennen.

Als ich ins Bett gehe, steht der polnische Opa vor mir, der scheinbar kein deutsch spricht. Plötzlich sagt er zu mir „Grüß Gott und gute Nacht!“

Und so gehen wir brav in unser Nachtlager, jeder mit seinem „eigenen“ Gott, um am nächsten Morgen friedlich weiter zu ziehen.

La Isla - Villaviciosa

Tag 17: Nur 22 km, ca. 600 Höhenmeter, über Villascusa, Colunga, Sebrayo.

Über „Villascusa“ nach „Villaviciosa“, auf Deutsch: Über das „Dorf der Entschuldigung“ in das „bösartige Dorf“. Ohne Rücksicht auf etwaige Übersetzungen beginnt bei Nieselwetter ein herrlicher und kühler Wandertag.

Ein Pflaster für Jean-Louis

Gleich zu Beginn muss Jean-Louis seine Füße mit Pflaster versorgen. Eine der vier „edlen Wahrheiten“ des Buddhismus sei die Erkenntnis, dass das Leben von Leiden geprägt sei. Er nennt diese Wahrheit „Dukkha“ und grinst milde, während er seine wunden Zehen abklebt.

Der Reiseführer spricht heute von einem problematischen Waldstück, was des Öfteren überschwemmt wäre. Aber solche Hürden nehmen wir heute mit Links. Durch Wald und Wiesen geht es vorbei an einer Kapelle nach der anderen. In dem Minidörfchen Priesca, was so wie Priester klingt machen wir einen kulturellen Halt. Es liest sich spannend, in Haus Nummer 2 den Schlüssel für eine präromanische kleine Kirche zu holen und auf Entdeckungsreise zu gehen. Eine alte behinderte Frau begleitet uns sichtlich erfreut mit dem Schlüssel zur Kirche. Ihr Arm zitterte hilflos umher. Das Einfädeln des Schlüssels in das Schlüsselloch nimmt einige Zeit in Anspruch. Zeit, die wir uns gerne nehmen. In der kleinen Kirche erzählt sie uns mit leuchtenden Augen alles über die alten Gemälde und die fast abgeschlossenen Renovierungsarbeiten. Sie freue sich, dass endlich einmal wieder Pilger ihre Kirche besuchen!

Beten und meditieren

Jean-Louis meditiert ein wenig, während ich zu meinem Gott bete. Es ist kein Vaterunser und kein richtiges Gebet. Ich rede einfach im Stillen so, wie es mir gerade einfällt. Und ich bin mir sicher, dass er mir gerade zuhört. Nach all den Strapazen der letzten Wochen fällt es mir nun leichter, mich auf mich selbst und auf ein Gespräch mit Gott einzulassen. Es ist nichts Komisches mehr daran, einfach zu reden und zu glauben. Ob er nun da draußen ist, oder neben mir, oder ein Teil von mir, ist mir egal. Irgendwie versuche ich nicht mehr darüber nachzudenken, wer oder was Gott ist. Oder wie er aussieht. Ich kann Kirche das erste Mal in meinem Leben als etwas sehr spirituelles wahrnehmen. Hier steht kein mittelmäßiger Pfarrer vorne, der irgendetwas predigt, gegen das ich mich sträube. Hier ist nur eins: Unheimliche Stille, ein wenig Beklommenheit vor der alten behinderten Frau, die uns nun zum Beten respektvoll in Ruhe lässt.

Ich nehme die Kirche nicht mehr als „Bildergallerie" mit schrecklich naiven Gemälden wahr, sondern vielmehr als einen Ort, wo jeder sein eigenes Gottesbild mit sich bringt. Gott ist für mich nicht mehr so, wie er auf den alten Ölschinken dargestellt wird. Ich lasse von dieser Vorstellung los, dass Maler mir ein Gottesbild aufzwängen wollen. Gott kann hier für mich so sein, wie ich ihn mir wünsche, ohne dass er ein bestimmtes Aussehen haben muss. Vielmehr lasse ich den Gedanken zu, dass er – also ein anderer meine Gedanken lesen darf und wenn er will, mir dabei hilft, Erlösung und Frieden zu finden. So wie zuvor Ingrid, nimmt auch Jean-Louis ganz links vorne

Platz. Ich bin heute wieder in der letzten Bank. Ich höre auf, zu denken und:

Ich höre der Stille zu, die mich jetzt umgibt.

Die innere Ruhe, die sich in mir eingestellt hat, vermittelt mir ein Gefühl der Meditation, auch wenn ich es nicht bewusst mache. Ich nehme mir einfach die Zeit und lasse alles auf mich einwirken. Die völlige Abwesenheit von Hektik erfüllt mich mit tiefer Zufriedenheit. Langsam scheine ich zu verstehen, dass man nicht immerzu denken muss, damit sich etwas erfüllt. Platte Firmenslogans wie „Nur wer ein Ziel hat, kann auch eins erreichen", scheinen mir nun absurd. Vielleicht sind Ziele und vor allem nicht erreichte Ziele sogar ein absoluter Irrweg! Ich sitze hier und habe überhaupt kein Ziel. Kein Zeitplan drängt mich zu irgendetwas. Ich muss mir keine Gedanken darüber machen, warum ich jetzt einfach hier sitze und der Stille lausche.

Es scheint eine ganze Weile in der Kirche vergangen zu sein, denn Jean-Louis bricht wieder auf und ich folge ihm.

Jetzt gibt es frisches Wasser aus dem Dorfbrunnen. Ausnahmsweise einmal ungechlort. Jean-Louis hat seinen gesamten Proviant in der Herberge vergessen. Eine Spende also an die nächsten Pilger.

Der Gedanke an gefüllte Weinblätter bringt mich auf eine Idee. Die Breiten Blätter des Wegerichs wuchern überall am Rand des Pfades. Die Indianer nannten ihn aus diesem Grunde den Fußabdruck des weißen Mannes. In diese leicht bitteren Blätter rolle ich Thunfisch und Brotkrümel an Stelle von Reis. Und so gibt es jetzt gefüllte Wegerichblätter.

Aus seinem Leben erfahren

Obwohl die gestrige und heutige Etappe kurz sind, sind Jean-Louis und ich heute recht erschöpft. Aber es gefällt uns, auch einmal müde vor uns hinzulaufen.

Und so kommt es, dass Jean-Louis mir aus seinem Leben erzählt. Obwohl ich ihn nun doch recht gut kenne, weiß ich über „den" Jean-Louis in Frankreich gar nichts. Und er auch nicht über mich.

Jean-Louis war Polizist. Und er musste in seinem Job offenbar die ganz schlimmen Dinge sehen. Kindesmissbrauch, geschlagene Ehefrauen und Tötung aus niedrigsten Beweggründen. Drei Tage vor seiner Pensionierung konnte er nicht mehr. Auch nicht mehr die drei Tage abwarten. Seinem Chef muss er gesagt haben: „Ich gehe jetzt. Ihr könnt mich holen und verhaften. Aber ich gehe jetzt!"

Niemand hat ihn aufgehalten. Ein Abschiedsfest gab es nicht mehr, denn er war ja schon weg auf dem Jakobsweg. Jean-Louis meint, dieser Weg sei wie eine große Machine à Lavage – Waschmaschine - für das Gehirn. Alles werde immer und immer wieder durch eine große Trommel geschleudert. So lange, bis sich dann alles ganz langsam sortiert. Die Machine à Lavage begleite ihn jeden Tag. Und all das unverdaute, all die schrecklichen Bilder kämen immer und immer wieder.

Tränen schießen aus seinen Augen. Ein einfacher Flic sei er gewesen. Und immer habe er an das Gute geglaubt. Aber die Brutalität dieser Welt habe er nie wirklich ertragen. Er habe den Glauben an viele Gesetze verloren. Und manch einen habe er laufen lassen, wenn er ein armer Hund war.

Kilometer für Kilometer erzählt mir Jean-Louis, welche „Steine" er mit sich herumschleppt. Auch er war ausgebrannt und auf der Suche nach seinem inneren Frieden.

Ist der Jakobsweg eine Heilstrecke für Burnout-Patienten? Fast scheint es so!

Nachdem Jean-Louis sein Berufsleben abgeschlossen hatte, wollte er sich als Herbergsvater engagieren, um den Menschen etwas zu geben.

Die Waschmaschine im Gehirn

„Et toi – und du?“, fragt er mich, hält dabei an und legt mir eine Hand auf die Schulter. Und ich, naja und ich? Es ist schon merkwürdig mit mir. All die Sorgen, die ich als solche hier in meiner „Waschmaschine“ erwartet hätte, die sind gar nicht da. In meiner Trommel sind plötzlich ganz andere Sachen. Dinge, an die ich nie gedacht hätte. Zumindest hätte ich nie angenommen, dass sie mich belasten würden. Jetzt noch.

Dass uns unser Bauunternehmer fast in den Ruin getrieben hat, das war gar nicht mehr da. Jahrelang Ängste um Haus und Familie. Er sitzt zwar mittlerweile im Gefängnis, aber davon kann ich nicht abbeißen. So hart ich diese Zeit einstufte, so wenig ist sie auf diesem Jakobsweg präsent. Genauso stelle ich fest, dass mein Beruf und alles damit Verbundene nicht ein einziges Mal in meiner Waschtrommel aufgetaucht ist. Habe ich dann überhaupt den richtigen Beruf gehabt?

Aber etwas anderes, etwas ganz Unerwartetes liegt in meiner Waschtrommel. Die Geburtsstunden meiner zweiten Tochter. Doch warum? Das ist alles schon so lange her und alles ist doch gut gegangen. Sie ist kerngesund. Warum war also ausgerechnet das gegenwärtig?

Jean-Louis fragt mich:

„Ja deine Tochter, was ist mit ihr?“

Sie kam mit einem Kaiserschnitt zur Welt und ich hielt sie in meinen Armen. Dann aber wurde sie blau, bekam keine Luft. Ich schrie nach der Schwester, die mich sorglos verlassen hatte. Sie kam und meinte nur „passt schon“. Erst als ich wie um mein eigenes Leben schrie, kamen sie alle gerannt. Schläuche, Kabel und das ganze Programm. Als meine Frau von der Narkose aufwachte und niemanden in ihren Armen hatte, kam nackte Panik auf. Nach einer meiner schlimmsten Stunden im Leben kamen drei Ärzte und zwei Krankenschwestern. Sie meinten „hier können wir nichts mehr tun“.

Der Nottransport brachte Kind, Schläuche und Kabel in die Notaufnahme einer spezialisierten Kinderklinik. Ich fuhr mit. Conny riss sich dann ihre eigenen Schläuche heraus und fuhr mit einem Taxi hinterher.

Zwei Tage und zwei Nächte nacktes Bangen.

Eine Krankenschwester meinte irgendwann zu mir „das ist nur ein Infekt, wir kriegen das hin."
Doch dann kam der nächste Schlag. Der Chefarzt bereitete uns darauf vor, dass unsere Tochter behindert sei. Man müsse jetzt sofort zwei Operationen, so wie bei einem Gehirntumor machen.

Das lehnten wir erst einmal ab. Aber auch eine zweite Arztmeinung kam zu dem gleichen Schluss. Am dritten Tag war ich erstmals zu Hause, neben mir eine Flasche Rotwein. Und ich tat etwas, was ich noch nie zuvor getan hatte: Ich ging in ein Internetforum und suchte nach dem Begriff „Präaurikuläre Fistel". Schließlich tippte ich das ganze Drama in ein HNO-Forum ein. Dann, gegen viertel nach Zwei in der Früh kam eine Antwort. Ein HNO-Spezialist schrieb kurz und knapp: „Finger weg. Ja nicht operieren. Fistel kein Problem. Melde mich morgen". Gegen Vier in der Früh kam dann noch eine Antwort eines HNO-Professors aus Hamburg: „Ich gebe meinem Kollegen recht, keine Sorgen machen, bloß nicht unter das Messer. Sind Sie Privatpatient??????"

Der erste Arzt meldete sich nach einem kurzen Schlaf um Punkt acht noch einmal im Forum. Er war in Augsburg, nur einen Steinwurf von mir weg. Und er erklärte mir, dass es sich bei einer Präaurikuläre Fistel um zwei kleine Löchlein an den Ohren handele, die normalerweise vor der Geburt zuwachsen. Es gäbe allerdings unzählige Menschen, bei denen die Löchlein eben bleiben und die damit nie Probleme hätten. Im Notfall könne man ja in zehn Jahren die Löchlein immer noch zu machen. Aber erst einmal abwarten und keine Sorgen machen. Auch er fragte mich nun, ob ich privat versichert sei?" Ja, das war ich.

Der Infekt besserte sich zusehends und schon bald konnten wir mit unserer Tochter heimfahren. Auf eigenes Risiko, meinte der Chefarzt. Er wollte unbedingt operieren. Gleich in der ersten Woche fuhren wir dann zu unserem „Internet-Date", dem HNO-Arzt in

Augsburg. Er meinte gleich im Wartezimmer: „Da ist doch alles gesund, super!“

Viele ältere Patienten kämen zu ihm, wegen allen möglichen Sachen. Und wenn er sie dann auf Löchlein in den Ohren anspreche, dann seien die oft ganz verwundert: „Löchlein? Aja stimmt. Ist mir noch nie aufgefallen.“

All das hatte ich gerade Jean-Louis auf Französisch erzählt. Richtig – auf Französisch. Sprache ist Einfühlungsvermögen, dann geht alles. Ob unsere Lehrkräfte das in der Schule auch schon verstanden haben?

Jean-Louis umarmte mich erst einmal. Jetzt liefen uns gleich beiden die Tränen herunter. „Machine à Lavage, c'est bon“. Ja, die Waschmaschine, das war sie. Niemals hätte ich je gedacht, dass dieses Ereignis mich noch heute so belasten würde. Ist doch alles gut gegangen. Und ich denke auch nicht mehr daran. Dachte ich jedenfalls.

Jean-Louis bückte sich und versetzte gerade mal wieder eine kleine Schnecke von der Straße ins Grüne. Ein Buddhist eben. Und irgendwie auch beeindruckend. Jean-Louis verriet mir ein Geheimnis. Er sagte, so, wie die Gedanken kommen, so gehen sie wieder. Zumindest wollen sie das. Du musst sie jetzt auch loslassen. Lege etwas hier in die Wiese. Und dann gehen wir weiter.

Die Gedanken in Frieden loslassen...

... das habe ich ausgerechnet von einem Buddhisten am Jakobsweg gelernt.

Aja: Villaviciosa, das bösartige Dorf war wunderschön!

Zwei Bergtouren nach Gijón

Tag 18: 32 km, ca. 1.200 Höhenmeter, über Peón

Hier ist sie: Die Etappe, von der ich schon zwei Tage Muffensausen habe. Nach Gijón, sprich „Chichon“, sind es nicht nur 32 Kilometer. Es sind auch viele Höhenmeter.

Gleich in der ersten Morgendämmerung brechen wir auf. Es hat nur etwa 10 Grad und ist feucht, nebelig. Dafür optimal zum Gehen. Gleich hinter Villaviciosa geht es steil bergauf. Soll ich mich vor dem Nieselregen schützen oder ist es besser ohne Regenjacke? Unter dem Gehen ziehe ich meine Regenjacke aus, den Rucksack habe ich vor mir in der Hand. Im T-Shirt ist es nun wesentlich angenehmer zu wandern. Ich spüre den kühlen Nebel, der meine Arme benetzt. Noch geht es bergauf. Aber ebenso überraschend wird es jetzt flacher.

Mitten im leichten Nieselregen kommen wir durch einen dichten Eukalyptuswald. In der Feuchtigkeit verströmt er seinen Duft. Bei Sichtweiten um die 50 Meter komme ich mir vor wie in einem römischen Dampfbad. Auf dem asphaltierten Sträßchen fallen mir immer wieder die vielen schillernden Ölflecken auf. Sie stammen aber nicht von einer defekten Ölwanne, sondern aus den Eukalyptus-Samen, die ihr ätherisches Öl verströmen. Während Villaviciosa noch fast auf dem Meeresspiegel liegt, sind wir oben auf etwa 400 Höhenmetern. In Peón sind wir dann wieder auf 80 Metern.

Die einzige Verpflegungsmöglichkeit soll laut französischem Reiseführer in dem Dörfchen Peón sein, welches im Nebel unter uns auftaucht. Ich spüre bergab nun meine Knie und freue mich auf eine Pause.

Doch vor der Bar stehen wir beide vor verschlossenen Türen. Der Vorgarten ist noch verwüstet von den sintflutartigen Regenfällen der Vortage. Zwischen zwei Plastikstühlen ist ein tiefer Graben unterspült.

Beide essen wir einen Apfel und beginnen zu frieren. Also gehen wir weiter. Es geht gleich wieder steil auf 280 Höhenmeter hinauf.

Die kühlen Temperaturen sind zum Laufen ideal. Bergauf markiert uns wieder ein gelber Pfeil den Weg. Darunter stehen die Buchstaben:

„CS“ für Camino de Santiago.

Das erste Mal fällt mir auf, dass CS auch meine Initialen sind, es ist also mein eigener Weg!

Hin und wieder wird es bergauf etwas abenteuerlich, da oft ganze Wegstücke weggespült sind. Dann geht es durch Gestrüpp und Brennnesseln, bis wir wieder auf den Weg kommen.

Am Gipfel „Nummer zwei“ – in Curbiello können wir dann weit weg Gijón im Dunst sehen. Und genau hier ist eine kleine Bar. Auf die fette und eklige Salami hätte ich verzichten sollen. Denn bei den ersten Schritten bergab rebelliert nun mein Magen. Die Übelkeit raubt mir komplett alle Kräfte. Nach quälenden zwei Kilometern habe ich wohl den Punkt für die Entscheidung erreicht. Soll ich das Essen „zurückholen“? Soll ich danach für die Hygiene meine Wasservorräte opfern.

Meine Reflexe nehmen mir zumindest die erste Entscheidung dann recht schnell ab. Danach breche ich schlagartig völlig entkräftet zusammen. Noch etwa zehn Kilometer sind es nach Gijón. Doch an Laufen ist irgendwie nicht mehr zu denken. Erneut muss ich mich übergeben und ich werde den Geschmack der ekelhaften Salami nicht mehr los. Jean-Louis hat nach einem Kilometer auf mich gewartet. Er meint, ich sei kreidebleich.
Im Schneckentempo geht es durch die ersten Vororte von Gijón. Und meine Übelkeit wird sogar noch schlimmer.

Bis zur Universität am Rande von Gijón schaffe ich es gerade noch. War es die Salami, oder hat es mich ernsthaft erwischt? Ich kann nicht mehr und muss mich immer wieder übergeben, obwohl mein Magen schon längst entleert ist.

Jean-Louis hält einen Bus an, der uns nun die eineinhalb Kilometer in das Zentrum befördert. Die wären zu Fuß heute definitiv nicht mehr gegangen. Natürlich stellt sich mir die Frage, ob ich hier in der Stadt als Pilger für fünf Minuten den Bus benutzen darf. Bisher habe ich alles mit eigenen Füßen erlaufen. Doch ich habe es bis Gijón geschafft und nun geht es nicht anders. Ab in die Herberge, ab in das Bett!

Nachdem wir auch hier fast die einzigen Pilger sind, haben Jean-Louis und ich ein Zimmer allein. Er geht noch einkaufen, während ich mich mit der Toilette anfreunden muss. Diese befindet sich nicht im Zimmer, sondern im Flur. Und so hört mich wohl auch die Herbergsmutter.

Schließlich kommt sie mit einem selbstgemachten Kräuterschnaps, nach dem es mich kräftig schüttelt. Sie lacht und meint, ich solle mich jetzt ein wenig hinlegen. Tatsächlich hat die Herbergsmutter recht gehabt.

Wunderbare Menschen

Überhaupt ist die Herbergsmutter eine Seele von Mensch. Sie vermietet, unterstützt von der Stadt für Pilger und nebenbei auch für andere Gäste. Während ich im Bett liege, kommt sie vorbeischauen, ob es mir schon besser geht. Und tatsächlich hat ihr Hausrezept meinen Magen wieder aufgeräumt. Gott sei Dank!

Behutsam nimmt sie all meine Sachen, samt Rucksack mit zum Waschen. Kostenlos!

Von Gijón sehe ich heute nicht mehr sehr viel. Ich kaufe mir am Abend noch ein neues T-Shirt und werfe das alte T-Shirt gleich in die Mülltonne. Ein paar Straßenzüge wage ich mich noch in die Hafengegend und notiere in mein Tagebuch: Hier wäre es schön!

Am nächsten Morgen ging es mir nicht nur viel besser. Ich hatte endlich wieder einen wohlriechenden Rucksack auf meinen Schultern.

Von Gijón nach Avilés

Tag 19: 26 Kilometer, wenige Höhenmeter (300 hm), über Santa Eulalia, Trabaza.

Die vielen Straßenkilometer und die durchquerten Industriegebiete im Regen sind heute kein so idyllischer Anfang. Trotzdem geht es mir wieder richtig gut und am Stadtausgang kaufen Jean-Louis und ich uns einen Stehkaffee und ein Hörnchen.

Bei einer kurzen Pause auf einer Parkbank in Santa Eulalia bemerke ich die Ursache für meine nassen Schuhe. Und die ist weniger prickelnd: Beide Sohlen sind komplett durchgebrochen. Das Ende meiner „Wunderschuhe" aus Santillana ist gekommen.

Was mache ich nun? Erst einmal weiter laufen. Die heutige Etappe gefällt mir nicht, es ist mir an den Straßen zu laut. Erst in Avilés selbst gefällt es mir besser. Der Stadtkern ist hübsch und auch die Pilgerherberge ist recht ordentlich. Als erstes ziehe ich meine kaputten Schuhe aus. Auch innen sind sie total zerfallen. Unter der Einlage ist alles durchgebrochen. Schade eigentlich, denn diese Schuhe haben mich von Santillana bis hierher gebracht. Und ich verdanke ihnen viel. Noch einmal schweifen meine Gedanken zurück nach Santillana zu der freundlichen alten Dame, die diese Schuhe für mich gehabt hat. Nun heißt es aber, etwas Neues zu suchen. Meine Chancen müssten hier in Avilés, der drittgrößten Stadt in Asturien mit knapp 84.000 Einwohnern deutlich besser stehen.

Doch auch hier wird es bei der Schuhgröße 47 schwierig bis unmöglich. Schließlich finde ich in einem kleinen Sportgeschäft unweit der Herberge ein paar groß ausgefallene Sportschuhe in 46. Doch von Anfang an sind da meine Zweifel, denn sie sind recht eng. Ich nehme sie trotzdem.

In der Herberge trenne ich mich jetzt etwas schwermütig von meinen Schuhen aus Santillana. Und nun wage ich noch einen kleinen Kulturtrip in das Herz von Avilés. Ich tauche ein in die bunten Gassen der Altstadt, bummle über den belebten Plaza de España und entdecke eine große Kirche mit dem Namen San

Francisco. Ohne Gepäck öffne ich die schweren Holzpforten und trete ein. Eine Trauergemeinde betet gerade den Rosenkranz. 59 Perlen, also 59-mal die
Gebete „Vater Unser", „Ave Maria" und „Ehre sei dem Vater". Und nun all das in einer Fremdsprache. Noch nie habe ich mir wirklich Gedanken über den Rosenkranz gemacht. Bisher war das für mich nichts weiter als Gebete vor sich hinmurmeln.

Rosenkranz auf Spanisch

Doch beim Rosenkranz auf Spanisch bin ich jetzt sofort mittendrin in der Meditation. Meditation in der katholischen Kirche? Scheint fast so.

Gegrüßet seist du, Maria, voll der Gnade,
der Herr ist mit dir. Du bist gebenedeit unter den Frauen und gebenedeit ist die Frucht deines Leibes, Jesus.

Letzteren Satz habe ich irgendwie noch nie so recht verstanden. Habe ich da jahrelang was gemurmelt, was ich gar nicht verstehe? Ja, so ist es.

Wenn ich schon bei meiner eigenen Muttersprache scheitere, dann kann auch Spanisch kein Problem sein. In hallender Akustik zieht mich das eintönige, aber eindringliche Gemurmel erstmals in den Bann.

„Dios te salve María llena eres de Gracia, el Señor es contigo. Bendita eres entre todas las mujeres
y bendito es el fruto de tu vientre Jesús.

Santa María, Madre de Dios, ruega por nosotros los pecadores ahora
y en la hora de nuestra muerte.
Amén."

... bitte für uns Sünder, jetzt und in der Stunde unseres Todes. Amen. [15]

Ich bleibe bis zum Schluss und durch die ständigen Wiederholungen kann ich sogar ein wenig mit murmeln. Heute sitze ich ganz allein hinten, ausnahmsweise einmal links.

Die Trauergemeinde sitzt geschlossen rechts. Ein paar Blicke haben mich am Anfang schon gemustert, doch längst scheint keiner mehr von mir und meinem roten Sporttrikot Notiz zu nehmen.

Das spanische Vaterunser habe ich jetzt schon öfter gehört und es kommt mir vertraut vor. Erst als die Trauergemeinde gemeinsam aufsteht und sich – auch mir, die Hände reicht, ist meine Meditation beendet und ich verlasse fluchtartig San Francisco.

Im Parque de Ferrera gehe ich ein wenig umher und entdecke ein Gedenkschild „Paseo Victimas del Terrorismo". Und dann entdecke ich Ines, die Österreicherin. Ihre Haare sind seit unserer ersten Begegnung schon ein wenig gewachsen. Ich lade sie ein zu einem Pilgermenü.

Ich habe einen Bärenhunger und in Gesellschaft schmeckt es immer am besten!

Bei dem guten Essen und einem guten Gespräch hätte ich um ein Haar den „Ladenschluss" der Pilgerherberge versäumt.

Noch 300 Kilometer

Noch etwa 300 Kilometer sind es nach Santiago de Compostela. In neuen Schuhen, nicht eingelaufen, etwas zu klein. Das wird schon gehen. Ausgerechnet für die kommende Etappe nach San Esteban zeigt mein Reiseführer ein Bild von geschundenen Füßen. Wenn das mal kein böses Omen ist.

Von Avilés nach San Esteban de Pravia

Tag 20: 24 Kilometer über San Cristóbal, El Pontón, Santiago del Monte, Soto del Barco. (300 Höhenmeter)...

...und wieder zurück auf „Los“. Aber alles schön der Reihe nach.

Altes Soldatenrezept: In die Schuhe pinkeln. Mit diesem Mythos kann ich gleich aufräumen. Es hilft rein gar nichts. Schon nach wenigen Kilometern habe ich starke Schmerzen an den Zehen. Mit dem Taschenmesser vergrößere ich in Salinas in einem Verzweiflungsakt den Innenraum der Schuhe. Auf Socken verzichtete ich. Meine großen und kleinen Zehen habe ich dick mit Tape überklebt. Ein Pessimist würde natürlich sagen: Ich hab's ja kommen sehen. Aber nichts davon denke ich. Ich laufe weiter.

Es wird aber nicht besser, sondern gleich noch viel ungemütlicher in den Schuhen. Jean-Louis läuft schneller und trennt sich von mir. Ich möchte nur möglichst schnell in San Esteban ankommen, um noch einmal Schuhe zu kaufen.

Deshalb bleibe ich Direttissima auf der Landstraße, während Jean-Louis auf einen schönen Pfad abbiegt.

Direttissima? Wieder einmal spielt mir mein nicht vorhandener Orientierungssinn einen bösen Streich. Obwohl ich zu Anfangs auch hier auf der Straße ein paar gelbe Pfeile entdeckt habe, finde ich nun keinen mehr.

Dafür wird die Straße langsam breiter und breiter. Vorbei am Flughafen. Flughafen??? Super, ich habe es geschafft, mich zum Flughafen Aeropuerto Asturias zu verlaufen! Welch ein Wahnsinn.

Nun stehe ich direkt vor den Toren des Aeropuerto. Vor mir eine große rote Schranke. Ein paar Hundert Meter weiter könnte ich einchecken! Nein. Hier habe ich nun wirklich nichts verloren. Wie zum Hohn heult nun eine Flugzeugturbine voll los. Will sie mich auslachen? Will sie mir zeigen, dass ich hier als Fußgänger nichts verloren habe?

Nichts wie weg von hier. Jetzt kommt eine Leitplanke und dann eine Doppelte. Ich bin am Autobahnzubringer zur E70 und jetzt bekomme ich es echt mit der Angst zu tun. „Achtung, Achtung, ein Pilger humpelt auf der Autobahn!“. So eine Meldung und der Gewahrsam durch die Polizei hätten mir noch gefehlt.

Doch wie runter kommen? Schon seit einer ganzen Weile bin ich durch einen etwa zwei Meter hohen Stahlzaun gefangen. Innerhalb! Dahinter Dornenhecken und Gestrüpp, soweit das Auge reicht. Plötzlich bekomme ich eine Heidenangst. Ich muss da unbedingt runter, sofort! Wie ein ausbrechender Gefängnisinsasse klettere ich samt Gepäck über den Zaun. Und natürlich falle ich auf der anderen Seite Kopf über unsanft in die wehrhafte Botanik.

Aufgepeitscht von Adrenalin ist mir jetzt alles egal. Ich spüre das Blut an meinen Händen und Beinen nicht wirklich. Aber die Kratzer sehen echt übel aus. Mit Schürfwunden geht es ab durch das stechende Buschwerk. So schnell es geht.

Doch so schnell geht es gar nicht. Denn gerade hat sich der Träger meines Rucksacks im Unterholz verfangen und bringt mich zu Fall. Aber gleich so heftig, als wenn mich mehrere Expander gleichzeitig zurück katapultieren würden.

Bloß kein Dornenkranz!

Normalerweise habe ich ja ein sehr entspanntes Verhältnis zu allem, was man in der Natur so vorfindet. Aber musste es ausgerechnet ein stark verästelter Schlehdorn sein, der mich gerade umgenietet hat? Ich liege auf einigen Zweigen und spüre die fiesen Dornen. Auch unter meinen Armen haben sich stachelige Zweige verhakelt. Der Rucksack hängt vollkommen fest. Nur mein Gesicht ist ungeschoren davon gekommen. Aber Hallo, das ist doch schon mal etwas.

Und ich trage ja auch kein Kreuz auf meinem Rücken und keinen Dornenkranz, der womöglich aus dem gleichen fiesen Schlehdorn gemacht wurde. Kein Grund also, zu jammern.

Nach der Durchquerung eines kleinen Sumpfes erreiche ich dann ziemlich verdreckt einen Feldweg. Reflexartig schüttelt es mich durch, ganz so wie ein Hund, der gerade aus dem Wasser kommt.

Schon komisch, dass ich als Mensch auch solche Reflexe habe. Das ist mir bis jetzt so noch nie aufgefallen.

Es ist echt wie kleines Wunder, dass ich nun partout vor einem gelben Pfeil stehe. Ich muss lachen. Ich bin zurück auf dem Jakobsweg. Was für ein gutes Gefühl!
Der lehmige Pfad zeigt sich von seiner schönsten Seite und ich beschließe, ein wenig Barfuß zu laufen. Meine Sandalen nehme ich in die rechte Hand. Ein herrliches Gefühl!

Wieder zusammen!

Als ich um eine Abbiegung komme, sehe ich einen guten Kilometer weit. Und ich erblicke Jean-Louis in der Ferne. Zumindest hoffe ich, dass er es ist!

Ich werde also schneller und gleichzeitig stellt sich ein wunderbar entspanntes und glückseliges Gefühl ein. Nach einer guten halben Stunde habe ich bis auf ein paar Hundert Meter aufgeholt. Und als wenn Jean-Louis mich hätte spüren können, dreht er sich plötzlich um. Er hat mich gesehen!

Sofort nimmt Jean-Louis mich in seine Arme. Genau das Richtige! Etwas Mitgefühl kann ich jetzt gut gebrauchen. Jean-Louis nimmt seinen Rucksack ab und stellt ihn am Rand des Pfades auf den Boden. Danach setzt er sich einfach so im Schneidersitz mitten auf den Weg. Ein paar Sekunden stehe ich selbst noch herum. Dann setze auch ich mich wortlos mitten auf den Weg. Mit meinen Händen berühre ich den Staub und lasse ihn durch meine Finger rieseln.

Jean-Louis hat mir keine einzige Frage gestellt. Er hat mich angesehen und nun scheint er zu meditieren. Irgendwie erschleicht mich das Gefühl, dass er mich gerade in seine Gebete aufgenommen hat und für mich meditiert.

Ich sitze ganz still daneben und dann beginne ich ebenfalls, mit meinem Gott zu sprechen. Für eine gute Weile sitzen wir Gedanken versunken so am Boden. Jeder mit seinem eigenen Gott. Und doch gut, dass jeder von uns einen solchen hat!

Dann steht Jean-Louis auf, reibt sich den Staub von seinen Händen und meint recht still: Vamos? Ich lass ihm ein wenig Vorsprung, bevor ich auch selbst losgehe.
In der Zwischenzeit laufe ich wieder in meinen Sandalen. Dieses Mal mit zerschundenen Füßen. Das kurze Gastspiel in meinen neuen Schuhen hat tiefe Spuren hinterlassen.
Immer wieder kratzt es irgendwo und ich entferne mir wieder ein paar Dornen. So wie es aussieht, müssen wohl auch Brombeerzweige mit im Spiel gewesen sein.

Angekommen in Soto del Barco, kurz vor San Esteban ziehe ich Bilanz: Füße blutig. Dem Highway entkommen. So ungefähr wäre das Fazit des Tages. Doch der Tag ist Gott sei Dank noch nicht zu Ende.

Zurück auf Los?

Durch Soto del Barco verläuft die einspurige Küsteneisenbahn. Und Jean-Louis sagt: Ich komme mit! Wir kaufen jetzt in Avilés ordentliche Schuhe, sonst kannst du hier gleich aufhören.

Habe ich das eben richtig verstanden? Wir sind heute von Avilés nach San Esteban gelaufen. Jetzt würden wir mit dem Zug von Soto del Barco zurück fahren nach Avilés, um schon wieder Schuhe zu kaufen. Und dann wieder hierher zurück? Und dann würden wir auch noch zu später Stunde einen freien Schlafplatz bekommen? Alles sehr spanisch!

Doch mir bleibt gar nichts anderes übrig. Meine Pilgerehre hätte mir bis heute jeden Meter mit der Eisenbahn verboten. Jetzt aber heißt es ja, zurückfahren! Unter diesen Umständen könnte eine Eisenbahnfahrt vertretbar sein, denn sie würde mich ja anschließend nur wieder hierher bringen, wohin ich bereits mit eigenen Füßen gepilgert bin.

Weil genau im Augenblick des Überlegens der Zug einfährt, steige ich also mit Jean-Louis und einer sehr netten Spanierin ein.

Sofort erzählt uns die Einheimische, dass sie Pilger in der Regel immer nur in der Gegenrichtung im Zug antreffe und noch nie welche gesehen hätte, die zurück fahren. Ich erzähle ihr von meinem kleinen Schuhproblem und sie nickt. Im langsamen Tempo schlängelt sich die Bahn über wackelige Schienen und uralte enge Tunnels zurück nach Avilés. Dann steigen wir aus und machen uns auf die Suche nach einem Schuhgeschäft. Schon bei meiner ersten Ankunft in Avilés habe ich am Stadtrand einen großen Industriepark gesehen. Und dem werde ich nun mal einen Besuch abstatten.

Buddhistischer Optimismus

Der Buddhistische Optimismus von Jean-Louis ist grandios. Es muss diese Paar Schuhe geben. Mittlerweile allerdings in Größe 47,5. Und tatsächlich: Wir werden fündig. Sofort bei der Anprobe weiß ich: Der ist es. Er passt wie angegossen, ist leicht und angenehm. Er muss nur bis Santiago halten!

Die spanischen Verkäuferinnen haben bei meinem Antlitz wirklich gekichert. Macht nichts. Es wird ja dort auch nicht jeden Tag ein geschundener Pilger zusammen mit einem buddhistischen Coach auftauchen und einen roten Trekkingschuh in 47 ½ kaufen. Ich lasse den beiden also gerne den Spaß. Und die Schuhe behalte ich gleich an. Etwas anderes glaube ich, hätten die beiden Damen von mir auch gar nicht erwartet. Etwas unbeholfen wollen sie mir aber beharrlich den Schuhkarton mitgeben. Und nun muss ich selbst richtig lachen! Nein, den Schuhkarton lasse ich hier. Ich begründe das mit meiner Nationalität und sage: Yo soy un alemán!

Am Abend sind wir dann wieder zurück in Soto del Barco und eine gute Stunde später in der Pilgerherberge von San Esteban.

Als da waren:

Meine Schuhe

- Meine weißen Turnschuhe, die ich heimschickte.
- Mein Birkenstock-Imitat, welches ich wegwarf.
- Meine Billig-Trekkingschuhe, die ich wegen größer gewordener Füße ebenfalls heimschickte.
- Dann meine Sandalen, die mich schon weit über 200 Kilometer brachten, am Ende aber eine Entzündung am linken Fuß provozierten.

- Und da war... das Wunder von Santillana, neue Schuhe als „Druckverband". Verstorben in Avilés. Hier ruhen sie in Frieden.
- Dann abermals neue Schuhe aus Avilés, trotz Reinpinkeln zu klein geblieben. Und nun:
- Meine ersten richtig guten Trekkingschuhe, Größe 47,5, rot, bequem.

Trennen und Weitergeben

Dem Herbergsvater in San Esteban gebe ich das Vorgängermodell. Falls mal ein Pilger Schuhe benötigt.

Hier warten sie nun, in Ewigkeit Amen? Oder hat sie bald schon wieder jemand an und ist froh darüber? Ich werde es wohl nie erfahren. Ich hoffe zumindest, dass er niemals dieses Buch lesen wird und so erfahren könnte, dass ich aus Verzweiflung in die Schuhe... Aber lassen wir das lieber! Es sind gute Schuhe. Wenn sie passen.

Die Herberge in San Esteban de Pravia liegt malerisch direkt am Ende des schönen und gut geschützten Hafenbeckens. Der Herbergsvater führt uns hoch zu unserem Zimmer im ersten Stock. Alles ist tipptopp sauber und einladend. Wir sind wieder einmal allein im Zimmer. Mit insgesamt fünf Pilgern ist die Herberge auch nicht wirklich überfüllt.

Das Sprossenfenster ist gleich am Kopfende meines Stockbettes mit direktem Meerblick. Luftlinie höchstens zwanzig Meter. Fantastisch! Ich genieße den algigen Geruch vom Meer und träume vor mich hin, während Jean-Louis eine ausgiebige Dusche nimmt.

Danach treiben uns der Hunger und die Neugier auf das herrliche Hafenviertel noch einmal hinaus.

Im Antiquo Molino gibt es zum Abschluss dieser Etappe noch eine wahrhaftige Essens-Sensation. Das etwas edlere Speiselokal hat kein Pilgermenü im Angebot. Aber für den jungen Chef ist es spontan eine Ehrensache, uns Pilger preiswert zu verpflegen.

Kurzerhand serviert er uns das bunte Menü des spanischen Nachbartisches und erklärt uns jeden einzelnen Gang ausführlich mit einer ganzen Geschichte dazu. Er erzählt uns auch, dass San Esteban de Pravia ungefähr 600 Einwohner habe und dass hier ganz gewiss kein Pilger verhungern müsse. Unser Nachbartisch ist ein wenig erheitert, welche Unmengen wir beide vertilgen, denn es wurde schon ein paar Mal nachserviert. Sie deuten uns mit Handzeichen „Wandern" und zeigen dann auf den Magen und lachen. Muy bien.

Ich freue mich schon auf morgen. Ich weiß: Dieses Mal werden die Schuhe bis nach Santiago de Compostela halten!

Über den Senda Costera nach Soto de Luiña

Tag 21: ca. 22 km. Der schönste Umweg der Welt. (450 Höhenmeter).

Der heutige Tag beginnt zunächst mit leichtem Nieselregen, kühlen 10 Grad und stark auflandigem Wind.

Aber auch Grau in Grau ist die schmale Mündung des Rio Nalón ein überwältigender Anblick. Wir sind hier draußen ganz allein. Die ersten Meter gehen hinaus auf nassem Teer zur letzten Mole. Die Parkplätze hier sind völlig leer. Direkt vor uns türmt sich eine scharfkantige fast schwarze kleine Felsinsel in der Brandung auf.

Dort, wo der Fluss sich mit dem Ozean vereint, führt linker Hand eine sehr steile Steintreppe gute hundert Höhenmeter auf die Klippen. Jean-Louis kommt gleich voll ins Schwitzen. Er hat auch noch seinen grünen Regenponcho an. Ich habe mich heute gegen Regenkleidung entschieden und gehe mit kurzer Hose und T-Shirt. Auf den Escaleras, (span. Treppe) erreiche ich dann die optimale Wohlfühltemperatur. Lediglich mein Rucksack war wie immer in die blaue Mülltüte eingehüllt. Meine neuen Schuhe tun mir richtig gut.

Ich spüre, dass es die richtigen sind und laufe – ganz im Gegensatz zu Jean-Louis - leichten Fußes die Stufen empor.

Oben angekommen, hätte ich am liebsten im Lotto gewonnen und sofort einen Bauantrag gestellt. Am Aussichtspunkt „Mirador del Espiritu Santo“, dem Balkon des Heiligen Geistes steht aber schon eine kleine Kapelle.

Unglaublich, was den anderen Pilgern heute entgeht.

Sie folgen alle der kürzesten Verbindung von Bucht zu Bucht und haben heute laut Pilgerführer nur Teer unter den Füßen.

Jean-Louis kommt nun auch an. Es sieht lustig aus, denn es dampft aus allen Löchern seines Regenschutzes heraus.

Eine Klippe und eine Bucht nach der anderen reihen sich wie eine Perlenkette vor uns aneinander. Obwohl ich ja schon in der Ferne bin, überfällt mich beim Blick auf die unendliche Küstenlandschaft und den unter mir liegenden Atlantik so etwas wie Fernweh. Schon verrückt. Hätte mich hier in vergangenen Zeiten ein Seefahrer angeheuert, ich wäre mitgefahren!

Die dunklen Wolken und der peitschende Wind zaubern eine Kulisse, an der jeder Schwarzweißfotograf seine helle Freude gehabt hätte.

Wir sind jetzt am Anfang auf der Etappe, mit der ich mein Buch begonnen habe. Diese unglaublich wilde Felslandschaft zieht mich so sehr in ihren Bann, dass mir ein paar Tröpfchen aus den Augen schießen. Dieser Moment wird sich wohl ewig einbrennen. Er ist so intensiv, dass man ihn mit Worten kaum beschreiben kann.

Alles ist hier oben nun durch und durch mit dichten Wäldern bewachsen. Es riecht nach nasser Erde und Eukalyptus. Keine Hotels, keine Häuser. Einfach nur dichte unberührte Natur.

Entlang der Klippen ist der Trampelpfad hier mit „Senda Costera beschildert. Der heilige Jakob wird es mir schon verzeihen, wenn ich hier nicht auf dem direkten Weg, sondern auf dem schönsten Umweg der Welt unterwegs bin. Am Wegesrand finde ich viele essbare Pilze wie die Roten Täublinge. Leider weiß ich aber nicht, ob es in der nächsten Herberge eine Kochgelegenheit geben wird. Und Jean-Louis, der schon bei meinen Kräutern stets skeptisch war, hat mit Pilzen rein gar nichts am Hut. Er hält den schönen Täubling schlichtweg für einen gemeinen Fliegenpilz.

Schon eher ist er da für die prächtigen Walderdbeeren zu begeistern. Die hängen in Hülle und Fülle von jedem Felsen von rot bis dunkelblau herab und wuchern überall neben unseren Füßen. Durch den Regen sind sie übergroß geworden und schön saftig. Im Nu habe ich meine beiden Hände voll mit Waldbeeren, die wir unter dem Gehen genießen.

In dieser Umgebung bläst mir der Wind alle Gedanken aus dem Kopf. Ich bin frei. So etwa stelle ich mir den Zustand einer vollkommenen Meditation vor.

An nichts mehr denken zu müssen.

Einfach nur einen Schritt vor den anderen zu setzen. Den Wind genießen, der um die Ohren fegt. Und dich mit den kalten Wassertropfen anfreunden, die von den Bäumen herabtröpfeln. Das Salz in der Luft spüren! Und sich an dem weichen Boden unter den Füßen erfreuen. Das hier ist mein geliebter Jakobsweg!

Immer wieder gibt der Wald einen dieser sagenhaften Blicke auf die Küste unter mir frei. Und ich denke mir an manchen Stellen, dass es da ganz schön steil nach unten geht.

Die raue und stark zerklüftete Küste des Atlantiks zeigt sich im Wind von ihrer wildesten und schönsten Seite. So wie ein ungeschliffener Diamant.

Das erste Mal in meinem Erwachsenenleben spüre ich hier das überwältigende Gefühl von wahrhaftiger geistiger Freiheit und tiefster innerer Ruhe. Ich fühle mich ganz klein und von aller Last befreit.

Vor vielen Jahren bin ich auf einem geschäftlichen Rückflug irgendwo hier über diese zerklüftete Atlantikküste geflogen. 33.000

„Fuß" unter mir zog diese unendlich schöne und völlig unwegsam erscheinende Küstenlandschaft vorbei. Was hätte ich damals gegeben, mich nach unten zu beamen, einen Fuß auf dieses Terrain setzen zu können und zu erkunden, wie es hier wohl sein würde.

Irgendwo hier unten bin ich nun tatsächlich. Das ist schon verrückt.

Genau in diesem Moment sehe ich unerreichbar hoch über mir ein Flugzeug, dessen Kondensstreifen der Wind des Atlantiks in bizarre Formen reißt. Bei den Gedanken an die Passagiere, die jetzt womöglich auf mich herunterblicken, läuft es mir eiskalt den Rücken herunter.

Alles Zufall?

War vielleicht sogar einer dabei, der meine Gedanken auffangen konnte und ohne zu wissen warum, genau jetzt davon träumt, hier unten zu sein? Vielleicht ist dort oben ja tatsächlich einer, der gerade in dieser Sekunde eine unbändige Sehnsucht danach verspürt, eines Tages diesen schönen Ort aufzusuchen, über den er gerade fliegt?

Sehen kann er mich sicher nicht. Aus der Vogelperspektive eines Flugzeuges gesehen, bin ich bestimmt nicht einmal als winziger Punkt wahrnehmbar. Trotzdem hebe ich irgendwie die Hand zum Gruß und murmle ein leises Hola in Richtung Himmel. Gut dass mich keiner sieht.

Raum und Zeit haben nun eine ganz andere Dimension bekommen. Ich stelle mir vor, wie schnell die Passagiere im Flugzeug im Gegensatz zu mir vorankommen. Die Zeit vergeht für sie tatsächlich im Flug. Und vielleicht sind sie sogar genervt, weil ihr Flieger gerade 10 Minuten Verspätung hat? Oh, welch Drama!

Ich stelle mir vor, dass sie nichts, aber auch gar nichts von ihrer Zeit haben. Meine Vorstellung „nichts von der Zeit zu haben" wird schlagartig so intensiv, dass ich sie sogar körperlich als richtig ungutes Gefühl spüren kann.

Die dort oben sind eingesperrt, eingezwängt in enge Sitzreihen. Ich versuche, tief und langsam durch zu atmen. Es ist ganz so, als würde mich gerade so etwas wie Platzangst überfallen. Nein, diese Gedanken muss ich um Himmels Willen sofort wieder loslassen! Ich habe gerade ganz bewusst wahrgenommen, dass sich allein schon der Gedanke an das Enge und Hektische in meinem Körper verheerend auswirkt und meinen Puls in die Höhe treibt.

Ich atme noch einmal ganz bewusst tief durch, fahre mir mit meinen Händen durch die Haare und lege meinen Rucksack ab.

Ich habe alle Zeit der Welt! Und ich habe diesen unendlichen Raum um mich herum, um diese Zeit als etwas Großartiges zu empfinden.

Mir wird klar, dass Langsamsein gar kein Nachteil ist! Ganz im Gegenteil!

Und ich würde jetzt auch um kein Geld der Welt meine herrliche Umgebung mit einem eng begrenzten Raum eintauschen wollen. Ich empfinde diese ausgebrannte Welt da oben nun als krassen Gegensatz zu dem, was meiner Seele gut tut. Da oben im Flugzeug findet dieser „blinde" Flug durch das Leben gerade statt. Ich notiere mir in mein kleines grünes Tagebuch mein Fazit zu dem Leben dort oben:

Freiheitsentzug der Schnelligkeit zu Liebe...

Jean-Louis klopft mir von hinten auf die Schultern, begleitet mit einem euphorischen „mon ami". Und damit bin ich wieder angekommen in meiner viel schöneren Welt am Jakobsweg.

Sowohl meine Gedanken als auch das Flugzeug verlieren sich allmählich wieder in den Weiten des stürmischen Horizontes. Es kehrt wieder Ruhe ein in meine Gedankenwelt. Und es schließt sich für mich der Kreis von damals zu heute. Ich bin es, der heute hier unten stehen darf. Und mit unten meine ich nicht unten, sondern ganz oben!

Sehr viel später als die übrigen Pilger stoßen wir dann auch auf die hässliche Schnellstraße, die noch in keinem Reiseführer erwähnt wird.

Wie zum Hohn finden wir nun wieder frisch montierte Warnschilder für den Jakobsweg entlang der Autopiste. Der Regen ist längst zu einem kräftigen Regenguss geworden. Und Jean-Louis ist völlig entkräftet. Mir geht es zwar gut, aber ich bin im Moment sehr nachdenklich. Am ersten großartigen Ausblick der heutigen Etappe war da diese weiße Landkarte mit der Aufschrift „Mirador del Espíritu Santu“ – der Spiegel des Heiligen Geistes. Und diesen Spiegel habe ich heute wirklich gesehen!

Jean-Louis ist völlig kraftlos und überhaupt nicht mehr gegenwärtig. Alles geht ganz schnell.

In einem verlassenen Busshäuschen aus vergangenen Zeiten, hat er sich ganz plötzlich zurückgezogen.

Nach 1.700 Kilometern zu Fuß ist nun Jean-Louis an dem Punkt angekommen, an dem er wohl am liebsten aufgegeben hätte. Seine Augen sind leer und deprimiert. Gebeugt, nass und frierend steht er da und blickt starr in den Boden hinein.

Genau so habe ich ein Foto gemacht. Nicht, dass ich total unsensibel bin, aber ich habe die Ernsthaftigkeit seines Stimmungsumschwungs noch gar nicht so richtig begriffen. Und so sehe ich zunächst nur das Motiv: Jean-Louis im alten Busshäuschen auf dem fast schon kaputten Display meines Fotoapparates. Jean-Louis ist umgeben von Graffitis. Ich weiß nicht, was ich jetzt sagen soll. Wie kann ich ihm jetzt den richtigen Impuls verschaffen? Weil ich ihn fotografiert habe, dreht er sich nun weg und ich fühle mich sehr ungut.

Während ich ziemlich unbeholfen draußen im Regen stehe und in das Busshäuschen blickte, lese ich eines der Graffitis. Direkt neben Jean-Louis steht in roten Großbuchstaben geschrieben: „DIOS TE AMA“ –

Gott liebt dich!

Ich deutete mit meinem Finger auf den Schriftzug „

Dieu t'aime“. Und ich schreie ihm auf Deutsch an „er liebt Dich!“

Er liebt dich, er liebt Dich. Genau hier und genau jetzt.
Jetzt bin ich verstummt und habe ganz feuchte Augen. Ich zucke mit meinen Schultern, bleibe aber auf Distanz zu Jean-Louis.
Jean-Louis starrt völlig entgeistert auf das Graffiti. Lange. Offenbar scheint es ein Zeichen für ihn zu sein.
Wortlos nahm er sein Gepäck auf. Er nimmt seinen Pilgerstab in die Linke und legt seine rechte Hand auf das Stück Mauerwerk mit dem Graffiti. Genau zwischen dem „I" von Dios und dem „E" von TE ruht seine Hand ein paar Sekunden lang.

Dann stapft er mir mit Tränen in den Augen in gebührendem Abstand hinterher. Immer wieder höre ich, wie er mit seinem Pilgerstab ein zwei Mal auf die Leitplanke klopft. Es sind unsere Buschtrommeln und er sagt mir gerade „ja, ich bin noch da!"

Dort, wo jetzt der Jakobsweg verläuft, ist eine gigantische Brückenbaustelle. Finanziert von der EU. Wie auch bei uns, arbeitet hier natürlich gerade niemand weit und breit. Das Geld ist da, die Arbeiter sind fern. Wir ignorieren die vehementen Verbotsschilder für Pilger und gehen stur auf der uralten Wegführung weiter. Diese Situation ist schon ein wenig grotesk. Ich komme mir ein wenig vor wie eine Kröte auf der Krötenwanderung, der es egal ist, welche Hindernisse ihr der Mensch in den Weg gestellt hat. Sie geht einfach ihren Weg!

Wer weiß schon, wie lange die EU-Betonbauwerke überhaupt überdauern. Sie sind vergänglich. Aber

Pilger werden hier auch in Jahrhunderten noch gehen...

...vielleicht, wenn der Teer längst verschwunden ist. Schließlich ist es <u>der</u> Jakobsweg!

Die Baustelle ist völlig verlassen. Sie ist ein einziger Sumpf aus Lehm und tiefen Morast. Jean-Louis stürzt zu allem Überfluss. Von Kopf bis Fuß voll vom braunen Schlick der Baustelle. Die Sicht ist gleich Null. Und dennoch finden wir entlang des Großprojektes noch umgeknickte alte Jakobswegschilder. Wir sind also richtig. Noch immer ist es der Weg der Pilger und nicht der Autos.

Unterwegs treffe ich Ines, die Österreicherin. Eingepackt in dicke Regenklamotten. Und dann treffe ich zwei deutsche Pilgerinnen wieder. Mariette, die in meinem Alter ist. Und ihre Tochter Corinna. Beide haben sich irgendwo durchsichtige Regenponchos gekauft und sehen nun ganz lustig aus. Mit Jean-Louis hingegen ist heute nicht zu reden. Er läuft nun zwischen uns allen und ist trotzdem allein.

Im strömenden Regen laufen wir dann schließlich am Nachmittag in Soto de Luiña ein.

Der Abend in der Herberge von Soto de Luiña wird dann auch für mich kritisch. Alles ist nass, auch die Reservekleidung. Es ist eiskalt. Die Temperaturen sind auf unter fünf Grad gefallen. In der Herberge bekomme ich Schüttelfrost. Trotz Müllsack und Bettbezug. Ich habe nichts Trockenes mehr. In der Herberge ist es so kalt, dass man das Ausatmen aus den vielen Nasen deutlich sehen kann.

Als Verpflegung habe ich Nudeln und Tomatensauce gekauft, dort, wo wir den Schlüssel bekommen haben. Hier in der Herberge ist aber keine Kochgelegenheit. Ich schlürfe also kalte Tomatensauce aus der Verpackung und begnüge mich fröstelnd mit einem kleinen Rest Weißbrot.

Am Abend kommt nun auch der Herbergsvater mit dicken Regensachen und einem großen Regenschirm vorbei. Er überbringt uns schlechte Nachrichten. Auf ein paar Kopien einer Landkarte zeigt er uns, dass der Jakobsweg über weite Strecken abgerutscht und nicht begehbar sei. Dabei seien auch die zwei wichtigen Brücken fortgerissen worden. Das sagt er so eindringlich, dass es auch der Letzte kapiert und nicht entgegen seinem Rat einen Alleingang versucht. Ja, er schätzt uns schon ganz gut ein!

Wir sollten Morgen also einen ewigen Umweg machen. Frustriert verziehe ich mich in mein Bett.

Jean-Louis hat eine der wenigen Wolldecken ergattert und hat Erbarmen mit mir.

Er deckt mich dick zu!

Und legt seine dampfende Fliesjacke auch noch darüber. Ein weiterer Pilger spendiert mir dann noch im Schein seiner Stirnlampe eine zusätzliche Decke. Er hat mitbekommen, dass es mich noch immer kräftig schüttelt. Trotzdem friert es mich die ganze Nacht. Aber:

Das Umsorgtwerden gibt mir ein gutes Gefühl...

...hier in einer Gemeinschaft zu sein, in der jeder für den anderen einsteht. In meinem Tagebuch habe ich dankbar festgehalten, dass es sich auch hier wieder um eine wirklich schöne Herberge gehandelt hat. Im Normalfall hätte sie auch warmes Wasser gehabt.

Zum ersten Mal begegnet mir in der Früh auch eine achtköpfige Gruppe von spanischen Fahrradpilgern. Sie haben in der gleichen Herberge genächtigt und ich war ein wenig sauer auf sie. Denn bei ihrer Ankunft haben sie ihre nassen Fahrräder und Klamotten über meine Schuhe gestellt. Die Fahrräder sind nun trocken, meine Schuhe dafür nass und werden bis morgen wohl auch nicht trocknen.

Die Rangfolge für Übernachtungen ist übrigens strikt und fair geregelt. Zuerst kommen junge, alte und kranke Fußpilger. Dann Fußpilger im Allgemeinen. Dann Pilger zu Pferde oder mit Esel (die gibt es tatsächlich!). Erst danach kommen moderne Fahrradpilger. Wenn noch Platz ist.

Von Soto de Luiña nach Cadavedo

Tag 22: ca. 24 km, 450 Höhenmeter. Über Novellana, Santa Marina und Tablizo.

Viel gibt es heute nicht zu vermelden. Kaum Schlaf, ausgekühlt, rein in nasse Socken und feuchte Schuhe. Ein paar trockene Kekse teile ich mir mit Jean-Louis, der heute ausnahmsweise auch keine Lust auf ein Frühstück verspürt. Auch er ist klamm und es fröstelt ihn. Wir möchten also so schnell wie möglich los marschieren, damit uns warm wird.

Der Jakobsweg verläuft heute 24 Kilometer auf der alten Nationalstraße N632. Gut, immerhin gibt es hier so gut wie gar keinen Verkehr und man hat als Fußgänger die Straße komplett für sich. Man kann ganz ungeniert mitten auf der Straße gehen. Doch der harte Belag ist nichts für die Füße!

Noch immer begleitet uns das hartnäckige Tief Eliane. 2010 ist das Jahr des Regens. Und seit heute weiß ich auch: Es ist das Heilige Jahr! Das Heilige Jahr „Xacobeo" ist immer dann, wenn der Festtag des Hl. Jakobus am 25. Juli auf einen Sonntag fällt. Im Heiligen Jahr sollen den Pilgern nach kirchlicher Lesart alle Sünden erlassen werden, wenn sie in der Kathedrale von Santiago de Compostela aus an den Sakramenten teilnehmen und wenigstens die letzten Hundert Kilometer zu Fuß, oder die letzten 200 Kilometer mit dem Fahrrad gepilgert sind. In der Kathedrale darf man dann durch die sog. Gnadenpforte schreiten, die nur alle heiligen Jahre geöffnet wird.

Wie konnte ich von all dem nichts gewusst haben? Bei mir war es einfach der Zufall und die schnelle Entscheidung, die mich zum Küstenweg gebracht hat.

Das Heilige Jahr war reiner Zufall!

Es wäre zu erwarten gewesen, dass in diesem Jahr der Jakobsweg völlig überlaufen ist. Genau das ist aber nicht der Fall. Vielleicht haben sogar einige Pessimisten den Weg gerade 2010 deshalb nicht gemacht. Gut so. Es lebe der Optimist und noch besser: Es lebe der, der gar keine Ahnung hat und sich einfach auf ein Abenteuer einlässt.

Die Gedanken um das Heilige Jahr haben mir heute ein wenig Ablenkung gebracht. Zum Weg selbst gibt es kaum etwas zu vermerken. Er führt wegen Überschwemmung ausschließlich über die Landstraße.

Selbst hier sind etliche Stellen unterspült und durch Bänder der Policía abgesichert. Zahlreiche Schilder sind unterspült und liegen am Boden. Bäume sind entwurzelt und liegen auf der Straße. Gut, dass ich erst jetzt hier vorbeikomme, wo mir kein Baum mehr auf den Kopf fallen kann. Hoffe ich zumindest!

Teer über Teer. Die gute Nachricht: Noch nie in meinem Leben hatte ich so gute und so bequeme Schuhe. Obwohl sie nass sind, habe ich keine einzige Blase.

Ich denke viel an den gestrigen Regentag in dieser sagenhaften Landschaft.

Dieser Tag hat mir richtig gut getan.

Heute stoße ich auf mehrere kleine Pilgergruppen, die mir allesamt noch recht unerfahren vorkommen.

Die Herberge in Cadavedo ist stinkend, schimmelig, aber zumindest trocken. Jean-Louis hat in dem verschimmelten Zimmer seinen Galgenhumor wieder gefunden. Heute geht es ihm viel besser, als gestern. Wir diskutieren darüber, in welcher Weise sich die Pilzsporen im Zimmer verteilen würden und welcher Schlafplatz im Stockbett der bessere wäre. Jean-Louis meint sogar, dass es gefährlich sei, direkt unter den Schimmelsporen zu schlafen.

Ich ignoriere die schwarz-grüne Schimmeldecke und nehme wie immer die obere Etage. Zum Spaß nehme ich meinen dampfenden Schuh, den ich mir gerade ausgezogen habe und binde ihn an das Bettgestell. Zu Jean-Louis sage ich lachend: Da traut sich jetzt keine Pilzspore mehr hin!

Als nächstes reparieren wir die Klospülung mit einfachen Mitteln. Danach suchen wir nach so etwas wie einer Generalsicherung, damit wir Licht haben. Die Sicherung war dann auch schnell gefunden, aber zu unserem Erstaunen drin. Trotzdem ging kein Licht. Oh wie gut, dass ich Elektrotechnik studiert habe. Wenn auch bis zum heutigen Tag dieses Studium meiner Ansicht nach komplett umsonst war, so habe ich doch wenigstens jetzt die Chance, zu zeigen, was ich kann!

Mit dem Spiraldraht einer Wäscheklammer habe ich dann die Kontakte überbrückt und es hat großen Spaß gemacht, als es in dem Sicherungskasten mal so richtig gefunkt hat! Ausschalten konnte man jetzt allerdings nichts mehr und mit den Fingern hinlangen durfte nun auch keiner mehr! Aber die unkonventionelle

Elektroinstallation hat sich unter den nachkommenden Pilgern dann recht schnell herumgesprochen.

Recht witzig finde ich die Aufforderung zu einer Mindestspende.

Ein handgemaltes Schild ermahnt uns zu einer Gabe von mindestens drei Euro: „ATENCIÓN, DONATIVO MINIMO 3 EURO“. Offenbar waren in dieser Herberge einige Pilger nicht bereit, freiwillig etwas zu spenden. Gut nachvollziehbar.

Trotzdem habe ich drei einzelne Euromünzen bei mir und damit kann ich die Spende vor den anderen richtig schön zelebrieren. Ich nehme meine erste Münze, zeige sie dem Kreis der Zuschauer und kommentiere auf Englisch: Hiermit sichere ich Kraft meines Amtes den Fortbestand des Fungus Dormitorio (Schlafzimmerpilz). Die ersten fangen an zu kichern und holen ebenfalls einen Euro heraus.

Ich werfe die erste Münze ein und halte meinen zweiten Euro in die Höhe. „Hiermit sichere ich den Fortbestand des Fungus verde“ (grüner Schimmelpilz). Mit meinem Euro mache ich ein Kreuzzeichen in die Luft und werfe dann die Münze in die Pappschachtel. Das Lachen wird nun etwas lauter und ich nehme meine dritte und letzte Münze in die Hand. Mehr als nötig, werde ich nicht spenden.

„Hiermit sichere ich den Fortbestand der Gattung Fungus officinalis nigrum“ dem gemeinen schwarzen Schimmel. Alle Namen sind natürlich frei erfunden!

Auch die anderen Pilger haben dem Schimmel nun extrem witzige Namen gegeben. Am besten gefallen haben mir „Fungus diabólico“, „Fungus peregrinus“ und „Fungus donativum“ – der Spendenpilz!

Geburtstag ganz im Stillen

In einer kleinen Bar nehmen Jean-Louis und ich noch ein Pilgermenü ein. Schimmelfrei! Aus einem Telefonat mit seiner Frau habe ich mitbekommen, dass er heute seinen 56sten Geburtstag hat. Und so habe ich in der Bar einen kleinen Fertigkuchen mit einer Kerze organisiert.

Am Abend gesellt sich dann noch Bernhard, ein junger österreichischer Ex-Schreiner zu uns. Er hat einfach mal so seine Wohnung aufgelöst und ist dann losgegangen. Er ist bereits seit Salzburg unterwegs. Das farbige aber sehr ausgewaschene Bob-Marley T-Shirt passt perfekt zu ihm.

Er erzählt uns viel von seinem Alleingang auf den ersten tausend Kilometern. Und auch hier ist er nur allein unterwegs.

Mit Rotwein und Kerzenlicht kommt nun auch ein wenig Stimmung. Jean-Louis genießt seinen Geburtstag. Ich habe den Eindruck, dass er heute wirklich glücklich ist.

Als wir in die Herberge zurück kommen, ist diese zum ersten Mal voll. Will heißen, alle anderen müssen am Boden schlafen.

Aber auch das darf man sich nicht zu schlimm oder zu spartanisch vorstellen. Eher schon romantisch! Die Herbergsmutter hat für genügend Matratzen und Decken gesorgt.

Von Cadavedo nach Piñera

Tag 23: 33 km, ca. 850 Höhenmeter. Über Canero, Almuña und Luarca.

Habe gut geschlafen. Keine Schimmelspore hat mich in der Nacht gestört. Bei weit geöffnetem Fenster direkt neben meinem Kopf habe ich mich sogar in der Nacht richtig erholt.

Es nieselt draußen leicht, trotzdem kommt die Sonne ein wenig durch. Heute nehme ich mit Jean-Louis ein ausgiebiges Frühstück. Es gibt sogar heißen Pulverkaffe und wir leeren zu zweit ein ganzes Glas Aprikosenmarmelade. Da stecken sicher genügend Kalorien für die heutige Etappe drin!

Mariette - eine attraktive Frau!

Von der Herberge weg wandern wir ein gutes Stück mit Mariette und Corinna. Mariette ist eine attraktive, durch und durch sportliche Natur. Aber sie hatte ihr Leben lang große Rückenprobleme. Am Jakobsweg wurde es für sie dann langsam besser. Diese Erfahrung hatte sie schon einmal gemacht. War es eine Last aus der Kindheit, die sie noch immer mit sich herumtrug? War es der Druck der Eltern, der Druck des Sportgymnasiums?

War es das ständige Trainieren für den Eiskunstlauf und die verlorene Kindheit? Mariette hasste den Eiskunstlauf und schien noch heute darunter zu leiden. Ihrer Tochter wolle sie so etwas nie antun. Aber kann man zwanzig Jahre später immer noch eine verletzte Seele haben?

Mit jedem Schritt blüht Mariette auf. Sie freut sich über jede Blume, die ich ihr pflücke. Und zu jeder Blume habe ich irgendeine Geschichte parat. Sie wünschte sich, dass der Weg für sie in Santiago nicht enden würde, sondern dass es nun für immer so weitergehen würde.

Heute haben wir während des Gehens sehr viel gelacht. Erst mittags trennen sich die Wege.

Unser Buschtelefon funkt!

Leider hat auch diese Etappe wieder ein längeres Stück Küstenstraße parat. Jean-Louis geht mehrere hundert Meter hinter mir. Doch wir haben ja einen interessanten Weg der Kommunikation gefunden. Mit seinem Pilgerstab klopft Jean-Louis auf die Leitplanke.

Obwohl ich ihn oft gar nicht mehr sehen kann, kann ich die Klopfzeichen doch gut vernehmen. Ich muss wieder lachen über seinen Einfallsreichtum und gebe immer wieder Klopfzeichen zurück.

Die Leitplanke wird zu unserem Buschtelefon: Ja ich kann Dich hören!

„Tick, tack tack tack“ höre ich gerade. Und ich antworte mit „Tick, tack tack tack – tick tick“. So wie: Botschaft bestätigt!

Und dann fängt Jean-Louis plötzlich damit an, den Takt von bekannten Liedern zu klopfen. Ich muss lachen. Ich bin fasziniert. Denn sobald er aufhört, klopfe ich den Rest des Taktes weiter.

Jean-Louis klopft gerade:

„Daa di di dit,   daa di di dit.“

Richtig! Es ist „Hier kommt die Braut", aus Richard Wagners Lohengrin, die auch in keinem amerikanischen Spielfilm fehlen darf, wenn geheiratet wird. Ich antworte ihm mit einem Steinklopfen:

„daa di di di daa, daa di di dit“

Für eine Sekunde ist es nun still. Aber jetzt kommt ein ganz schneller Trommelwirbel „ding ding ding ding ding“, will heißen:

Antwort von der Leitplanke

Bravo, richtig geraten!

Und nun möchte ich mal probieren, ob es das auch auf Französisch gibt:

„Di di di di daa daa,
di di di di daa,
di di di di daa,

und prompt kommt die Antwort per Leitplanke:
„di di di di daa daa,
„di di di di daa daa!

Mit meinem Stein hämmere nun ich lauten Beifall auf die Leitplanke. Von Jean-Louis ist weit und breit keine Spur zu sehen. Aber er hört mich!

Die französische Version von „Alle meine Entchen“ heißt übrigens „Tous mes petits canards“, wie ich dann später erfahre.

Gut, ein paar Lieder habe ich nicht erkannt, aber es ist schon erstaunlich, dass wir beide viele Lieder erkannt haben und den Rhythmus weiter klopfen konnten.

Wir haben nun auch herausgefunden, dass sich die Leitplanke im unteren Bereich anders anhört, als im oberen Bereich.

So vergeht die Zeit mit immer neuen Liedern im Kopf. Sogar unseren Gehrhythmus haben wir auf diese Art ganz intuitiv synchronisiert. Schon eine tolle Sache, auf was man beim Gehen alles kommt!

Auf schönem Terrain

Ein Höhepunkt ist für mich der Abstieg nach Luarca. Natürlich ohne Leitplanke, denn wir sind wieder zusammen und auf schönem Terrain. Das kleine Fischerdörfchen mit gut 5.000 Einwohnern zwängt sich wieder in eine enge Bucht, die wie fast immer gleichzeitig auch die Mündung eines romantischen Flüsschens ist. Dieses Mal heißt der Wasserlauf Rio Negro.

Auf alten Steinstufen geht es die letzten 50 Höhenmeter wieder spektakulär bergab durch malerische Gassen. Unten angekommen überquere ich auf einer kleinen Brücke den Rio Negro. Dieses Dörfchen würde wirklich zum Verweilen einladen. Die Temperaturen sind gerade angenehm, vielleicht so um die 18 Grad und kräftige Sonnenstrahlen verzaubern den kleinen Ortskern mit einem wunderbaren Licht in ein Idyll.

Trotzdem gehe ich weiter. Allerdings nicht ohne diese Atmosphäre in mich einzusaugen und jeden Schritt zu genießen!

Gleich geht es wieder bergauf, umgeben von herrlicher Landschaft. Unterwegs möchte ich wieder eine Kirche besuchen, die sich mir quasi in den Weg stellt. Leider ist sie verschlossen. Dennoch ist der schattige Vorplatz so schön, dass ich ein wenig bleibe. Aus dem Brunnen sprudelt frisches Wasser. Es steht Trinkwasser darauf.

Beim Weitergehen sehe ich in weiter Ferne den Ozean. Unzählige Luftschichten haben sich als feine Streifen in verschiedenen Blautönen übereinander gelegt. Weil der Ozean selbst ebenfalls die verschiedenen Streifen abbildet kann man nicht mehr unterscheiden, was noch Luft und was schon Wasser ist.

Heute kommt mir der Weg sehr lang vor. Er ist über weite Strecken recht flach und man kann ebenso weit nach vorne sehen. Doch das, was man sieht, das dauert! Erst kurz vor dem Ziel geht es wieder ein wenig in die leicht hügelige Landschaft. Es wird abwechslungsreicher, steiniger und unterhaltsamer. Wenn man im Alleingang überhaupt von Unterhaltung sprechen kann. Doch, kann man! Und die Zeit vergeht wieder viel schneller für mich, wenn es Kurven und „Geheimnisse" gibt.

Einschreiben muss man sich für die Herberge von Piñera ein paar Kilometer zuvor in einem kleinen Laden. Hier werde ich auf eine Tasse Kaffee eingeladen und lerne ein sehr nettes deutsch-spanisches Ehepaar kennen.

Beide wohnten früher in Deutschland. Sie war Flugbegleiterin und sie ist immer noch jung geblieben. Ihren Ruhestand verbringen sie nun hier in Spanien, in seiner früheren Heimat. Sie geben mir ihre Telefonnummern, nur für den Fall, dass ich oder einer der anderen Pilger mal Hilfe benötige.

Dann geht es weiter zur Herberge. Auch Piñera ist eine außerordentlich schöne Herberge. Sie befindet sich in einem alten Schulgebäude. Noch einmal gehe ich ein paar Kilometer zurück, um mir frische Lebensmittel zu besorgen.

Meine Tochter weint

Und dann wird es für mich depressiv.

Das erste Mal muss meine Tochter Selina heute am Telefon weinen. Und das tut mir sehr weh. Wie von jetzt auf gleich falle ich in ein sehr tiefes Loch und fühle mich schuldig.

Ich gehe deshalb noch einmal allein spazieren. Und ich möchte jetzt auch wirklich ganz für mich sein. In einem solchen Moment möchte man am liebsten den nächsten Flieger besteigen und die Tochter in den Arm nehmen.

Vor der Abfahrt habe ich mit meiner Frau darüber gesprochen, was wäre, wenn in dieser Zeit jemand aus der näheren Umgebung sterben würde. Immerhin ist diese Möglichkeit ja ganz real. Wir waren uns darüber einig, dass ich in diesem Falle nicht heimgefahren wäre. Aber ich weiß natürlich nicht, was ich wirklich getan hätte.

Einer der heutigen Gäste in der Herberge wäre wohl für Viele interessant gewesen: Ein bekannter spanischer Nationalspieler, der wegen Sehnenproblemen nicht zur WM aufgestellt wurde. Also machte er sich mit seinem Hund Romeo auf den Jakobsweg. Niemand störte sich daran, dass Romeo in seinem Bett schlafen durfte.

Irgendwie gehören wir hier alle zusammen. Schließlich musste auch Romeo mit eigenem Gepäck jede Etappe meistern. Ich habe aber den Eindruck, dass ihm die Wanderschaft mit seinem Herrchen gut gefiel.

Meine Frau Conny meinte heute am Telefon: Mach doch einmal ein paar Tage Pause. Sehe dir etwas an. In mein Tagebuch notiere ich daraufhin:

Das Gehen selbst ist die große Pause.

Die Pause vor dem Denken und die Pause vor dem Grübeln. Das schönste am Jakobsweg ist, dass ich jeden Tag aufstehen und einfach wieder losgehen darf. Die Freiheit, immer weiter zu gehen, das ist meine Pause. Und so freue ich mich schon auf morgen und das immer gleiche Ritual: Aufstehen, einen bon camino wünschen und losgehen.

Was ich meiner Frau aber bestimmt nie verraten werde: In Sachen Rucksack bin ich im Laufe der Zeit zu einem wahren Ordnungsfanaten geworden. Ich weiß nun blind im Dunklen, wo genau sich was befindet. Jeder Gegenstand hat exakt seinen festen Platz und ist immer sofort auffindbar. So verkürzt sich die Routine des Ein- und Auspackens enorm. Auch mitten unter dem Gehen hilft mir diese neu gefundene Ordnung für schnelle Kleidungswechsel. Zu Hause werde ich freilich so unordentlich bleiben, wie ich bin!

Von Piñera nach Tapia

Tag 24: 24 km und wenige Höhenmeter (250 hm). Über Navia, Torce, La Caridad.

Bei strömenden Regen wagen wir uns schließlich alle gleichzeitig vor die Türe des alten Schulgebäudes „Escuella Nacional“. Es liegt unmittelbar an der Landstraße. Mariette ist die erste, die sich mutig vor die Türe traut und genau in diesem Moment braust ein Holzsattelschlepper an ihr vorbei und durchspült sie wie ein Hochdruck-Dampfstrahler.

Unsere Schadenfreude hielt sich in Grenzen, denn jeder wusste nun, dass ihn in den nächsten Minuten das gleiche Schicksal ereilen würde. Und so ist es natürlich auch.

Die ersten beiden Kilometer auf der Landstraße ist es dann auch vollkommen egal, was wir anhaben. Jeder Lastwagen gibt uns die volle Packung. Die Stimmung ist trotzdem gut. Während die anderen praktisch alle ihre dicke Kleidung opferten, bin ich mit kurzer Hose und T-Shirt unterwegs.

Eine spirituelle Dimension

Gestern haben wir uns noch ziemlich real unterhalten. Mit echten Schallwellen, die auf der Leitplanke entlang geritten sind. Heute kommt eine neue, eine fast spirituelle Dimension hinzu.

Jean-Louis, Mariette und ich haben immer öfter Gedankenübertragung. Ständig haben wir die gleichen Einfälle. Ganz ohne Sprache. Aber gibt es Gedankenübertragung eigentlich?

Zumindest auszuschließen ist sie nicht. Und hier spreche ich als Diplomingenieur und als spirituelle Spinner zugleich. Klar ist doch: Unser Gehirn verarbeitet elektrische Signale.
Und unser Bewusstsein bekommt einen Teil dieses elektromagnetischen Geschehens mit. Es macht sich also etwas bewusst. Es fängt also einen Teil dieses elektromagnetischen Geschehens wieder ein und führt ihn uns vor Augen.

Dass im Gehirn dabei Leistungen vergleichbar einer Glühbirne erzeugt werden, ist erstaunlich, aber längst bewiesen. Bis zu 60 Watt (!) können das sein. Und dass diese elektromagnetischen Wellen an der Hirnwand natürlich nicht halt machen, ist ebenso klar. Schließlich besteht unsere Gehirndecke nicht aus Blei und ist auch kein Faradäischer Käfig.

Ob das, was wir unser Bewusstsein nennen nun „innen" sitzt - oder nur mal angenommen - „außen" sitzen würde, wäre im Prinzip also egal.

In entsprechenden Röhren kann man mit bildgebenden Verfahren dem elektrischen Treiben im Gehirn sogar unmittelbar zusehen. Von außen! Wenn unser Gehirn auch Röhren durchströmt und dessen Detektoren sie aufzeichnen können, warum sollte unser Denken nicht auch fremde Gehirne durchströmen? Die Physik hat dem nichts entgegenzusetzen! So unglaublich sich das alles anhören mag: Bis hierher ist alles real.

Stellen wir uns nun einmal einen geostationären Fernseh-Satelliten vor. Er ist klein und ewig weit entfernt. 35.786 Kilometer, um genau zu sein. Die elektrische Sendeleistung liegt dabei in einer Größenordnung von lächerlichen 60 Watt. Kommt uns da was bekannt vor?

Die Sendeleistung entspricht exakt der unseres Gehirns. Trotzdem können wir die Signale des Satelliten locker noch aus unglaublichen Sechsunddreißigtausend Kilometern empfangen. Das geht vor allem deshalb, weil es auf die exakt gleiche Wellenlänge ankommt. Die Wellenlänge muss stimmen, dass wir das Signal auswerten können. Und sei es noch so klein. Wir müssen also nur wissen, auf welcher genauen Frequenz wir hinhören müssen.

Und hier schließt sich dann der Kreis. Es fällt mir der Spruch von der „gleichen Wellenlänge" bei zwei Menschen ein. Kann sich auch ein fremdes Bewusstsein einen Teil unseres Geschehens „zu eigen" machen? Theoretisch durchaus möglich!

Das wäre doch mal der Stoff für eine echte Doktorarbeit. Selbst geschrieben natürlich.

Aber noch einmal zurück zum Ort des Geschehens. Zum Gehirn. Denn hier gibt es ja so etwas wie die erst 1995 entdeckten Spiegelneuronen. Das sind Nervenzellen, deren einziger Zweck darin besteht, Gefühlsregungen des anderen nachzuahmen und damit für sich selbst „spürbar" zu machen.

Es gibt also durchaus solche Mechanismen in unseren Köpfen, die sich mit Gedanken, Gefühlen und womöglich dem Bewusstseinszustand des anderen beschäftigen. Und während die Erde vor nicht allzu langer Zeit noch eine Scheibe war, könnten auch künftige Generationen von etwas weniger engstirnigen Wissenschaftlern (Beobachtern) noch großartige Prinzipien des Lebens entdecken.

Im richtigen Leben ist es zu engstirnig!

Ein bisschen was von meiner hier ausufernden Philosophie werde ich mit nach Hause nehmen. Und dann, wenn meine Tochter wieder einmal eine schlechte Note schreibt, weil das alte Schulwissen nicht mehr ab to date ist, meiner Tochter erklären. Schließlich ist vieles, wofür ich selbst einmal schlecht benotet wurde heute längst schon überholt!

Und da fällt mir wieder diese engstirnige Welt von zu Hause ein. Engstirnig und dumm! Meine Tochter Selina hat in einer Prüfung den Begriff Recycling mit „Wiederverwenden" erklärt. Das war falsch. Null Punkte! Gefragt war die Erklärung „Wiederverwertung".

Nun stand allerdings im Duden tatsächlich „Wiederverwendung". Und auch die Abfallentsorgungsverordnung spricht von „Wiederverwendung".

Den Duden unter dem Arm habe ich also bei der Klassenlehrerin mit viel Charme für einen Punkt gekämpft. Die Erfahrung, die ich dabei machen musste, war erschütternd: Tatsächlich hatte die Lehrerin nie vor, einen Punkt für etwas Richtiges zu geben, sondern hat sich wohl viele Stunden damit beschäftigt, „Beweismaterial" aus dem Lehrplan gegen meine Tochter vorzulegen.

Dann war da noch der Punkt mit den Joghurtbechern. Die richtige Antwort wäre gewesen, dass sie in die gelbe Tonne gehören. Plastik, klar! Aber ist es nicht so, dass sich gerade in der letzten Zeit alle Joghurtbecher aus Plastik ganz still verabschiedet haben und mittlerweile samt und sonders zu 90% aus Papier bestehen? Und das gehört doch in die blaue Tonne!

Obwohl ich das komplette Rewe-Sortiment zur Sprechstunde mitgenommen habe, blieb die Lehrerin stur.
Es ist wohl wichtiger, das Alte zu verteidigen, als sich neuen und durchaus richtigen Gedanken zu öffnen. Aber was soll so aus unseren Kindern werden?

Wenn man schon all den anderen Kindern für die nach aktuellem Stand definitiv falsche Antwort einen Punkt gibt, dann könnte man zumindest der einzig richtigen Antwort ebenfalls einen Punkt geben. Weil genau das aber nicht geschieht und weil niemand das ändern kann verbleibt uns nur eine einzige Möglichkeit: Jede Idee und jeder Gedanke unserer Kinder ist ein Segen. Und wir sollten ihn nicht abtun, sondern mit unseren Kindern gemeinsam fantasieren, ob es nicht doch in fernen Zeiten genau so kommen könnte. Was spricht schon dagegen?

Bitte halte mich nicht für verrückt! Warum?

Ich bin mit Mariette gerade genau in dieser herrlichen Philosophiestunde und Mariette steuert erstaunliche Sichtweisen bei. Immer wieder mit dem Vermerk „aber bitte halte mich jetzt nicht für verrückt!"

Krass! Ist es nicht wunderbar, seinen Gedanken endlich einmal wieder freien Lauf zu lassen? Sind wir in unserer Welt schon so festgefahren, dass wir uns für ein wenig Fantasie schon entschuldigen müssen? Fast scheint es so!

Nachdem ich ungefähr zum fünften Mal die Gegenfrage gestellt habe „warum soll ich dich für verrückt halten?", kommt Mariette plötzlich ins Stocken.

„Stimmt eigentlich", meint sie und beendet den Satz mit „aber du weiß ja...".

„Ja, ich weiß". Und nun mache ich eine Pause, halte sie mit beiden Armen vom Laufen ab, gehe zwei Schritte zurück und schreie sie ziemlich laut an „Nein! Was soll ich wissen?".

Das du verrückt bist? Oder das du eine ganz liebe Seele bist? Oder das du endlich bei dir selbst angekommen bist? Oder das du heute endlich einmal richtig gelacht hast? Nein, ich weiß es nicht. Was bitte soll ich wissen?

Vor was hast du Angst?

Vor was bitteschön hast du Angst? Das ich dich auslache? Das ich dir nicht zuhöre? Das ich dich nicht mag?

Wütend knalle ich meinen Rucksack auf den Boden, nehme sie dann aber in den Arm. Ihre Tochter Corinna ist mit Jean-Louis ein paar Meter weiter gegangen.

Gerade waren wir noch bei Gedankenübertragung, bei Satelliten und beim Schulsystem und jetzt bricht gerade ein menschliches System zusammen und erzählt von der Vergangenheit.

Mariette habe ich bisher noch nie wirklich kennen gelernt. Trotzdem verbindet uns der Jakobsweg. Das ist das Großartige an diesem Pfad. Wir können über Dinge reden, die man sonst selbst Freunden nicht ohne weiteres anvertrauen würde. Genauso kann man aber auch schweigen und ganz einfach einmal menschliche Nähe und echte Achtsamkeit spüren. Nichts Verfälschtes. Nichts Oberflächliches. Denn immer dann, wenn man nicht mag, kann man sich ja „bon camino" wünschen. So brutal das scheinen mag. Es ist ehrlich. Es ist aufrichtig und ich möchte mir diesen „bon camino" für mein späteres Leben behalten.

Mariette hat sich selbst wohl noch nie als äußerst attraktive, intelligente und liebenswerte Frau gesehen. Als etwas ganz Besonderes eben. Aber das sollte sie! Und das wünsche ich ihr. Warum sollte man ein Leben lang die Vergangenheit mit sich schleppen? Gut, sie ist ja ein Teil von dir, aber man muss sie auch nicht jede Sekunde gedanklich aufrufen.

Selbstmitleid ist die Verlängerung vergangenen Leids!

Sofort ist Mariette wieder ganz die starke Frau. Alles vergessen und vorbei. Passt schon (sagt meine Frau ja immer dann, wenn gar nichts passt). Ich denke, Mariette braucht noch ein paar Kilometer, damit sie bei sich selbst ankommt.

Nun gehe ich wieder allein. Und ich weiß nicht, ob mein Benehmen gerade eben richtig war. Ich denke jetzt gerade an Ingrid. Wo wird sie jetzt sein? Wie wird es ihr gehen? Denkt sie auch hin und wieder an mich? Jetzt gerade?

Ich bin ein wenig erstaunt, dass weder Jean-Louis, noch Mariette und Corinna mich nach meinen wilden Theorien für verrückt erklären. Ganz im Gegenteil. Viele Pilger habe ich getroffen, die fest davon überzeugt sind, dass es noch weit mehr geben muss, als dass, was wir hören und sehen können.

Es ist schon komisch: Wenn man unmittelbar im wahrsten Sinne des Wortes „mit den Füßen fest am Boden steht", dann heben die Gedanken ab und suchen eine Antwort auf all das neue Unbekannte, was uns umgibt.

Im Auto treten wir nur auf Pedale, ohne den Boden zu berühren. Wir steuern nach dem Bildschirm und verlieren den Kontakt zu dem, was da draußen ist. Wir telefonieren. Und dann fragen wir uns nach einer Weile, wo bin ich, wie kam ich hierher.

Allerdings gibt es auch am Jakobsweg das merkwürdige Phänomen, dass man die Stationen vergisst. Ich zweifelte hin und wieder echt an meinem Verstand, als ich nicht mehr wusste, wie die Orte gestern hießen. Und dass, obwohl ich im Schneckentempo zu Fuß unterwegs war und mir nichts zu merken brauchte. Doch genau das ist es: Sich endlich einmal nichts merken zu müssen.

Erst als ich dieses Phänomen bei allen anderen Pilgern ebenfalls bemerkte, ist es mir nun egal, wie die Herberge gestern hieß. Und wie der Ort, wo wir heute hingehen werden gleich noch mal heißt. Egal. Pilgererfahrung. Jedem geht es genauso. Jeder muss da mal schnell im Pilgerführer nachblättern.

Wenn es aber allen so geht, dann bedeutet das doch nichts anderes, als das diese Ortsnamen für unser Sein vollkommen irrelevant sind. Was alle gemeinsam berichten, das ist die exakte Erinnerung an Abschnitte in der Natur, an Gerüche und an Farben. Schon merkwürdig, was uns da dieser Jakobsweg alles vor Augen führt.

Ich hole Jean-Louis wieder ein und Mariette wandert nun mit ihrer Tochter weiter.

Unterwegs gibt es heute in Tapia für sieben Euro ein so üppiges Pilgermenü, dass Jean-Louis und ich ein riesiges zweites Schnitzel samt Pommes als Proviant mitnehmen. Wir waren bereits nach der Vorspeise Pasta und Salat, dazu Weißbrot und Rotwein dermaßen geplättet, das wir befürchtet haben, nicht mehr gehen zu können.

Immer wieder querte der Weg nach dem Mittagessen die viel befahrene Küstenstraße. Und immer wieder war die Küstenstraße der Weg. Hier wird augenblicklich viel getan, um neue Wegstrecken zu erschließen. Auch am Camino Francés gibt es Teerstrecken. Aber nicht ganz so viel. Das ist die Kehrseite der schönen Medaille des Küstenweges.

Bis Mittag hätte ich mir heute eine dicke Wintermütze gewünscht. Bei maximal 8 Grad und eisigem Atlantikwind war das gehen ziemlich frostig. Doch jetzt, nach unserem Pilgermenü kommt auch die Sonne heraus und es wird zum Laufen „fantastique, merveilleux, magnifique!“

Wertloses Zeug – weg damit!

Eine Zeitlang laufe ich nun wieder allein. Und jetzt probiere ich mal meinen MP3-Player aus, auf den ich mir einen Spanischkurs geladen habe. Doch jetzt nach 24 Tagen Stille ist das ein Ding des Unmöglichen. Es ist mir schlichtweg unmöglich, einen Rhythmus zu halten und in den Ohren spanisch zu hören. Obwohl ich zu Hause gerne mit Musik im Ohr joggen gehe, werde ich hier schon nach kurzer Zeit richtig aggressiv. Weg damit.

Und eine wertvolle Erfahrung reicher! Das braucht es nicht am Jakobsweg. Ich lerne die verschiedenen Sprachen auch so. Ich muss nur hinhören und mitreden. Letzteres fällt mir leicht. Ersteres eher schwer.

Die letzten Kilometer zur Herberge in Tapia sind überwältigend. Schon eine ganze Weile gehe ich auf einem kleinen Sträßchen am Meer entlang. Und ich muss es nochmal sagen: In eineinhalb Stunden bin ich hier keinem einzigen Auto begegnet. So etwas gibt es bei uns zu Hause nicht.

Die letzten Stunden hat sich die Sonne energisch durchgesetzt. Es ist sogar noch richtig heiß geworden. Die Landschaft ist flach, grün und friedlich. Ich kann in alle Richtungen weit sehen. Am meisten fasziniert mich aber wieder der unglaublich schöne Blick auf den dunkelblauen Atlantik. Er ist vielleicht 500 Meter entfernt, aber ich kann die salzige Luft riechen.

Wiesen und Klippen sind wieder meine Begleiter.

Und ganz da vorne, noch vor den Toren des Dorfs liegt sie: Die traumhafte Herberge! Ganz allein steht sie auf einer Klippe mitten im Grün und direkt am Abgrund. Gut 20 Meter über dem Meer. Die Bucht gehört nur ihr ganz allein. Es ist alles wie in einem Märchen.

Ich werde langsamer. Die letzten Meter bis zur Haustüre möchte ich noch genießen. Durchatmen. Ich bin gerührt vor lauter Dankbarkeit. Jeden Tag darf ich solche Traumstätten betreten und wenn sie es einmal nicht sind, dann mache ich mir eben eine daraus!

Aber dieses Häuschen direkt an den Klippen schlägt wieder einmal alles, was ich in meinem Leben gesehen habe. Kurz vor der Herberge begrüßt mich eine steinerne Jakobssäule, hinter der eine stachelige Aloe emporwächst. Dahinter ist eine Klippe, die von der Landseite her mit dichtem Grün bewachsen ist, um dann abrupt in den Ozean abzustürzen. Der Fels ist hier rötlich braun. Dort, wo der Fels in den Ozean mündet, säumt ein weißes Band mit Gischt den Übergang. Auch etwas dahinter ragen noch ein paar geschichtete Felsen aus dem Wasser.

Doch dann beherrscht nur noch die Physik den Horizont. Der erste Zentimeter, den ich als Meeresband ansehe, dürfte einen guten Kilometer betragen. Vielleicht auch zwei. Der nächste Zentimeter oberhalb könnte schon zwanzig Kilometer haben. Und das hellblaue Band am Horizont dürfte ziemlich weit weg sein. Später in der Herberge berechnen wir mit Stift und Zettel sowie einem Handy als Taschenrechner, dass man von hier oben aus etwa 152 Kilometer weit sehen kann, bevor die Erdkrümmung ein Objekt verschluckt. Mit anwesend ist ein deutscher Mathelehrer, der mit einem uralten Fahrrad als Pilger unterwegs ist.

Direkt hinter der Herberge ist ein kleiner Holzzaun, der die Steilflanke zum Meer hin absichert. Durchaus berechtigt. Aber eben auch durchlässig und daher eher eine psychologische als eine physikalische Grenze.

Es riecht nach Seetang

Gut zehn Meter weiter führen ein paar steile Steinstufen die Klippen hinunter. Es ist gerade Ebbe. Die kleine menschenleere Bucht ist kieselig und riecht nach Seetang. Ich bin völlig allein hier und wate im seichten Wasser herum. Traumhaft. Dann lege ich mich auf einen flachen Felsen, ziehe mein T-Shirt aus und döse langsam ein. Ich träume schon wieder von einer Seefahrt. Irgendwie scheint es mich in meinem Unterbewusstsein magisch raus zu ziehen.

Im Halbschlaf höre ich dann ein paar fröhliche Stimmen. Es sind Bernhard, Mariette und Corinna.

Am Nachmittag sitzen wir alle gemeinsam in den letzten Sonnenstrahlen vor der Herberge am Boden und zaubern eine gemeinsame Brotzeit.

Jeder hat für sich ein wenig im Dörfchen eingekauft und heute wird geteilt. Mariette und Corinna haben richtig gutes Schwarzbrot gefunden. Und Bernhard, der Österreicher aus Salzburg, steuert Rotwein bei. Unser Mathe-Fahrradpilger aus San Esteban gesellt sich mit Obst und Tomaten dazu. Er ist den letzten Tagen mit dem Fahrrad nicht weiter gekommen als wir zu Fuß. Das konnte er kaum glauben und doch war es so.

Brote im Freien. Dazu Essiggurken, Zwiebeln, frischen Salat. Unter uns braust der Atlantik, der sich gerade einmal von seiner versöhnlichen Seite zeigt. Meine Zutaten zum Abendmahl sind

Weißbrot, Thunfisch und drei große dunkelrote Pfirsiche. Und auch ich habe eine große Flasche Rotwein dabei. Dazu ein paar Kekse und Joghurt. Den tausche ich ein gegen einen spanischen Caramello-Pudding.

Auf der anderen Ortsseite von Tapia gibt es, so habe ich es beim Einkaufen gesehen, ein paar edle Ferienvillen für die Schönen und Reichen. Wer weiß, was so etwas kostet. Wir hingegen haben eine ganze (!) Bucht. Nur für uns. Und eine Herberge, die an keinem schöneren Platz der Welt hätte stehen können.

Unser Abendessen reicht bis zum Sonnenuntergang.

Und dann sind plötzlich auch alle frisch gewaschenen Kleidungsstücke weg!

War eigentlich klar. Wir haben alle unsere Sachen gewaschen und ohne Befestigung über den Holzzaun gehängt. Der Wind hat dann sein Übriges getan und nun haben wir Flut!

Das meiste konnten wir retten. Ein paar Handtücher und das verwaschene Bob Marley T-Shirt von Bernhard schwimmen nun in den unendlichen Weiten des Atlantiks herum.

Bernhard nimmt es locker. Schließlich hat er sogar eine ewig schwere Lederjacke bis hierher mitgeschleppt. Nur für den Fall, dass er irgendwo in eine Disco gehen möchte. Jetzt lacht er darüber! Er lässt mich seinen Rucksack in die Hand nehmen und ich denke, er ist doppelt so schwer wie meiner.

Bernhard meint, er werde dem Nächstbesten am Weg seine Lederjacke schenken, wenn im Gegenzug ein kühles Bier drin ist.

Leider ist in der Herberge der Toaster in Schall und Rauch aufgegangen und es stinkt nun ein wenig nach Rauch und Plastik. Dennoch: Ein herrlicher Ort zum Einschlafen mit Wellenrauschen im Hintergrund.

Nach Galicien (Ribadeo)

Tag 25: Nur 21 km, flach (250 Höhenmeter).

Von den Pilgern höre ich immer Ribadeo mit „b". Wenn man aber Habana als Havanna ausspricht, dann müsste man Ribadeo als Rivadeo aussprechen. Riva – die Küste. Leider auch die letzte Küste. Denn dann geht es am Camino del Norte durch das Landesinnere.

Mit etwas Wehmut breche ich heute Morgen mit JL auf. Ein fantastischer Sonnenaufgang zaubert uns ein Meer mit unglaublichen Farben. Der Ozean ist genauso orangerot wie der Himmel. Und das alles soll morgen zu Ende gehen? Ribadeo ist die letzte Stadt an der Küste. Danach geht es durch die Berge, weg vom Meer. Als wenn der Ozean mein Freund geworden wäre, sehe ich dauernd hinaus. Ich muss aufpassen, dass ich nicht stolpere. Alles ein letztes Mal genießen! Ist es wirklich schon so weit, dass ich mich von der geliebten Küste trennen muss?

In der Ruhe liegt die Kraft

Haha, ein Spruch, den ich für mich nun wahrhaftig nicht in Anspruch nehmen kann. Hundert Meter vor Jean-Louis und mir läuft ein altes Mütterchen am Stock. Im Zeitlupentempo bewegt sie sich fort. Wie ein ICE haben wir sie überholt, natürlich nicht ohne ein höfliches Hola.

Dann zweigt der Jakobsweg scharf rechts ab. Wieder hin zur Küste, von der wir uns in der letzten Stunde ein wenig entfernt haben. Schnurgerade, einsam und wunderschön. Nach einem guten Kilometer macht die Strecke dann eine Neunzig-Grad-Kehre nach links. Nun laufen wir ein längeres Stück parallel zur Küste.

Als jetzt der Weg eine weitere Neunzig-Grad-Kehre nach links macht, ahne ich Dummes. Nach einer guten halben Stunde sind wir plötzlich genau wieder hinter dem alten Mütterchen. Und nun sagt sie ganz laut und vernehmbar „Hola". Die kleine Schadenfreude stand ihr ins Gesicht geschrieben und ich vergönne sie ihr. Wir müssen ebenfalls lachen. Hätte wir nur den deutschen Reiseführer gelesen. Er hat ganz präzise vor dieser sinnlosen Schleife gewarnt. Aber so sinnlos war sie gar nicht. Heute genieße ich noch einmal den Anblick des Meeres. Und sei es, auf merkwürdigen Umwegen!

Deshalb sagen wir auch für kurze Zeit dem Jakobsweg ade. Wir möchten beide den Umweg über den Küstenpfad GR E9 machen.

Noch einmal zurück ans Meer.

Noch einmal die Wellen sehen. Ein letztes Mal die Gischt spüren! Auch heute ist es mit 14 Grad recht kühl, aber sehr gut zum Laufen. Und all das im Juli.

Beide sind wir fasziniert vom Playa de la Paloma. Ein Traumstrand. An dessen Ende geht es leicht nach oben, wo wir schon um halb zehn eine kleine Bar erreichen. Wieder menschenleer.

Und heute bestellen Jean-Louis und ich uns ein kleines Bier. Der Besitzer hinter der Theke ist etwa in meinem Alter. Er möchte ein wenig erfahren über den Küstenweg. Auch er träumt davon, ihn eines Tages zu gehen. Er möchte unbedingt meinen Rucksack satteln und ausprobieren, wie man sich damit so fühlt.

Als er dann aber den großen Rucksack von Jean-Louis hebt, muss er schallend loslachen. Es hätte ihn glatt umgehauen. Wie immer ist diese kleine Bar im deutschen Reiseführer exakt aufgelistet. Im französischen Pendant nicht. Ich kann mir nicht verkneifen, anzumerken, dass für einen Deutschen das Bier einfach „lebensnotwendig" sei und daher in einem Reiseführer diese wertvolle Information nicht fehlen darf. Hier ist mein kleiner Outdoor-Führer wirklich unschlagbar. Wir haben viel Spaß und der Besitzer lädt uns auf unser Bier von Herzen gerne ein.

Die relativ flachen 20 Kilometer erscheinen mir heute wie ein Spaziergang. Ich hänge total am Meer. Das hier wird mir abgehen. Sehr sogar.

Unterwegs im Schutt neben einem kleinen Bachlauf sehen wir dann „endlich" den extrem giftigen gefleckten Schierling, den Conium maculatum. Jean-Louis hat mittlerweile schon so viel von mir gehört, dass er vor lauter Schreck gleich einen Satz vorwärts springt. So als wenn die Pflanze ihm mit einer Giftspritze hinterher laufen würde. Und weil Jean-Louis so erschrickt, reiße ich eine (völlig ungiftige Schafgarbe aus) und renne ihm mit Schafgarbe in der Hand nach.

Mehr Spaß hätte ich nicht haben können.

Die Vergeltung kommt natürlich prompt. Ribadeo, die erste Stadt in Galicien, erreicht man als Pilger über die 612 Meter lange Brücke Ponte dos Santos. Diese überspannt in Schwindel erregender Höhe die Flussmündung des Eo.

Jean-Louis weiß nur zu gut, dass ich im Gegensatz zu ihm nicht schwindelfrei bin. Er ist Gleitschirmflieger. Aber ich habe jetzt richtig Angst.

Ein schmaler Fußgängersteg führt da hinüber. Keinen Meter breit. Zur Autobahn hin abgetrennt durch einen gut zwei Meter hohen Zaun. Zu meiner Rechten hin, dort wo es schier unendlich nach unten geht, ist das Geländer nicht einmal auf Hüfthöhe. Und besonders vertrauensvoll ist es auch nicht angeschraubt.

Klar, da drüben ist das Ziel unserer heutigen Etappe: Ribadeo. Und ebenso klar: Die Autofahrer müssen sich den jähen Abgrund nicht ansehen. Auch sind sie in wenigen Sekunden da durch. Mein Herz beginnt zu rasen. Das Schlimme an der Situation ist, dass mit jedem Auto und erst recht mit jedem Lastwagen der Boden unter meinen Füßen zu wackeln beginnt.

Jean-Louis scheint seine Schadenfreude wahrlich zu genießen. Ausgerechnet jetzt beginnt er damit, laut sein Pilgerlied zu singen. Und mir schlottern die Knie. Die Überquerung der Brücke kostet mich allen Mut. Eine Sensation ist sie dort in dieser einzigartigen Lage trotzdem.

Wie bei einer Ballonfahrt ist links von mir der Hafen von Ribadeo. Rechts sind die Flussmündung und der Übergang in das Mar Cantabrico. Die Brücke selbst spannt sich von Klippe zu Klippe. Die Ufer sind unverbaut.

Eine irre Aussicht, die sich da auftut.

Bei mir allerdings nur in den Knien und mit festgekrallten Händen.

Ebenso spektakulär wie die Brücke selbst, ist auch die Herberge. Sie befindet sich direkt am Ende der Brücke. Scharf rechts. Das kleine Häuschen liegt etwa 100 Meter neben der Brücke. Oder besser gesagt, fast unter der Brücke und 20 Meter hoch über dem Eo. Von unten gesehen, spannt sich die Ponte dos Santos nun über fast über unsere Köpfe hinweg. Die unzähligen roten Stahlträger erinnern mich an die Golden Gate Bridge in San Francisco, obgleich die Ponte dos Santos komplett freitragend ist.

Nie im Leben werde ich mir je Hotels leisten können, die wie hier am Jakobsweg stets an den spektakulärsten Plätzen stehen. Aber hier ist ja auch kein Hotel.

Die Eintrittskarte für diese exklusive Lage ist mein Pilgerausweis.

Ein sympathischer Stadtmitarbeiter im roten T-Shirt kümmert sich schon bei der Ankunft liebevoll und perfekt um die Herberge. Alles ist tipptopp. Jeder Pilger wird persönlich mit Handschlag und Umarmung empfangen.

Und zwei neugierige Touristen werden ebenso freundlich abgewiesen. Auf Spanisch mit dem witzigen Kommentar „Heute nur für Stammgäste“. Gerade fühlen wir uns als VIP’s. Die anderen Brückengaffer schießen zwar Fotos von der Herberge und uns. Doch leider, leider haben sie zu unserer Traumresidenz keinen Zutritt.

Dabei hätte ich ihnen allen so gerne meinen Schlafplatz gezeigt. Direkt am Fenster, mit Blick hoch auf die Brücke, hinunter zum Eo, den Ozean und die gegenüberliegende Küste Asturiens.

Sogar eine eigene bestens ausgestattete Küche ist in der Herberge. So gibt es heute frischen Salat, Fisch und Nudeln, die ich für sechs Pilger frisch zubereite.

Camino del Norte – Unterwegs am Nordweg

Tag 26: Von Ribadeo nach Villanova de Lourenzá, ca. 28 km und ca. 600 Höhenmeter

Noch vor Sonnenaufgang geht es heute los. Allerdings hätten wir die Sonne auch nicht gesehen, falls sie aufgegangen wäre. Es regnet in Strömen. Die Lichter der Brücke tauchen die Landschaft, die nun völlig im Nebel und Regen liegt in ein gespenstisches orange-violettes Licht.

Ribadeo schläft noch. Und das Meer ist nicht mehr zu sehen. Es ist einfach weg. Ohne eine letzte Verabschiedung verhüllt es sich in dichten Schwaden. Ab heute wird es bis nach Santiago de Compostela bergauf gehen. Von Meereshöhe auf 260 Meter über dem Meeresspiegel. Die Berge, die wir dabei durchqueren werden sind aber höher. Viel höher. Wir werden die nächsten Tage ständig zwischen 550 Höhenmeter und knapp Null unterwegs sein.

Nach den letzten Ausläufern von Ribadeo verschwinden wir in nebligen Feldern und Wäldern. Das starke Gewitter, welches gerade tobt, jagt mir Angst ein. Zwischen Blitz und Donner liegt oft keine Sekunde. Will heißen: 300 Meter links und rechts von uns schlägt es ein. Sehr ungut. Nach acht Kilometern, mitten im Wald, will sich Jean-Louis unter seinem Poncho eine andere Hose anziehen. Natürlich verliert er bei diesem recht unbeholfenen Akt sein Gleichgewicht. Es war auch vorhersehbar, bei den Verrenkungen, die er gerade machte. Nass, alles nass.

Ein paar Pilger laufen an uns vorbei, lachen über Jean-Louis und verschwinden ebenso schnell wieder in der Regenwand. Sie hatten das Ziel, Unterschlupf in einer Bar in Vilela zu suchen.

Hätten wir gewusst, dass diese Bar nur noch 500 Meter entfernt lag, hätte sich Jean-Louis das Prozedere sparen können. Ab ins Trockene. In der Bar ist gerade Stromausfall. Es gibt aber noch lauwarmen Kaffee und ein paar frische Hörnchen dazu.

Mariette und Corinna sind plötzlich auch hier. Ein Bild für Götter, eingewickelt in die durchsichtigen Plastikponchos. Innen genauso nass wie außen. Nach einer Stunde des Wartens, beginnen Jean-Louis und ich zu frieren, weil wir durchnässt sind. Ich packe meine Sandalen aus. Zeitgleich meint Jean-Louis „vamos!“ Mittlerweile haben sich in der Bar auch mehrere Fahrradpilger eingefunden. Jean-Louis und ich bezahlen, und sprinten mit einem kindischen „Juhuuuuu“ in das Regenspektakel.

Die anderen haben uns für verrückt erklärt. Aber so verrückt war das nicht. Es wird uns schnell wieder warm und wir haben riesigen Spaß. Wie oft im Leben hat man schon die Möglichkeit, Blödsinn zu machen? Mit Sandalen kann ich einfach in jede Pfütze reintreten. Und Jean-Louis macht es mir heute gleich.

Das fördert die Stimmung. Mitten im Regen laufen wir jetzt neben einer spanischen Schulklasse her. Der Lehrer hat sie für den Jakobsweg begeistert, der heute für sie in Ribadeo begann. Für Neustarter ein Horrorszenario!

Während die jungen Leute schon am Start des Weges am Ende ihrer mentalen Kräfte sind, haben Jean-Louis und ich allerbeste Laune. Die einen rauchen, die anderen haben tropfnasse Kopfhörer mit Musik im Ohr. Die ersten humpeln bereits. Die Rucksäcke der Jugendlichen sind durchwegs alle viel zu schwer. Und die Schuhe drücken sie schon auf den ersten Kilometern. Und alle laufen sie viel zu hastig.

Dieses Tempo werden sie nie durchhalten können!

Der Lehrer, ein ziemlich cooler Typ weiß das natürlich auch und lächelt, als wir an ihm vorbeiziehen. Er ermahnt seine Kiddies, sich mit uns kein Rennen zu liefern. Doch genau das taten sie. Herrlich!

Bestimmt hat uns jeder der pubertierenden Fasterwachsenen mindestens schon einmal überholt. Oft sogar zwei, drei, vier Mal. Aber alle paar Meter blieben sie dann wegen irgendetwas stehen. Dann rannten sie wieder los. Klar, sie haben noch gar keinen eigenen Rhythmus gefunden.

Und nun kommen die ersten richtigen Höhenmeter. Ein gefundenes Fressen für uns. Ein Heimspiel! Jean-Louis und ich sind gerade wieder mitten im Getümmel der lautstarken Jugendlichen. Vor uns, hinter uns. Überall lärmt und meutert es. Selbst aus dem Nebel ist Grölen und Spaß zu hören. Ja, so waren wir auch einmal. Fast schade, dass die Zeit so schnell vergeht. Jetzt stehen wir eindeutig auf der Seite der alten Deppen. Allerdings werden wir ja ständig von den Halbstarken herausgefordert. Auf Spanisch zwar, aber wir verstehen das Geläster sehr wohl. Und das weckt bei uns diese uralten kindlichen Urinstinkte. Zeig's ihnen halt. Lets go!

In mein Tagebuch habe ich später dieses Kochrezept für ein Pubertätsduell notiert, welches für uns natürlich der wahre Jungbrunnen war:

Die zwölf Gebote zum Duell: So geht's:

1. Ziehe dich schon aus, noch bevor die anderen es tun. Du sparst damit Energie und läufst gekühlt davon, wenn die anderen überhitzt Halt machen müssen.

2. Ziehe dich im Regen sofort wieder an, bevor die anderen es tun. Die anderen kühlen erst noch aus und vergeuden ihre Energie.

3. Am Berg: Werde sofort langsamer, bevor die anderen langsamer werden. Lass sie sich mit dem falschen Rhythmus verausgaben.

4. Wenn du Stöcke hast, dann schlage damit doppelt so oft auf den Boden, als du Schritte machst. Damit machst du die Vordermänner irre und du kannst sie jagen.

5. Wenn sie humpeln, spreche sie darauf an. Dann denken sie nur noch an ihre Schmerzen.

6. Wenn sie erschöpft sind, biete ihnen an, ihren Rucksack zu tragen. Das zermürbt ihre Psyche. und provoziert sie erneut. Natürlich lassen sie sich von Erwachsenen niemals helfen!

7. Bergab: Werde sofort sehr sehr schnell. Das schont die Knie, laufe, ja renne los! Und mache ein paar versteckte Abkürzer!

8. Mache Pause, bevor die anderen es tun! Ohne Pause übersäuern ihre Muskeln und sie bekommen fiese Schmerzen.

9. Höre auf zu reden, wenn es anstrengend wird. Aber: Singe und pfeife laut, wenn du sie überholst. Das raubt ihnen die Moral.

10. Frage niemanden nach dem Weg. Die Antworten sind immer falsch. (Ja, ich war auch einmal jung... und gemein!)

11. Laufe denen, die gerade nach dem Weg gefragt haben, nicht hinterher. Sie laufen jetzt falsch! Benutze Hirn, Kompass (Jean-Louis) und Karte!

12. Mache am Nachmittag Ruhepausen...

    ... und freue dich, wenn die anderen erschöpft am Wegesrand sitzen.

Jetzt kannst du pfeifen, singen und einen Gang hochschalten.

Und jetzt wieder zurück zur Raison. Warum darf ein erwachsener Mensch nicht auch einmal richtig kindisch sein? Sich selbst so fühlen, wie damals in der Pubertät. Blödsinn (mit)machen, ohne gleich wieder von der Vernunft eingeholt zu werden? Es waren ja die Pubertierenden, die den Wettkampf gesucht haben. Die ihn geradezu heraufbeschworen haben. Die ihre eigenen Grenzen austesten wollten. Koste es, was es wolle. Und sie wollten eigene Erfahrungen sammeln. Selbst und auf die Art, wie sie es uns vorgaben. Lernen bedeutet Schmerz. Auch als Erwachsener. Und mal ehrlich: Hin und wieder auch einmal als Gewinner heraus zu gehen, ist doch auch ein tolles Gefühl. Denn besser waren die Jungen allemal. Nur kannten sie noch nicht unsere Tricks. (Doch die haben sie natürlich schnell gelernt).

Der Lehrer grinste uns an. Er kannte seine Pappenheimer. So einen Lehrer hätte ich mir früher gewünscht. Es war die richtige Mischung aus ernsthafter Disziplin und Souveränität. Aber auch Lockerheit und Natürlichkeit. Er hatte den längeren Atem und das wusste er auch. Seine Schüler ließ er austoben.

Langsam wird der Regen leichter, der Nebel lichtet sich mit jedem Höhenmeter. Es geht vorbei an romantischen Gehöften und verschlafenen Dörfchen. Hier haben wie immer die Haushunde das Sagen. Ein Problem waren sie aber nie wirklich. Einige Pilger haben Angst. Denn auf jedem Hof gibt es Hunde, die ihr Revier bellend markieren. Doch jeder Hund weiß auch, dass wir nur vorüberziehen.

Am Nachmittag wird es jetzt noch sonnig und traumhaft schön. Auch wenn hier wieder einige Strecken des Jakobsweges wegen Überflutung gesperrt sind. Verkehr gibt es kaum. Bis auf zwei Jungspunde, die uns heute einen Schreck einjagen wollten. Mit ihrem alten, aufgemotzten Schirokko verjagen sie uns im Karacho vom Feldweg. Jean-Louis schreit ihnen nach und erhebt seinen Pilgerstab. Das hat sie wohl provoziert. Sie machen eine staubige Vollbremsung, legen den Rückwärtsgang ein und stampfen wie der Stier in der Arena mit dem Fuß. Nur eben nicht auf den Boden, sondern auf das Gaspedal der alten und proletenhaft getunten Schrottkarre.

Der Jakobsweg hat mich zwar ein wenig dünner gemacht. Aber dafür sieht man nun an jedem Körperteil die Muskeln und die Adern. Und:

Der Jakobsweg hat mir ein unerschütterliches Selbstbewusstsein gegeben.

Diese Ausstrahlung ist nun wie ein Panzer um mich herum. Beide nehmen wir die Rucksäcke ab und lächeln dem entgegen, was nun zu kommen scheint. Unsere erste handfeste Auseinandersetzung. Doch unsere Aura scheint irgendwie stärker zu sein und auch die Gehirne der beiden Proleten zu durchdringen. Sie trauen sich dann doch nicht und brausen in einer weiteren Staubwolke davon. Schade eigentlich. Aber auch gut so!

Nachdem ich in einem kleinen Laden die falsche Dose erwischt habe, gab es heute Thunfisch mit Mais, Bohnen und scharfer Soße. Auch nicht schlecht. Wir machen Rast im Grünen und reden über das Meer, das uns heute fehlt. Allerdings ist die gebirgige Landschaft hier so schön und abwechslungsreich, das wir uns wahrhaft nicht beschweren können.

Die Herberge in Villanova erreichen wir ohne weitere Zwischenfälle. Sie liegt etwas abgelegen vom Stadtplatz und mitten im Grünen. Mit Kochgelegenheit. Herrlich.

Nach der Kirche: Thunfisch

Nach einem Kirchenbesuch, möchte ich noch Nudeln und Thunfisch kaufen. Das Kochen für die Gruppe ist irgendwie zu meinem Hobby geworden und ich tue das keineswegs aus irgendwelchen Verpflichtungen heraus. In einer Herberge ist der Herd einfach der schönste Platz und alles Leben spielt sich drumherum ab. Dafür habe ich nie etwas mit dem Abspülen zu tun. Das machen die anderen. Der Koch ist eben der Chef!

Also einkaufen. Als die junge Verkäuferin an der Fischtheke den Dosenfisch sieht, den ich in meinem Korb habe, überfällt sie mich mit einem spanischen Wortschwall. Ich verstehe nur so viel, „dass ich bescheuert bin". Frisch gefangene Sardinen seinen tausendmal billiger als eine Thunfischdose. Und natürlich viel besser. Für gerade einmal vier Euro bekomme ich eineinhalb Kilo frischen Fisch. Sensationell. Dazu sechs Packungen Spaghetti, Knoblauch, Tomatensoße, frischen Koriander und Ingwer. Und fünf Liter Rotwein. Denn heute am Nordweg sollen alle satt werden. Pro Person kommt das Essen und Trinken dann auf nicht einmal zwei Euro.

Jean-Louis meint zwar, ich könne in der Herberge wegen dem Geruch unmöglich Sardinen zubereiten. Doch nachdem jeder mitessen wollte, war es natürlich auch jedem egal. Wir sind heute 22 Pilger. Andere Pilger haben dann noch Joghurt als Nachtisch und weitere Sachen besorgt.

Jean-Louis hat heute endlich einmal einen französischen Gesprächspartner. Jean-Marie ist sage und schreibe 71 Jahre alt, macht den Jakobsweg rückwärts, ebenfalls mit einer selbstgebauten Zugkarre. Jeden Tag mindestens 40 Kilometer, das war seine Prämisse. Hier lerne ich auch Roberto, einen jungen Mexikaner kennen, der mich später dann in Deutschland besucht. Auch Mariette und Corinna sind wieder hier. Die Herberge ist wie fast überall super gepflegt, sauber und geräumig. Die Betten haben ausreichend Abstand voneinander und sind auf mehrere offene Räume verteilt. Luftig und entspannend. Natürlich auch kein Schimmel! Als Donativo – einer Spende – werden fünf Euro vorgeschlagen. Übernachtung mit reichhaltigem Abendmenü inklusive Rotwein also knapp sieben Euro.

Die Schulklasse ist heute nicht hier angekommen.

Über die Berge nach Gontán

Tag 27: 34 km, ca. 1.200 Höhenmeter. Über Mondoñedo und durch verlassene Dörfer.

Die heutige Strecke ist eine gute Bergtour, die sich über 34 Kilometer (inkl. Umwegen wegen weg geschwemmtem Weg) erstreckt. Dabei ist die herrliche Landschaft so abwechslungsreich, dass ich die Höhenmeter nicht als Schufterei empfinde und nun geht es auch langsam aber sicher Santiago entgegen!

Gleich nach der Herberge empfängt mich ein Schild mit „Camino del Norte“. Und gleich geht es bergauf. Im leichten Nebel erleben Jean-Louis und ich einen sagenhaften Sonnenaufgang, der die ganze Landschaft in ein gelbliches Licht taucht. Die kühle Luft tut bergauf gut.

Zwei Stunden später hören wir dann unsere Schüler. Sie sind also noch da. Und sie haben dazu gelernt. Denn heute sind sie bereits deutlich leiser. Keiner mehr mit MP3-Player. In der wärmenden Morgensonne kommen wir durch verträumte Dörfer auf Waldpfaden.

Die Kulisse des Städtchens Mondoñedo, das nun vor uns liegt, ist atemberaubend schön. Ich stehe hier noch auf einem kleinen Bergrücken. Dann geht es etwa zwei Kilometer bergab und wieder etwas bergauf nach Mondoñedo. Das frühe Morgenlicht ist immer noch leicht orange und das Städtchen vor mir sieht toll aus.

Ein kleines schickes Städtchen, noch durch und durch verschlafen mit einer riesigen Kathedrale. Romanisch-Gotisch. Mit einer „neuen" barocken Fassade. Hier will ich ein wenig verweilen. Gegenüber der Kathedrale nehmen Jean-Louis und ich einen Kaffe, denn heute früh ging es ohne sein geliebtes „petit déjeuner" los. Auf der Toilette habe ich meine Wasservorräte aufgetankt, denn es geht jetzt gleich richtig bergauf.

Vor uns liegen nun 545 Höhenmeter „Landstraßen"- Pass. Landschaftlich außergewöhnlich schön. Und mit Landstraße sind lediglich die Überreste eines alten, kurvigen Sträßleins gemeint, auf der praktisch kein einziges Auto mehr fährt. Schon bald tauchen Jean-Louis und ich wieder in ein Almklima ein. Kühles Bergauf, aber doch gut machbar. Nur Wasser muss man auf dieser Etappe unbedingt dabei haben, denn es kommt hier die nächsten 16 Kilometer keine einzige Trinkmöglichkeit mehr. Dass muss man wirklich beachten.

Alles hier herauf scheint wie ausgestorben zu sein.

Was wir jetzt sehen, ist romantisch. Nur mit den wenigen Einwohnern sprechen, das darf man nicht. Doch wir tun es. Und wir brechen damit ein Tabu: Das Gespräch über die verlassenen Dörfer. Hier, zwischen Mondoñedo und Lousada liegt eine der schönsten Landschaften, die man sich nur vorstellen kann. Doch alles ist Gott verlassen hier. Uralte Steindörfchen mit sagenhaften Häuschen sind verwaist. Warum nur?

Nach unserem Gespräch könnte man mutmaßen, dass diese idyllischen Immobilien von raffgierigen EU-Politikern und deren Mitwissern aufgekauft worden „sein könnten". Natürlich nachdem die Einheimischen vertrieben worden waren. Wenn es sich denn so abgespielt hat. Man darf unterstellen, dass die Preise der leeren Dörfer und Häuser dann bei Null lagen. Und es darf unterstellt werden, dass mitwissende Lokalpolitiker das Verlassen dieser Orte aktiv mitbetrieben haben könnten. Man hört ja nur so.

Und es könnte so sein, dass die nicht freiwillig aufgegebenen Juwel-Grundstücke billigst von den Akteuren und deren Strohmänner selbst aufgekauft worden sein könnten. Rein zufällig soll dann just in dem Moment, wo der Besitz in fremde Hände gefallen war, oberhalb in den Bergen mit EU-Mitteln der Autobahnbau begonnen haben. Was für ein Zufall! Gerade weit genug weg, dass er nicht stört. Aber doch nahe genug, dass die Grundstücke nun schlagartig ein Vermögen wert sind.

Doch damit nicht genug. Die EU könnte sogar noch weiter gegangen sein, so groß waren offensichtlich die Interessen. Jetzt, wo fremde Eigentümer die Grundstücke besitzen, soll es nun äußerst spendable Förderprogramme zur „Restauration der alten Steinhäuser geben“, die ja den Besitzer gewechselt haben.

Gier frisst Hirn – auch in der Politik!

In Kurzform wurde womöglich die Landbevölkerung für dumm erklärt und vertrieben. Sodann hätten die Grundstücke für wenig Geld Ihre Eigentümer gewechselt. Und jetzt kommt der Geldsegen.

Pervers. So könnte also Geldvermehrung in der EU funktionieren. Natürlich unter neuen Landbesitzern.

Glaubt man den Gesprächen. Dieses Thema wäre ebenfalls ein eigenes Buch und eine Doktorarbeit wert (kein Plagiat). Hier könnte man endlos recherchieren. Und man würde fündig werden. Garantiert. Sicher nicht ganz gefahrlos. Die Namen, die nun in den Grundbuchämtern stehen, wären äußerst interessant. Ebenso wie die Kaufpreise und die Hintergründe des Immobilienerwerbs. Und natürlich die Rolle der EU.

Aber das war nur einmal so nebenbei reflektiert. Ich befinde mich ja gerade auf dem Jakobsweg. Warum aber zehn Kilometer weiter selbst die Abflussrinnen des neuen Wegs auf edelste Art und Weise gerade vor unseren Augen in edelstem Naturstein handgefliest werden, bleibt ein Rätsel. Die Arbeiter haben wir mit eigenen Augen gesehen, sie verstehen allerdings weder englisch, noch spanisch, noch französisch, italienisch oder sonst was. Und warum die Betonteile der Schallschutzanlagen eigens mit dem Relief riesiger Jakobsmuscheln gegossen wurden? Für diesen krassen Zynismus fällt uns ebenfalls nichts ein. Eine pompöse Edelautobahn im kitschigen Jakobslook. Finanziert: Von uns?

Die neue E70 führt 686 Kilometer durch Spanien. Seit hunderten Kilometern konnten wir immer wieder mit eigenen Augen sehen, wie feudal und verschwenderisch hier gebaut wird. Die teuersten und modernsten Tunnel. Und die prahlerischsten und bombastischsten Brückenkonstruktionen, die ich je gesehen habe.

In die Landschaft gesprengt!

Eine Trasse, die protzig strotzend durch ein ganzes Land gesprengt wird, als koste es nichts. Hier in Deutschland können wir uns nicht einmal mehr das Ausbessern von Schlaglöchern leisten. Doch hier neben unseren Füßen bekommen wir dann doch einen sehr intensiven Eindruck, wohin unsere Gelder verschwinden. Und immer wieder führen uns prahlerische Subventionsschilder vor Augen, welche Summen hier und da von der EU ausgegeben wurden. Haarsträubend!

Wie gesagt, das ist alles eben nur eine persönliche Meinung. Jean-Louis sieht es aber ganz genauso.

Auch ganz ohne jede Subventionen erreichen wir dann Abadín auf 514 Metern über Null. Heute ist übrigens auch der erste Tag, an dem es nicht ein einziges Mal geregnet hat. Nachdem wir uns Santiago de Compostela schon bis auf etwa 150 Kilometer genähert haben, werden die Pilger ein wenig häufiger. Viele sind in Ribadeo gestartet. Aber „viel" ist natürlich relativ. Man sieht halt hin und wieder einmal jemanden, während ich an den ersten Tagen oftmals niemanden gesehen habe.

Die spanische Schulgruppe haben wir heute ebenfalls wieder getroffen. Und sie verdienen nun irgendwie auch meinen Respekt. Der Grund, warum ich sie nie in Herbergen gesehen habe ist übrigens jetzt auch bekannt. Sie schlafen jede Nacht im Zeltlager, welches allerdings die Ehefrau und ein paar Begleiter per Auto transportieren. das ist aber ok und widerspricht überhaupt nicht meinem Pilgergedanken. Auch vor dem Lehrer, der hier ganz allein mit gut 30 Jugendlichen unterwegs ist ziehe ich meinen Hut!

Bedächtig geworden

Heute sind sie alle sehr ruhig und bedächtig. Sie laufen brav ihrem Lehrer hinterher. Die „Rangordnung“ zwischen Jungspund und Alphatier scheint nun wieder klar geregelt zu sein. Von Übermut keine Spur mehr. Und sie haben wohl alle Schmerzen, doch sie schreiten vorwärts. Immerhin haben sie ein Begleitfahrzeug dabei, für Getränke und Verpflegung. Bei einer solchen Gruppe auch verständlich.

Sie kennen Jean-Louis und mich ja nun schon alle und jubeln uns zu. Aus dem Begleitfahrzeug wollen sie uns Bananen, Brote und Wasser anbieten. Das aber verbietet uns dann doch unser Pilgerstolz. Schließlich schleppen wir unser Wasser selbst. Dennoch nehmen wir uns ein wenig Zeit zum Plaudern.

Meine Sonnenbrille, die ich heute zum zweiten Mal benutzen wollte, lag wohl Tage lang recht ungünstig im Rucksack. Zum Vorschein kommen nur noch die Einzelteile. Jean-Louis lacht!

Es geht aber auch ohne Sonnenbrille. Und noch etwas. Mein Vorhaben, den Kindern immer wieder Postkarten schreiben zu wollen, habe ich nun endgültig aufgegeben. Ich fühle mich als Pilger und nicht als Tourist.

Die neue Herberge in Abadín ist geräumig, sauber und mit fünf Euro auch günstig. Allerdings ist sie auch schon für etwas größere Pilgerströme ausgelegt. In dieser Nacht sind es so um die zwanzig Gleichgesinnte. Wobei gleichgesinnt dann doch eine recht großzügige Beschreibung ist. Viel zu unterschiedlich sind mittlerweile die Motive der einzelnen Pilger.

Da sind Ehepaare, die gemeinsam von Ribadeo aus den Jakobsweg machen möchten. Und gleich am ersten Tag stellen sie dann fest, dass sie sich nichts mehr zu sagen haben. Andere Paare scheinen sich jedoch plötzlich prächtig zu verstehen, so wie das lange nicht mehr der Fall war. Überhaupt scheinen die Kurzzeitpilger immer paarweise aufzutreten.

Dann stoßen wir auf Pilger, die jedes Jahr sieben Tage weiter gehen und im nächsten Jahr wieder an den neuen Ausgangspunkt zurückkehren. Und es gibt nun auch viele Mountainbike-Pilger, die eigentlich schon morgen in Santiago sein könnten.

Was es aber Gott sei Dank hier noch nicht gibt: Die Buspilger. Am Camino Francés setzen Kleinbusse diese Pilgerschaft regelrecht in Sichtweite einer Herberge ab. Hierhin tippeln sie dann teils in „Stöckelschuhen" und lassen sich einen Pilgerstempel geben. Übernachten tun sie freilich im „all inklusive Hotel". Dorthin geht es natürlich wieder per Bus.

Auch ein russisches Pärchen hat uns so zwei Tage lang „begleitet". Ohne eigenes Gepäck, am Bauch einen eingeschweißten Lageplan, eine gelbe Trillerpfeife (?) und ein Navigationsgerät. Alle paar Kilometer gab es am Begleitfahrzeug Marschverpflegung bis hin zum Kaviar mit Sekt! Und wenn es einmal zu steil zum Gehen war, dann fuhren die beiden im allzeit bereiten Begleitfahrzeug winkend an uns vorbei. So dauerte es immer eine ganze Weile bis wir sie dann wieder überholen konnten.

In der Herberge sind die Neulinge noch recht nervös vor ihren weiteren Etappen. Viele nehmen sich auch viel zu viel vor. Etappen mit 40 Kilometern habe ich selbst nie geplant. Ich bin grundsätzlich immer so gegangen, wie ich mich gefühlt habe.

Die ersten Tage mussten sich erst einmal Muskeln, Sehnen und Gelenke an die Beanspruchung gewöhnen. Da sind Etappen zwischen 17 und 23 Kilometern voll auf ausreichend. Wenn sich mit der Zeit längere Etappen ergeben, dann braucht man genug Zeit für die Erholung. Zum Beispiel in Form einer kürzeren Wegstrecke am Folgetag. Klar, man plant mit den Herbergen. Aber nie so richtig. Eher sieht man sich im Pilgerführer mal kurz an, wo man heute überall bequem übernachten könnte. Alles andere wird sich dann schon zeigen.

Wer den Jakobsweg etwas langsamer gehen möchte, kommt ebenso an.

Er braucht dann halt ein paar Tage länger. Und welche Rolle spielt es schon, ob man nach 30, 35 oder 40 Tagen in Santiago ankommt? Dann nämlich ist der Weg vorbei. Zumindest, wenn man in Santiago aufhören möchte. All das spielt keine Rolle. Der Weg selbst ist das Ziel. Er ist kein Wettbewerb. (Kleine Ausnahmen zum Spaß sind natürlich schon mal drin.)

Es ist jeden Tag schön, erschöpft und müde anzukommen. Aber eben nicht total ausgepowert und fertig. Oft habe ich mich am Anfang nach der Ankunft in einer Herberge erst einmal eine Stunde lang hingelegt. Nach dem Duschen. Schlafende Pilger um 17 Uhr sind keine Seltenheit.

Am wichtigsten war mir immer die Körperpflege am Ende des Tages. Füße massieren, mit Hirschtalk eincremen. Falls möglich, die Kleidung waschen und trocknen. Natürlich muss man sich daran gewöhnen, dass nichts so wirklich sauber ist. Und dass man eben auch schwitzt. Hier auf dem Küstenweg (inklusive Nordweg) habe ich aber manchmal sogar eine Waschmaschine vorgefunden. Waschbecken und warmes Wasser gab es auch fast immer. Kernseife ist optimal. Sie entfettet Haut und Kleidung nicht so radikal wie Duschshampoos und Waschmittel. Und sie lässt sich auch restlos wieder auswaschen. Das geht bei Shampoos nicht so ohne weiteres. Und das wiederum ist unlustig, wenn die Dusche ohne Vorwarnung nichts mehr hergibt.

Profiausrüstung ist mir nicht abgegangen.

Beim nächsten Mal hätte ich von Anfang an richtige Schuhe. Gut. Und ich hätte eine Rucksackabdeckung, keinen Müllsack. Der allerdings hilft mir oft, ein Stück Brot oder einen Apfel zu bekommen. Geschenkt.

Auch würde ich wieder auf Stöcke und einen Schlafsack verzichten. Und ich würde mich jederzeit wieder für den kleinstmöglichen Rucksack entscheiden. Vielleicht mit ein paar Außentaschen mehr. Und ich würde wieder allein auf die Reise gehen, um zu sehen, was sich ergibt.

All das waren meine letzten Gedanken, bevor ich eingeschlafen bin. Äußerst glücklich und sehr zufrieden.

Von Gontán nach Baamonde

Tag 28: 42 Kilometer, 350 Höhenmeter. Über Batán und Vilalba,

Vorgehabt habe ich nur die Strecke nach Vilalba. Nicht 42 Kilometer nach Baamonde. Die neuen Pilger stehen aber schon in der Dunkelheit auf und fuchteln mit ihren Stirnlampen herum. Ein heilloses Chaos. Wem gehört was? Jeder scheint seine Ausrüstung zu suchen. Jean-Louis traut seinen Augen nicht, als er auf seine Armbanduhr sieht: 4:30 Uhr. Apropos Armbanduhr. So ein Ding habe ich selbst gar nicht dabei. Völlig überflüssig am Jakobsweg. Als die Lage dann zu laut und hektisch wird, flüchten Jean-Louis und ich ab ins Freie. Ohnehin habe ich heute Nacht furchtbar gefroren. Es hatte höchstens fünf Grad. Und Gehen ist die beste Methode, wieder warm zu werden.

Kurz vor uns ist ein ganzes Rudel aufgebrochen. Aber sie haben gleich den ersten Wegweiser übersehen, an dem wir nun rechts von einer Nebenstraße in die reinste Natur abbiegen. Die anderen sind schon zu weit weg, und mit den Fingern pfeifen will ich auch nicht.

Gewohnheit geht über Verstand

In Galicien ist alles anders. Die Jakobsmuscheln zeigen uns nun seit vielen hundert Kilometern den Weg. Und zwar folgendermaßen: Die Strahlen der Jakobsmuschel zeigen die Marschrichtung an. In Asturien sind aber alle Jakobsmuscheln anders herum aufgehängt. Hier betrachtet man seit jeher die stilisierte Muschel in etwa als Komet, der einen Schweif hinter sich herzieht. Die Kometenspitze zeigt die Richtung an. Die Strahlen wiesen nach Hinten. Alles falsch herum.

Über diese Tatsache haben wir natürlich im Reiseführer gelesen. Und wir sind auch schon eine Weile „verkehrt herum“ gegangen. Trotzdem spielt uns die Gewohnheit so manchen Streich und beschert uns immer wieder den falschen Weg.

Schon seit Asturien sehen wir jetzt statt gelber Pfeile immer regelmäßiger richtige Jakobswegsteine. Sie sind aus Stein oder Beton. Einen knappen Meter hoch. Und sie verjüngen sich nach oben hin. Vertieft eingelassen ist die gelbe Jakobsmuschel auf blauem Grund. Ebenfalls neu sind seit Ribadeo die Kilometerangaben nach Santiago. Dieses kleine Kilometerschild aus glänzendem Metall ist weiter unten in den Stein eingelassen. Es zeigt die verbleibenden Kilometer auf den Meter genau (?) in der Form „P.K. 120,003".

Dichter Nebel hüllt uns in der Früh wie ein Vorhang ein. Alles ist feucht, aber nicht nass. Endlich sind wir wieder auf wunderschönen Naturwegen durch Wälder und Wiesen. Eine Wohltat für die Füße. Feuchter Lehm, nasses Gras, tropfende Blätter. All das ist einfach herrlich. Ich werde hier vollkommen eins mit Mutter Natur. Jean-Louis hat sich erneut an mich geheftet. Ich bin seit Tagen die Zugmaschine. Unsere Schritte sind nun so identisch, dass ich oft denke, das Klappern seiner Jakobsmuschel an seinem Rucksack wäre bei mir. Aber es sind seine Schritte, die so exakt den meinen folgen, als wenn sie miteinander durch ein unsichtbares Band verbunden gewesen wären. Alles ist heute wie in einem Märchen. Die Wälder fühlen sich fast herbstlich an. Durch den kühlen Nebel scheint nun das erste orangefarbene Tageslicht. Eine Zauberei aus Lichtstrahlen stimmt uns euphorisch.

Laubwälder, Pilze, Farne, Heidekraut und Moos

All das formt nun eine ganz andere Landschaft, als an der Küste. Die Wege im Wald sind manchmal mit uralten Steinmauern begrenzt. Abseits von Dörfchen, mitten in der Natur auf dem ältesten Jakobsweg: Über weite Strecken hätte es so auch vor vielen Jahrhunderten aussehen können. Das Gefühl, wie durch ein Tor in die Vergangenheit zu blicken hat etwas Magisches für mich. Und wir blicken nicht nur ein wenig hinein. Wir scheinen uns tatsächlich in einer anderen, längst vergangenen Zeit zu befinden. Steinalte Brückchen überqueren kleine, vor sich dahin mäandernde Bachläufe im Wald. Laut Reiseführer Relikte aus dem Mittelalter.
Erst kurz vor Vilalba tauchen wir wieder ein, in die heutige Welt. Weil wir so unsinnig früh losgegangen sind, haben wir die Herberge vor Vilalba bereits schon um halb Zehn Uhr erreicht. Viel zu früh. Unsere Etappe wäre nach nunmehr 20 Kilometern schon zu Ende gewesen. Als wir zu dieser Zeit schon ein Pilgerehepaar vor der

Herberge sehen, die auf die Öffnung am Nachmittag zu warten scheinen, erkennen wir die Sinnlosigkeit, hier zu verweilen.

Und wieder einmal meint es der Zufall einfach gut mit mir. Ohne ein Wort miteinander zu sprechen, gehen Jean-Louis und ich erst einmal weiter. Hinein in das kleine Städtchen Vilalba mit etwa 15.000 Einwohnern.
Und wir kommen gerade zur richtigen Zeit.

Am romantischen Stadtplatz beginnen just in diesem Augenblick die Vorbereitungen für ein kleines Volksfest in mittelalterlichen Kostümen. Alles ist noch sehr überschaubar und gerade deshalb so bezaubernd. Drei Mädels, alle etwa um die 20 spielen am Steinboden sitzend mittelalterliche Musik. Alle drei mit Gitarre und in stilvoller Landestracht. Weiße Blusen und rötlich braune, lange Röcke. Vor Ihnen liegt ein gelber Strohhut für eine kleine Spende.

Der Weg gibt mir Ruhe und Aufmerksamkeit für das Jetzt

Wie oft bin ich früher in München oder Hamburg an Stadtmusikanten einfach vorbei gelaufen. Ungerührt, unbewegt und unbeeindruckt. Mal habe ich etwas in den Hut gegeben, mal nicht. Im Vorbeigehen.

Das erste Mal in meinem Leben bleibe ich hier nun stehen, höre aufmerksam zu und setze mich dann direkt neben die Mädels auf den Steinboden. Klar werde ich etwas in den Hut geben. Aber nicht schon jetzt. Zuerst möchte ich mir Zeit nehmen, der Musik lauschen. Die Musikantinnen respektieren.

Jetzt gerade, in diesem einen Moment spielen sie nur für mich allein. Es bewegt meine Seele. Die fremdartigen mittelalterlichen Klänge dringen tief in mich ein. Gäbe es tatsächlich so etwas, wie ein früheres Leben: Ich hätte geschworen, dass mir diese Musik vertraut war.

Die Mädels spüren, dass ich emotional bewegt bin. Ich bin fröhlich, entspannt und sehr gerührt zugleich. Weil es mir für ein Dankeschön die Kehle zuschnürt, lege ich wortlos und achtsam ein wenig Geld in den Hut. Ich habe feuchte Augen bekommen und verbeuge mich vor den Dreien, bevor ich gehe.

Gefühle gehen über Sprache!

Wieder ist es einfach nur das Glück, das mir dieses schöne Fest beschert. Ich nehme mir noch die Zeit, um im Schatten einer Stoffplane etwas zu essen. Neben mir sitzt eine einheimische Familie aus einem Vorort Vilalbas mit ihrem etwa siebenjährigen Sohn. Er unterhält sich andauern mit mir, was mich allmählich traurig stimmt. Wie wird es jetzt meinen eigenen Kindern gehen? Als ob der Vater meine Gedanken lesen kann, fragt er mich: Hast du auch Kinder?

Zeitgleich laufen mir jetzt ungebremst Tränen aus den Augen. Ja, ich habe Kinder. Und sie sind weit weg von mir. Ich zeige ihm zwei Fotos von meinen beiden Mädels. Spontan steht der spanische Papa auf und umarmt mich ganz fest. Er kann fühlen, wie sehr ich die beiden nun vermisste. Das erste Mal in meinem Leben habe ich richtig Heimweh. Als Jean-Louis zu mir kommt, bringe ich keinen Bissen mehr herunter. Wortlos mache ich mich auf, um meinen Gefühlen davonzurennen. Aber das klappt natürlich nicht.

So laufe ich als weinender Pilger durch die Ausläufer der Stadt und werde von unzähligen Blicken verfolgt. Noch lange vernehme ich den melancholischen Flamenco am Weg, der sich mit meiner Stimmung zu einem absoluten Tief entwickelt. Gehen ist wieder zu einer Waschmaschine der Gedanken geworden. Jean-Louis bleibt in respektvollem Abstand hinter mir. Es ist drückend heiß geworden. Und während meine Hormone wild durch das Blut sausen und mich vorwärts jagen, kann oder will mir Jean-Louis nicht mehr folgen.

Eine Reise in mein Inneres beginnt.

Die Füße laufen von selbst. Immer schneller, noch schneller und noch schneller. Inzwischen ist es erbarmungslos heiß geworden. 28 Tage ohne Pause? Falsch: Das Gehen selbst ist ja zu meiner großen Pause geworden. Die Pause, die ich mir immer gewünscht hatte. Hier ist sie nun. Begleitet von Tränen, die nicht enden wollen. Ich fühle mich frei. Ganz allein und unendlich befreit. Die Meilensteine rattern wie ein Film an mir vorbei. Einer nach dem anderen. Wie ein Tachostand, der in der falschen Richtung lief. Ich stelle mir vor, wie es wäre, wenn ich jetzt meine Kinder und meine Frau in den Arm nehmen könnte. Ganz fest und für eine Ewigkeit. Alle drei zusammen.

Ich laufe und ich träume.

Alles andere ist nicht mehr wichtig. Es ist noch nicht einmal gegenwärtig. Nur die Familie begleitet mich in meinem Kopf. Immer und immer wieder stelle ich mir diese innige Umarmung vor. Während dessen wird es noch heißer und ich laufe noch schneller.

Jean-Louis hat sich, ohne dass ich es wusste, für die direkte Linie auf der Landstraße entschieden. Auch er hat irgendwie einen Hänger und wird nun wohl vom heißen Teer gebrutzelt.

Auf den letzten fünf Kilometern nach Baamonde sehe ich dann fünf Pilger vor mir. Weit weg. Ihre Umrisse flimmern in der Hitze. Mittlerweile bin ich so schnell, dass ich sie bald schon erreiche und praktisch neben mir stehen lasse. Ich bin so schnell, als wenn ich gerade los gelaufen wäre. 42 Kilometer: Ein Klacks! Den Meilenstein mit der Marke „111,111" habe ich im Vorbeigehen mit einem Hola begrüßt, ohne dass er es mir für einen kurzen Halt wert gewesen wäre.

Ich laufe mit meinen Kindern um die Wette. Meine Frau kann ich lachen hören. Und dann fällt mir wieder die Umarmung ein. Meine Füße, mein ganzer Körper – alles ist heute eins geworden.

Am Abend sitze ich ganz allein in einer Bar. Mein Tagesplan, hätte es einen solchen gegeben, war dahin. Meine morgige Etappe wären nur 15 Kilometer. Mein zweiter Kaffee. Immer noch allein. Kein Hola, kein Hallo, nichts. Zeit zum Träumen:

Was ist wichtig im Leben? Wohin geht die Reise? Werde ich es schaffen, endlich meine Vergangenheit neu zu bewerten? Kann ich Frieden schließen, mit meinen Gedanken? Ja! Kann ich zufrieden sein? Ja! Und kann ich nun künftig zur Ruhe kommen? Ja – wenn ich damit beginne, in Zukunft auf mein „ich" zu hören.

Malen, Laufen, den Kindern zuhören. Menschen mit Achtsamkeit begegnen. All das funktionierte nicht mehr in meiner Vergangenheit. Wie oft saß ich zu Hause und hörte nicht zu? Es schien einfach nichts mehr in mich vorzudringen. Jetzt, mit jeder Träne kann ich loslassen.

Jetzt, nach den vielen Kilometern, den tausend Eindrücken, Entbehrungen und Schmerzen bin ich endlich

LEER...

...ein gutes Gefühl!

Aber auch ein sehr zerbrechliches Gefühl. Ich betete in der Bar „Lieber Gott hilf, dass ich mir ein bisschen davon bewahren kann".

Noch heute träume ich von meiner Radtour an der Côte d'Azur, die ich mit 13 Jahren gemacht hatte. Warum soll mich nicht auch der Camino für den Rest meines Lebens begleiten?

Klar, meine Mutter findet die Entscheidung meines Vaters, mich diese Tour machen zu lassen noch heute unverantwortlich. Für mich war sie aber der Beweis, dass ein Wort im Leben etwas zählt. Mit 12 Jahren hatte ich eine Lebensmittelvergiftung, die mich über ein halbes Jahr zurückwarf. Ich hatte damals aber auch den Traum von einer Radtour an der der Côte d'Azur.

Und so kam es, dass ich meine Eltern fragte: Wenn ich die Schulklasse trotzdem schaffen würde, dann dürfte ich dies Radtour machen, oder?

Mein Vater antwortete allerdings ganz überlegt: Du musst die Klasse nicht schaffen. Aber wenn das dein Ziel ist, gut, dann darfst du diese Radtour machen. Ich schaffte die Klasse dann und mein Vater stand zu seinem Wort. Zusammen mit meinem Schulfreund Hansi, damals Anfang 14, ging es dann auf diese große Reise in meinem Leben. Und noch heute weiß ich:

Vertrauen hat man nicht einfach. Man bekommt es zurück, wenn man es in jemanden setzt.

Was waren die Risiken einer solchen Reise? Und wie groß mussten die Ängste meiner Eltern gewesen sein? Für mich war es eines der bedeutendsten Ereignisse meines Lebens. So, wie heute der Jakobsweg.

Hier sitze ich nun, könnte eigentlich stolz auf mich sein. Aber es fließen die Tränen. Ich begreife langsam, dass Loslassen ein schmerzlicher Prozess ist. Wer so wie ich, nur noch an die Vergangenheit und an die Zukunft dachte, wünscht sich nichts sehnlicher, als zurückzufinden in die eigene Gegenwart. Hier bin ich nun angekommen. Und ich weiß ganz genau, ich muss meine Vergangenheit verabschieden. Und ich darf mich auch nicht mehr dazu verführen lassen, dauernd vor einer fiktiven Zukunft Angst zu haben.

Das Vaterunser – eine gute Gebrauchsanleitung!

Das Vater unser sagt es schon: „Unser tägliches Brot gib uns HEUTE“. Da geht es um die Gegenwart, um das Wohl von Jetzt und Hier. Nicht um Gestern, nicht um Morgen.

Und dann ist da noch:

„Sondern erlöse uns von dem Bösen“ – natürlich auch von quälenden Gedanken an die Vergangenheit und den Sorgen über die Zukunft. „Dein Reich komme, Dein Wille geschehe“. Lass es zu, lass es einfach geschehen. Eine gute Gebrauchsanleitung!

Ich glaube, heute habe ich meine innere Stimme gehört. Und ich habe ihr zugehört. Ich konnte loslassen von Ängsten und Zweifeln. Ich kann Laufen. Wie viele können das nicht? Sie können dich aber in Gedanken begleiten, dir Kraft geben und dir sagen: Du bist niemals allein. Und du bist weit offen für den Augenblick.

Petra, eine liebe Verwandte von mir, sitzt mit Multipler Sklerose oft im Rollstuhl. Nie, aber auch wirklich nie war ich ihr früher gedanklich verbunden. Hier am Weg hatte ich immer wieder das

Gefühl, sie würde an mich denken, mich begleiten. Die Gegenwart wird unendlich groß, wenn die Vergangenheit und die Zukunft ausgeblendet sind.

Meine beruflichen Sorgen sind übrigens niemals bis zum Jakobsweg vorgedrungen. Sie müssen also unendlich unwichtig sein. Heute liegt alles „753 Kilometer“ hinter mir. Und ich bin frei für Neues.

Morgen werde ich weiter laufen. Weiter und weiter. Ich möchte wieder nach Hause.

Von Baamonde nach Miraz

Tag 29: Ein Spaziergang von traumhaften 15 km. Ca. 300 Höhenmeter.

Ist eine Etappe von gerade einmal 15 Kilometern die richtige Entscheidung? Ja!

Auf herrlichen Waldpfaden geht es heute allein hier her. Viele andere Pilger gehen hier gleich eine Doppeletappe bis nach Sobrado. Auch ich habe mir die Frage gestellt: Nur 15 Kilometer? Soll ich wirklich nur so wenig gehen? Will ich mir einen Spaziergang gönnen?

Ich habe damit begonnen, rote Täublinge auf den Weg zu legen. So hinterlasse ich Jean-Louis ein Zeichen. Denn Leitplanken gibt es hier nicht für Klopfzeichen und unser Abstand ist wohl auch viel zu groß. Unterwegs habe ich ein paar Skizzen angefertigt, um sie später zu malen. Die Landschaft ist einfach umwerfend. Hohlwege, Heidekraut und ein wenig alpines Flair.

Hier treffe ich übrigens auch den deutschen Pilger, der mit dem übergroßen Rucksackmodell unterwegs ist, das ich Gott sei Dank zu Hause gelassen habe. Nachdem ich eine Weile lang hinter ihm hergehe stelle ich mir den Kreuzgang mit einem solchen Rucksack vor. Dem werden sicher alle Sünden vergeben, auch schon hier, denke ich mir! Eine gewisse Schadenfreude kann ich mir nicht verkneifen, als ich ihn dann – natürlich mühelos – mit federleichten Schritten überhole.

Obgleich es heute recht warm ist, spenden die wunderschönen Wälder herrlich erfrischenden Schatten. Ich komme an einer kleinen Kapelle vorbei, an der ich ein wenig verweile. Danach geht es leicht bergauf. Der lockere Boden des lehmigen Pfades tut meinen Füßen richtig gut. Zwischendrin ragen immer wieder dunkelbraune Felsen am Wegrand aus der Heide. Es sind die gleichen Felsen, wie unten am Meer, nur hier sind sie umsäumt von sattem Grün. Links und rechts blüht verschwenderisch Heidekraut in allen Tönen von weiß, rosa bis fast violett.

Zwischendrin mache ich heute sogar ein paar Fotos. Gerade geht es wieder leicht bergab und ich betrete eine kleine Lichtung. Rechts befindet sich eine Weide, allerdings ohne Tiere. Sie ist begrenzt von einer uralten löchrigen Steinmauer. Zeitlos schön!

Nach kurzer Zeit tauche ich wieder in einen Kiefernwald ein, der mich jetzt mit seinem harzigen Aroma einhüllt. Heute könnte ich tütenweise Pilze sammeln. Ich müsste sie nur aufheben. An der nächsten Lichtung finde ich wieder ein paar Schopftintlinge, die ich roh genieße. Meine Hände reibe ich danach mit ein paar Krümeln eines Thymianstrauches ein. Das duftet herrlich!

Einsam und friedlich!

Ich bleibe kurz stehen, bücke mich und lege beide Handflächen auf den feinkörnigen trockenen Lehmboden. Hier bin ich! Ja, ich bin!

Auf halber Strecke geht es dann durch ein Kleinod mit nur einer Hand voll Häusern. Alles ist hier so friedlich, dass der Gegensatz zur „zivilisierten“ Welt da draußen größer nicht sein konnte. Ich unterhalte mich mit einer spanischen Mutter. Die Kinder spielen im Freien und haben hier ein Paradies! Bescheiden zwar, aber lebenswert!

Danach verliert sich die Kultur wieder in ausgedehnten Wäldern und Weiden. Die Sonne verschwindet immer wieder mal kurz hinter flockigen Wolken. So ist es heute einfach nur leicht, zu laufen.

Meine Schuhe passen noch immer so gut, dass ich noch viele tausend Kilometer darin wandern könnte! Heute bin ich langsam unterwegs. Ich bummle vor mich hin und pflücke alle möglichen Blumen. Schenken kann ich sie heute leider niemandem.

Mein Geistes- und Bewusstseinszustand hat sich in den letzten Wochen vollkommen verändert. So wie es jetzt ist, so müsste ich es festhalten können!

Es gibt keinen Stress mehr. Ich kann mir das Wort „Stress" nicht einmal mehr fühlbar vorstellen. Es ist abstrakt geworden. Und es gibt schon lange keine „Regenwolke" mehr, die mir hier das Leben schwer machen könnte.

Ich denke nicht mehr an vorher und nachher, ich bin ganz da angekommen, was man die Gegenwart nennt. Und die belohnt mich mit einem Übermaß an sinnlichen Eindrücken!

Auch meine Bewegungsabläufe sind ganz anders geworden. Ich stelle mir das so vor wie den Unterschied eines plumpen Tänzers und einem Rastafari, der mit jedem Muskel seines Körpers den Rhythmus fühlt.

Alles läuft rund.

Meine Füße rollen, angefangen von den Ballen bis hin zu den Zehenspitzen, ganz geschmeidig ab und trampeln nicht mehr am Boden herum. Meine Knie federn weich ab und selbst meine Hüften sind gelenkig wie nie zuvor.

Bis hoch zu den Schultern ergibt sich so ein wunderbares Körpergefühl. Auch die Schultern schwingen im Gleichklang mit!

Ganz allein komme ich schon gegen Mittag in Miraz an. Miraz halten viele wohl für so etwas wie eine Notunterkunft, weil es in manchen Pilgerführern keine entsprechende Erwähnung findet. Hier stehe jetzt ich vor verschlossenen Türen. Allein. Soll ich doch weiter gehen? Forga Freeman, ein spanischer Pilger, den ich schon kenne, kommt hinzu und will mich unbedingt zum Weitergehen animieren.

Plötzlich bin ich wieder mitten im normalen Leben. Die Versuchung ist da, immer der Erste, der Schnellste, der Stärkste zu sein. Was tun? 25 Kilometer sind noch locker drin. Nein:

Lasse die anderen ziehen, bleibe bei dir!

Ich bleibe hier. Also hier, bei mir. Auch wenn sich das komisch anhören sollte. Ich verweile bei mir, bei meinem ich, meiner Seele, meinen Bedürfnissen. Ich lasse mich nicht mehr jagen, nicht mehr hetzen. Ich bin ruhiger geworden. Das war gerade der Beweis für mich!

Nach besinnlichen Stunden allein, trifft dann auch Jean-Louis ein. Und später dann Mariette und Corinna. Schon bevor wir offiziell eingelassen werden bekommen wir im Freien ein Glas Rotwein zur Begrüßung. Nicht schlecht!

Die Herberge wird sehr liebevoll geführt. Canada-Sepp, der Herbergsvater, ist mit Sechzehn Jahren aus Niederbayern mit seinen Eltern nach Canada ausgewandert. Er ging schon mehrere Male den Camino. Und auch er wollte jetzt etwas zurückgeben.

Zusammen mit einem netten englischen Ehepaar hat er für ein paar Wochen die Herbergsleitung inne. Er behandelt uns alle wie gute alte Freunde. Er bekocht uns und er gibt uns ein richtiges kleines Zuhause auf diesem Weg.

Meine Einladung, mich in Deutschland zu besuchen, hat er mittlerweile mit seiner Frau Susan angenommen.

Das gemeinsame Abendmahl zu zehnt ist ein außergewöhnliches Ereignis. Zum ersten Mal hat ein Herbergsvater gemeinsam mit uns gegessen. Es gibt viel zu erzählen und viel zu lachen.

Während irgendwo die deutsche Nationalmannschaft gegen Spanien verloren haben muss, schlafe ich selig in meinem Stockbett.

Von Miraz nach Sobrado dos Monxes

Tag 30: 27 km, ca. 750 hm.

Heute ist das Aufstehen ziemlich exzentrisch. Canada-Sepp weckt uns mit klassischer Musik. Und er hat uns ein tolles Pilgerfrühstück zubereitet. Hier kann auch ich nicht nein sagen. Und Eile habe ich ebenso wenig.

Jean-Louis und ich brechen gemeinsam mit Mariette und Corinna auf. Sofort finden wir uns in einer felsigen Heidelandschaft wieder. Gerade bricht das erste zarte Licht des Tages herein und wirft lange Schatten vor uns her. Vor uns erheben sich zwei mächtige Granitblöcke in der Ferne. Diese Stelle erinnert mich an Stonehenge. Es scheint eine magische Stelle zu sein. Wie die Eintrittspforte zu einer anderen Welt, die sich dahinter verbergen würde.

Nach den ersten gemeinsamen Schritten wandert jeder für sich allein. Einige Pilger haben vor dieser Etappe Angst, weil sie kurz nach Cabana fast 700 Meter über dem Meeresgrund erreicht. Dabei ist fast alles ein ganz sanftes bergauf und bergab. Ohne jeden Schweißtropfen kann ich heute wirklich alles genießen.

Der rote Fingerhut ist zu meinem neuen ständigen Begleiter am Wegesrand geworden. Giftig zwar, aber ich habe ja nicht vor, ihn zu essen. Mit seinen rosaroten Glocken steht er einfach überall. Wie immer lege ich ein paar Blumen oder Pilze an markante Stellen als Zeichen für die anderen aus.

Es war die richtige Entscheidung, in Miraz zu verweilen und nun diese einmalige Landschaft genießen zu können. Die Etappe ist heute offiziell nur 26 Kilometer lang und ich werde ein paar Umwege machen. Wenn man erst einmal das Laufen gewöhnt ist, dann ist das ein Spaziergang. Schon früh erreiche ich als einer der ersten Pilger Sobrado dos Monxes. Das Sobrado der Mönche? Die Bauten des Klosters sind schon von außen beeindruckend.

Als ich an der Pforte klopfe, passierte erst einmal gar nichts. Dann aber werde ich in einen Zwischengang eingelassen. Zum Vorzeigen meines Credentials. Die Prüfung dauert eine kleine Ewigkeit. Und dann erst öffnen sich die Pforten des Klosters für mich.

Ich trete ein in einen Innenhof der Ruhe.

Und ich habe jede Menge Ehrfurcht vor den Sitten und Regeln, die hier herrschen. Im ehemaligen Pferdestall (das ist jetzt nicht abwertend gemeint, ganz im Gegenteil) haben sie für Pilger einen fantastischen Schlafraum eingerichtet. Ein uriges Gewölbe aus Stein und Holz. Die Duschen sind in den steinernen Gewölbevorsprüngen untergebracht. Sagenhaft. Als der Mönch der Mönche zu mir kommt, stellt er mir prüfende Fragen zu meinem Jakobsweg. Ein merkwürdiges Gefühl. Und dann nimmt er mir meinen Pilgerausweis ab. Und den gebe ich sehr ungern aus meiner Hand. Aber es ist ja ein Mönch.
Erst später, als bereits andere Pilger hier sind, weiß ich, dass auch ihre Pilgerausweise „beschlagnahmt" werden. Die Kirche registriert fein säuberlich alles. Heute mit modernen Scannern von HP.

Dennoch ist es eine sehr interessante Gelegenheit, sich mit den Gottesleuten zu unterhalten. Alle sind sie recht weltgewandt und sprechen fließend ein halbes Dutzend Sprachen. Einer der Mönche zeigt mir dann, dass es für Pilger auch eine eigene Küche gibt. Und was für eine! Hier warten Töpfe und Pfannen, um auch Dreißig und mehr Personen zu bekochen. Dieser Gedanke lässt mich dann auch nicht mehr los.

Nach und nach kommen die anderen Pilger an. Zu meinem Entsetzen auch solche, die die heutige Etappe mit dem Taxi gemacht haben. Für Jean-Louis, Mariette und Corinna möchte ich heute Abend eine Paella kochen. Und das spricht sich wie ein Lauffeuer herum. Schließlich möchten nun so um die 12 Personen mitessen.

Auf dieses Ereignis freue ich mich. Ich besorge zwei Kilo Reis, Safran, Meeresfrüchte, Fisch, Paprika, Zwiebeln usw. Corinna ist begeistert und macht sofort mit. Noch nie hat einer von uns in so großen Töpfen etwas gekocht. Würde das gelingen? Schon während des Schneidens und Waschens der Zutaten haben sich alle in der Küche versammelt. Ein Berg frisches Weißbrot steht in der Mitte der uralten Holztische. Und viele haben eine Flasche Rotwein mitgebracht.

Auch Haiar ist wieder hier. Ein älterer vornehmer Herr, den ich in Miraz kennen gelernt habe. Auch er fragt, ob er denn bei uns mitessen dürfe. Natürlich, sage ich. Er kramt sogleich in seinem Geldbeutel herum und möchte mir irgendwie Geld geben. Nö, meine ich.

Vielleicht zählen wir hinterher zusammen. Und mehr als zwei Euro werden es ganz bestimmt nicht. Seinen großen Schein soll er doch bitte wieder wegstecken. Noch einmal fragt er, ob er wirklich mitessen dürfe. Was soll das, frage ich mich, während Haiar in Tränen ausbricht.

Plötzlich sind alle gleich!

Ich nehme ihn und gehe mit ihm vor die Türe. Haiar war ein großer Unternehmensberater. Zigfacher Millionär. Doch sein Vermögen hat er verdient, in dem er die Existenzen anderer zerstört hat. Nun sei er auf der Suche nach dem Sinn des Lebens. Er fragt sich, wie er je etwas gutmachen kann.

Schon komisch, welche verschiedenen Gedanken sich Menschen machen, welche Sorgen und Beweggründe sie haben. Kann man erwarten, Antworten zu finden, wenn man nur drei Tage am Jakobsweg unterwegs ist? Kann man überhaupt Antworten finden?

Vielleicht ist sogar diese Fragestellung an sich schon völlig falsch. Denn in meinem früheren Alltag war es für mich normal, mir andauernd irgendwelche Fragen zu stellen. Ebenso normal war es auch, über all das zu Grübeln und zu Sinnieren. Und ständig produzierte mein Gehirn irgendwelche Antworten. Doch prompt kamen schon wieder die nächsten Fragen, die mich ständig begleiteten.

Hier am Jakobsweg hat mein Gehirn endlich nur Ruhe gegeben. Einfach keine großen Fragen mehr gestellt. Und einfach gewartet, was jeden Tag so alles auf mich zukommt. Die Suche nach Antworten hat sich schon nach den ersten Tagen insofern erübrigt, weil gar keine Fragen mehr da waren.

Aber habe ich auch etwas gelernt? Werde ich etwas vom Jakobsweg mitnehmen können? Irgendeine Lebensweisheit, die mir dann bleiben würde? Und habe ich mich hier verändert?

Ich selbst denke schon. Entscheiden werden es dann die anderen, die mich wieder sehen. Aber selbst heute ist mir am Jakobsweg erneut so einiges klar geworden.

Was werden die anderen über dich denken?

Nichts, gar nichts. Es ist nur eine der vielen typischen Fragen, die man sich im ganz normalen Leben so stellt – obgleich vollkommen unsinnig.

Die tägliche Etikette, der sogenannte Anstand und die aufgesetzte Höflichkeit belasten doch nur. Wenn das liebe Gehirn ständig damit befasst ist, wie und in welcher Form man etwas sagen kann, oder besser nicht sagen sollte, dann muss das auf Dauer anstrengend sein. Was sollen andere denn überhaupt von einem denken?

Zumindest als Mann kann ich über dieses Thema ausführlich schreiben. Denn am Jakobsweg ist plötzlich etwas weg, was mich sonst dauernd begleitete: Man könnte es das männliche Balzgefühl nennen. Und hier unterscheiden wir uns gar nicht so sehr von unseren tierischen Verwandten.

Fortwährend müssen die Männchen um Aufmerksamkeit buhlen. Das farbenfrohste Gefieder haben. Aus reinem Imponiergehabe posieren, bellen und beißen. Jeden Rivalen angehen, lauter sein, stärker sein, aggressiver sein. Männchen machen, grunzen und grölen.

Übergangslos fügt sich dieses Verhalten in unsere ganz eigene Männerwelt perfekt ein. Witziger sein, spannender sein, unterhaltsamer sein. Oder: Geiler sein, mehr Hammer sein, noch cooler sein. Mehr trinken können, als der Rivale. Mehr PS haben und mehr Apps. Mehr Sportgeräte und mehr Fernseher. Mehr Strafzettel, mehr Punkte. Mehr SMS, mehr Facebook-Freunde und mehr Partys: Einfach cooler sein. Gesehen werden, die neuesten Sachen haben, das Dach offen haben. Ich könnte noch ewig so fortfahren. Und das, obwohl ich seit 20 Jahren in festen Händen bin.

Nur all das oben erwähnte, was natürlich sicher auf alle anderen Männer NICHT zutrifft, ist am Jakobsweg völlig überflüssig. Ich habe nicht ein einziges Mal das Bedürfnis, laut auf ein Jakobswegschild mit meiner flachen Hand zu klatschen und „geil" in die Welt zu schreien. Und ich habe mich nicht ein einziges Mal darüber geärgert, wenn ein Auto an mir vorbeifuhr. (Diesen Satz muss man sich noch einmal ganz langsam vor Augen führen). „...wenn ein Auto an mir vorbeifuhr", links!

Das hat es in meinem normalen Leben schon lange nicht mehr gegeben, das einfach so ein Auto an mir vorbeifuhr – links. Zumindest kampflos hat es das schon lange nicht mehr gegeben. Selbst wenn der andere mehr PS hatte. Aber ich hatte dann den größeren Adrenalinpegel. Garantiert. Und einfach so das Feld räumen, das ging früher gar nicht.

Klar, jetzt kann man wieder auf die Raser schimpfen (Frauen, bitte die nächste Seite überspringen). Aber mal ehrlich: Bei einem ganz normalen Herzinfarkt sind es doch auch nicht die Blutkörperchen, die ganz brav Gas geben und zügig mitfliesen, sondern die, die blockieren! Ich habe noch nie von einem Vorderwandinfarkt gehört, den ein zu schnell fließendes Blutkörperchen je in dieser Welt ausgelöst hätte. Schuld sind die, die einfach nicht weggehen und alle anderen ausbremsen (Sie müssen NICHT meiner Meinung sein).

Zurück zum normalen Alltagswahnsinn. Meistens bin ich im Auto allein unterwegs. Fast immer ist die rechte Spur frei. Auf der mittlernen krebsen ein paar Kurierfahrer herum (auch oft ganz schön schnell). Und links geht nichts. Die fahren einfach nicht weg. Großer Abstand, so wie vorgeschrieben wird sogar grundsätzlich missverstanden als, „Ja, du darfst ruhig auch noch reinfahren und mich ausbremsen". Schließt man ein wenig näher auf, wird das ebenfalls wieder missverstanden: „Jetzt lasse ich dich garantiert nicht mehr vorbei".

Rechts vorbei ist auch schlecht.

Aber offenbar in exakt dem Fall erlaubt, in dem der Linke bremsen muss (Beweisführung nicht einfach). Natürlich geht es auch trickreicher. Erst einen BMW überholen (der ist dann hundertprozentig gereizt) und dann dem Vordermann ein wenig

hinter herfahren. Beim Hintermann wird sehr schnell der Adrenalinpegel nach oben schnellen. Sodann kurz frei machen. Jetzt muss er zeigen, was er drauf hat. Es ist herrlich, einen anderen jagen zu lassen, weil es immer funktioniert.
Es funktioniert nur dann nicht, wenn meine Frau neben mir sitzt. Denn sie macht garantiert im aller unpassendsten Moment höchster Anspannung den Mund auf. Grundsätzlich steht sie dann auf der falschen Seite. Der absehbare Kommentar ist immer gegen mich, nie gegen den anderen.

Der vor mir nötigt mich seit Kilometern, der hinter mir fährt extrem dicht auf und: Ich bin der Böse! „Soll ich fahren Schatz?“ Als ob es da anders wäre?

Doch, ist es. Meine Frau fährt noch dichter auf, hat aber überhaupt keinen Stress damit. Offenbar schüttet ihr Körper auch kein Adrenalin aus, wenn ich als Beifahrer schon dabei bin, das Bodenblech durch zu drücken. Und der Hintermann? Der stresst mich jetzt als Beifahrer. Meine Frau hat ihn noch gar nicht entdeckt, weil der Spiegel auch eher zum Schminken da ist. Alles seelenruhig und ganz entspannt.

Kein Wettkampf mehr – Ruhe!

Am Jakobsweg sind diese Antriebe in Ermangelung ausreichender Gelegenheiten (bis auf wenige Ausnahmen) nun weggebrochen. Zeit und Energie stehen nun für echte Lebensfreude zur Verfügung.

Aber auch bei den Frauen am Jakobsweg habe ich eine große Entspanntheit festgestellt. Da ist keine dabei, die ich bei einem Gespräch über Zellulitis oder Übergewicht ertappt hätte. Keine Gespräche über die ersten Fältchen, Botox oder Schuhe.

Und die morgendliche Stunde zum schönmachen fiel auch weg. Keine Schminke und kein Makeup. Keine zeitaufwendigen Frisuren. Keine Küche, kein Haushalt. Und auch keine Spielereien mit der armen Männerwelt.

Fast hätte ich gedacht, hier am Jakobsweg könnte ich Frauen tatsächlich verstehen. Denn keine der Damen unternahm Anstrengungen, permanent um zwei, drei oder gleich mehrere

Ecken vorauszudenken. Keine Halbsätze, kein Interpretationsbedarf, der ohnehin immer zu falschen Ergebnissen kommt. „Hast du mir nicht zugehört? Ich habe es dir doch eben gerade gesagt!" Nichts von diesen unangenehmen Situationen oder Missverständnissen gibt es hier am Jakobsweg. Alles ist rudimentär und simpel geworden. Männerfreundlich könnte man auch sagen.

Die Themen sind stets einfach und glasklar. Eine angemessene Frage und immer passende Frage ist zum Beispiel: „Was machen deine Zehen?". Erstaunlicherweise ist die Antwort nie „passt schon" – was bei meiner Frau ja immer im Sinne von „es passt gerade gar nichts" zu interpretieren ist. Nein, es gibt ganze Gespräche über die Zehen, die einzelnen Zehen, die Nägel, die Blasen, das Pflaster und so weiter.

Würde es doch im richtigen Leben auch so einfach gehen: „Hey, was machen deine Knie?".

Am Jakobsweg ist es also viel angenehmer. Am Anfang dachte ich mir noch: Frauen und Männer im gleichen Zimmer? Wenn allerdings jeder sofort nach dem Abendessen um 17:00 Uhr schon in sein Bett geht und sofort einschläft, dann spielt auch das Geschlecht keine Rolle. Man sucht sich sein Bett nicht nach Geschlechtern, sondern nach harten Fakten aus. Wer von den Pilgern schnarcht am lautesten? Wo liegt er oder sie? Ja, auch Frauen können unsäglich laut schnarchen! Also möglichst weit weg und möglichst nahe an ein Fenster.

Zwischen den Pilgern, die sich schon kennen, entsteht dann auch so eine Art feste Ordnung.

Man bleibt zusammen.

So habe ich nach dem Gespräch mit Haiar weiter mit Corinna unsere große Paella gekocht. Ein bisschen fühle ich mich wie beim letzten Abendmahl. Auch wenn ich nun gerne in Santiago ankommen möchte, ist es doch schade, dass es nun langsam zu Ende gehen wird.

In der Nacht darf ich als Gast an den Gebeten und Gesängen der Mönche teilnehmen.

Nach Santiago de Compostela

Tag 31: 72 km über Arzúa, Santa Irene und den Monte do Gozo. Etwa 900 Höhenmeter.

Mit Umwegen und Verlaufen bin ich heute 72 Kilometer zu Fuß unterwegs. Im Morgengrauen laufe ich mit Jean-Louis los. In die falsche Richtung. Die Pfeile haben wir noch immer anders herum im Kopf.

Und schläfrig geht es gleich mal vier Kilometer in die entgegengesetzte Richtung. Wir vermissen nicht einmal die Pfeile, wir sind in Gedanken versunken.

Wie soll ich es ihm sagen?

Ich möchte allein laufen und ich möchte allein in Santiago ankommen. Ich will ihn aber auch nicht verletzen. Nach so langer Zeit gemeinsamen Gehens einfach davon laufen? Wie kann ich ihm das nur beibringen.

Jean-Louis ist heute merkwürdig ruhig, fast ein wenig wehmütig. Als ich also anfange, sehr nachdenklich seinen Namen zu sagen, blickt er mich an. Noch bevor ich weiter sprechen kann, meint er, er müsse mir etwas sagen. Etwas Wichtiges. Er will jetzt ein wenig meditieren. Und er will sein Ziel allein erreichen. Wir könnten uns dann in Santiago noch ein letztes Mal treffen. Vielleicht.

Ich hätte nicht geglaubt, dass in Jean-Louis gerade genau das gleich vor sich geht. Beide sind wir nun sehr vertraut und viele Kilometer gemeinsam gegangen. Doch nach Santiago wollen wir allein.

Allein gehen, nachdenken, in sich kehren. Die Gefühle allein verarbeiten. Gehen ohne Zeitplan, ohne anderen. Sich wieder zu sehen, wenn man will. Oder sich jetzt wieder zu trennen, los zu lassen. Jetzt ist es wieder der eigene Weg.

Und ausgerechnet heute habe ich nach zehn Kilometern meine erste Wasserblase. Ich muss mehrere Male anhalten und die Blase verarzten. Und ich habe einige Male die Schuhe hin und hergewechselt.

Zur nächsten Herberge nach Arzúa sind es 22 Kilometer. Mit Irrweg und einem Umweg, fort von der Landstraße knapp 30 Kilometer. Diese Etappe ist für mich ganz normal.

Einfach gehen.

In Arzúa komme ich schon vor Mittag an und das erste Mal stehen nun vor den Türen einer Herberge etwa 50 Pilger an. Ich warte und bin irgendwie unzufrieden. Als dann Jean-Louis ankommt, sage ich nur kurz „au revoir“ und gehe einfach weiter.

Was wird als Nächstes kommen? Wo ist die nächste Herberge? Während ich meinen Reiseführer unter dem Gehen aufschlage, bemerke ich das erste Schild „Camino Francés“.

Kurz nach Arzúa mündet der Camino del Norte in den Camino Francès. Und schlagartig verändert sich meine Sicht auf den Jakobsweg. Jakobsweg-Kaffees, so etwas hat es bislang nicht gegeben. Oder Souveniershops, auch das war mir bislang fremd. Dafür ist der Weg nun breit und ich bin nicht mehr ständig allein. Gleich nach Arzúa habe ich einige Pilgergruppen überholt. Von der Sprache her ist hier nun plötzlich die ganze Welt vor mir. Pilger in Sonntagskleidung. Pilger, die in wenigen Minuten vor mir zusammen brechen werden. Und Fahrradpilger, die nun auf Fußgänger keine Rücksicht mehr nehmen. Es zählt das Gesetz des Stärkeren.

Dennoch: So überfüllt, wie ich es mir vorgestellt hatte, ist es nun auch wieder nicht. Ich bin mittlerweile gut trainiert und habe ein sehr hohes Tempo. Einer nach dem anderen ist also vor mir auf meinem Radar und wird überholt. Bis ich auch hieran wieder das Interesse verliere. Ich finde recht schnell meine innere Ruhe wieder. Und ich finde einen Rhythmus, der mich in Euphorie versetzt.

Der Kilometerstein bei Arzúa hat mir eben noch 32 Kilometer nach Santiago angezeigt. Jetzt laufe ich bei einem Stein mit 29,5 vorbei. Ein Katzensprung? Ich fühle mich nicht so, als hätte ich bereits über 30 Kilometer hinter mir. Santiago rückt in greifbare Nähe!

Wieder einen Pilger überholt, wieder ein Meilenstein. Ich bin überrascht, wie schön das letzte Stück Jakobsweg ist. Heute Vormittag musste ich noch fast alles auf Asphalt gehen. Nun ist der Weg herrlich mit weichem Waldboden bedeckt. Jeder Schritt ist eine Wohltat für meine Füße.

Die Natur beflügelt mich richtig.

Nun komme ich gerade an einem kleinen Jakobsweg-Kaffe vorbei, in dem außer mir nur ein einziger Gast sitzt. Diese Gelegenheit möchte ich nicht auslassen. Rucksack abnehmen, einen Toast essen und ein kleines Bier trinken. Danach gönne ich mir sogar den Luxus, mein T-Shirt und meine Socken zu wechseln.

Frisch und fröhlich geht es wieder auf den Trail. Im Ohr habe ich nun die Dancing Queen von ABBA. Ich beginne nun zu singen und tänzele unter dem Gehen. Mit Kopfhörer wäre das normal - ohne Kopfhörer schon ziemlich abgedreht. Jedenfalls habe ich singend und tanzend einen Pilger nach dem anderen überholt und hunderte von Bon Caminos gehört.

Kilometer für Kilometer geht es mir besser. Mein Schmerz wird vom Gehirn unterdrückt und Glückshormone durchfluten mich. Das Wetter ist traumhaft schön, angenehm warm und leicht windig. Optimal. Weiter und weiter.

46 Kilometer habe ich heute schon hinter mir. Mit Gepäck für 30 Tage auf dem Rücken. Und noch nie hat sich mein Rucksack so leicht angefühlt. Noch immer gehe ich im schnellen Takt der Dancing Queen. Mindestens fünf Liter Wasser habe ich schon getrunken. Doch die Schweißtropfen, die mir von der Stirn herunterlaufen sind richtig angenehm. Ich bin total eins mit meinem Körper. Das Gehen fühlt sich an, wie ein Schwebezustand. Völlig befreit, tick tack, tick tack. Ein Fuß vor den anderen. Immer noch singe ich die Dancing Queen. Und noch immer bewege ich mich im Rhythmus, tanze mit meinen Händen in der Luft, so als wenn ich in einer Diskothek wäre. Nur bin ich im Stillen. Ich bin angekommen in meiner eigenen Hall of Fame.

Das erste Mal seit langem laufen mir wieder Freudentränen über meine Wangen. Nun schreite ich also singend, weinend, tanzend an den Pilgern vorbei. Verrückt. Ich würde alles in der Welt geben, später hin- und wieder diesen Rhythmus, diesen Spirit zu spüren. Meine Gefühle fangen an, Achterbahn mit mir zu spielen.

Der Jakobsweg wird nun langsam zu Ende gehen.

Und schon jetzt ahne ich, wie schmerzlich ich ihn vermissen werde. Jeder Kilometer ist nun ein Kilometer, der dem Ende entgegen geht. Santiago ist mein Ziel. Jetzt ist es mein Ende. Und so unlogisch der letzte Satz ist, so unlogisch sind auch meine Gefühle. Ein wildes Wechselbad zwischen kurzen Depressionen, Freudentränen. Meine Vergangenheit hat aufgehört, in dem Moment, wo ich losgegangen bin. Und die Zukunft liegt kurz vor mir. Die Gegenwart nehme ich mit all meinen Sinnen auf. Immer wieder bekomme ich unter dem Marschieren Gänsehaut.

Nur Santa Irene, die nächste Herberge unterbricht kurz meine Gefühlswelt. Singend komme ich schnellen Schrittes aus dem Wald heraus und finde mich in Mitten in einer Menschentraube vor der Herberge. Das sind gut und gerne 300 Pilger. Viele davon scheinen mit dem Flugzeug und Bus von Chile hierher angereist zu sein.

Keine Sekunde verschwendete ich damit, stehen zu bleiben.

Mein Rhythmus feuert mich an, weiter zu gehen. Ich habe keinen Plan mehr. Ich gehe nur noch. Die nächste Herberge ist dann auf dem Monte do Gozo. Richtig: Einem Berg. In etwa 19 Kilometern.

Weiter!

Es ist ja erst früher Nachmittag. Auf zum Berg. Mein Reiseführer sagt mir, dass es gar nicht so viele Höhenmeter seien. Hier auf dieser Etappe bin ich um diese Zeit wieder allein. Aber auch schon die vorhergehenden zehn Kilometer war ich recht allein. Offenbar bewegt sich kurz vor Santiago am Hauptweg der Pilgerstrom nur bis zur Mittagszeit. Später scheint hier keiner mehr zu Wandern. Vor den Herbergen hätte man auch singen können „das Warten ist des Müllers Lust“.

Nach einigem Bergauf in der mittlerweile heißen Nachmittagssonne nähere ich mich auf Waldwegen dem Flughafengelände. Es geht gerade etwas steiler einen Schotterweg nach oben und jetzt ist es auch ziemlich heiß. Vor mir am Anstieg marschiert ein einsamer Pilger etwas langsamer. Ich nähere mich von hinten.

Wahre Begegnungen

Die letzten 100 Meter beschleicht mich das Gefühl, den kennst du. Was ich aber sofort wieder verwerfe. Von hinten kann ich ihn gar nicht richtig sehen. Doch während ich an ihm vorbei gehe sage ich laut „Servus, was machst Du denn hier?“.

Christian, der andere Pilger zuckt zusammen. Es hat ihn jemand mit österreichischem Dialekt angesprochen. Ich zucke auch im selben Moment zusammen. Was war das denn jetzt? Warum hat mein Gehirn hier jemanden mit „Servus“ gegrüßt? Das habe ich hier noch nie gemacht. Bon Camino ist die Parole. Und überhaupt kommen mir Zweifel, ob ich den kenne.

Christian, der andere, antwortet mir. Er kommt aus Salzburg, was mich nicht verwundert. Ich weiß nur nicht woher ich ihn kenne. Und er weiß es auch nicht. Salzburg ist von meinem Geburtsort nicht allzu weit weg. Christian meint, in Monte do Gozo können wir weiter sprechen. Ich wünsche ihm einen Bon Camino und brause davon.

Einmal außen herum um den Flughafen. Etwas weit, dafür aber doch in schöner Natur.

Ausgerechnet vor dem Monte do Gozo entdecke ich dann keine Jakobsmuscheln mehr. Habe ich mich verlaufen? Ein netter Spanier, der den Anblick von Pilgern gewohnt zu sein scheint deutet mir, dass ich richtig bin.

Am Spätnachmittag komme ich am Monte do Gozo an. Dieser Platz soll schon im Mittelalter ein ganz Besonderer gewesen sein. Frühere Pilger nächtigten hier noch einmal, bevor sie feierlich in Santiago einzogen. Von hier aus blickt man hinunter auf Santiago. Da ist es also!

Obwohl es auch heute noch dazu gehört, hier die letzte Nacht zu verbringen, kommt das für mich nicht in Frage. Ich will keine anderen Pilger sehen.

Also gehe ich weiter. Am Ortsausgang liegt die historische Waschstelle, an der zwei Bäche ineinander fließen. Ich möchte mich heute lieber in Santiago waschen!

Das Ortsschild Santiago de Compostela habe ich im vorbeigehen fotografiert. Ich bin gar nicht stehen geblieben. Nun finde ich die Jakobsmuscheln wieder im Boden eingelassen. Die ewig lange Straße hinein in die Stadt kommt mir kurz vor. Um 19:50 komme ich nach etwa 70 Kilometern an im Zentrum von Santiago. Erschöpft. Überglücklich.

Die Kathedrale wird gerade geschlossen. Ein rührseliger Polizist sieht, dass ich weine. Er meint, die Kathedrale würde doch morgen wieder aufgesperrt werden. Das ist es aber gar nicht, was meine Tränen auslöste. Ich konnte sie einfach nicht zurückhalten.

Dort, wo man normalerweise lange für das Pilgerzertifikat anstehen muss, sind keine Menschen. Als letzter und als einziger bin ich bereits nach zwei Minuten wieder draußen und halte mein Zertifikat in Händen.

Nach weiteren acht Kilometern Fußmarsch kreuz und quer durch die Stadt habe ich dann ein kleines Hotel gefunden. Einzelzimmer mit Dusche.

Allein im Zimmer: Ein seltsames Gefühl

Morgen werde ich in die Kirche gehen. Und in den nächsten Tagen werde ich viele Pilger, die mir ans Herz gewachsen sind wiedersehen. Manche werden weitergehen nach Finisterra, an das „Ende der Welt". Für mich ist meine Reise hier zu Ende. Ich habe mich selbst gefunden.

Am späten Abend habe ich noch diese Zeilen in mein Büchlein geschrieben:

Lieber Gott, Danke für meine liebe Frau, Danke für Selina und Danke für Stella. Und Danke für den Camino, den Du mir geschenkt hast. Danke, dass Du mich begleitet hast und Danke dass ich Ingrid, Jean-Louis und viele andere wunderbare Pilger kennen lernen durfte, mit denen ich ein Stück weit in meinem Leben gehen konnte. Bitte lieber Gott führe mich nun nach Hause und hilf, dass sich mit dem ein oder anderen die Wege irgendwann wieder kreuzen! Je suis arrivée, sono arrivato, Llegué, I finished it, ich bin angekommen. Angekommen bei mir selbst!

Wenn die Sonne nicht mehr scheint

Ja, ich habe also viel über mich selbst erfahren, auf diesem Weg. Viel über innere Ruhe, viel über einen Begleiter. Manche nennen ihn Gott!

Doch ich hätte es wissen müssen.

In Santiago de Compostela ist die Reise nicht zu Ende!

Denn erst muss man das eigentliche Ende der Welt erreichen, bevor es erledigt ist. Was ich damit meine?

Nun, die meisten Pilger beenden nicht wirklich ihre Reise in Santiago de Compostela. Sie gehen dann noch einmal ein paar Tage weiter bis an das Ende der Welt. An das Kap Finisterre am Meer (übersetzt: Das Ende der Welt).

Erst hier ist ihre Reise dann zu Ende, wenn Sie irgendeinen symbolischen Gegenstand, zum Beispiel die Schuhe von den Klippen hinab dem Ozean übergeben.

Für mich sollte eigentlich Santiago de Compostela das Ende meiner Reise sein. Eigentlich. Denn es kam anders. Und mein Jakobsweg war noch lange nicht zu Ende.

Zu Hause angekommen, ging gleich alles im Leben, vor allem im Geschäftsleben wieder auf 200 Prozent weiter. Nichts von dem, was ich hier auf meinem Weg gelernt habe, hatte ich umgesetzt.

Doch meine Wahrnehmung war jetzt anders. Alles, was ich tat, erschien mir nun umso irrwitziger und ich war mir des Raubbaus an mir selbst nun voll bewusst.

Ich hetzte wie immer von einem Termin zum anderen, gab ständig alles und fiel in ein lange, dunkle Nacht!

Die Sonne schien nicht mehr in meinem Leben.

All meine psychosomatischen Störungen waren schlagartig wieder da. Von Herzrhythmusstörungen über Panikattacken, Schweißausbrüchen und erstmals auch schlimmen depressiven Episoden.

Es war alles doppelt schlimm, weil ich von dem Gegensatz zwischen Erkenntnis und Realität völlig zerrissen wurde.

Nichts konnte ich von meinen guten Vorsätzen und Lebensweisheiten hinüber retten. Gar nichts.

Eines Montag Morgens, als meine Kinder schon außer Haus waren und ich mit meiner Frau noch am Tisch saß, kam dann, was kommen musste.

Ich brach zusammen in mir. Von jetzt auf gleich. Nichts war mehr von mir übrig. Ich fing an, am ganzen Körper zu zittern, wollte weinen und war doch so starr wie ein Stein.

Meine Frau verstand gar nichts mehr. Ich flehte sie an, mit mir ein paar Meter spazieren zu gehen. Ich müsse ihr unbedingt etwas sagen. Gleich auf den ersten Metern nahm ich sie an der Hand und meinte: Du musst mich in die Klink fahren. Jetzt sofort. Ich muss in die Psychiatrie. Auf der Stelle.

Ich weiß nicht, wie es weiter geht, ob du bei mir bleibst, oder ob ich danach allein ohne Familie dastehen werde, aber fahre mich jetzt!

Meiner Frau stand das blanke Entsetzen in den Augen. Sie konnte rein gar nichts mit meinem abrupten Absturz anfangen und wusste gar nicht wie ihr geschah. Dennoch verstand sie, dass – warum auch immer – ich jetzt nur noch Hilfe benötigen würde.

Sie fuhr mich direkt nach München in die Uniklinik und dort wurde ich dann auch gleich als schwerstdepressiver Notfallpatient einbehalten.

Dann war ich da, in dieser Station C. Allein.

Ich, in der Psychiatrie?

Was ist nur mit mir passiert? Ich verstehe nichts mehr. Ich bin ruhig gestellt. Sehe nur die anderen Patienten und finde mich schlagartig in einem Gefängnis der verlorenen Seelen wieder. Ein Alptraum, doch die richtige Entscheidung.

Wenn man heute so lapidar von Burnout spricht, verniedlicht man etwas, was es medizinisch gesehen gar nicht gibt. Burnout ist eine Erschöpfungsdepression. Burnout hört sich besser an, ist wohl auch salonfähiger als eine Depression.

Doch Burnout, das war plötzlich nicht nur ein wenig Erschöpfung. Das war der vollständige Verlust meiner kognitiven Fähigkeiten.

Nach und nach hat mein Gehirn wohl aus Selbstschutz eine Gehirnregion nach der anderen abgestellt. Ich konnte nicht mehr richtig sprechen. Ich konnte nicht mehr lesen, mir nichts mehr merken. Während ich mir 5 Meter vor der Schwesternstation die Namen zu den Fotos einprägte, wusste ich sie 5 Meter weiter nicht mehr. Ich habe mich selbst auf einen Schlag vollkommen verloren. Der Zugang zu meinem eigenen ich war versperrt. Access denied!

Wo war mein ich? Wo mein Bewusstsein, mein Körpergefühl? Es war weg. Ich hatte von jetzt auf gleich keinerlei Zugang mehr zu meinem eigenen ich. Ich war entsetzt und doch gleichgültig zugleich. Unbeschreiblich. Nichts gelang mir mehr. Keine Gefühle waren mehr da.

Meine Eltern, die mich dann später besuchten, sprachen mit mir. Aber ich nicht mit ihnen. Ich konnte ihnen gar nicht folgen, keine Sätze verstehen und keine Sätze formulieren. Alles weg!

Die dunkelste Nacht in meinem Leben dauerte sechs Wochen. Meine Kinder hatten überhaupt nicht die geringste Ahnung, was mit dem Papa da gerade passiert. Oder doch? Ich habe meine Frau jedenfalls gebeten, dass sie mich nicht besuchen.

Als ich dann das erste Mal nach Hause durfte, bekam ich mächtig Angst vor dem da draußen und bat meine Frau schon nach einer halben Stunde, dass sie mich sofort wieder „nach Hause“ fährt. In die Klinik!

Heute sehe ich diese dunkle Nacht als mein persönliches „Ende der Welt“, als meinen individuellen Abschluss des Jakobsweges.

Und ich hatte großes Glück. Sehr großes Glück. Denn fast alles, was ich hier in der Klinik hören und lernen musste, das wusste ich bereits: Vom Jakobsweg.

Ich wusste, wie mein Leben aussehen muss (nicht müsste) und ich wusste, was ich verändern muss. Es war mir klar, dass ich so nicht weiter machen konnte und das ich nun endlich die Lehren aus meinem Jakobsweg ziehen musste. Dafür war er doch da, oder?

Auch ich musste also nach „Finisterre“, an mein eigenes Ende der Welt! Erst jetzt konnte ich umkehren, zurück gehen, abschließen und eintreten in eine neue Welt. Meine Welt!

Ja, ich hatte wirklich ganz großes Glück, dass ich da aus der Station C schnell wieder draußen war und extrem schnell Fortschritte machen konnte. Denn ich hatte einen guten Berater: Mein ich. Das wusste bereits alles und hatte sich nur nie getraut, die Konsequenzen zu ziehen.

Was ist mir wichtig? Meine Familie. Gott.

Doch dann kommen auch eigene Interessen. Das Künstlerische, das in meinem bisherigen Leben auf der Strecke geblieben ist. Meine Wünsche. Meine Bedürfnisse.

Und die Freunde, die zu kurz gekommen sind. Heute sind es auch Freunde vom Jakobsweg. Und es sind Freunde, ganz liebe und interessante Menschen, die ich in der Klinik kennen gelernt habe. Sie alle sind kreativ. Sie alle sind auf der Suche nach ihrer Berufung, nach dem Sinn des Lebens.

Ich habe ihn gefunden! Am Jakobsweg. Und ich habe ihn vollzogen. Und nun lebe ich ihn. Mit 43 Jahren bin ich angekommen in meiner eigenen Welt. Nicht zu spät. gerade rechtzeitig.

Meine lange Reise ist nun zu Ende.

Es kann eine Neue beginnen. Und auch ich habe nun endlich zusammen mit meinen Kindern einen symbolischen Gegenstand fortgegeben, in die Fluten eines kleinen Wildbaches. Die Sonne ist wieder eingekehrt in mein Leben.

Die Sonne scheint wieder!

Ich habe nichts falsch gemacht. Ich habe es, das Leben nur endlich geändert!

Ich danke Gott.

Und ich danke Ihnen oder Dir, dass du mich auf all diesen vielen Seiten begleitet hast! Wir wissen ja jetzt: Wenn wir die gleiche Wellenlänge haben, dann stehen wir uns Nahe!

Ich wünsche Ihnen/ Dir von ganzem Herzen einen...

Bon Camino!

Kilometerangaben und Höhenmeter:

Die Streckenangaben weichen vom Pilgerführer zu Pilgerführer ganz erheblich voneinander ab. Der Deutsche Pilgerführer „OUTDOOR – Der Weg ist das Ziel“, Spanien: Jakobsweg, Küstenweg von Raimund Joos & Michael Kasper erscheint mir als sehr präzise recherchiert. Meine eigenen Streckenangaben beinhalten viele freiwillige und unfreiwillige Umwege, die mich auf eine Gesamtstrecke von

ca. 923 Kilometer

bringen. Also 65 Kilometer mehr, als im o.g. Pilgerführer für die „Nettostrecke“ beschrieben. (Eigene Recherchen mit Landkarten und Google Earth).

Die Höhenprofile in den diversen Pilgerführern sind vom Maßstab her alle recht grob und berücksichtigen so das ständige bergauf bergab meiner Meinung nach nicht realistisch.

Meine eigenen Höhenmeter-Angaben sind eher praxisnahe Schätzungen, die fast immer um einiges höher liegen, als in der Literatur erwähnt. Ich komme auf insgesamt

19.500 Höhenmeter.

Diese Angabe deckt sich ganz gut mit dem Höhenprofil aus http://www.gpsies.com, welche die Höhenmeter auf der Strecke für „Motorradfahrer“ bis an das Ende der Welt (zum Ort Fisterra) immerhin mit 17.196 Metern angibt [16]. Zu Fuß dürften es mehr sein!

Der Weg mit traumhaften Umwegen. (Es geht auch etwas kürzer):

		km	Höhenmeter
	ANKUNFT IN IRUN	10	0
1	IRUN - SAN SEBASTIÁN	32	1.000
2	SAN SEBASTIÁN - ZUMAIA	31	1.150
3	ZUMAIA - DEBA	13	650
4	DEBA - MARKINA-XEMEIN	24	950
5	MARKINA-XEMEIN - GERNIKA	25	900
6	GERNIKA - BILBAO	40	1.000
7	BILBAO - POBEÑA	27	300
8	POBEÑA - LIENDO	40	1.000
9	LIENDO - GÜEMES	45	700
10	GÜEMES - SANTANDER	17	300
11	SANTANDER - POLANCO	30	300
12	POLANCO- COMILLAS	36	550
13	COMILLAS - EL PERAL	34	600
14	EL PERAL - LLANES	23	300
15	LLANES - RIBADESELLA	30	550
16	RIBADASELLA - LA ISLA	20	500
17	LA ISLA - VILLAVICIOSA	22	600
18	VILLAVICIOSA - GIJON	32	1.200
19	GIJON - AVILÉS	26	300
20	AVILÉS - SAN ESTEBAN DE PRAVIA	24	300
21	NACH SOTO DE LUIÑA	22	450
22	VON SOTO DE LUIÑA NACH CADAVEDO	24	450
23	VON CADAVEDO NACH PIÑERA	33	850
24	VON PIÑERA NACH TAPIA	24	250
25	NACH GALICIEN (RIBADEO)	21	250
26	RIBADEO - VILLANOVA DE LOURENZÁ	28	600
27	ÜBER DIE BERGE NACH GONTÁN	34	1.200
28	VON GONTÁN NACH BAAMONDE	42	350
29	BAAMONDE - MIRAZ	15	300
30	MIRAZ - SOBRADO DOS MONXES	27	750
31	NACH SANTIAGO DE COMPOSTELA	72	900
		923	19.500

Quellenangaben

[1] http://de.wikipedia.org/wiki/Irun
[2] http://de.wikipedia.org/wiki/Bidassoa
[3] http://de.wikipedia.org/wiki/San_Sebastian
[4] http://de.wikipedia.org/wiki/Magellan
[5] Sociedad Estatal para la Gestión de la Innovación y las Tecnologías Turísticas, S.A. (SEGITTUR)
[6] Wettergefahren-Fruehwarnung.de
[7] http://de.wikipedia.org/wiki/Weihwasser
[8] Wikipedia 2011: Burnout-Syndrom und Pschyrembel, klinisches Wörterbuch 261. Auflage, 2007
[9] http://de.wikipedia.org/wiki/Kreuzweg
[10] OUTDOOR: Der Weg ist das Ziel Raimund Joos und Michael Kasper, Spanien: Jakobsweg, Küstenweg
[11] http://de.wikipedia.org/wiki/Santander
[12] http://www.pueblos-espana.org/cantabria /cantabria/requejada
[13] http://de.wikipedia.org/wiki/Extremophile
[14] http://de.wikipedia.org/wiki/Buddhismus
[15] Martin Gmelch, http://www.heilige-maria.de/avemaria.html und: http://www.vatican.va/special/rosary /documents/misteri_ge.html
[16] http://jakobsweg-wiki.jakobsportal.de/ doku.php /spanien/jakobswege_camino_de_la_costa

Allgemein: OUTDOOR 2011: Der Weg ist das Ziel von Raimund Joos und Michael Kasper, Spanien.

Titelbild

Ölgemälde, kurz nach Castro Urdiales am Atlantik mit Jean-Louis. Nach einer schnellen Skizze. Siehe www.seebauers-world.com.

Danksagung

Es gibt viel zu viele Menschen, denen ich danke sagen möchte! Ganz besonders meiner lieben Frau **Conny** und meinen beiden Kindern **Selina** und **Stella**, die mich „einfach“ losgeschickt haben! Und natürlich **allen Pilgern und Pilgerinnen**, die mich ein Stück meines Lebensweges begleitet haben und mit denen ich über Dinge sprechen konnte, die ich keinem besten Freund je anvertraut hätte. Dank auch an meine **Schwiegereltern** und meinen Schwiegervater Dieter, der mich davon abgehalten hat, den Weg abzubrechen. Danke an meine **Eltern**, die in mir die Liebe zur Natur geweckt haben. Meinen tiefsten Dank an **Ingrid Sehnert** aus Eibelstadt und **Jean-Louis Rossat** aus Bassens/ Frankreich, mit denen ich mein ganzes Seelenleben teilen durfte. Besonderen Dank auch an **Monika Nowak**, die mir eine unerlässliche Hilfe bei der Suche nach Rechtschreibfehlern war. Und: **Ganz herzlichen Dank an Dich, lieber Leser und liebe Leserin**. Auch Du hast mich begleitet.

Deine Reise hat schon begonnen!

Gerne kannst Du mich weiterbegleiten, indem Du Dich auf Facebook mit mir befreundest. **FACEBOOK „Christian Seebauer“**

Über den Autor

Christian Seebauer, Jahrgang 1967, wollte immer Kunst studieren. Weil man „damit keine Familie ernähren kann“, irrte er im Leben erfolgreich als Diplomingenieur und Verwaltungsdirektor einer großen Deutschen Bankengruppe umher, bevor er sich im Jahre 2000 mit seiner Frau selbständig machte. Nach vielen Höhen und Tiefen im Beruf findet er seit 10 Jahren endlich die Freiheit, Bilder zu malen und zu schreiben, um sich damit seinen Lebenstraum zu erfüllen. Sein besonderes Anliegen sind Umwelt- und sozialkritische Werke. Viele Gemälde, u.a. auch zum Jakobsweg sind öffentlich zugänglich unter

www.seebauers-world.com